谢遵祥　著

运河往事

山东文艺出版社

图书在版编目（CIP）数据

运河往事/谢遵祥著. ——济南：山东文艺出版社，
2020.1
ISBN 978 - 7 - 5329 - 5910 - 5

Ⅰ.①运… Ⅱ.①谢… Ⅲ.① 长篇小说—中国—当
代 Ⅳ. ①I247.5

中国版本图书馆 CIP 数据核字（2019）第 168211 号

运河往事

谢遵祥　著

主管单位	山东出版传媒股份有限公司
出版发行	山东文艺出版社
社　　址	山东省济南市英雄山路 189 号
邮　　编	250002
网　　址	www.sdwypress.com

读者服务	0531 - 82098776（总编室）
	0531 - 82098775（市场营销部）
电子邮箱	sdwy@ sdpress.com.cn

印　　刷	青岛国彩印刷股份有限公司
开　　本	710 毫米 × 1000 毫米　1/16
字　　数	335 千
印　　张	21.25
版　　次	2020 年 1 月第 1 版
印　　次	2020 年 1 月第 1 次印刷
书　　号	ISBN 978 - 7 - 5329 - 5910 - 5
定　　价	48.00 元

序

　　京杭大运河是中华民族勤劳智慧的结晶，史学家称其具有三大功能：一是用于军事，确保国家安危；二是运送漕粮，维系朝廷运转；三是货通天下，惠及众生。由此可见，京杭大运河与国家和民族的命运息息相关，因此，民间传有"河漕通，盛世兴"之说。

　　现京杭大运河全长 1794 公里，是世界上最长的人工大运河。大运河的历史悠久，它开挖于先秦，形成于隋唐，繁荣于明清，修有隋朝大运河和元朝大运河两大河道。历史上，大运河的运势是与国运密切相连的，闭关锁国的大清王朝在道光年间，被英军的坚船利炮轰开了国门，英军的铁甲舰封锁京杭大运河的京口船闸，道光帝被迫与英国人签下了第一个不平等条约——中英《江宁条约》，至此，曾经的康乾盛世已是明日黄花，中国从此开始步入半殖民地半封建社会。内忧外患的大清王朝频频向洋人赔款，无力支付河漕的修缮费用，作为国运昌盛标志的京杭大运河被迫沦为了弃河。

　　本书讲述的就是京杭大运河如何沦为"弃河"的故事，但愿这段不能忘却的历史会永远铭刻于每个中华民族子孙的心中！

谢遵祥

目　录

第一章
撞 船 结 怨

同治二年夏,京杭大运河山东会通河段。

宽阔的河道中静寂无声,清澈的水面上波光粼粼。

远处,一条小船挂帆驶来。这是一条平底的小木船,长约两丈,船头是平的,宽约三尺,船身最宽处不过六尺。小船有些破旧,鼓起的风帆上点缀着几块色彩不同的补丁,货舱中堆满了大大小小装粮的麻包,里面是从豫州贩回的五十石夏粮(所谓夏粮指的是小麦,因其收获期在夏季故称为夏粮)。

船上站着三个青年,他们都是东昌后生。站在船头的叫李小山,他刚满十七,看上去干瘦干瘦的,像极了竹竿。小山从小便失去了父母,姑姑姑父将他养大,可惜前几年姑姑姑父也相继过世了。一侧撑篙的是洪大奎,与李小山不同,他长得虎背熊腰,这都得归功于大奎的爹。大奎的爹是一家镖局的镖师,从小便教他习武,后来走镖丢了命,大奎娘就带着大奎弟弟二奎回乡下种地去了,大奎舍不得大河就留了下来。大河就是后面把舵的后生,他比小山和大奎年长一岁,生得浓眉大眼,因为从小也跟着大奎爹习武,所以练就了一身的好武艺。他们三人同住在孝廉胡同,从小一起长大,一起读书,大河悟性高,比他们多读了几年书。如今这三个好兄弟又一起做起了运粮的买卖,船是小山姑姑和姑父留下的,买粮的三十两本钱是大河娘多年省吃俭用攒下的。

李小山手晃鸳鸯板,摇头晃脑地说着山东快书:"闲言碎语不要讲,咱表一表好汉武二郎！"

"小山，你还真拿自己当船东了？不撑篙也不把舵，简直是酱菜坛子里腌鸡子儿——咸（闲）蛋一个！"大奎拎着船篙走向小山。

小山也不生气，继续晃着鸳鸯板："叫声大奎你别急，下面咱就说说你！"

本想找小山算账的大奎停了下来，他要看看小山究竟怎样编排自己。

"说了个后生叫大奎，大奎可是了不起。大奎从小跟着老爹学武艺，体壮如牛好力气！都说身大他力不亏，可有一样不咋地！大奎天生饭量大，一顿能吃八斤米。"

"放屁！我啥时候一顿吃八斤米了？"大奎急了，呵斥完小山又转头看向后面，"大河哥，李小山这小子又编排我，你得给我评评理！"

站在船尾把舵的大河，掀起头上戴着的斗笠，故意高声呵斥："李小山，你小子这是说人哪，还是在说猪啊？一顿能吃八斤米？你可真能嘘嘡。"说完，自己忍不住先笑了。

小山冲大河龇牙一笑，继续晃动鸳鸯板："大奎娘一看犯了愁，直说这样的吃货养不起！"

大奎恼了，丢下船篙，径直扑向李小山："早就知道你小子没憋好屁！"

小船被他踩得一侧歪，一侧的河水漫上了甲板。小山灵巧地跳到另一侧用身体稳住小船，惊慌道："大奎，咱船上可装着五十石麦子哪，你小子要是不服，咱上水里比画去！"

"上哪里比画我也不怵你！"

说着，两人脱下上衣，扑通一声跳入水中。

大河见水花溅上了小船，有些急眼："哎，你俩臭小子要打滚远点，真把这船夏粮毁了，我娘还不得剥了我？"

水中的小山和大奎相互击水嬉戏，打得不可开交。大河看着水中的他们不禁又笑了："这对儿冤家，不见就想，见面就掐！"

对面有一条长约两丈、两头尖尖的快船逆风驶来，四十开外的东昌船家徐老大和女儿徐秋月在吃力地撑篙而行。秋月容貌俊美，虽然穿了一身带补丁的粗布衣，却依然难掩她满身的青春活力。后甲板上，秋月娘站在船尾把舵，常年的水上生活让她染上了严重的风湿病，手指的骨节都有些变形。

大河看着对面的快船乐了，忙挥手打招呼："大叔，秋月，你们又揽下大生意了？"

秋月最先看到大河，笑盈盈地拿起搭在肩上的布巾擦汗，扭头去看在快船另一侧撑篙的徐老大："爹，是大河哥他们。"

当两条船靠近后，徐老大与大河分别用船篙别住船身，船停在河道中间不动了。

"自打断漕后哪还有什么大生意呀？送俩船客去张秋镇走趟漂子，小打小闹地混口饭吃罢了。"徐老大擦着汗，指着大河船上的粮袋问，"大河，你船上运的啥？看样子分量可不轻啊！"

"大叔，我们去豫州贩粮了，刚运回来五十石麦子，好赚点银两养家糊口啊……"

"嗯，今年豫州夏粮丰收，听说麦子才卖五钱银子一石，运到东昌每石至少能赚七钱，"徐老大念叨着，"好嘛，五七三十五，这一趟下来能赚三十五两银子，大河，你小子挺会做生意啊！"

"大叔，我哪儿会做生意啊？不过是甲地买了乙地卖，中间赚个粮价差罢了。"大河掩饰不住自己脸上的笑意，他早就和小山、大奎盘算好了，等到了东昌大码头便立刻去找买家出手，趁着这年头世道乱，管河的管市的都没了正主，价码差不多就出手，这五十石麦子只要出手保证稳赚不赔！

"听听，这读过书的就是不一样，说起话来都是一套一套的……"徐老大也笑了。

就在两人说话间，一条一尺多长的草鱼厚子啪的一声飞到了秋月的脚边，把秋月吓了一跳。

小山用手抹着脸上的水，从河里冒出头，伸手扒住快船的船帮，望着徐秋月得意地说："秋月，送你一条大鱼做见面礼如何？"

"小山，你可真行啊，竟然空手抓活鱼！"秋月笑着摁住大鱼，拎起来让徐老大看，"爹，你看，好肥的一条草鱼厚子！"

小山的眼睛一直盯着秋月，笑吟吟地说："秋月，等回到东昌，你得给我炸绿豆丸子吃。咱这是草鱼厚子换绿豆丸子两不吃亏。"见徐老大在看他，忙扭头去讨好徐老大，"对吧，大叔？"

徐老大笑了："小山，你小子啥时候吃过亏啊？咋？你不拿鱼来，大叔家炸的绿豆丸子你吃得还少啊？走啦，秋月，不跟这几个臭小子瞎贫了！"

秋月笑着提起船篙去撑船，大河也举篙撑船，两船交汇而过……

小船驶入靠近东昌的"运河东支"后，河道变窄，河两边是用石头砌成的护堤，顺着河道向北看去，一座城池的轮廓逐渐显现，这便是东昌城了。据说，元朝最初开挖会通河时河道并没有经过东昌城，而是从东昌城南约三十里的周店直接甩头去了西北方向的堂邑和临清。到了清朝，康熙和乾隆先后数次沿大运河下江南，为方便帝王出行巡幸沿途的府州驻地，这才修了从临清州直达东昌府的运河东支。

前方的河道中，一条高大的漕船也向东昌城的方向驶去。漕船是漕帮专用的船只，一般漕船都是长约六丈，宽约一丈二尺，这条漕船是条新船，船舷的两侧还包着密密麻麻的铁皮钉，看起来十分坚固。桅杆的顶端挑着一面写有"东昌漕帮"字样的蓝色号旗。

说起漕帮可是大有来头。说文上讲，车运谷曰转，水运谷曰漕，帮者从众也，相帮也。自从有了京杭大运河，便有了隋炀帝时专设的水军，此后，历朝历代都有类似的专门负责由江南运粮到江北的皇家军事组织。明成祖朱棣将国都由南京迁到北京后，每年要从江南调运二百多万石漕粮以供京畿之需，到了乾隆时期，朝廷每年运送的漕粮更是多达五百七十万石。

清朝立国之初，因连年征战，国库日渐空虚，朝廷不堪运军的庞大支付，便将漕粮改为了民运，改民运后常因船家过于分散，无法确保京畿之需而让皇上甚为忧虑。雍正二年，朝廷派钦差田文镜发皇榜招民办水路运粮，当时杭州城中的翁岩、钱坚、潘清这三位异姓昆仲好友在武林桥揭下皇榜，创立漕帮为朝廷运送漕粮。漕帮沿袭了军队旧制，每条漕船上配备正丁、副丁、水手共十人，每十船为一漕，每六漕为一帮，帮中帮主拿总，另设为数不等的总领漕，协助帮主统领漕船外出走漕。

鸦片战争爆发后，英军用铁甲舰封锁京口船闸，朝廷害怕经济命脉被卡，被迫与英国签下了中国近代第一个不平等条约——《江宁条约》（即《南京条约》）。太平军占领江南后，京杭大运河更是隔江而阻，曾经作为江北重镇的张秋镇一夜之间百业凋零，驻扎张秋镇的东昌后帮无以为继，在东河总督府的干预下将仅剩的两漕人船并入了驻扎东昌的前帮。可并帮后，前后两帮弟子常因生计问题引发矛盾，特别是现任帮主刘振坤因腰疾复发，将东昌漕帮托付于养子刘三和打理后，前后两帮弟子愈发矛盾重重，势不两立，后帮的总领漕胡老大，甘冒以下犯上风险，跑到济宁去找刘帮主告状。

"少帮主，刚才过张秋镇时前帮的兄弟来报，说是后帮的胡老大去济宁找刘帮主了……"东昌漕帮总领漕之一的张老大望着刘三和说道。

刘三和站在船头远眺，他二十出头的年纪，与那些黑不溜秋的漕帮汉子比，更像是个白面书生，身上透出一股孤傲之气。

"这小子还真去找刘帮主告我的黑状了？"

张老大点了点头："听说给你罗列了五大罪状，说你拉帮结派、打压异己、处事不公、克扣脚银、专横跋扈，要刘帮主罢黜你的少帮主之位！"

刘三和冷笑："哼，我七岁被帮主收为义子，十三岁就跟着他老人家天南地北地走漕，我就不信，单凭他胡老大的一面之词能将我参倒？"

刘三和虽然嘴上这么说，但心里还是有些忌惮，他心事重重地站在船头，目视着前方沉思起来。

这时，鲁大河撑的小船快速驶来，眼看就要超越漕船了。

刘三和一扭头看到了风帆鼓满、快速驶来的小船，不觉一瞪眼，借题发挥骂道："他娘的，帮中有胡老大给老子下绊子，如今一条小破船居然也敢在河漕上公然藐视我刘三和！"

张老大扭头去看越来越近的小船。

刘三和瞪起眼来："张老大，去告诉舵工别他一下！真邪门了，是人不是人的都想来欺负老子？"

张老大忙劝道："少帮主，咱这就到家了，跟他一个小破船置啥气呀？"

"河漕上行船历来讲究一龙二官三兵船，咱的漕船可是排在第四位上，列所有民船之首，怎么能让一条小破船超过去哪？！这事要是传出去，今后我如何在河漕上混饭吃？！"

张老大犹豫着还没动地方，刘三和气冲冲地向后走去："你不去，我去！"

刘三和来到船尾，伸手从舵工手中抢过舵柄，回头看着后面的小船冷笑道："今天就让你小子见识见识河漕上的高手是如何走漕的！"

刘三和说着一扳舵柄，漕船忽地一下向河道的左侧斜着驶去。巨大的漕船猛地一斜几乎将整个河道封住。坐在船上的那些水手惊叫着回头去看刘三和，可没人敢去劝阻。

看到前面的漕船斜着向左驶来，大河连忙扳舵躲避。小山急了，扯着嗓子冲漕船上喊："哎，前面的大船，你是属螃蟹的？咋还横着行船啊？"

"老子今天就给你横着行船了，你也想横着行船，可也得有这道行才行！"刘三和说着又若无其事地回舵摆正了船身。

大河见漕船让开了河道，准备从漕船的左侧超船，可谁知刚让开的漕船又扳舵向回驶来。刘三和故意要堵小船的路，他不住地扳动舵柄，高大笨重的漕船在他的操控下忽而向左，忽而向右，像是扭起了大秧歌。

大河看出了漕船的用意，也恼了："该死的东西，他这是故意要着咱玩啊？小山，大奎，咱瞅准机会超船，老是跟在他的屁股后面实在是太悬了！"

小山和大奎奋力撑篙，当漕船再次向右侧靠去时大河瞅准机会向左侧抢着冲了过去，小船很快超越了漕船的船尾，就在这时，刘三和一扳舵柄，漕船又猛地向左别来，大河他们的小船再想躲避来不及了，只听咔嚓一声，小船被突然别过来的漕船硬硬地挤在左侧的石头护堤上，在一阵刺耳的摩擦声中，小船的船帮不断地崩裂，河水呼地一下涌了进来。

小山和大奎惊恐地跳到麻包上，看着那如同泰山压顶一般擦身而过的漕船。

"小山，大奎，还愣着干啥？快弃船登岸吧！"大河冲还在小船上愣神的小山和大奎喊道。

三人刚跳到岸上，小船的桅杆便咔嚓一声倒了，砸在了石头护堤上，桅杆上还支撑着半截风帆，被河道中吹来的南风不住地撕扯着，逐渐沉入水中。船上装麦子的麻包一个一个地滑落进河中……

漕船上，刘三和狞笑着扳舵调正了船身，若无其事地向前驶去。

小山望着支离破碎的小船抱头痛哭："我的船被挤碎了，这可是姑姑、姑父留给我的唯一家产啊！"

大奎愣愣地看着大河："大河哥，船没了，以后咱哥仨靠啥吃饭啊？"

"小山，大奎，你们找出太平斧先把桅杆砍断稳住小船，待会儿把沉入河中的麻包捞起来，麦子晾干了还能换些银子，我这就去找这帮混蛋让他赔咱的船！"

小山哭着抬起头："大河哥，在河漕上跑船的谁敢惹漕帮啊？算咱倒霉，你就忍了吧。"

"忍？漕帮仗着人多势众就可以胡作非为吗？他就是天王老子也得讲理！"大河说着纵身蹿上河堤向漕船驶去的方向追去。

南面不远处的河堤上，此时东昌漕帮的帮主刘振坤带着告状的总领漕胡老大策马赶回东昌。

前面的河堤上堆着一些湿麻包，小山气喘吁吁地扛着一个湿麻包走上河堤，他一抖肩，将湿麻包丢在地上，揉着压疼的肩膀仰天骂道："东昌漕帮的狗杂碎，你们都不得好死！"

在河堤上打马而来的刘振坤来到近前，一把拉住缰绳瞪着小山："后生，背后咒人这可不是爷们所为！"

"爷们？东昌漕帮的那帮狗杂碎连畜生都不如，我骂他一句咋啦？"小山打量着穿一身皂色便装的刘振坤。

"叫我说骂他们是轻的，要是依着我，就该把他们的鸟堂口放把火点了！再把那帮舅子一个一个地剁成肉泥，省得他们到处害人！"跟着走来的大奎也气呼呼地将一个湿麻包丢在河堤上。

刘振坤沉不住气了，抬腿下马走到小山面前："后生，你把话说清楚，东昌漕帮到底咋得罪你们了？"

小山指着岸边破碎的小船："这么宽的河道，东昌漕帮的漕船故意使坏挤沉了俺的小船，好好的一条船硬是被他们给挤成了碎片，运来的一船麦子也全泡了汤，要不是俺几个躲得快，只怕是小命早就交待了，你说东昌漕帮的这帮杂碎该不该骂？"

"是东昌漕帮的什么人挤沉了你们的船？"刘振坤皱着眉，忍住气问道。

"就是他们那个什么狗屁少帮主，亲自把舵挤沉了俺的船！"

刘振坤的脸色变得越来越难看，本来胡老大来告刘三和的状，他还怀疑胡老大有挤兑刘三和取而代之之意，谁知刘三和竟然干出如此不仁不义之事。他实在不愿相信这是真的，毕竟刘三和七岁流落无锡时就跟了自己，收他做养子，供他读书，教他走漕，又举荐他做了东昌漕帮的少帮主，还想日后将东昌漕帮的大位传给刘三和，可谁知……

"回东昌！"刘振坤黑着脸翻身上马而去，胡老大和四个贴身随护赶紧上马去追。

东昌古城地处鲁西，位于京杭大运河的会通河中段，元代开挖会通河后，因其特殊的地理位置依河而兴，成为明清时期江北最大的货物集散地，也是大运河上著名的九大商埠之一，具有十分重要的战略地位。

漕船驶进东昌大码头，离码头不远是山陕会馆的大门，巍峨的大门上挂着"东昌商会"的木牌。自从河漕开通后，天南地北的商家便纷至沓来，因而东昌沿河两岸修建了许多诸如浙商会馆、闽商会馆等各色会馆，而山陕会馆是其中规模较大的一处。这些由商家修建的会馆，便是"河漕通，盛世兴"的最好佐证。

大码头北侧的河堤上有一座黄琉璃瓦覆顶的碑亭，碑亭口上方挂有"御碑亭"的描金匾额。亭中有一块高大的青石碑，上写"今日无税"四个大字，落款处为一行小字：大清康熙五十年东昌府敬立。随着岁月的流逝，碑上的字迹有些斑驳不清了。

刘三和从漕船上走下来，拍打着身上的尘土，准备去米市街转转，要是有合适的买主就把漕船上的七百石麦子就地出手。就在这时，大河喘着粗气跑来，一把揪住刘三和，吼道："你赔我的船和五十石麦子！"

"原来是你小子啊，别说，跑得还真不慢。"刘三和厌恶地掰开大河的手。

"少啰唆，快拿银子来，赔我的船和粮！"大河再次伸手抓住刘三和，生怕他跑了。

"嘿，这小子还真有点驴脾气，不过要想让我赔你的船和粮，我可有个条件。"

"啥条件？"

"这条漕船你要是能拉出一百步去，我刘三和就赔你的船和粮！"

"什么？你让我一个人去拉一条满载的漕船？"大河惊讶地瞅着那条停在岸边的漕船，松开了刘三和。

"咋，不敢啊?"刘三和故意扫了大河一眼，准备转身就走。

"姓刘的，你别走! 你说话可算数?"

"我一个堂堂的少帮主，岂有说了不算之理?"

"好，那我就拉它一百步!"

围观的人听闻都露出惊讶之色，不可思议地看着尚显稚嫩的大河，毕竟一条满载的漕船少说得有二十万斤的分量，他一个半大孩子能拉得动吗?

刘三和将地上一根粗粗的缆绳踢到大河面前，轻蔑地看着大河说:"拉吧!"

大河脱下粗布小褂往地上一丢，捡起缆绳套在肩上躬身拉着试分量，继而弓腰蹬腿向前奋力拉去，缆绳深深地勒进了他肩头隆起的肌肉中。

河道中的漕船却纹丝不动，刘三和与漕帮弟子们忍不住哈哈大笑起来。

大河不为他们所扰，依然铆足了劲，伸脖子瞪眼地使劲拉着，他脖子上的青筋像条大蚯蚓一样紧绷了起来。他运足力气发出一声呐喊:"嗨——"

随着这声惊天动地的呐喊，缆绳居然缓缓地动了动，后面的漕船也轻轻地动了一下。

可就是这轻轻一动，让岸边所有看热闹的人都惊呆了，众人凝神屏气地看着岸边那条粗粗的缆绳。

"走!"大河再次大吼。

只见大河身体前倾，双腿颤抖着拼尽全力蹬着地，很快，他脚下的泥土被蹬出一个越来越大的坑。随着缆绳缓缓地向前移动，后面的漕船也开始向前移动起来。

"好啊，漕船动了!"河堤上，众人激动地叫了起来。

看热闹的刘三和及东昌漕帮的人却都缄默不语了，他们诧异地看着伸脖子瞪眼的大河，一步一步地拉着漕船向前走去。

"九十八，九十九，一百!"人们欢呼着替鲁大河数完了步数。

"姓刘的，这回该你兑现了吧?"大河喘着粗气丢下缆绳，他的肩头被缆绳勒出了紫黑色的印痕，双腿不住地颤抖着。一回头，发觉刘三和早就不见了踪影，其他漕帮弟子也都悄悄开溜了。

"嘿，这个言而无信的大骗子，老子拉够一百步了，他咋溜了? 他这不是故意耍着人玩吗？"大河急忙纵身追赶，伸手揪住前边的一个漕帮汉子，"哎，你们少帮主哪？"

"好像是回堂口了……"

东昌漕帮堂口在东关大街最东头的路北，堂口门前是会通河及东关大街联通外城的闸口桥。会通河号称闸河，平均不到十里就有一座河闸用来提升或降低水平面，以使船只能够顺利地通过山东的丘陵地势。这项据说起源于北宋时期中国人开挖水利设施的一大发明，至今依然被广泛地应用于现代水利设施工程中（比如三峡过江船闸）。朝东开的黑漆大门两侧各有一尊威武的石狮子，大门南侧并排立着两根大旗杆，其中一根大旗杆上悬着朝廷的黄龙旗，另一根上面挂着东昌漕帮的蓝色号旗，据说天气晴好时这两面大旗能在十里开外的漕船上看得一清二楚，外出走漕的汉子看到号旗就知道马上就要到家了。

大河风风火火地跑过来就要往堂口里闯，门前值守的漕帮汉子伸手将他拦下。

"刘三和，你个大骗子，快给老子滚出来！"大河跳着脚冲里面喊。

"你小子活腻了？竟敢跑到我们堂口门前来撒野？"

"撒野？"大河气急败坏地向四处看，看见了那根挂漕帮号旗的大旗杆，走过去抓住旗杆愤怒地晃起来，"老子就撒回野让你们瞧瞧！快叫刘三和滚出来，不然，老子砍了你这鸟旗杆当柴烧！"

"嘿，你小子想找死啊？从古至今就没人敢在漕帮的堂口门前撒过野！"

大河哪里肯听漕帮汉子的威吓，依旧不管不顾地大吵大闹，他这一闹引来了好多围观的人，他们中间有很多是跟着大河从码头上过来的，自然晓得其中缘由，于是有人喊道："今天这事不怪这后生，是你们少帮主欺人在先，又说话不算数在后，你们漕帮虽说人多势众，可也不能仗势欺人吧？"

周围的百姓纷纷附和："就是，东昌城历来是讲理之处，今天这事是你们漕帮不占理儿……"

听着外面百姓众口一词的指责声，躲在议事堂中的刘三和皱起眉来，他没想到事情会闹到如此地步，为今之计只好先让鲁大河进来说话，这样才能赶走外面的围观人群，将大事化小，免得传到帮主的耳朵里给自己带来不利影响。

想到这里，刘三和起身来到院中，吩咐道："来人，把那个在门前闹事的小子传进来！"

议事堂门前，刘三和坐在太师椅上故作镇静地捧着紫砂壶在喝茶，张老大和几十个漕帮弟子手持船篙站立两侧，怒视着走来的鲁大河。

大河却毫无怯意，径直走到刘三和的面前："姓刘的，拿银子来吧！"

"好小子，也不看看这是啥地方，竟敢找上门来撒野？"

"你这里就是龙潭虎穴，我鲁大河今天也闯定了！你今天不赔银子，老子就不走了！"

"嘿，咋遇上个四六不通的杠子头啊？也罢，张老大，给他十两银子打发他滚蛋！"

"刘三和，打造一条小船要上百两银子，还有那船麦子是我们弟兄花三十两银子在豫州买的，运到东昌至少能卖七十两银子，你折腾老子半天就拿十两银子来打发老子，这不是故意恶心人吗？"

"老子就是恶心你了，你能怎样？也不打听打听，东昌城中有谁敢到漕帮的堂口门前来闹事？既然你胡搅蛮缠，那就别怪老子对你不客气了！"刘三和说着冲张老大一摆手，"来人，给老子把这个不知好歹的小子轰出去！"

张老大带着几个漕帮弟子上来要抓大河，大河抡拳与他们打在一起，几个漕帮弟子先后被大河放倒在地。

就在这时，一个彪形大汉举着船篙怪叫着冲大河的后脑勺抢来，大河闪身避开，转身一拳击中了这家伙的面门，这家伙双手松开船篙，倒在地上不停地抽搐起来，忽然头一歪，挺直了身子不动了。

周围的漕帮弟子惊呼起来："啊，二彪子被打死了……"

大河看着倒在地上的二彪子，不知所措地愣在了那里。

刘三和急忙走到二彪子面前，伸手去试鼻息，果然没了气，不由得一愣，二彪子可是义父的远房侄儿，这让自己如何交代？

"杀人偿命，欠债还钱，一个毛蛋孩子居然敢在堂口恣意行凶，先给我打他个半死，待会儿戳他三刀六洞，装入猪笼沉湖喂鱼！让他给二彪子抵命！"刘三和站起来一把将鲁大河推倒在地，漕帮弟子一拥而上，摁住大河一阵痛殴。

大河渐渐地趴在地上不动了……

第二章
初入漕帮

堂口院中，昏死过去的大河已被装进猪笼中。这是漕帮历来惩治犯罪弟子的规矩，将其装进猪笼中戳上三刀六洞，然后沉湖，湖中的鱼鳖闻到血腥味，会涌来将猪笼中的人撕咬成碎片。

张老大拿着磨得雪亮的匕首，试了试锋刃，望着刘三和说："少帮主，我这就让这小子给二彪子抵命！"

张老大将匕首举过头顶，在阳光的照射下，匕首反射出冷冽的寒光，就在张老大挥手刺去时，一声怒吼传来。

"住手！"

院中的漕帮弟子循声看去，只见刘振坤气冲冲地走了进来。

刘三和万万没想到胡老大真把帮主请了过来，他来不及思考，慌慌张张地跑到近前，恭敬地说："义父，您老咋没说一声就回来了？"

刘振坤没理会刘三和，径直来到猪笼前，吩咐道："来人，放了这后生！"

"义父，这小子可不能放啊，他一拳就把二彪子给打死了。"

"怎么？我说的话没听见吗？"

刘三和不敢再说什么，胡老大用匕首割开猪笼下端捆绑笼口的麻绳，将大河从猪笼中倒了出来。

"帮主，这后生还有气息，您看！"

"胡老大，让人先将这后生抬到堂口的客房调养，速去请个郎中。"

"弟子遵命！"胡老大转身招呼几个弟子将昏迷的大河抬去了客房。

议事堂门前的供桌上摆着漕帮祖师爷的牌位，一字排开的三个牌位上分别写着"漕帮开山鼻祖翁祖讳岩之位""漕帮开山鼻祖钱祖讳坚之位""漕帮开山鼻祖潘祖讳清之位"，其中翁岩居中，钱、潘分列左右，牌位前香烟缭绕，气氛肃穆。

供桌一侧的龙骨架上供着一根一头方一头圆，长约五尺的护法香板。香板上写有"违犯家规打死不论"几个大字。

刘振坤沉着脸站在供桌一侧，怒视着跪在牌位前的刘三和，训斥道："刘三和，今日之事我都核查过了，所有一切全都是你一手造成，你还有何话要说？"

"义父，儿子知错了，可这事也不能全怪我啊？要是鲁大河不抢道而行，怎么会……"

"这么宽的河道你凭啥不准别人行船？帮训有云，休倚安清帮中人，持我之众欺平民；倚众欺寡君须戒，欺压良善骂名存！难道你想给我东昌漕帮留下万古骂名不成？"

见刘三和低头不出声了，刘振坤接着问道："刘三和你说，当初我为何要给你赐名三和？"

"您老希冀儿子能与人和、做事和、天下和，故赐名儿子三和……"

"亏你还记得这些，可你是如何做的？"

"我……义父，是我错了……"

"刘三和，我举荐你做少帮主时一再叮嘱你，天下漕帮之所以能够立世百年，靠的就是用严明的帮规帮纪来约束帮中弟子，可你主政堂口以来却屡屡将帮规帮纪置于脑后，在帮中为所欲为，拉帮结派，打压异己，克扣后帮弟子的年例月银，对外又仗势欺人，恶意挤沉别人的船只，致使二彪子为你丧命，似你这等不忠不孝，不仁不义之徒，我留你何用？！"

说着，刘振坤走到一名随护面前，伸手拔出他腰间的钢刀。漕帮弟子看后皆大惊失色，张老大忙跪下替刘三和求情。

刘振坤怒视着张老大："张老大，你身为帮中的总领漕，平日里你与刘三和相互勾结，狼狈为奸，蓄意制造帮中内乱，你的账咱日后再算！还不起来给我站在一旁？"

张老大只好闪到一旁，刘振坤手握钢刀逼向刘三和，吓得刘三和赶紧闭上了双眼。然而刘振坤持刀并没有向刘三和砍去，而是将自己衣襟的下摆挥刀割了下来，他将断裂的衣襟丢在刘三和的面前。

"刘三和，从今往后，我与你恩断义绝！"

"义父，咱可是十几年的父子，您老不能这样绝情啊！"刘三和不可思议地看着地上的衣襟。

"绝情？哼，若不是看在你我父子一场的情分上，你今天岂能活着离开堂口？"刘振坤转身喝道，"护法弟子！"

"弟子在！"

"将刘三和重责四十香板，然后给我叉出堂口，今后，不准他再踏入堂口半步！"

刘振坤说着将钢刀当啷一声丢在地上，转身双手抱拳跪在了牌位前："祖师爷在上，弟子刘振坤用人失察，险些坏了我漕帮的百年威名，弟子向祖师爷磕头谢罪了！"

刘振坤虔诚跪拜着，他心里很清楚，为正本清源，拨乱反正，他必须重回堂口执掌大局，否则漕帮的百年基业随时都有断送的可能。

想到这里，他站了起来，面对众漕帮弟子，义正词严道："本堂口从即日起要整饬帮风，严明帮纪，凡我堂口弟子，自明日起，一律在各漕老大的带领下，于每日卯时三刻前到船场点卯，而后面对旭日齐声诵读帮规帮训，并以此来严格规范个人言行，诵读毕，各漕统一演练走漕技能，为弘扬我漕帮的百年大业而励精图治，发愤图强！"

客房中，刘振坤心疼地看着满身伤痕的鲁大河，若不是在堂口外碰见大河的娘，他怎么也不会想到师兄鲁鸿举的儿子竟然就在自己眼皮底下。当年要不是师兄将帮主之位让与他，他也当不上这个帮主。

想师兄世代出身漕门，可他爹却想让儿子改换门庭，出人头地，于是让师兄发奋读书，师兄也终于不负所望，考中了进士。受东河总督林则徐大人的赏识，师兄担任了东河总督府漕运司的副使。后来，林大人做了两广总督奉旨查禁鸦片，又将师兄擢升为广东按察副使，可谁知后来朝廷翻了脸，先是将林大人罢官流放，而后又将师兄论罪处斩。这一切都发生得太突然，当他听到消息为时已晚。师兄蒙难他没能帮上忙，如今自己收养的孽障又险些害死大河，他真想抽自己一个大耳光。一想到大河娘尚不知情，他决定亲自前去拜访。

孝廉胡同中，大河家的大门没关，刘振坤信步走了进去。这是一个不大的院落，北面有三间破旧的正房，西面两间偏房也是破旧不堪，偏房南头有一间用土坯搭建的厨房，整年的烟熏火燎让厨房四处乌漆墨黑。

大河娘坐在门前的枣树下洗衣服，她身旁堆着几个盛满脏衣服的大木盆。

"嫂子！"刘振坤上前唤了一声。

大河娘看到刘振坤连忙起身："刘帮主，大河怎么样了？他们咋说俺大河犯了命案呢？"

"嫂子，你放心，大河没事了，他现在正在堂口歇息，等他醒来我便派人送他回来。至于命案，嫂子也不用担心，郎中已经验看过了，二彪子是自己发羊角风咬舌而亡，漕帮不会追究大河的责任。"

"那就好，那就好。刘帮主，真是谢谢你了！"

"嫂子这样见外，分明是不肯原谅振坤，是我用人不善，害了大河。"刘振坤说着要给大河娘下跪。

大河娘赶紧伸手相拦："振坤师弟，我一个浣衣婆哪儿受得起你这一拜，快请起。"说着，大河娘将一个马扎递给刘振坤。

刘振坤坐下，看着院中晾晒的衣服，问道："嫂子，这些年你和大河就靠给人缝穷洗脏过活？"

"当年你师兄虽说是官至从四品，可他那点俸禄也只能是勉强度日，后来家中又发生了这么大的变故，为了拉扯大河，照顾年迈的公婆，我就揽了些缝穷洗脏的营生。"

刘振坤懊悔地抽了自己一耳光："师兄，我对不住你，没替你照顾好嫂子和大河……"

大河娘伸手相拦："振坤师弟，你这是干啥？你又不知情，这事怎么能怪你呐？当年钦差琦善亲自带兵来抓你师兄，你师兄为给老鲁家留条根，就让我带着大江从后门逃了。"

"大江？"刘振坤有些疑惑地看着大河娘。

"哦，大江是大河的胞兄，比大河大三岁，那时我才怀上大河五个月……"

"那大江哪？"

"我带着大江从广州逃了出来，先是坐海船到了杭州的武林桥码头，可换船回东昌时我和大江被人群挤散了……"

提起大江，不禁勾起了大河娘的伤心往事。当年，她挺着个大肚子在杭州城不吃不喝地找了三天三夜，就是找不着大江。她本已万念俱灰，打算随丈夫而去，可大河在肚子里不住地踢她，她知道，她现在还不能死，否则怎么对得起死去的鸿举。她没有再找下去，跟船回到东昌，在乡下的娘家生下了大河，后来发送了公婆，送大河进学馆，带着大河来到孝廉胡同住下。这些年来，她带着大河隐姓埋名地活着，虽然日子过得贫苦了些，但好歹平平安安，这样她就心满意足了。

正房内，刘振坤跪在鲁鸿举的牌位前为他上了三炷香，悲声哭道："师兄，振坤来看你了，我知道你是遭奸人陷害，振坤发誓一定找出仇家替你报仇！"

站在一旁的大河娘忙阻止："振坤师弟，你师兄说过他的事儿系朝中权贵争斗而起，叮嘱不准替他寻仇，这么多年我生怕大河惹出啥乱子，从来不向他提起任何有关他爹的事。"

大河娘清晰记得丈夫在蒙难之时百般叮嘱她，让她日后带着孩子远离官场，躲避是非，不求富贵，只求过个安稳日子。虽然对于丈夫不明不白的冤死，她也一直耿耿于怀，可这是他的遗愿啊，她怎能违背，更何况大江已经丢了，她不能再失去大河了。

"好吧，嫂子，我一辈子遇事听师兄的，这回就还按师兄的意思办吧。"刘振坤叹息了一声，抬头看着大河娘，"嫂子，我看大河这孩子为人行事颇有几分师兄的气魄，我有个提议，不知道你肯不肯？"

"振坤师弟，啥提议，你说就行。"

"我想让大河他们几个进漕帮，给他们安排份差事。一来呢，他们能有个稳定的月银，二来呢，我也方便帮忙照顾大河。"

"振坤师弟，能把大河交到你手上我是求之不得，只是别给你添乱就好。"大河娘露出了笑容。

"嫂子，咱别见外了。把大河交给我，你就放心吧，我一定将他历练成一个顶天立地的男子汉！"

大河痊愈之后，便被大河娘催着，拉上小山和大奎一起来到漕帮。起初大河还不相信，毕竟朝廷有规定，入帮者须经四年一次的金选公开招募，凡尖刁、贫瘦、土匪均不得混入，入选者须经船上的舵役、头工、水手具状互保，并将入选者的年龄、相貌、指纹、籍贯等登记造册后呈送州府衙门备案，只有这样才能正式入帮。更何况自打河漕断航后，朝廷已有数十载未准许漕帮金选水手了，他们怎么可能这么轻易入帮呢？

可是凭着刘振坤的担保，他们真就入了帮，这一切让大河是既惊喜又意外，他本来就想端好走漕的饭碗，漕帮是个历练人的好去处，假以时日，他一定能历练成走漕的高手！大奎没有太多想法，他只想跟着大河哥，这样他心里就踏实。唯独小山不高兴，因为弟子入帮必须要从杂役水手干起，可杂役水手是漕帮中地位最低，干活最累，吃苦最多，水脚银却拿得最少的苦差事。他暗想还不如让刘帮主赔他的小船钱呢，不管咋说，原先他也是船东啊，可现在入了漕帮，倒成了任人驱使的杂役水手了。

对于鲁大河三人入帮之事，最不满的就是张老大，张老大怎么都想不明白帮主为何向着外人，反而将少帮主逐出了堂口。这一日，他愤懑地走在东关大街上，打算借酒消愁，突然间一个蓬头垢面、装扮如同乞丐的人被酒馆的门迎猝然驱赶到了他的面前。

"要饭的，你可别挡了我们的财路，该干吗干吗去吧！"门迎颐指气使道。

"狗眼看人低的玩意，谁是要饭的？"

张老大立马听出这是刘三和的声音，他一把拉住刘三和，欣喜道："少帮主，我和前帮的弟兄找了你两天了，你咋在这里？"

自从那日刘三和被人打了一顿，从堂口像扔死狗一样扔出来之后，他突然感到偌大的东昌城竟没了他的立锥之地，以往那些怕他、巴结他的人居然在他落难之时对他避之如瘟疫，甚至在背地里偷偷嘲笑他。他身上没有钱，亦无处可去，无亲可投，只好在城门楼子上猫了两天。这两天他心中咒骂了鲁大河上万遍，他想若不是鲁大河，他何以从堂堂的少帮主沦落成无家可归的癞皮狗！

张老大看他如今狼狈不堪的样子，提议等帮主气一消，便和弟兄们去求情，请刘三和重回堂口。刘三和却铁了心，这辈子就算饿死，也不会再登东昌漕帮堂口的大门！劝解无效，张老大突然想到自己与侯氏船行的胡管事有交情，也许可以给刘三和提供一个安身之处。

东昌大码头向南约半里处有一条连接会通河与东昌湖的支流，因其形状宛如月牙，当地人管它叫月河。在月河与会通河交汇的拐角处有一家大门向东开的侯氏船行，一些身穿"侯"字号衣的汉子在忙碌着。

胡管事瞅着刘三和身上虽有些沾脏却是地道榆白杭纺的真丝衣服，摇头道："张老大，船行里都是些出苦力的，就你们少帮主这身行头，我哪敢使唤他当杂役水手啊？"

"胡管事，您别光看行头啊，我可不是说大话，就我们少帮主这身走漕的本事，在你们船行里恐怕还真找不出第二个来！"

"那好吧，"胡管事看着刘三和叮嘱道，"不过，我可有言在先，到了这里你就不是什么少帮主了，干的是任人驱使的杂役水手，你想好了，这差事你干还是不干？"

刘三和咬着牙："这世上本就没有什么高低贵贱之分，我一定能干好这份差事！"

"那好，前三个月船行只管吃住，仨月后要是东家说行，你就留下。不过，船行不比你们漕帮，头一年的年例只有二两纹银。"

张老大本想替刘三和多争取一些，但刘三和却拉住张老大，坚定地说："我干！"

胡管事一走，张老大劝刘三和再去别处看看，刘三和知道别处肯定还不如这里。自打断漕后，东昌城中有几十家船行先后倒闭，如今只有侯氏船行还在开张。他没得选，只能暂且在此处安顿下来，等哪天东山再起，他一定要把和鲁大河的账好好算一算！

次日，天尚未交卯，一轮红日喷薄欲出。天边飞出的彩霞倒映在东昌湖上，将一湖碧波渲染得五彩缤纷，几只鸭子浮在水面上嘎嘎地叫着，将东昌古城从睡梦中唤醒。

厚重的东城门吱呀呀地开了，连接古城与外城的吊桥被值守的差役放了下来。

吊桥刚放下，穿一身粗布旧衣的刘三和急火火地从城门洞子中跑了出来，与先前那个风流倜傥、威风八面的少帮主相比，简直判若两人。今天是他去侯氏船行上工的第一天，他一路小跑沿着东关大街向东奔去。

与此同时，东关大街东头西岸的河堤上，大河、小山和大奎肩背斗笠，打着哈欠也一路向北走来，今天也是他们来东昌漕帮上工的第一天。东昌漕帮的船场在堂口向北约半里的西岸，此处是依傍会通河开挖的一条专门用于泊船的支流，当年漕运鼎盛时由官府出面所建，最多可容纳二百多条漕船。不过，此时船场中只有大约不到三分之一的地方停着漕船，不免显得有些空寂与冷清。

晨光中，大河他们沿着河堤走来，小山看着空无一人的船场，揉着惺忪的睡眼打哈欠道："干娘也真是的，天还没亮就把咱几个给揪了起来。大河哥你看，漕帮的船场连个人影都没有，你说咱来这么早干什么？"

"小山，娘不是说了，咱头一天进漕帮上工，让咱先来洗洗船，待会儿漕帮的弟兄来了就能上船操练了。"大河说着找到一条挂有"东昌漕帮戊帮子船"号牌的漕船，抬脚跳了上去，在船上找出抹布，拎起木桶在河中打水涮洗抹布，然后蹲下身子卖力地擦起漕船来，小山和大奎也只好跟着干了起来。

日头升高，胡老大带着一群漕帮汉子沿着河堤懒散地向漕帮的船场走来，这时，四五条漕船已经被擦洗干净。

"弟兄们，既然有人帮咱擦船，咱先歇会儿……"胡老大说着找了个荫凉的地方坐下，他的眼睛一直盯着大河。

岸边的漕船上，小山走到大河面前，不满道："大河哥，这帮家伙还真拿咱当没见过世面的小工子使了，去他娘的，老子不干了！"说着，咚的一声将木桶丢在船上。

"大河哥，小山说得没错，他们这分明是在欺生！"大奎也看不下去了。

这时，张老大也带着一帮弟子沿着河边走来，看到大河他们在帮后帮擦船，恶声恶气地喊道："哎，新来的小子，你们咋光帮着后帮擦船啊？前帮的船你也得给老子擦了！"

"嘿，干活还干出毛病来了？去他娘的，老子不干了！"大奎将抹布摔在船板上。

"就是，老子都干了半天了。"小山扭头喊，"大河哥，你也歇会儿，咱不干啦！"

"小兔崽子，才进漕门你就想乍翅啊？"

张老大正要撸胳膊挽袖子上前教训大河他们，在河堤上走来的刘振坤恰巧看到这一幕，他训斥道："张老大，又想恃强凌弱了是吧？"

"刘帮主，这几个小子跟我顶嘴，还……"

张老大还想继续解释，一看刘振坤的眼神便闭了嘴。四下里或站或坐的漕帮弟子看见帮主也一哄而散，赶紧向岸边的漕船走去。

第三章
入帮学艺

自古万恶淫为源，凡事百善孝为先；

淫乱无度乱国法，家中十戒淫居前。

帮中虽多英雄汉，慷慨好义其本善；

济人之急救人危，打劫杀人帮中怨。

君子记恩不记仇，假公济私无根由；

劝人积德行善事，假正欺人不可留。

…………

河滩之上，漕帮汉子十人一行，十行一方，待点卯结束后，对着旭日大声诵读漕帮十戒，十戒之后又是漕帮十大帮规——

一、不准欺师灭祖，

二、不准藐视前人，

三、不准提闸放水，

四、不准引水代纤，

五、不准江湖乱道，

…………

刘振坤听着漕帮汉子们整齐划一、铿锵有力的诵读声，脸上露出了笑容。他扭头看到站在人群后面的大河，笑着冲他招了招手。

21

大河走上河堤，抱拳道："大河见过帮主。"

刘振坤从腰间抽出一条布巾递给他："大河，干了一早晨了吧？来，擦把汗，借着这个机会我来考考你如何？"

"帮主，您想考啥？"

刘振坤带着大河走向一旁的树荫，两人坐下，刘振坤问道："大河，咱中国人啥时候有的船，船分几种，最大的船多大，这些都知道吗？"

大河思索了一下："据《周易·系辞》上讲，伏羲氏刳木为舟，用以捕鱼狩猎，这就是说从盘古开天地，咱中国人就知道造船，使用船只为民造福了。"

"说下去。"

"先秦时中国的造船业大兴，据古书上记载，三千年前楚国派水师攻吴，因吴国地处长江下游，水军实力雄厚，拥有当时赫赫有名的余皇、三翼、突冒、楼船、桥舡等各种战舰，吴国凭借水军的优势大败楚国。后来吴国的水军又凭借强大的战舰入海北上，进攻地处山东半岛的齐国。"

刘振坤点头，补充道："可木船走海路常会遭遇风浪侵袭，以至船毁人亡，后来吴王夫差欲北上称王，就开挖了沟通长江和淮河的邗沟，后来有了隋朝大运河和元朝大运河这两大河道。那大河，你再说说船的种类。"

"要说船的种类，根据船的大小和功能可分为：舟、舸、艨艟、楼船、平船、艇船、河船、海船、战舰九大门类。据《明史》记载，郑和下西洋时就已经造出了九桅十二帆的大海船，一条船上可搭载三千人，这大概是当时中国人造的最大的船了吧？"

"行啊，大河，就冲你这满脑袋瓜的学问，我也得提前开香堂收你为磕头弟子了！"刘振坤笑着夸赞大河；心中却在暗自祈祷："师兄，大河的这股聪明劲儿随你啊，请师兄放心，只要有我刘振坤在，我一定将大河历练成一个顶天立地的漕帮汉子……"

岸边漕船上，张老大不时抬头打量着树荫下谈笑风生的二人，他觉得这个鲁大河一定对是帮主施了魔法，否则帮主作为死去的二彪子的叔，怎么可能还和他如此亲热呢？他越想越觉得这事不可理解。

漕船清洗完毕，张老大和胡老大作为堂口的总领漕，各自带领弟子开始演练。大河、大奎和小山还未定下跟随哪条船，只好先在一旁观看。

只见岸边几十条漕船一字排开，每条漕船上站着十个漕帮汉子，在正丁船老大的带领下演练着各种走漕的技能，有的扯篷，有的撑篙，还有的在演练拔锚抛锚，整个漕帮船场生龙活虎，人声鼎沸。

岸边，张老大和胡老大相向而行，各自巡视着正在演练的漕船。河堤上，刘振坤则坐在太师椅上居高临下地扫视着岸边。

"启禀帮主，东昌卫所的季大人来了，说找您有要事相商。"一个漕帮子弟沿着河堤快步来报。

刘振坤点头，冲着岸边喊道："张老大，胡老大，只有平时多流汗，方可走漕保平安！你二人继续带大伙演练，我可有言在先，练得好的奖，不好的罚！尔等听明白没有？"

"弟子明白！"

刘振坤冲他们摆摆手，转身沿着河堤走了。

虽然自刘振坤回堂口坐镇后，帮中两派表面上都收敛了不少，可彼此的心结依旧，特别是刘三和被逐出堂口后，作为东昌漕帮最具实力的两个总领漕，他们都在暗中觊觎少帮主之位，都想憋着劲地将对方比下去，此时见帮主离去，他们又要蠢蠢欲动了。

"胡老大，刘帮主吩咐了，让咱认真演练，演练好的奖，不好的罚！我看这么死练也没啥意思，不知你们敢不敢跟咱前帮的弟兄切磋切磋走漕的技艺？"

"张老大，你啥意思？"

"我就是觉得没意思，才想与你们切磋一下，咋，不敢啊？"

"张老大，光棍受打不受辱，别以为你们人多，老子就怕你！你就说咱比啥吧？"

"我看咱不如各选出一条漕船演练一回憋王八，你敢吗？"

张老大身边的弟子个个身强力壮，正虎视眈眈地瞪着胡老大身边的这些老弱病残。

胡老大知道对方是有意挑衅，他也不想让人看低，便坦然回道："张老大，既然你执意要比，那老子就陪你玩一回憋王八好了！"

"胡老大，咱可先说好了，谁的漕船被憋住，对方的总领漕可得趴在河堤上当着众人的面学一回王八爬！"张老大边说边伸手夸张地比画着王八爬的样子，得意地笑了起来。

"这话可是你说的！弟兄们，今天咱就跟前帮的比一回憋王八！"

虽然后帮的人也看不惯前帮这些蛮横之徒，但他们也很清楚自己的处境跟实力，原先帮中的那些壮汉早就自谋生路去了，就剩下他们这些老弱病残，又怎会是前帮这些壮汉的对手？

胡老大看出了他们的顾虑，胸有成竹地安慰道："大伙放心，待会儿只要按我的意思行事，我保咱准赢！"

河道中并排停着两条蓄势待发的漕船。

张老大得意地看着身边九个膀大腰圆的漕帮汉子，又看了看胡老大那边九个看起来并不强壮的手下，内心早已欢呼雀跃起来。

"大战前切忌心浮气躁，以免自乱方寸！"胡老大抬头看着众人，"弟兄们，刚才我说的话可都记住了？"

"记住了！"

一阵急促的鼓声响起，河道中两条漕船上的漕帮弟子呐喊着奋力撑篙，两船交替着向前驶去。

张老大两眼瞪得溜圆，双手扳舵冲船上喊："弟兄们，加把劲儿，只要咱的漕船超过去就下家伙，待会儿就等着看胡老大是怎么趴在河堤上学王八爬的吧！"

张老大的手下奋力撑篙，他们的漕船一上来就处于明显的超越位置。胡老大的手下体力明显不如对方，但胡老大并不着急，一边把舵，一边发布着指令。手下们听到"嘿"时统一下篙撑船，听到"嗨"时统一提篙换力，大伙儿很快就适应了胡老大的节奏，跟着一起呐喊起来，他们的漕船在整齐划一的节奏中开始加速。

张老大见胡老大他们的漕船追了上来，不免有些着急而大骂起来。手下人受了责骂，慌乱地加速撑篙，他们手中的船篙在水面上一阵紧忙过后，漕船又处于超越的位置，可这些膀大腰圆的壮汉也都累得气喘吁吁了。

"头篙下家伙，把胡老大这个大王八给老子憋住了！"

站在船头里侧最前面的弟子闻听张老大的指令连忙举起船篙，喘着粗气纵身跃起将船篙斜着向胡老大他们漕船的船头前插去。可刚才毫无节制地硬拼，使得体力严重透支，这个弟子行动有些迟缓，插过去的船篙还没落下，就被胡老大船上的"头篙"抢篙打飞，张老大船上插篙的弟子摔在了船板上。

张老大瞪起眼："他娘的，没吃饭啊？连船篙都拿不住？滚开，让二篙、三篙下家伙！"

张老大漕船上的另两个弟子闻听忙举篙向船头走去，一下少了三个人撑篙，张老大他们漕船的船速明显慢了下来，二篙弟子举起船篙纵身一跃，终于将船篙斜着插在了胡老大他们漕船的船头前。插篙的弟子凭借船篙的弹力，一个转身又跳回到自己的漕船上。

"好！继续下家伙，一定要把胡老大这只大王八给老子憋牢靠了！"

二篙弟子站在船头张嘴喘着粗气，另一个弟子举着船篙在一旁干着急却无法上前插篙。

胡老大他们的漕船被猛地别了一下，船上的弟兄向前一蹿险些摔倒。

胡老大高声喊道："弟兄们，脚下站稳了，一起发力撞断船头前的船篙！来呀，听我的号令，嘿——"

随着胡老大的号令，他的手下同时发力，就听咔嚓一声，插在船头前的那根竹篙被拦腰撞劈，一丈多长的船篙硬是被压在了漕船的船身下，张老大漕船上的弟子颇感错愕。胡老大船上站在内侧的戊漕老大，瞅准机会再次抢篙向张老大船上那个等待插篙的弟子手中砸去，就听当的一声，这个弟子手中的船篙也被震得脱手而飞。

张老大大叫一声，猛然扳舵向胡老大他们的漕船上别去，两条漕船撞在了一起。此时胡老大的漕船已处于反超位置，张老大这一撞，更是将胡老大的漕船给向前撞出去一大截，胡老大借势用力扳舵，用自己漕船一侧的船帮硬别在张老大漕船的船头前。

"他娘的，快下篙啊！一齐用力顶开他的漕船！"

此时张老大的手下已损兵折将三分之一，再加上刚才毫无节制地硬拼，耗尽了体力，眼下都只有气喘吁吁的份了，他们见张老大发火，剩下的六个弟子忙慌乱地撑篙，可他们的漕船还是被胡老大的船给硬生生地挤到了岸边。

胡老大用力地扳舵，使劲别住对方的漕船，笑着高喊："弟兄们，三篙齐发，对准他们的船头下家伙！"

河堤上，大河看到这精彩的一幕，不禁大叫起来："好，胡老大不愧是智勇双全的漕帮汉子，这王八憋得太漂亮了！"

胡老大漕船上站在船头内侧的两个弟子同时跃起，将船篙插向张老大他们漕船的船头两侧，这二人刚跳回到漕船上，船头外侧的另一个弟子也飞身跃起，将船篙插在张老大的漕船船头中间，三根竹篙牢牢地别在张老大他们漕船的船头前。

"他娘的，你们这帮笨蛋！赶紧顺篙回船啊！"

张老大急得破口大骂，此时他们的漕船一侧靠在岸边的石头护堤上，另一侧又被胡老大的漕船给死死地挤住，张老大的手下干着急却找不到下篙的地方。

胡老大喊道："弟兄们一起动手，给我把张老大这只大王八憋牢靠了！"

他的手下闻听同时出手，三根船篙斜着插在张老大漕船的船尾，另外三根船篙则插在对方漕船的外侧，张老大的漕船这回算是被彻底憋牢靠了。

张老大气得一拍大腿蹲在后甲板上："唉，老子这回丢人可丢大发了！"

"张老大，这回服了吧？哈哈……"

张老大黑着脸不说话起身上岸，他的手下也垂头丧气地上了岸。

"张老大，王八爬！王八爬是张老大……"胡老大的手下看着张老大呼喊起来。

然而张老大头也不回地一直往前走去，胡老大见状上前一步拉住他："张老大，输者一方的总领漕要学王八爬这可是你说的，你不会这么快就给忘了吧？"

"胡老大，你他娘的不要欺人太甚！"

"张老大，你把话说清楚，今天是谁想欺负谁？"

大河也走过来为胡老大鸣不平："张老大，愿赌服输，这咋还成别人欺负你了？"

张老大眼睛瞪着大河："鲁大河，你算哪根葱哪瓣蒜？老子就是不爬，你能咋的？"

大河笑了："大伙听听，这像个总领漕说的话吗？大河才入漕门，对帮规帮训知之甚少，今天斗胆向张总领漕讨教一二，不知漕帮十戒中所讲'劝人积德行善事，假正欺人不可留'这句话该作何解？"

张老大有些理屈词穷："哼……"

这时，胡老大的手下又有节奏地呼喊起来："张老大，王八爬！王八爬是张老大……"

张老大被喊得心烦意乱，只得摆手道："停停停！老子认栽！真是的，多大点事儿啊，不就是在地上爬挠几下吗？我爬！"

张老大趴在地上摇头摆尾地学着王八爬行的样子一步一步地向前爬去。后帮的人看了，齐声改口喊了起来——

"憨王八，王八爬，

王八爬到姥姥家，

引来一窝鳖亲家，

鳖姨鳖舅鳖外甥，

他家一窝大王八！哈哈……"

小山趁其不备将斗笠放在张老大的背上，斗笠上写着"大王八"几个大字。张老大背上顶着的斗笠很像个王八盖子，众人看了更加哄笑不已。

人群中，胡老大悄悄向大河拱手致谢，大河抱拳还礼。之前他还犹豫分漕跟谁的船，此时他心中已经有了明确的答案，他愿跟着胡老大。

跟随胡老大登船的第一日，大河、大奎、小山三人便和大家一起操练扯篷。

"扯篷？不就是起帆吗？"大奎问道。

胡老大笑了："大奎，一张嘴就知道你没在漕帮待过，河漕上历来禁忌颇多，比如翻、沉、漏、透之类的字眼及谐音均不能说！"

"那该咋说？"

胡老大解释道："比如起帆叫扯篷，落帆叫落篷，起锚叫拔锚，下锚叫抛锚，推舵叫吃烧饼，扳舵叫炸果子。走漕时万一说错话，轻则挨骂，重则受罚！"

小山瞪起眼来："啥？说错一句话就要受罚？这叫啥规矩？"

"帮中弟兄众多，若无严明的帮规帮纪约束，岂不是要乱套吗？弟兄们，今天咱还是三人一伙分别演练，关键是要把握好扯篷的要领，三个人要同时发力，配合得当，才能在最短的时间内将船篷扯起来！"胡老大指着面前站的三个弟子，吩咐道，"你们三个先给大河他们做个示范！"

三个漕帮弟子来到桅杆下抓住篷索各自站好，胡老大高喊起扯篷号子："哎嗨哟——弟兄们哪！"

众人齐声附和："嗨哟——"

"抓紧大缏猛使劲喽！"

"嗨哟——"

"一折一折地往上升喽！"

"嗨哟——"

"一气升到了将军顶哪！"

"嗨哟——"

"紧靠鳖鱼好使风喽！"

"嗨哟——"

"满篷过角送船行哪！"

"嗨哟——"

"高手能使八面子风喽！"

"嗨哟——"

号子喊完，巨大的风帆也被升到了桅杆的顶端——这就是被漕帮汉子们称之为"将军顶"的所在。

大河、小山、大奎听着这荡气回肠的扯篷号子，不觉有些热血沸腾了。

"大河兄弟，你看咱弟兄们这扯篷号喊得如何？"胡老大问道。

大河竖起大拇指："好！在河漕上行船也只有漕帮才能喊出如此有气势的号子来！"

大河的话音刚落，从河堤上传来呵斥声："好什么好？靠花拳绣腿就能走好漕了？"

船上的人循声望去，见刘帮主带着四个贴身护卫已走下河堤。

"胡老大，你喊得倒是挺热闹，扯个篷还用得着恁人啊？你们谁能一个人把船篷扯起来？"

众人议论道:"漕船上的大篷加上连杆少说得有五六百斤,一个人谁能扯得起来啊?"

胡老大闻听笑了,摆手制止众人:"刘帮主,弟子闻听当年您老练就了一手单人扯篷的绝活,今天可否让弟子们开开眼?"

"胡老大,要是搁在十年前,我一准让你见识见识啥叫单人扯篷,可这手绝活我多年不练了……"说着,刘振坤脱下上衣运气站好,"我先把丑话说在前头,要是我练砸了,你们这帮小子可不许笑话我!"

胡老大赔着笑脸说:"刘帮主,这帮小子谁敢呲牙,我立马将他的大板牙给薅下来!"

"好,那我就献丑了!"

刘振坤站稳脚跟,往手中吐了口吐沫,伸手抓住船篷的吊索用力一拽,巨大的风帆猛地往上一蹿,手中拽下来的吊索坠落在甲板上,刘振坤抬脚踩住坠落下来的吊索,接着又是用力一拽,船帆又往上一蹿,如此这般几个反复,巨大的船帆已被他扯到了桅杆的顶端。刘振坤一抖手,麻利地将吊索往桅杆上一挽,顺势将吊索系在了桅杆上。

众人看呆了,少顷,大伙一起拍着巴掌叫起好来。

刘振坤抬头看着还差一点不到桅杆顶的船帆直摇头:"唉,不服老不行啊,想当年我能丝毫不差地将船篷扯到将军顶上去。"转身去看众人,"哎,我老头子都试身手了,你们不来试试?"

众人面面相觑,都向后躲。

"三千六百里的河漕,漕帮每回出去走漕短则数月,长则一年,谁知在路上会遇到啥状况,赶上紧要当口,有这手绝活就能救全船人的命!胡老大,要不你来试试?"

胡老大忙抱拳:"刘帮主,您老这手绝活弟子是真办不了,您还是另请高明吧!"

刘振坤的眼睛瞄向大河:"大河,你来试试?"

大河有些犹豫,刘振坤鼓励道:"大河,本事是学出来的,功夫是练出来的,行不行的,试试怕啥?"

大河不好再推辞,只得在桅杆下站好,暗自揣摩着帮主刚做过的几个动作要领。

刘振坤过来搂住大河的腰，提醒道："大河，单人扯篷既靠力气，更要学会手、腰、腿同时发力，还得学会借助桅杆与篷布的弹力来借力打力，才能将船篷一气呵成地扯起来！"

大河学着刘帮主的样儿伸手抓住吊索，运足力气使劲一拽，船篷果然被他拽起来一大截，可倒手时脚下没踩住坠落的吊索，吊索在大河的手中滑脱，他忙伸手去抓，吊索在大河的手中刺刺啦啦地滑过。大河一咬牙，用力抓住吊索，可沉重的船帆拽着大河将他一下提到了半空。大河摇摇头松开吊索，跳到了甲板上。

吊索上沾上了一些鲜血。大河抬起血迹斑斑的手掌若无其事地瞅了一眼，从脖子上拿下擦汗的布巾将伤口缠住，再次抓住吊索练了起来。

"嗯，有股子不服输的劲头！"刘振坤点头赞许道，他心想自己一身的走漕本事是时候传授给大河了。

几天后，刘振坤再次巡视漕船演练时，特意将大河叫到自己的小船上，大河划着小船来到碧波荡漾的东昌湖上。

东昌湖深处茂密的芦苇形成了纵横交错的芦苇荡。

小船划到芦苇荡的深处，大河瞅着眼前遮天蔽日的芦苇，不知所措地继续划着船桨。

站在船头的刘振坤看着前面一处稍宽阔的水面，回头吩咐："大河，就停在这里吧！"

大河收桨停船。

"大河，今天叫你出来，想向你传授点溺水施救的绝活，想学不？"

大河吃惊地看着刘帮主："溺水施救的绝活？"

"只要走漕，不定啥时候就会遇上溺水之人。佛家说，救人一命胜造七级浮屠，叫我说，不懂施救之术就不是一个真正的漕帮汉子！"

"大河多谢帮主抬爱！"

"大河，没人时你不用跟我客气，这倒显得咱爷俩生分了。"

"是，大河记住了！"

"落水之人喝上几口水并不可怕，哪怕他肚子喝得滚瓜溜圆，只要把水给控出来，这人就还有救。怕的是溺水时呛住了气嗓，或将水呛进肺脏，若再解救不及时不得法，这人可真就没救了……"

刘振坤给大河详细地解说着，大河认真听着不断地点头，仔细体会着动作要领。

不远处，一簇茂密的芦苇丛后面，张老大带着两个弟子划着小船躲在那里偷窥。当他看到刘帮主在向大河传授溺水施救的独门绝技时，张老大不由得瞪圆了眼睛。他没想到帮主竟然会把溺水施救的独门绝技传授给鲁大河。因为按帮中惯例，这套施救的独门绝技只传给日后执掌堂口大位之人，难道说帮主有意传位给鲁大河？可鲁大河至今没在祖师爷的牌位前磕头，他凭啥得大位？而令他更想不到的还在后面呢！

几天后，东昌漕帮堂口议事堂前，供桌上摆着漕帮祖师爷的牌位，牌位前的香炉中香烟缭绕，供桌的一侧并排斜放着三把太师椅。

漕帮弟子都不知所措地列队站在院中，张老大和胡老大站在众人前面也都是一脸茫然。显然作为东昌漕帮的两位总领漕，他们对堂口中将要发生的事情也是毫不知情。

众人胡乱猜疑之时，刘振坤满脸笑容地陪着两个中年人从议事堂中走出来。待他站定后，开口说："各位弟子，自打河漕阻断后我已有多年未开香堂收弟子了，为使漕帮的百年基业得以传承，今天我要以进门引进师的身份开香堂，引领鲁大河步入漕门，并收其为关门弟子！"

众人闻听不由得一惊，这么大的事之前竟然没有任何风声。

刘振坤咳嗽一声，院中瞬间安静下来，他继续说："按照漕门隔帮传代监管之规，作为鲁大河步入漕门的引进师，我今天特意请来济宁漕帮的李帮主出任大河入门后的传道师，还有临清漕帮的张帮主出任大河入门后的解惑师。"

刘振坤讲完，师爷上前主持进门拜师礼，只见他亮起嗓门喊道："鲁大河进门拜师礼现在开始，弟子鲁大河满怀虔诚之心，躬伏于漕帮开山鼻祖牌位前上香，行三叩九拜之礼！"

这时，大河穿着一身漕帮号衣，姜黄色的号衣前后各有一个醒目的"漕"字，精神抖擞地从人群中走来。他拿起三只大香在火烛上点燃，然后恭敬地给漕帮的祖师爷上香，行三叩九拜大礼。

　　胡老大站在一旁深思，他想帮主这一手绝啊，突然收鲁大河做了关门弟子，这一闷棍将他和张老大一起打了。他看透了，就算扳倒了刘三和，帮主之位也不会传到他手里，他算是彻底死心了。

　　但是张老大却按捺不住了，日后若是让鲁大河执掌了堂口，那他的好日子就算到头了。是夜，他便只身去找刘三和求助，刘三和告诉他，要想扳倒鲁大河就要学会韬光养晦，只有等待时机抓住鲁大河的死穴，才能将其一击毙命。刘三和的话就像是一颗定心丸，让张老大暂且将心中的不满压了下来。

第四章
兑粮风波

时光荏苒，次年初夏的一天，张老大、胡老大、师爷和大河奉命来到堂口议事堂议事，刘振坤有一件要事与众人相商。

"知府大人与东昌卫所季大人已知会堂口，从即日起抽调本帮全部漕船，与东昌府粮课司一起收兑东昌府治下一十二个县所有粮户的夏粮，而后运抵通州仓场交兑！"刘振坤扶着腰说。

漕粮收兑历来是漕帮的头等大事，帮主跟漕自然责无旁贷。但是不巧，前几日刘振坤再次扭了腰，以至腰疾复发。知府大人和季大人得知后，特意恩准他今年的夏粮收兑可以不用跟船押运，但是他必须要委派可靠之人代他主持今年堂口的夏粮收兑及承运事宜，他思来想去这件事只能委派给张老大与胡老大。

"张老大、胡老大，为师命你二人为今年堂口夏粮收兑的总统领，你二人须同心协力，共同办差，全力确保将今年的夏粮收兑之事办好，以确保我堂口几百号弟兄及家小一年衣食无忧！"

"弟子定当竭尽全力办差，不负帮主所托，确保堂口弟兄衣食无忧！"

"好！"刘振坤又扭过头来看鲁大河，"大河，你是头一年参与夏粮收兑，为师不让你分摊任何具体事宜，但是你要全程参与夏粮收兑之事。夏粮收兑中若遇不懂之处，要随时向二位总统领讨教，并要身体力行，辅佐他二人完成好今年的夏粮收兑大事！听明白了没有？”

"弟子明白！"

半个月后，东昌大码头前热闹起来。

推车挑担或赶着大车的粮户手拿官府核发的易知由单（完税通知），顺着河堤一字排开等待核验完粮。胡老大带着几个手拿验粮插子（一种前头尖、中间有凹槽的验粮工具）的漕帮弟子，逐一查验着大车上的麦子。他认真地验看着手中的麦粒，不时还拿起麦粒放进嘴里嚼着。一切验毕，才让手下在麻包上打下一个大大的"验"字。

粮户们将验过的麦子倒进风车中，风车的叶轮呼呼地转着，劲风从风车口吹出，干瘪的麦粒被吹出好远，饱满的麦粒则落在风车前的空地上。漕帮汉子拿起木锨去装斗装斛准备复验收仓入库，粮户交来的粮只有经过斗或斛的重新计量，归了大堆，这才算是交上了皇粮。

经过复验收兑上来的麦子堆积如山，一群漕帮汉子拿着簸箕在给麻包装包缝口，待打上"东昌府粮课司验讫"的标记后，由脚夫们运上漕船。此时，大河、小山带着一些漕帮汉子在码头上装船。

山陕会馆门前搭起了凉棚，凉棚上方挂着"种地完粮不蠲不赦"的大字横幅。此时正八品的东昌府衙粮课司大使坐在棚下，监督着粮课司的书吏及东昌漕帮的师爷对账核算。

张老大满脸笑容地端着茶杯送到粮课司大使面前："大使大人，天忒热，请大人及诸位差爷用茶祛暑！"

粮课司大使端起茶杯呷了一口，不满地说："张老大，从开始收兑到今日已是第六天了，你得催促手下加快进度才行，要是误了交兑日期，你我项上的人头就该搬家了！"

张老大忙点头："是，大使大人，我这就去催促他们加快进度！"

"张老大，我还得再给你提个醒儿，按规矩，我只管核准粮户易知由单上的交兑数额，你们验粮若是手懒脚软，到了通州仓一旦出现亏空，一切可皆由你们堂口一力承担！"

"多谢大人提醒，我这就向收粮的弟兄关照一声儿，谁也不准手懒脚软！"

正在这时，一个粮户将手中的易知由单递给了粮课司大使，小心地说：

"大人，花户宋老三前来完粮。"

粮课司大使接过易知由单看着，傲慢地说："宋老三，你家有良田一十五亩，应缴朝廷田赋一石五斗，另加人丁捐五斗，加收损耗及起兑杂费一石，共应征夏粮三石整。"

"大人，今年麦熟时遇上了干热风，好多麦粒都给摇到地里去了，我家十五亩田总共收了不到五石麦子，您看这损耗能不能给减点？"

粮课司大使一瞪眼，啪地一拍桌子："放屁！损耗岂是本官说减就能减的？"

"大人，从眼下到秋收还有三个多月哪，您老就高抬贵手，可怜可怜我一家人老小吧！"

"可怜你，谁可怜老子啊？"粮课司大使说着将易知由单递给一旁的书吏，"记上，核收宋老三皇粮及人丁捐，加收损耗共计三石又五斗！"

"大人，刚才您不是说三石吗？这一会儿的工夫咋成三石五了？"

"老子最烦讨价还价之人！你再絮叨，老子可就直接收你五石了！你这皇粮到底交还是不交？"

宋老三见粮课司大使发了脾气，忙慌乱地点头："我交，我交……"说完，他转身朝粮车走去，嘴里念叨着，"唉，康熙爷提出滋生人丁，永不加赋，雍正爷推行摊丁入亩，可从道光爷这里税赋是年年涨，害得种粮的都没了粮吃，这算啥事儿啊？"

"张老大，他的粮由你来亲自验看！"粮课司大使看着走去的宋老三吩咐道。

"明白！"

宋老三与两个儿子将粮食倒进风车中，很快出风口前就堆起一堆颗粒饱满的金黄色麦粒。

一个漕帮弟子准备装斗时，被张老大伸手拦了下来。

张老大瞅着地上的麦粒，伸手抓起一把摊在手中再次验看，又捏起一粒麦子放在嘴里嚼着，这才将麦粒丢到麦堆上，转身冲桌前高声唱收："宋老三夏粮成色暗淡，颗粒干瘪，加收损耗五斗，另收过闸银三斗，共收夏粮四石零三斗！"

宋老三一听急了，连忙说："这位爷，我家原本是一石五的田赋，先是被明着加了五斗的人丁捐，如今咋成了四石三了？你们把麦子都收走了，我一家老小可咋活啊？"

"你别不知好歹，能让你跟着漕帮兑粮已经替你省去了许多损耗，你若是觉得吃亏，干脆自己赶着大车进京完粮好了！"

凉棚下，粮课司大使听到他们的话，拍着桌子大骂道："张老大，少给他啰唆，他若敢抗粮不交，老子这就让人把他关进大牢！"

宋老三心下一紧，哀叹道："唉，交吧交吧。自古以来，百姓完粮天经地义，跟官府是没啥道理好讲，自打朝廷与洋人开战失利以来，平摊到百姓头上的税赋是年年涨啊……"

"收粮！"

几个漕帮弟子开始装斗的装斗，添斛的添斛，很快忙碌起来。斗中的麦子满了，一个弟子从地上摸起刮板准备刮斗唱收。

张老大过去一脚将刮斗的人踹在地上："你狗日的不长脑子啊？老子刚提溜着耳朵叮嘱过，你不蹾斗就刮口收粮，想害死老子啊？"

"张老大，一着急我给忘了……"那刮斗的忙爬起来，双手提斗使劲往地上蹾去。只听咚的一声，刚装满的一斗粮瞬间被蹾下去一大截。

这一蹾让站在一旁的宋老三吓得浑身一哆嗦，他的两个儿子一起向大车上留的三个装麦子的布口袋看去，兄弟二人无奈地摇了摇头，走过去抬粮食。

站在一旁的大河气愤不已，他走到张老大的面前，还没来得及说话，小山便追来一把拉住大河。

张老大扭头瞪了大河一眼，小山忙赔笑脸道："没事儿，张老大，忙你的……"

张老大知道鲁大河看不过，但他偏要气他，便抬脚踢向一旁装粮的斛。只听一声闷响，满满的一斛麦子被他一脚踢下去一大截。说起这斛，其实就是木制的盛粮工具，大口冲上谓之斗，小口冲上谓之斛，一斛为十五斗。

"不满，添斛！"张老大大声说。

宋老三走来哀求道："这位爷，您脚下留情吧，我家中还有个三岁的小孙子，就等着我这个当爷爷的完粮后，给他带回去几个大白馍解馋哪……"

"我给你留情，可通州仓场的差爷不给我留情啊！"张老大瞪着眼冲收粮的弟子喝道，"就照着刚才的这个样儿给我踢斛踆斗！谁敢手懒脚软，我扒了他的皮！"

"是，老大！"

大河实在忍不住了，挣开小山的手向前冲去："张老大，两石的粮捐让你三加两折，居然变成四石三了，就这样，你还要拼命地踆斗踢斛，都说光棍不挣昧心钱……"

大河的话没说完，凉棚下传来一声震响，粮课司大使一掌拍在桌上："张老大，你们东昌漕帮就是这样兑粮的吗？"

"大人息怒，他是才入帮的新人，不懂规矩。"

"不懂规矩他冒啥头？我看他是故意唆使花户谋反！"

"大人，回去后我就向帮主禀明，一定严惩……"

"回去？"粮课司大使瞪着眼站起来，"张老大，今天你若不当众惩办这个可恶的多嘴驴，今天这粮老子就不收了！"说完，便吩咐书吏，收拾账簿走人。

"大使大人，您可不能走啊！"张老大一边恳求着，一边喝道，"来人，先抽鲁大河二十个大嘴巴子，让粮课司大使大人出口恶气！"

几个漕帮弟子过去抓住大河，噼噼啪啪地抽起嘴巴子来，大河的嘴角流出了血迹。小山想过去阻拦，也被几个人硬生生拽住了。

通州大码头，几十条运皇粮的漕船组成的船队停了下来。

粮课司大使走上岸，望着不远处的通州仓场的大门，问道："张老大，给坐粮厅那帮爷的常例都备下了？"

张老大一拍胸前："大人放心，都分别备好了！"

"这就好！咱还是先去递交投文文书，只有把皇粮交上，咱心中的这块大石头才能落地！"

胡老大与大河从后面的漕船上跳下来，胡老大转身叮嘱："大河，帮主说让你见识一下朝廷是如何兑粮的，待会儿咱跟着张老大一起去通州仓场坐粮厅，你可要记住帮主的话，到了此处千万不敢再随意妄言了！"

大河起先还不解，为何威风八面的漕帮来到通州仓场却要低三下四，磕头作揖，后来经胡老大点播才清楚其中的道道。原来漕帮只有在皇家的粮仓兑上粮，拿到完粮文书才算是交上了皇差，才能拿到自己该得的那份月银钱粮。可坐粮厅的这帮爷岂是好讲话的人，若是没有常例打点，惹恼了他们，堂口几百号弟兄还有他们的家人就只能去喝西北风了。

这打点的常例也是有规矩的，来通州仓第一个要打点的是坐粮厅的主事，要想兑粮就要先向坐粮厅的主事递交各地官府完粮的投文文书，这叫投文常例，这笔投文常例没有五百两银子你休想过关。其他需要打点的还有书办常例、胥吏常例、仓官常例等各种常例银不下六七种，另外还有令箭牌票差礼、刑厅票差礼，就连上船验粮的差夫，你不塞给他个十两二十两的皇差茶果银，他那嘴一歪，兑粮的漕帮就要吃不了兜着走。漕帮抵通往往是颗粒漕粮未交，平均每船折合送出去的陋习银就已多达几十两乃至上百两，如果漕帮兑粮时不踢斛蹾斗克扣粮户，这些亏空靠什么来补？

"人们说通州仓加上海运仓的仓廒能装得下大半个大清朝打的粮，可有谁知道，来通州仓场兑粮这抵通之苦的滋味。"胡老大望着通州仓场的红漆大门感慨道。

大河沉着脸："胡老大，我不想进通州仓场了，我怕万一压不住火，再耽搁了大伙一年的生计。"

"也好，眼不见心不烦，我去告诉张老大。"

就在大河为通州仓场官吏差役的克扣之举而义愤填膺之时，被逐出东昌漕帮的刘三和也跟着侯氏货栈的东家侯百万，一起来到豫州贩粮。

侯百万已有五十出头，面相凶狠奸诈。听说他当年是杭州城中有名的大烟商，太平军占领江南后，为躲避战乱才跑到东昌来投奔他当知府的弟弟侯世震，靠着侯知府的威势很快在东昌东山再起，开起了货栈、米行和船行，前些年还当上了东昌商会的会首。此时他正在豫州大码头的凉棚下纳凉，看着侯府的外柜与粮商在洽谈生意。

刘三和坐在岸边的大船上打量着侯百万，他在等待机会，一个能靠近侯百万的机会。

外柜与粮商已经谈好价格，得到侯百万同意后，便开始验粮交割。在收粮时，刘三和很快发现了端倪，这个外柜收粮既不蹾斗，刮口也不淋尖，斗中的粮反而走凹，其中定有蹊跷。收粮之前，他就看到外柜和粮商在一边嘀咕，这时又不按规矩收粮，看来两人是串通好了，要算计侯百万啊。刘三和看到这里，心中暗喜道："老子时来运转的机会到了！"

刘三和走上前去，一把夺过外柜手中的刮板："外柜，大热的天哪能让您干这粗活哪？您老到树荫底下凉快凉快去，这里就交给我了！"

侯府外柜吓了一跳，狐疑地看着刘三和问道："你小子是干啥的？咋夺我的刮板啊？"

"我是侯氏船行的杂役水手，看天试热，想帮着外柜干点粗活！"

"杂役水手？"侯府外柜瞪起眼来，"胡管事，叫你的人滚开！耽搁了给东家收粮，这事谁吃罪得起？"

胡管事赶紧走来，训斥道："刘三和，你一个杂役水手咋能动刮板啊？还不快闪在一旁！"

他们这一吵，惊动了坐在凉棚下纳凉的侯百万，侯百万起身带着管家侯八走了过来。

尖嘴猴腮的侯八一边给侯百万扇着扇子，一边瞪眼道："你们不好好地收粮，瞎吵吵个球啊？看，把老爷都给惊动了吧！"

侯百万一低头看到了地上那个明显走凹的斗，在强光下眯起眼睛仔细瞅着。

外柜紧张了："东家，您咋过来了？大日头底下火辣辣的，您快到凉棚下凉快去，若让您老热着，小的可担待不起！"说着暗中摆手，示意粮商的伙计赶紧抬走地上的斗。

两个伙计刚要抬斗走人，刘三和大喝一声："慢着，你们把外柜验讫的斗先放下，让我们东家过过目！"

侯府外柜急得满头冒汗，恼怒地瞪着刘三和，却什么也不敢明说。

侯百万上前用拐棍一敲，两个伙计抬着的斗中麦子又下去了一大截，他恶狠狠地瞪着外柜说："这就是你给老子验的粮？"

"东家，这……"外柜吓得浑身哆嗦，一下跪在地上。

"把斗给老子放在地上！"

两个伙计看着一脸凶相的侯百万，吓得赶紧放下斗躲在一旁。

侯百万看了看刘三和，点头道："没想到在我的船行中竟有你这等忠心护主的伙计。后生，你可懂得收粮之道？"

"回东家，在下刘三和原先做过点收粮的营生，这其中的道道，可以说是略知一二！"

"好，刘三和，今天这粮老爷我就交给你来收了！"

侯百万话头一落，刘三和便拿起空斗朝麦堆走去，只见他将斗在麦堆上一扒，斗中的麦子立时满了，他拿起簸箕添斗，然后提斗蹾去，斗中的麦子下去了一大截，他继续添粮蹾斗，几个反复下来，才拿起刮板弧形冲下轻轻刮去，刮板过后在斗口处明显地隆起一个圆尖，按照收粮人的行话说，这叫淋尖。

一斗装定，刘三和将自己装的这斗麦子和外柜装的分别倒在芦席上，两堆麦子的多少立见分晓，刘三和装的这一斗要比外柜装的多出一倍还要多。

侯百万过去一脚将外柜踹在地上："他娘的，你拿着老子的年例月银，竟干这吃里爬外的勾当来坑害老子！我看你狗日的是不想活了？你给老子说实话，为啥要这样做？"

"东家，我是一时糊涂，是他给了我五十两银子，让我照顾他的生意，我这才……"外柜跪在地上指着粮商说。

那粮商一看事情败露，十分尴尬地说："侯东家，这……"

刘三和上前说："东家，据在下所知，十年前豫州商会就定有豫商公约。公约称商家若有招摇撞骗之举，一经查实，买家可将所买货物无偿拉走。东家，您今天买的这七千石麦子，可以一个大子不花就能运回东昌！况且豫州商会还要将行骗的商家昭告天下，从此彻底绝了他的经商之路！"

粮商惶恐地跪地哀求："侯东家开恩，如此一来，我一家老小的生计可就要毁啦！"

"好，刘三和，今天这事老爷我就全权交由你来处置！"

"三和多谢东家信任！"刘三和转过身，对粮商冷笑道，"你若不想全额赔粮，那我也退一步，改由我来替我们东家重新与你盘割这笔买卖如何？"

"你说！"

"今日之事完全由你一手挑起，按说我们东家可无须再花分毫就能将这七千石麦子运走。然，我们东家大仁大义，不忍看你血本无归而累及一家老幼，我就斗胆替我们东家做回主，你将粮价每石落下三钱，同时由我来掌斗量斛，你以为如何？"

"每石粮落下三钱，再让你来踢斛蹾斗淋尖，这笔买卖下来我不仅是分毫未赚，至少还要再赔上个四五千两银子……"

刘三和步步紧逼："这事你可想好了，是赔上几千两银子划算，还是彻底砸了你的买卖，断了你的前程好？"

那粮商瞬间像是泄了气的皮球："就依足下所言，每石粮按七钱成交，而后由你复验收粮交割，唉……"

"王掌柜，你还不快去谢过我们东家，若不是我们东家宽宏大量，你今天可就死定了！"

粮商垂头丧气地冲侯百万抱拳："在下谢过侯东家！"

侯百万看着粮商，得意地说："以后可别在老子面前打马虎眼了，你连老子手下的一个杂役水手都斗不过，如何能算计老子？"

"是，侯东家，在下记住了！"

刘三和一战成名，他的名字也被侯百万记在了心里。一回到东昌，侯百万便将他升为了侯府的外柜，专门打理侯府的粮食生意。

第五章
大河上位

　　漕帮一行从通州兑粮回到东昌，已是精疲力竭，不过指着这份皇差，堂口上下几百号人一年的生计也就解决了。就在其他人沉浸于喜悦中时，大河却有些消沉，他亲眼看到坐粮厅上下公然索贿、敲诈盘剥的种种陋习，自然明白了漕帮想不盘剥粮户显然是行不通的道理，但即便如此，他内心涌动的那一股热血正气让他不愿接受这一切。

　　过了几日，东昌大街上贴了一道榜文，上面说李鸿章的淮军和左宗棠的湘军已收复了江南大部，太平军现已退缩至南京城中，南京城也将不日告破。这对于漕帮而言，无疑是个大好消息。自道光朝以来，英商大肆向清朝倾销鸦片，第一次鸦片战争中，英军攻占镇江，封锁了漕运。后来太平军占据江南十余载，千年大运河由此隔江而阻，吃河漕饭的便都没了好日子。如今太平军的势力正在削弱，江南平定之日便是河漕再次全线贯通之时，"河漕通，盛世兴"的日子就有了盼头！

　　京杭大运河复航指日可待，刘振坤内心激动不已，可是一种忧虑也浮上他的心头。他这次腰疾复发，一连数月不愈，让他终于明白了一个道理，那就是人不服老不行。他必须提早把堂口中的大事安排好，万一哪天有个风吹草动，到时候堂口大乱，他怎么对得起前任八位帮主的在天之灵。立少帮主一事，不能再拖了。

漕帮众弟子齐集在堂口的议事堂中，认真聆听着刘振坤的讲话。

"而今朝廷已收复了江南大部，我看河漕全线贯通已是指日可待，可我毕竟年岁大了，东昌漕帮要想重振帮威，再立江湖，就必须要选出一个品行端庄、正直侠义、有胆有识的少帮主来辅佐我打理堂口才行！"

此言一出，下面站着的张老大立时来了精神。

刘振坤不动声色地扫视着众人："本舵经深思熟虑，决意要立鲁大河为东昌漕帮新任少帮主！"

此话一出，下面一片哗然。胡老大心中早就有数，自然淡定多了，但张老大的脸色难看极了。他心想，他鲁大河才来几年，凭啥让他来当少帮主？论资历，他十岁便入了漕帮；论走漕本事，鲁大河也绝对赶不上他，更何况他是总领漕，鲁大河算老几！

大河也震惊了，忙推辞道："帮主，大河还年轻，无论经历阅历，还是个人能力，都赶不上帮中其他师兄，大河恳请您老收回成命！"

"鲁大河，你想当众抗命不成？"

"弟子不敢，可……"

"立少帮主关乎一家堂口的兴衰存亡，本舵岂敢儿戏？"刘振坤面对着众人说，"鲁大河入帮虽晚，可经通盘考虑，鲁大河才是目前我堂口中唯一的可选之才。别的且不说，就说目前帮中最有威望的张老大和胡老大吧，他俩固然是我们堂口阅历最深、能力最强的总领漕，可他们都有一个致命的弱点——不识字！若是连官府的文书都看不懂，又焉能审时度势，带领帮中弟兄安漕兴帮？"

听到这里，张老大和胡老大都低下头去。

"当然了，推举少帮主还要考虑到其他因素，比如做人的慧心善根，对大事的运筹帷幄等，基于种种原因及反复考量我才下此决心！"刘振坤满脸严肃地看着鲁大河，"大河，为师希望你不要重蹈刘三和的覆辙，更不要辜负我与帮中弟兄对你的殷切期望！"

大河眼含泪水，向前一步跪在刘振坤的面前："大河谢过帮主的信任！我发誓，绝不辜负恩师的栽培，日后定当堂正做人，认真做事，为传承振兴我东昌漕帮的百年基业鞠躬尽瘁，死而后已！"说着，一个头重重地磕在了地上。

望着叩首的大河，刘振坤内心感慨道："师兄，我把大河扶上马再送他一程，日后必定会为他打造一个似锦的前程，你放心就是了……"

因为不识字便让鲁大河当上了少帮主，张老大怎么想怎么觉得窝囊，他找到刘三和大吐苦水，刘三和一开始也被这消息惊得一怔，但待他缓过神来，他越发觉得这两人间的关系不正常。

"张老大，你难道不觉得鲁大河与帮主的关系非比寻常吗？"

"非比寻常？少帮主，难道你怀疑鲁大河与刘帮主之间有啥见不得人的秘密？"

"都说父子情深，可我与刘帮主之间只不过是养父子之情，而鲁大河与刘帮主恐怕才有着嫡亲之情吧？"

"这怎么可能哪？"

"这怎么就不可能呢？你想啊，我与鲁大河一撞船就被刘帮主不由分说给逐出了漕帮，鲁大河入漕帮没半年刘帮主就收他做了关门弟子，不足两年又立他做了少帮主。这一桩桩一件件，不都说明刘帮主与鲁大河的关系非同一般吗？"

"嗯，有道理，"忽然张老大又摇头看着刘三和，继续说，"可毕竟咱没有真凭实据，况且这事还牵扯到刘帮主，万一……"

"张老大，反正该说的我都说了，办不办是你的事，如果再过上个一年半载，刘帮主真将大位传给鲁大河，到时候恐怕你哭都找不到坟头了！"刘三和说着站起来要走。

"哼！既然他爷们不仁，也就休怪俺老张不义了！少帮主，你放心，我一定要让鲁大河灰溜溜地离开东昌漕帮！"

第二天，张老大带着一帮人坐在树荫下正窃窃私语，看见大河、大奎和小山三人走过来便停了下来，他身边的那些人都愕然地看着大河。大河朝他们打招呼，他们非但不搭理，还故意都将头扭开，不看他。

大奎忍不住低声骂道："他娘的，啥玩意？给你说话还待答不理……"

大河刚想拉大奎转身离开，张老大在背后阴阳怪气地骂了起来："他娘的，一个私生子也敢人模狗样儿地杵在这里冒充大尾巴狼？呸！没爹的玩意！"

大河转身看着张老大，问道："张老大，你说谁是私生子？"

"说谁谁知道，怪不得有人削尖了脑袋要往漕帮里钻？原来是漕帮中男人多，打小没爹的孩子八成是来漕帮找爹的吧？哈哈……"

这时，张老大的手下也都不怀好意地跟着大笑起来。大河脸色涨红，愤怒地挥拳打去，狂笑的张老大冷不防被大河一拳打在嘴上。

张老大愤怒地擦着嘴角流出的血迹："他娘的，敢跟老子动手？我看你是找死！"

张老大挥拳与大河打在一起，大奎一看来了精神，趁机大打出手，张老大的几个手下接连被大奎放倒在地，小山害怕向一旁躲去，院中顿时大乱。

"住手！"刘振坤听到动静，赶紧从议事堂中走了出来。

众人将两人拉开，但他们还死死地盯着对方。

"一个少帮主，一个总领漕，竟然在堂口中大打出手，你们眼中还有我这个一帮之主吗？"刘振坤愤怒道，"说，到底是咋回事儿？"

大河满腹委屈不愿说话，张老大自知理亏不敢说，两个人就此闷在这里。

小山在一旁解释："启禀帮主，张老大骂大河哥没爹，还说大河哥是来东昌漕帮找爹的……"

刘振坤闻听大怒："帮训云，四戒邪言并咒语，邪而不正多利己，精神降殃泄己愤，咒己明怨皆不许！张老大，你身为堂口总领漕，先前跟着刘三和与后帮的弟兄明争暗斗，祸乱堂口，我没惩治你，是想给你留点颜面，谁知你却不思悔改，愈发肆无忌惮了？来人，取家法来，重责张老大二十香板！"

"帮主，你偏心！两个人打架凭啥只打我不打鲁大河？"张老大不服道。

刘振坤怒不可遏地瞪着张老大："我偏心？好！那就再给你加上二十香板！今天非把你打通透了不可！不然，你还得无事生非，造谣生事！"

大河跪在刘振坤面前："帮主，我也有错，是我一时按捺不住，才与张老大动手的。"

"鲁大河，张老大胡言乱语着实可恶，可你也不该在堂口跟他动手。去，到祖师爷的牌位前给我跪着反省去！没我发话，不准起来！"

大河跪在议事堂的供桌前，他内心被张老大的一番话搅得波澜起伏。从小到大，他就从来没见过父亲，每次问娘，她也总是躲躲闪闪的，他都已经二十岁了，竟连自己的生身父亲是谁都不清楚，如今别人拿着此事说三道四地来羞辱他，这让他怎么能忍。

就在他胡思乱想之时，刘振坤走进来让他起身："大河，我知道今天这事不怨你，可不管咋说，你也不该在堂口和跟张老大动手啊。"

"帮主，我没脸在漕帮待了，您老让我离开堂口吧……"

"胡说，你以为身入漕门是小孩子过家家哪？大河，你可是在祖师爷的牌位前磕过头的进门弟子，岂能想来就来，想走就走？"

大河抬眼看着刘振坤，委屈地说："帮主，张老大为何说我是来漕帮找爹的？"

"大河，他那张臭嘴胡乱喷粪，这你也信？"

"帮主，那你能不能告诉我，我的生身父亲到底是谁？"

"大河，你的父亲可是一个堂堂正正的男子汉大丈夫，想当年他……"刘振坤说到这里，忽然想起大河娘的嘱托，于是停了下来，"大河，我只能告诉你，你爹是我的师兄，其余的事还是等时机成熟让你娘告诉你吧……"

"可什么时候才时机成熟啊？"

"大河，都说人来到世上是遭受磨难的，你看唐三藏去西天取经，就是遭受了九九八十一难才取回来的真经。你啊，也得历经磨难才能成为一个顶天立地的男子汉。到你成男子汉那一天，你娘自然会告诉你的。"

大河心中虽然藏着成百上千个问题，但他知道娘和帮主此时是不会回答他的，他得等，等到他们愿意开口的那一天。

转眼又是半年过去。

同治四年春，山东遭受百年不遇的旱灾，大半个山东从上年秋到今春，滴雨未见，东昌城中最繁华的东关大街上难民骤然增多。为了赈灾，山东布政使丁宝桢来到了东昌。他一到东昌，就立马把东昌、德州、曹州、济宁、泰安五府及临清直隶州七品以上的官员全召集到东昌府大堂商议赈灾之事。

东昌百姓都知道丁宝桢是个为官清廉、体恤百姓的好官。他言必信，行必果，就连山东巡抚阎敬铭大人对他也要礼让三分。同治二年，他由长沙知府调任山东按察使，次年擢任为布政使。以他的秉性，作为一省主管财赋民生的从二品大员，是绝不会坐视灾民流离失所而无动于衷的。所以他一来，东昌的百姓都欢欣鼓舞起来。

　　但丁宝桢一来，刘振坤却发了愁。山东旱情严重，朝廷又派僧格林沁率五万大军在曹州剿捻，各地官府的太平仓根本无力支撑眼前的困局，丁宝桢要想破解赈灾的难题，唯一的可行之策就是征调漕船去江南买粮赈灾。虽说如今江南是被李鸿章的淮军和左宗棠的湘军所收复，可听说太平军的溃兵依然很多，他们专门劫掠江北的船只，这些船只一旦落入溃兵之手，船上的人大多被杀，船只不是遭劫就是被焚。一想到这儿，刘振坤就心焦，他把大河找来商量对策。

　　"帮主，要不然咱将成色好的漕船藏起来一些，对外就说是进厂修缮，这样总不至于将咱的漕船损失殆尽，您老以为如何？"大河提议道。

　　刘振坤思量了一下，点头道："按例漕船每岁一小修，三年一大修，今年恰好到了咱们堂口的大修之年。大河，你带人速将新船藏匿起来二十条，回头让师爷尽快将进厂报修的文书做好，我看这样兴许能蒙混过去。记住，此事万不可声张，一旦被丁宝桢知晓了实情，为师可就要大难临头了！"

　　"帮主，您老放心，我这就带小山和大奎拿上您老的令牌去船场调船，然后神不知鬼不觉地将漕船藏到东昌湖深处的芦苇荡中……"

　　东昌湖的东北角上也有一条支流，这条支流与南面的月河形成了一个回流，让东昌湖为会通河发挥着蓄水调水的作用，故此东昌湖也被称之为会通河的"水柜"。可见我们的先人们在解决大运河的蓄水用水问题上是动了脑子的，只有这样才让我们的京杭大运河得以千年传承，奔流不息，造福人类。

　　会通河中，大河、小山和大奎身穿棉衣吃力地撑着一条漕船由南向北驶来，大河举篙站在船头的内侧，看着前面的支流回头吩咐道："小山，大奎，前面该进东昌湖了，都使匀了劲先把船头顺过来！"

　　小山用力地撑着篙："大河哥，你咋不多叫几个人来啊，咱仨玩一条漕船这也忒费劲了。"

　　"小山，就你小子怪话多，大河哥不是说这事不能瞎嚷嚷吗？"大奎回道。

　　三个人刚把船头向左拐来，一条挂帆的官船从后面咣的一声撞了过来，官船的船头上站着一位身穿洋装的小姐，随着撞击声那小姐一头栽进冰冷的河水中。

河道中瞬间水花四溅，落水的小姐在拼命地挣扎。大河见状，连忙跳进河中，三下两下游到小姐面前，伸手抓住她的后衣领，单臂划水将她拖到官船边上，他也爬上了官船。

那落水的小姐大约十八九岁，面容姣好，此时她脸色苍白一动不动地平躺在前甲板上。

她的丫鬟云儿跪在小姐身边哭喊着："小姐，你咋啦？快睁开眼，别吓唬云儿……"

一名差役一把揪住大河，怒斥道："小子，你这回可是惹下滔天大祸了，侯知府就这么一个千金，大小姐要是丢了命，你们几个的脑袋都得搬家！"

正在拧着棉衣的大河一把推开差役："废话少说，还不救人？"说完，他蹲下去伸手去试其鼻息。

落水的小姐牙关紧闭，已经停止了呼吸。大河扶起小姐试着去拍打她的后背，她也毫无反应。

"她是被水呛住了，若不想法施救怕是来不及了……"

"那你还愣着干啥，快救人啊！"差役也急了。

"救人倒是行，可她是女的……"

云儿瞪眼道："都什么时候了，你还男的女的分这么清？"

"姑娘有所不知，我这施救之术是家师传授的独门绝技……"

"我不管你是什么绝技，只要能救我家小姐性命就行！"

大河看了看落水的小姐，也觉得救人要紧。于是他单膝跪在小姐身旁，双手叠压在一起准备向小姐胸前的膻中穴摁去。

"啊？你想干什么？"云儿在一旁惊呼起来。

大河的手像是被烫着一样猛地缩回："要不，你们还是另请高明吧……"

云儿只得点头："那好吧……"

大河双手叠压在一起按在小姐的胸前，一下一下地按压起来，摁了十几下后，见小姐依然没任何反应，摇了摇头，伸出右手捏住小姐的鼻子，左手掰开她紧闭着的嘴，然后大口吸气对着小姐的嘴就趴了过去。

"哎，你到底想干什么？"

"当然是救人了！"

"有你这样救人的吗？又摸胸，又亲嘴，简直是……"

"这可是最后一招了，你们想好了，这人是救还是不救？"

云儿看了看面色苍白的小姐，连忙说："救！当然救！"

大河再次吸足一口气对着小姐的嘴猛地吹了进去，只见她的胸部起伏了一下，大河看着她起伏的胸口，忙抬头换气，一扭脸，脸颊正好蹭在小姐的红唇上，经水泡过的唇红不经意间沾在了大河的脸上，留下一个清晰的印记。大河赶紧换气，再次对着小姐的嘴大口吹气，她的胸部再起起伏了一下。大河如此这般反复了几次，小姐的脸上终于有了一丝血色，而大河的脸上又蹭上了好几个醒目的唇印，大河看着小姐逐渐红润起来的面色点了点头，再次运气调整呼吸，捏住小姐的鼻子，对着她的嘴又趴了上去。不过这次他没再吹气，而是改为大口吸气，就见小姐的胸部猛地起伏了一下，大河抬起头使劲吐出一口浊水，接着抱起小姐照着她的背上猛拍一掌，小姐张开嘴又吐出几口浑浊的溺水，剧烈地咳嗽起来。

"倩玉小姐醒了！"云儿惊呼。

小姐咳嗽着睁开双眼，一睁眼看到自己被一个陌生男子抱在怀中，这个陌生男子的脸上还沾着几处刺眼的唇红，小姐当即由羞转怒，抬手给了大河一记耳光，骂道："哪来的大胆狂徒，竟敢如此轻薄无礼！"

大河正沉浸在救人成功的喜悦中，冷不防脸上挨了一巴掌，不觉一愣："哎，你咋打人啊？"

"光天化日，你竟敢当众羞辱于我……"

"好心救了她，连句道谢的话也没有，反而吃了她一个大嘴巴，这叫啥事啊？"大河气鼓鼓地跳回到漕船上。

一旁的漕船上，小山看着大河乐了，调侃道："大河哥，你好心救人没得着赏银不说，反而吃了人家一个大嘴巴子，瞧你这事闹得，嘿嘿……"

"去去，一边待着去！"

大奎在一旁催促："大河哥，你快回家把湿棉衣换了吧，时候长了非落毛病不可。"

第六章
出使买粮

事情果然不出刘振坤所料，大河刚将船场的二十条新船藏起来，东昌卫所便派人传令让他去东昌府大堂听会。

刘振坤近日腰疾甚剧，只好吩咐大河代他去听会。临去时他嘱咐大河，听会有听会的规矩，议事的官员不发话，千万不可随意插嘴，特别是在藩台大人丁宝桢面前，更要格外当心。丁宝桢脾气暴躁，山东的大小官员没有不怕他的。

次日辰时，大河准时前往东昌府大堂，当他走上大街，恰好看到一群人正围在"侯氏米行"的店铺前，拍着铺门等待买粮。

在一片拍打叫喊声中，侯氏米行的店门终于开了，一个伙计举着价目牌走出来挂在门前，只见价目牌上写着几个大字：麦子一两一斗。

"麦子一两一斗？咋这么贵啊……"众人不满道。

大河上前看了看，也嘟囔起来："前几年我去豫州贩粮，麦子的进价才五钱银子一石，一过灾年，他居然卖到了一两银子一斗，这些黑心的粮商是在故意发国难财啊！"

身旁有人听到大河的话，瞪眼吼了起来："大伙听到了吗？前几年麦子的进价才五钱银子一石，如今侯百万的米行居然卖到了一两一斗，这些粮商的心简直是黑透了！"

买粮的人一听，一拥而上朝伙计声讨起来，那伙计慌乱地退缩着："你们想干什么？也不看看这是啥地方？我家老爷的亲二弟就是东昌知府！你们在这里撒野不怕掉脑袋吗？"

买粮的人一听退却了，只有大河上前继续理论道："既然你们东家是侯知府的亲哥，理应在大灾之年带头平抑物价，帮东昌的百姓度过灾年，而非借机大发昧心财！大伙说，是不是这个理儿？"

"就是！就是！把粮价落下来，落下来……"众人高声附和起来。

看着群情激奋的人群，伙计恼怒地瞪着大河："小子，今天这个乱子窝可是你给惹下的，你要想买粮就老老实实地排队，若是不买，赶紧滚蛋！"

大河完全不理会，继续喊道："各位父老，正常年景一石麦子的进价只有五钱银子，大伙说，咱该不该让他赚这昧良心的银子？"

"不该！"

众人怒吼着，一齐涌到侯氏米行门前，有人高呼一声："各位乡邻，既然黑心的粮商不管百姓的死活，咱索性抢了他狗日的！"

"对呀，抢！抢他娘的……"

侯氏米行门前大乱，店里的伙计慌忙阻拦着不断涌来的人群。

"快关铺门，这买卖没法做了！"

大河看着门前的乱象，笑着一拍脑门："坏了，光跟这帮小子斗嘴了，险些误了我的正事儿！"说完，他连忙转身沿着东关大街向西跑去。

大河气喘吁吁地来到东昌府衙门的大堂，见里面已经站满了官员，他们大多是七品的知县，也有五六个五品以上的州府官员。鲁大河跟他们不熟，便探头打量着大堂。只见大堂正中有一块色彩艳丽、绘有《海水朝日图》的落地屏风，屏风前的黑漆公案上放有文房四宝、印盒、惊堂木及发令签等器物。大堂两侧的执事牌上写有"山东布政使""肃静""回避"字样，昭示着此处暂时成了山东布政使丁宝桢的临时议事场所。

就在大河无所事事四下看时，屏风后忽然传来咳嗽声，大堂上顿时鸦雀无声了。所有的官员忙挺直身子，恭敬地站好。大河站在人群后抬眼看去，见身穿从四品官服的东昌知府侯世震在前面伸手引领着一个四十开外、身穿从二品官服的黑瘦小老头从屏风后面走了出来，那人便是丁宝桢。

丁宝桢长着一张棱角分明的长方脸，中等个头，黑黢黢的脸上看不出一丝表情。有两个人跟在丁宝桢的身后，一个手握刀柄的壮汉，名叫丁贵，他是丁宝桢的贴身护卫，另一个是丁宝桢的师爷。

丁宝桢一到堂上，直入正题道："眼下的形势想必列位已然清楚，山东境内沿河漕的五府一州旱情严重，若在以往，沿漕的省份遭灾，朝廷会恩准截漕赈灾，可眼下河漕未开，自然无漕可截。本藩台从各府州县衙门报来的灾情文书中获悉，各地官府太平仓的储粮最多仅可维系三个半月，可眼下到秋收尚有半年之久，再加上僧王爷的五万大军，每日人吃马喂，没有二十万斤精粮作保，定然无力支撑战局，若是剿捻失利，天灾与人祸再相叠加，势必会演变为一场不可预测的大灾难！"

大堂上的官员都惶恐地注视着丁宝桢那张黑黢黢的脸。

"故此，本藩台已与巡抚阎敬铭大人商定，决意调拨布政使衙门二十万两府库银，征调山东境内全部漕船冒险过江买粮，以解燃眉之急！当然喽，此时江南初定，过江买粮亦充满许多变数，为慎重起见，本藩台特意召集诸位大人前来东昌府大堂议事。各位平日在沿漕各地为官，自然熟谙河漕之事，各位大人对过江买粮赈灾有何高见，还望不吝赐教，畅所欲言！"丁宝桢说着客气地冲下面站立的官员拱了拱手。

下面站立的官员却都低下了头，纷纷躲避着丁宝桢扫来的目光，更无一人敢出声。大河站在官员们的身后，如同一只好动的猴子悄悄抬起头，好奇地打量着四周。

众官员缄默不语，丁宝桢问道："本藩台想听听各位大人的高见，为何无人出声？"扭头去看侯世震，"侯知府，你是东道主，先来说几句！"

"承蒙藩台大人抬爱，下官就来个抛砖引玉……"侯世震眨着眼睛想说辞，"藩台大人圣明，藩台大人真是体恤民情，爱民如子……"

丁宝桢听着皱起眉头，打断了他的话："本藩台向来厌恶阿谀奉承之词，若非本藩台对河漕事务不熟，何须召集尔等前来议事？"

侯世震和众官员面面相觑，都赶紧低下头，大堂上再次鸦雀无声了。

"既然诸位无话可说，那本藩台就直接对过江买粮赈灾之事提出动议了！"

众官员忙抬起头，静静地看着丁宝桢。

"为解燃眉之急，本藩台已向河督大人请命，河督大人恩准并责成东河总督府漕运司发出钧令，即刻征调山东五卫七帮的全部漕船开赴江南买粮赈灾，今天本藩台在此正式晓谕各位前来听会的帮主，济宁前后二帮所属漕船于三日后辰时前在济宁大码头集结，其余五帮的漕船于三日内在东昌大码头前集结，届时山东布政使衙门将统一派员带队过江买粮！"

大河听完这话，不觉暗自嘀咕："丁宝桢的上嘴唇一碰下嘴唇就把五卫七帮的漕船全部征用了，他怎么就不能替五卫七帮的漕帮弟兄想一想？此时征调漕船过江买粮，只怕是有去无回啊！"他见没人敢直言，忍不住大声说："藩台大人，我看您的动议并不可行！"

东昌府大堂上的人听到居然有人当众顶撞丁宝桢，全都惊呆了。

丁宝桢黑脸一沉，目光炯炯地瞪着站在人群后面的大河："本藩台适才一再征询尔等高见却无人出声，我这里刚提出动议就有人出来打横炮，既然如此，本藩台就请你上前公开答话，你若说不出个一二三，当心老夫砍你的脑袋！"

大河闻听这才有点胆怯，只好硬着头皮上前抱拳："东昌漕帮少帮主鲁大河见过藩台大人！"

丁宝桢看了看眼前的后生，不知为何竟有一种似曾相识的感觉，他说："后生，你适才为何说本藩台的动议并不可行？"

"藩台大人，您想啊，每年的春季正值东南季风盛行之时，漕船高大且沉重，此时若是逆风而行，即便是漕船走空，三个月也绝对到不了江南，如此又焉能在三个半月之内买回救命粮？此其一也。其二，救灾如救火，若是在规定的时限内无法买来赈灾粮，灾情势必会演变成不可遏制之势，此情若为捻军所用，则后果不堪设想！"

丁宝桢闻听点了点头。

"其三，眼下虽说是江南初定，可太平军的残余势力依然十分猖獗，此时若直接征用大批漕船开赴江南，一旦漕船受损，即便是在江南买到粮，恐怕依然无法运回山东！藩台大人，大河之所以敢在大堂之上犯颜直谏，其目的正是出以公心，希冀赈灾大事能够得以顺利实施，纵有冒犯之处，还请藩台大人多加海涵！"

大堂上又变得鸦雀无声了，众人静静地注视着丁宝桢，不知道他将会如何发落大河。

少顷，丁宝桢抬起头，点头赞叹："嗯，鲁大河，你说的有道理！"

大河一龇牙笑了："我就说嘛，藩台大人乃虚怀若谷、从谏如流的大清官，焉能因大河的一句实话就随意砍大河的脑袋哪？嘿嘿……"

这时，作为贴身护卫的丁贵气恼地瞪着大河："鲁大河，你少在大堂上嬉皮笑脸！"

丁宝桢摆手拦住丁贵："鲁大河，看来你的确谙熟河漕事务，本藩台问你，你以为如何才能确保去江南买粮赈灾之事安然无虞？"

"启禀藩台大人，大河以为应弃用漕船，尽快派出一支精干人马，轻车简从，乘快船前往江南买粮，如此方能确保在三个半月内将赈灾粮买回，以稳固山东大局！"大河嘴上这么说，心中却在暗中嘀咕，"丁宝桢啊丁宝桢，我先把你支得远远的，省得你再打征调我们漕船的主意。"

"不带漕船，就算你能及时赶赴江南买到救命粮，又如何将救命粮运回山东？你可知，二十万石粮绝非是个小数目，万一找不到船只运粮可如何是好？"

"藩台大人容禀，众所周知，天下漕粮十分之七出江南，同样，天下的漕船江南也要占去十分之七，我们完全可以在江南买粮后就地征船将粮运回山东！"

丁宝桢摇了摇头："江南被太平军盘踞十数载，万一在当地征不到船只运粮，岂不是要误了本藩台的赈灾大计？"

"藩台大人，漕船乃漕帮安身立命之本，况且江南地处水乡泽国，历来以船为车，以楫为马，若在江南征不到可用之船，这天下可就无船可用了！"

丁宝桢沉默了一阵，继而一拍公案："好，为赈灾大计，本藩台今天就来他个兼听则明！丁贵，鲁大河，听命！"

丁贵讶异地看了大河一眼，两人不明就里地走上前去在公案前站好。

"鉴于河漕及战事等诸多原因，本藩台决意改派丁贵和鲁大河为过江买粮的正副使者，你二人即刻做好出行前的准备，明日辰时，本藩台将携同众官员在东昌大码头前为尔等送行！"

大河愣住了，忙问："什么，您是让我来做过江买粮的副使？"

"鲁大河，刚才你还是一副慷慨激昂、忧国忧民的壮志豪情，为何本藩台让你去江南买粮，你却推三阻四，踌躇不前了？"丁宝桢阴沉着脸看着大河。

"藩台大人，大河绝非推三阻四，更非贪生怕死，只是大河一介白丁，岂可担当如此重任？此事还请藩台大人再三斟酌，以免贻误赈灾大事！"

"鲁大河，当此乱世之秋，正值朝廷用人之际，你休再多言，明日辰时前你到东昌大码头与丁贵会合，本藩台当亲率众官员为尔等送行，你且回去做好出行前的准备吧！"

大河只好无奈地抱拳施礼："是，藩台大人，大河领命告退！"

从衙门出来，大河正要赶回去向帮主复命，这时大奎急匆匆地跑到衙门口来找他。

"大河哥，不好了，干娘出事了！"

大河一听，连忙攥住大奎的胳膊问道："我娘出啥事了？"

大奎一边拉着他回孝廉胡同，一边跟他讲着来龙去脉。原来侯氏米行的人得知今早闹事的是大河，便带人去家中找他，结果发现家中只有大河娘一人，便和大河娘起了冲突，幸好大奎和小山及时赶到，将那群人赶了出去。大河没想到自己无意间的一次强出头竟然会给娘带来这么大的麻烦，更让他想不到的是，那个向侯氏米行告发鲁大河的人就是刘三和。

刘振坤闻听侯氏米行找碴儿，忙赶到大河家探望，所幸大河娘没有受伤，只是被推倒在地摔了一跤，并无大碍。但是看大河娘一脸愁容，就知道大河娘又在生大河的气。在他来之前，已经听说了丁宝桢让大河当买粮副使的事，他也犯起愁来，万一大河有个闪失，他如何向大河娘和师哥交代啊！

大河一进门，刘振坤便将大河训斥了一通，而后恭敬地向大河娘赔着笑脸说："嫂子，您要是有火就冲我发，大河也是好意，他是怕漕船被征用后有去无回，这才在大堂上多了句嘴，刚才我已经骂他半天了，您先消消气儿。"

"刘帮主，你是知道的，大河不能替官府去办差！"

"嫂子，这我知道，唉，也罢，本来大河是替我去听的会，明日我跟着他们去江南买粮也就是了！"

"刘帮主，不是我不明事理，你知道我心里的苦楚。算啦，既然是大河惹下的事端就让他去吧！不过，你得替我好好管教管教这个到处惹是生非的混账东西，他要是在路上再惹出啥塌天大祸来，你说，我咋向你师兄交代？"

"嫂子，你放心，我一定好好地叮嘱大河，不准他在路上多事，我看就叫小山、大奎跟着他一起去吧，这样在路上有事也好有个照应……"

大河娘无奈地点了点头，没说话。

次日卯时末刻，大河、小山和大奎三人就来到了东昌大码头，丁贵带着十几个带刀护卫早就到了。大河看着丁贵冲他们打招呼，丁贵却瞥了大河一眼没搭茬。

"丁护卫，东昌府派的官船到了！"一个护卫指着停在岸边的官船说。

鲁大河看着官船，诧异地问："丁护卫，你打算用官船去江南买粮啊？"

"东昌府衙门中除去官船还能有啥船？鲁大河，你就老老实实地待在这里，待会儿藩台大人到了咱就该登船启程了！"

"丁护卫，用官船去江南买粮你不觉得太招摇了吗？"

"那你说用什么样的船去不招摇？"丁贵揶揄道。

"昨日我在东昌府大堂上就说了，咱该用民间快船去。"

"啥叫你在东昌府大堂上就说了？你以为你是谁啊？从昨日在东昌府大堂上我就看你小子不顺眼，今天你若再敢胡言乱语，休怪老子对你不客气！"

大河皱起了眉头："丁护卫，我这可是为你好，也是对同去的弟兄负责，如今大江南北依然战乱不断，你用官船去江南太扎眼易遭乱军袭扰，我觉得还是……"

"鲁大河，你先弄清楚自己的身份，跟着山东布政使衙门的官差出去办差，这一路上什么话该说，什么不该说，可要掂对好了再张嘴！"

大河忍无可忍了："丁护卫，既然如此，那你爱跟谁去跟谁去好了！"说着，拉住小山、大奎转身要走。

"鲁大河，你敢走？藩台大人这就要来送行了，你这不是故意给老子上眼药吗？"

就在两人争执之时，一顶八抬大轿在御碑亭前停下落轿，丁宝桢神采奕奕地从轿中走出来。在他身后，侯世震及一些大小官员也纷纷落轿，匆匆向东昌大码头前走来。

大河与丁贵忙上前参拜，但丁宝桢很快便从鲁大河的脸色和语气中察觉出异样，问道："鲁大河，此番去江南买粮事关重大，你有话但说无妨！"

"多谢藩台大人明察，此番前去江南买粮，可谓一路艰险，且变数颇多，故此，大河以为此番前去最好不要用官船，以免树大招风，惹来一些不必要的麻烦！"

"嗯。言之有理，那你说，该用什么样的船只前去为妥？"

"启禀藩台大人，大河以为用民间快船前去为妥！民船一是不扎眼，这样可免遭乱军袭扰，再是快船的船头是尖的，即便遇到逆风，靠船家撑篙亦能快速行船。按以往惯例，快船一个月便可抵达杭州，而官船船身高大，行进时阻力也大，只怕是两个月也到不了江南！此外，所去人员尽可能要少而精，且通水性，沿途我们要一路沿河漕而行，若不识水性，万一遇到变故则难求自保！"

丁宝桢频频点头："鲁大河，本藩台赞同你的提议，这样吧，你速去寻一条可靠的民间快船来，本藩台在此等候为尔等送行！"

大河兴奋地说："大河领命！"说完，撒腿沿着河边向南跑。

对面的河堤上，刘三和与一个身穿黑衣黑裤，头戴竹斗笠的汉子在窃窃私语，那汉子的竹斗笠压得很低，让人无法看清他的面容。两人站在一棵大树后，眼睛紧紧盯着那艘官船。

这时，侯倩玉的轿子也停在了大码头旁，她要搭船回天津。倩玉是天津教会女子学堂的学生，再过几个月就要学成结业了，但她真不愿意结业，一旦结业就要回东昌，要看着继母赵姨娘的脸色过日子。恰好今日她的父亲侯世震也跟着丁宝桢大人到码头为过江买粮的使者送行，便一并过来了。

倩玉走下轿，望着往来的船只。站在河对面的刘三和见到倩玉，内心不由发出一声惊叹："东昌城中还有如此标致的女子？若能娶得此女为妻，那可真是三生有幸……"

刘三和正呆呆地盯着倩玉，不曾想侯百万走进了他的视线。

"大伯！"倩玉笑着向侯百万打招呼。

"倩玉啊，大伯来送送你，送你的船到了没有？"

"大伯，父亲让他们等着丁大人离开后再把船开过来。没事，不着急，我过来也想看看丁大人是如何给过江买粮的使者送行的……"

刘三和这才意识到眼前的这个女子竟然是东昌知府侯世震的千金，他自嘲道："就我这样的，还敢痴心妄想去娶知府大人的千金？"然而他心有不甘地盯着倩玉，暗自说，"走漕的汉子都说，将相本无种，赖汉娶娇妻！我刘三和若是连想也不敢想，还配做个走漕的汉子吗？我今日就对天盟誓，等我功成名就之时，一定要娶眼前这位美若天仙的知府千金为妻！"

河道中，大河带着徐老大的快船向大码头驶来，徐老大没想到自己还能挣到官银，而且是五十两，这对他而言可是一桩大买卖。再说去江南的路途他熟悉得很，年轻时他也曾是后帮的在帮弟子，常去江南走漕。只是自打河漕阻断后，张秋镇一夜之间冷落下来，眼看着没了活路，他就把家中的老宅卖了，再加上多年的积蓄，置办了这条快船，靠渡点散客为生。船上不比在地上，夏天蚊虫叮咬不说，到了寒冬腊月，一家人还得死活固守在这条小船上，秋月娘因此落下一身的病。徐老大早就想再安个家了，只是苦于没钱，这下好了，等这趟漂子走下来拿到了水脚银，他便到东昌城中租个小院住下，这回可真是沾了大河的光了！

徐老大将船在码头前泊好。买粮的一行人与丁宝桢告别，临行前丁宝桢再三嘱托务必要在六月初十前将二十万石救命粮运抵山东，如若不然，山东的大局将不堪设想！

望着快船已经出发，带竹斗笠的汉子嘴角微微挑起，转身离开了。

第七章
遭遇河匪

　　快船沿着空旷的河道一路向南驶去。

　　秋月和徐老大撑着篙，大河、大奎和小山不时地替换着他们父女。

　　前舱中，已换上商人装束的丁贵沉着脸靠在舱板上看着四周。在他面前，一些米面口袋堆在舱中，让原本不大的船舱显得更加拥挤不堪。他心里埋怨着鲁大河，若不是他多嘴多舌换掉了官船，他们咋会挤在这么一个又破又小的地方哪？丁贵越想越来气。

　　这时，徐老大笑着走进来，对丁贵说："官爷，开船时有藩台大人送行，我把船客上船的礼数给忘了，我来是想提醒官爷一句，看几位有没有随身携带的贵重之物？"

　　丁贵警惕地看着徐老大："你想干什么？"

　　徐老大笑着解释："官爷，是这么回事……"

　　一天一夜，快船赶了二百多里地，前面眼看就要到南旺分水闸了。南旺分水闸是会通河上最为重要的水利枢纽，元代开挖会通河后，由于山东地段的丘陵地势，会通河一直无法确保畅通，明成祖朱棣下旨让工部尚书宋礼解决这一难题，汶上老人白英建议在南旺修建水利枢纽，将几条高低不同、走向不同的河流连接在一起，通过河闸让漕船采用上楼下坡的办法分段通过丘陵地段，这一发明迄今为止依然在为人类造福！

累了一晚，大河、小山和大奎在后舱中酣睡起来。秋月早起正要和娘准备早饭，看到熟睡的大河，她甜甜地笑了。这时，丁贵伸着懒腰从前舱出来，高声问着徐老大到哪了，并嘱咐让他歇人不歇船，日夜兼程。

秋月对丁贵很不满，她在船尾瞪了丁贵一眼，提醒他说话小点声，别把大河哥他们吵醒了，他们昨夜行了一夜船，天亮时刚躺下。

当船行至淮河时，河面宽阔湍急。快船桅杆上的风信子随着吹来的河风开始向南飘去。徐老大看见风信子大喜，终于起北风了，可以开顺风船了，他吩咐大河赶快扯篷。大河走到桅杆下解开系风帆的缆索，噌噌几下就将风帆扯了起来，瞬间风帆鼓满，快船顿时加快了行进的速度。

前行不远，一座古城巍然屹立在淮河岸边。

刚刚还有说有笑的徐老大看着古城神色大变，神情紧张地说："前面就是淮安城了，此处也称清江浦，在此相距不足五里的河道上分别设有船验所、钞关和盐关这三大关堞，这五里三关号称是河漕上第一雁过拔毛之处，咱得赶紧落篷等着往外掏银子了！"

"大叔，这里哪有什么关堞啊？"小山看着前面一马平川的河道疑惑道。

"哦，这关堞虽然倒了，可差役还在啊，还是赶紧落篷吧，万一惹恼了这帮爷，咱可就走不了啦！"

"小山，大奎，听大叔的，赶紧落篷！"大河吩咐道。

站在船头赏景的丁贵不满地回头瞪了大河一眼，没好气地说："徐老大，咱赶路要紧，落的啥篷啊？"

"丁护卫，此处可是河漕上有名的鬼门关……"徐老大强调着试图说服丁贵。

丁贵却不以为然："关堞上几个小小的差役还想参翅不成？别落篷，咱赶路要紧！"

大河见徐老大为难，上前劝说，却遭到丁贵的蛮横拒绝。大河还想分辩，秋月忙拽住了大河的胳膊，大河只好忍住没再说话。

快船渐渐靠近关堞，这时，岸边的差役头厉声喝骂起来："他娘的，河道中来的小船，你狗日的吃了熊心豹子胆了？来到船验所的关堞前居然还敢扯篷而行？还不赶紧落篷泊岸交通关银！"

徐老大慌乱道："丁护卫，快落篷吧，真把他们惹毛了，咱今天可就走不了了！"

丁贵却一脸淡定地说："徐老大，你只管把舵开好你的船，别的不用你管！"

徐老大无奈，只好继续开船。岸边的差役看船要闯关，急忙喊人过来。喊声未停，十几个提刀拿枪的差役从一栋房舍中呼啦啦地跑出来。房舍前，一面写有"清江浦船验所"字样的黄底黑字大旗在旗杆上迎风飘摇。

"丁护卫，清江浦船验所的差役都出来了，看这阵势可是来者不善啊……"徐老大吓得浑身哆嗦，他知道清江浦历来是关堞重重，还有重兵把守。船家到此须缴纳的税费不下几十种，其中最大的一项叫过淮积摊银，小船是十两，大船二十两，船家倘若银子掏慢了，轻则挨打，重则要扣船蹲大狱。他们要是惹恼了这些人，肯定没好果子吃。

丁贵却不以为然，据他了解，朝廷早就将设在清江浦的南河总督府及设在天津卫的北河总督府都给裁撤了，眼下的大清国就剩下一个驻扎济宁的东河总督府来统管天下的河漕事务。前不久，他还跟着藩台大人去拜会过河督大人，清江浦的几个小差役算得了什么？

可是，事情并没有丁贵想得那么简单，岸边的差役见快船依旧不停，已经伸手抓起地上的拦河索，拦住了他们的去路，鸭蛋般粗细的拦河索咯噔一声拦在了快船的船头上。

岸边的差役头狞笑着喝骂："他娘的，有本事你狗日的再往前闯啊？"

大河忙赔笑脸道："这位差爷，我们是山东布政使衙门的官船！"

"什么——官船？老子在清江浦混了几十年了，啥时候见过你这等狗屁官船？"

丁贵满脸怒气，从怀中摸出山东布政司衙门的腰牌，高声说："睁开你的狗眼给老子看仔细了，老子是我家藩台大人身边的从五品带刀护卫，奉命前往江南有重要公干！尔等若不想惹麻烦，赶紧给老子闪在一旁！"

"废话少说，交上银子你走人，如若不然，就是天王老子来了也是枉然！"

"好，不就是十两的过淮积摊银吗？我交！"大河赔着笑脸，拿出银子。

"十两？一开始你们要是顺顺当当地交十两还行，如今没一百两你们休想通关！"

"一百两？"丁贵气鼓鼓地收起腰牌，冲差役头招手，"好！你过来，老子今天就给你一百两！

差役头得意地向前走去，笑眯眯地伸手准备拿钱，就在这时，丁贵一把揪住他的前襟，另一只手抡圆了左右开弓扇了他几个大嘴巴，恶狠狠地骂道："你狗日的食大清的俸禄却不知还有大清的王法？老子今天就替朝廷管教管教你这个胆大妄为的狗差役！"

几声脆响过后，差役头满嘴是血一下懵在了那里，其他人也被这突如其来的变故惊呆了。

"大叔，快开船啊！"小山举起钢刀一刀砍断了横在船头上的拦河索。

大河、大奎不等徐老大发话，两人同时用力撑篙，快船向河中心撑去，不大会儿的工夫，淮安城就被远远地抛在了后面。

徐老大见没人跟来，也松了一口气："多亏是关堞倒了，要是关堞还在，咱想闯关也闯不成啊？一旦落入他们之手可就麻烦了！"

"麻烦？朝廷有令，河漕尚未全线复航前，大小衙门一律不得随意在河漕上设卡收费。这群狗东西不仅在此私自设卡，居然还敢坐地起价，横征暴敛，今天若不是老子公务缠身，就该将他们一并拿下，送东河总督府交由河督大人发落！到时候看看谁麻烦，哼！"丁贵得意地说着。

徐老大羡慕地看了丁贵一眼："要不咋说在河漕上行船，除去皇帝老子的龙船，就属官船撑劲啊，今天我算是开眼了……"

丁贵冷眼看着大河："老子行事历来光明磊落，不像有些人只是炕头上的光棍，一出门就变成缩头乌龟了……"

大河品出了丁贵此言的味道，正待要发作时，小山过来拦住了他，还冲他摇了摇头，大河明白小山的意思，忍住没再出声。

西边的天际飘起了彩霞，天色渐渐暗淡下来。河道中的水流却更加凶险了，许多地方还打起了漩涡，让人觉得淮河愈发神秘莫测了。

快船逆水顺风行驶在一道橘红色的光波中，波光粼粼的霞光将快船和船上的人也都染成了一片橘红。

小山拿着船篙站在船尾看着天边的彩霞来了精神，转身对徐老大说："大叔，趁着顺风，今晚咱再蹽它个百十里地，只要不撑篙，咱轮换着把舵就行……"

"小山，大奎，抛锚落篷！"徐老大吩咐着。

"大叔，您咋让船停下来不走了？"大河不解地问道。

"大河，船到淮安，夜不行船，这是老辈子立下的规矩！"徐老大神情肃穆地看着前方的河道，"秋月她娘，摆排香案，我要祭祀河神及河中的冤魂！"

丁贵走出前舱："哎，徐老大，为啥船到淮安，夜不行船啊？"

徐老大低头看着在快船边上不时打着漩涡流过的河水："丁护卫，淮安这里有几十里的险滩是当初黄河夺淮入海时留下的，此处河道坑洼不平，留下了许多暗滩，加之水流湍急，旱时易搁浅，涝时易翻船，每年都会有不少的船只在此遇险，人说此处河道中的冤魂太多，阴气过重，过往的船只若不祭祀河神及河中的冤魂，就会被冤魂缠身而遭厄运……"

众人听了徐老大的话，似乎都觉得背后有一股阴森之气袭来，惊愕地看着脚下漩涡套着漩涡，湍急汹涌的河道。

"十年前，黄河在河南的铜瓦厢再次决口，改道夺大清河入海，此处河道的水势虽说是比先前平缓了许多，可河道中留下了许多暗滩，此处依旧是淮河上最为凶险的河段，若不然，当地人为何要将清江浦改为淮安哪？"

"徐老大，既然今晚不用夜间行船了，前舱中还放着两坛好酒，咱一起喝个痛快如何？"丁贵提议道。

徐老大抬头看着天上北飞的大雁："暮色降临，大雁北飞，此处历来是河漕上的凶险之处，酒就不要喝了，万一有个闪失，可不好交代。"

"徐老大，四下里连个人影都没有，能有啥闪失？"丁贵说着拉住小山和大奎就往前舱走，大河想拦都拦不住。

夜深了，快船上挂的桅灯闪烁着。前后两舱及前甲板上不时响起此起彼伏的鼾睡声，在静谧的夜色中传出好远。

离快船不远的岸边有几个河匪悄悄蛰伏在那里，细细看去，领头的竟是那个戴斗笠的汉子——河匪头子江上蛟。江上蛟观望着快船上，听到船上传来的鼾睡声，嘴角浮出一丝狞笑："这帮不知死活的家伙居然喝得酩酊大醉，真乃天助我也！"接着他扭头吩咐身边的一个河匪，"老二，动手吧！记住，上了漂子只砸顶子（抢银票）不见红（杀人）！"

"大当家，刘三和不是让咱做了姓鲁的吗？"河匪二当家提醒着江上蛟。

江上蛟摆手相拦："今晚这一票非同一般，咱劫得可是山东布政使衙门的皇纲，千万别把事情做绝，以防官府对咱下死手追剿。至于刘三和那里，随便找个事由给他搪塞过去也就是了！"

"是，大当家！"

月光下，河道中的快船上此起彼伏的酣睡声依旧在交叉奏鸣着。

借着一轮残月，几个黑影蹑手蹑脚地摸上了快船。江上蛟手持匕首，凭借舱外反射进来的一丝月光观察着舱内，突然他看到丁贵肩头挂着一个深蓝色的包袱。他两眼发光，悄悄蹲下，用匕首打算割开包袱结，不曾想匕首在滑动时碰了丁贵一下。

丁贵立即警觉地翻身压住包袱，厉声喝道："谁？"

"咋啦？丁护卫？"一个随从醒来问道。

一看丁贵等人都醒了，江上蛟慌乱地举起匕首向丁贵刺来。

"有盗贼上船行窃！"丁贵一边喊，一边抓起身旁的钢刀奋力抵抗。

睡在甲板上的大河、小山和大奎三人听见动静，立马坐了起来，正想进前舱，却被几个持刀的河匪拦住："想活命的就待在那里别动，不然，老子先插了你们几个！"

"这位爷，你不让动咱不动就是了，深更半夜的别拿着这玩意对着人比画呀，瞧着怪瘆人的……"大河佯装害怕，试图转移河匪的注意力。

"大胆狗贼，还不束手就擒？"丁贵猛地一下从前舱中杀出，他手拿钢刀向躲闪的江上蛟劈去。

江上蛟明显落于下风，有些抵挡不住了，他懊悔地骂道："老子江上蛟，明人不做暗事，刚才怪老子心慈手软，没一刀插了你个狗差官！"

这时，河匪二当家一把抓住跑来的徐秋月，用匕首抵在她的脖子上，威胁丁贵："住手！赶紧把你身上的包袱拿过来，不然，这小妮子可就没命了！"

丁贵不敢再动，大河猛地站起来说："这位爷，你不就是想要银子吗？我给丁护卫说说，让他把银子给你就是了……"

江上蛟扭头喝道："你待在那里别动！"

"江上蛟，你咋不知好歹呀？我劝说丁护卫这可是为了帮你，对吧？"大河嬉笑着。

"帮我？他能听你的？"

"不管咋说，我鲁大河好歹也是过江买粮的副使，听不听，你总得让我试试才知道吧？"

"哦，你就是鲁大河？"江上蛟在黑暗中打量着大河。

"这还能有假？咋，你认识我？"大河嬉皮笑脸地跟江上蛟套近乎，借以分散河匪的注意力。

丁贵在一旁恼了，瞪起眼来说："鲁大河，你身为过江买粮的副使，居然跟盗贼勾三搭四，莫非这盗贼是你暗中勾引来的不成？"

大河佯装大怒："丁贵，这时候你还念念不忘诬陷老子？既然如此，咱不如把这一路的恩恩怨怨做个了断，免得到了阴曹地府还纠缠不休！"

大河故意气势汹汹地向丁贵叫板，几个河匪不知所措地愣在一旁。

"鲁大河，既然你要跟老子叫板，那咱索性把以往的恩怨做个了断好了！"

丁贵被激怒了，举刀向大河砍来，大河躲过丁贵劈来的钢刀，一下蹿到二当家的身边，伸手抓住二当家握匕首的手："哎，借个家伙使使！"

二当家就觉得手腕子一麻，一下松开了秋月，大河趁势将秋月从二当家的怀中拽了过来，可是二当家还使劲往回夺着匕首。

"你看你，一把破匕首还舍不得借？真小气，老子还给你好了！"大河说着突然撒手，二当家使劲往回夺的匕首一下扎进了自己的胸口。他惨叫一声跌进了河中，尸首浮在水面上，顺着水流向下游漂去。

江上蛟看到落水的二当家，怒吼道："鲁大河，你竟然使诈欺骗老子，弟兄们，插了这帮不仗义的空子，替二当家报仇！"

不等河匪动手，丁贵已经抢刀砍来。混战中，江上蛟抓住了丁贵肩头的包袱，刚被匕首割过的包袱结被他一把拽断，他抓着包袱跳进河中快速向岸边游去。

丁贵急得大叫："坏啦，装银票的包袱让江上蛟给抢走了！"

其他河匪见大当家已经得手，也跳入了河中。

大河熟识水性，纵身一跃，跳进河中去追江上蛟。

"大河，江上蛟可是杀人不眨眼的江洋大盗，一旦入水，更是难有敌手，你快回来！"

徐老大在后面喊着，想阻止他，但大河依旧奋力划水向岸边追去。

第八章
觅粮受阻

黑暗中，大河追着江上蛟来到河堤上，两人都有些筋疲力尽了。

江上蛟回头看见大河就要追上，忙从腰间拔出匕首威吓大河。大河的眼睛直盯着他左肩上的包袱，完全没有理会江上蛟的威吓。一个河匪在大河的身后游了过来，也爬上了河岸，江上蛟看到同伙，立马将包袱扔向他，可刚上岸的河匪气喘吁吁没接住，飞出去的包袱直接落入了淮河，在水面上翻滚着跳了几下，顺着水流漂浮而去。

江上蛟懊恼地看着顺流而下的包袱，心想这下完了，里面装的银票铁定要泡成烂泥了，真他娘的倒霉，这回算是白忙乎了，他一跺脚，带着几个残余的河匪离开河堤溜了。大河看着依然在水面上翻滚跳跃着的包袱，二话没说跳进河中去追，终于将包袱追了回来。

船上，心急如焚的丁贵见到提着包袱归来的大河，不禁喜出望外。他接过包袱，发现包袱已被水浸透，一拍大腿，泄气地蹲在船板上："完了完了，这下全完了！银票和文书肯定全毁了，"说着抬起头瞪着大河，"鲁大河，你让我拿啥去买粮？"

"都怪我，刚才咋就没一把抓住包袱呢？"大河也颇感愧疚地说。

"姓丁的，包袱是在你身上被江上蛟抢走的，大河哥好心好意帮你追回来，你还发啥脾气？"大奎气呼呼地瞪着丁贵。

这时，徐老大叼着烟袋，不紧不慢地上前说："丁护卫，大河，你们先别吵，咱打开包袱看看不就啥都清楚了。"

丁贵似有所悟地一拍脑袋，忙蹲下打开包袱，借着微弱的灯光，他在一件湿透的单衣里，找到一个湿乎乎的羊皮囊，羊皮囊的口用一条红线绳系着。解开羊皮囊，银票和信封完好无损地包裹在里面。丁贵见状，咧着大嘴笑了："嘿嘿，只要这些宝贝在，我就放心了！"

徐老大也笑了："丁护卫，这下你该明白当初我为啥非要你将贵重之物放进羊皮囊中了吧？"

"徐老大，刚才一着急我把这事给忘了……"

大奎也牛眼一瞪："大叔，这事你咋不早说呢？害得大伙都跟着着急上火……"

徐老大看了大奎一眼，像是自言自语，又像是在说给众人听："正所谓'黑木匣子白皮囊，行程图格里面藏'，这历来是船家与船客间的私密之事，又咋能满世界瞎嚷嚷呢？"

众人见银票和文书都安然无恙，一颗颗悬着的心也就放下了。

微风吹来，垂柳摇曳。在一片翠绿之中，山茶、石榴、杜鹃、碧桃辉映其间，好一幅舒卷飘逸、婀娜多姿的人间画卷，而这正是扬州的瘦西湖！

三千六百里的大运河就是从瘦西湖最初开挖的。春秋后期，吴国打败了越国，吴王夫差急欲北上中原争当霸主。而吴国地处水乡泽国，历来以船为车，以楫为马，舟师是吴军的优势所在。公元前486年，夫差下令开挖了这条由长江直达淮水的邗沟，后来经过隋、元两朝两次大的开挖，前后历经1779年才修成了如今的京杭大运河。

历代朝廷举全国之力修建大运河的目的，一是为运兵打仗，二是从江南调运漕粮，三是货通天下！不管是隋朝大运河还是元朝大运河，尽管它们河道走向不尽相同，可修大运河主要是为了京畿的安危。隋朝大运河全长五千四百里，后来元定都现在的京城，对隋朝大运河截弯取直，一下就截去了一千八百里的河道，人说隋朝大运河走的是弓背，元朝大运河走的是弓弦。

此时正值中午，瘦西湖畔空寂无人，快船上的人都陶醉在这一片美景之中。大奎见小山看美景有些看直了眼，冷不防一脚将小山踹下了船，小山却欢快地在瘦西湖中游了起来，其他人见状也纷纷下水，以便洗去这一路的劳尘，寂静的瘦西湖上顿时喧闹起来。

秋月游了一圈回到岸边，从娘的手中接过一条布巾，见四下无人，俯下身子，解开脖颈处的纽扣，将布巾伸进上衣中去擦洗身子。湖边清澈的水面上倒映出秋月两条挽起裤腿的白皙小腿，湿衣服贴在她凹凸有致的身上，更显出她那活力四射的少女气息。

秋月娘慈爱地走来帮女儿擦洗后背，秋月放开了头发，轻声哼着船家小曲，站在岸边洗着满头的乌发，水面上映出秋月那如出水芙蓉一般的俏丽容颜及身姿。就在秋月撩头发时，发现快船的舵板旁有一双眼睛在死死地盯着自己，秋月忙捂住自己裸露的领口，大叫起来："爹，有人躲在舵板旁偷看我洗澡！"

徐老大忙站起来，抓起船篙向舵板的北侧一阵乱打乱戳，那里却是啥也没有。

大河因追江上蛟时被其用匕首划破了胳膊，他没敢下水一直坐在岸边的树荫下，此时他也赶紧跑到船尾去查看，船尾南侧只有学潜水的丁贵捂着脑袋站在那里发蒙。

大河愤怒了，瞪着丁贵骂道："平日里看上去人模狗样的，没想到居然会偷看大姑娘洗澡！"

丁贵恼羞成怒，大声嚷道："鲁大河，你小子把话说清楚，谁偷看大姑娘洗澡了？"

"丁贵，就你自己站在船尾边上，你说是谁？不管咋说，你好歹也是藩台大人身边的从五品带刀护卫，没想到你居然能办出这等下三烂的事儿？"

"鲁大河，这屎盆子你也敢往老子头上扣？！"

"好了，这事都不许说了，谁再提这事我可真恼了！"徐老大在船上吼了起来。

大河和丁贵闻听只好作罢。自从这件事情发生后，大河和丁贵的关系更紧张了，一路上他俩谁也不搭理谁，在一片沉寂中快船来到了长江边上。

远处有一条细线般的江堤在不断地向前延伸着，江堤后面水天一色的万里长江上不时有白帆飘过，其景恰如李白所描述的那样——孤帆远影碧空尽，惟见长江天际流。

快船上的人望着远处水天一色的长江都兴奋起来。可就在这时，忽听前面有人喊："哎，哪里来的小船？还不落帆靠岸接受盘查，再往前走老子可要用红衣大炮来招呼你们了！"

众人寻声望去，这才发现在右前方约半里处的西岸边上，有一座木栅栏大门，门前并排立着三根大旗杆，正中的大旗杆上高挑着朝廷的黄龙旗，左右是两面淡蓝色的号旗，左面大旗上有一个大大的"李"字，右面大旗上写着"江北大营"，大旗在江风的吹拂下猎猎招展。营门前，有几处用沙包堆起来的临时工事，工事旁摆着几尊铸铁的红衣大炮，黑洞洞的炮口此时正对着北侧河道中驶来的快船，工事后有一群拿着洋枪的兵丁趴在那里。

此处便是淮军的江北大营了。在大营门前南面不远处的河堤上，一个长着络腮胡的淮军千总正带着手下清理杀人现场。

丁贵和大河惴惴不安地拿着文书站在江北大营门前的北侧等待，还在回味着刚才淮军押解太平军战俘的血腥场景，淮军大胡子千总因殴打战俘，遭到反抗，当即下令斩杀了全部战俘，大河他二人看着那些杀人不眨眼的淮军不免心中五味杂陈。这时，一个精干的年轻军官从大营中出来，问道："哪位是丁护卫？在下许均昌，是李大帅帐前的粮草催攒官，奉我家副帅之命前来接洽诸位过江买粮事宜。"

"在下丁贵见过许大人！"

"许大人，不知李大帅何时得空，下官好当面向李大帅禀明过江买粮之事，我家大人还等着在下买粮回去赈灾呢！"

"丁护卫有所不知，我家大帅如今常驻上海，江北大营目前由我家副帅大人掌管！不过副帅大人已将过江买粮之事交付在下来接洽了。"

"那就请许大人赶紧安排我们过江吧！"丁贵急切地看着许均昌。

"丁护卫不急，在下还有事要与诸位商榷。"

"许大人有话请讲！"

"丁护卫，我们江北大营的储粮也不多了，在下有意与诸位结伴同行，一起过江采办军粮，不知诸位意下如何？"

"这……"丁贵闻听一愣，再抬眼去看那些杀人不眨眼的淮军，一时不知该作何回答了。

"丁护卫若觉得此事为难那就算啦。诸位，在下手头还有一些紧急军务要去处置，咱们就此别过！"许均昌脸色一变，说着转身要走。

"许大人且慢！"大河忙伸手相拦。

许均昌站住，转过身来打量着大河，大河赔着笑脸："能与许大人结伴而行这可是我等的荣幸，不知许大人是立马赶路啊，还是要我们再稍等一等？"

"请问阁下是？"许均昌疑惑地看着大河。

"我是过江买粮的副使鲁大河，大河见过许大人！"

"这么说，你们愿与我一起结伴过江买粮？"

"许大人久居江边，谙熟大江两岸的风土人情，又是淮军的粮草催攒官，有许大人同行，我们可是求之不得啊！对吧，丁护卫？"大河说着扭头去看丁贵。

丁贵被大河逼在这里，只得点头："噢，那是自然……"

"那好，你们稍等，我这就去向副帅大人禀明，随后咱即刻动身过江买粮！"许均昌的脸上露出了笑容，说完向江北大营的营门里面走去。

丁贵看着许均昌的背影，不禁皱起眉来。原本一个鲁大河就够他闹心的，如今又来了个许均昌。鲁大河好歹是藩台大人任命的过江买粮副使，可许均昌到底是啥来路，他是一点底细也不知，万一中途出点啥事，那可如何是好？唉，都怪鲁大河多嘴，可眼下他也不敢得罪许均昌，不然，咋过江啊。

快船载着一行人沿着苏北运河向南驶去，一路畅通无阻，这也多亏了有许均昌在，按他的话来说，就是"咱老许的这张脸就是放行文书，从这里到前面的瓜州船闸，还有江南岸的京口船闸，谁敢拦咱的船，老子就把他饿成瘪茄子！"许均昌的秉性与大河很是相投，两人越谈越投机，许均昌也渐渐打开了话匣子。

"许大人，大江南北的两大船闸都掌握在你们淮军手中，您想过江买粮这还不是小事一桩吗？为何要与我们这些远道而来的生人结伴而行啊？"

"鲁副使有所不知，只因连年战乱，近处早就买不到粮了，想买粮就必须深入江南腹地，可江南腹地有好多地方依旧是湘淮两军犬牙交错之地，左宗棠素与我家大帅不睦，你说，我万一落在湘军的手中能有好吗?"

"这倒是……"

"可你们就不同了，左宗棠与你家藩台大人素有交情，他们断然不会找你们的麻烦，我这叫秃子跟着月亮走——正好借个光，你说是不是，鲁副使?"许均昌不由得开怀大笑起来。

"许大人，大河不过是一漕帮莽汉，我看您还是叫我大河好了。"

"那好，大河，以后咱就兄弟相称如何?"

"如此说大河见过许大哥了!"

"那我也见过大河老弟了!"

两人说完一同大笑起来。

就这样，在过江后的第三个早晨，快船顺利抵达常州大码头。

众人登岸，向岸边两侧的临河街道上看去，只见依河而建的商业街像是遭盗匪洗劫了一般，各家店铺四敞大开，店中一片狼藉，街上不见一个人影。

丁贵看着眼前的乱象，无奈地说："看来在常州是无法买到赈灾粮了……"

"无锡、苏州、松江三府才是江苏的产粮大户，既然在常州买不到粮，那咱上船继续往南走，偌大个江南咋会买不到粮呢?"许均昌颇为自信地说。

快船继续在江南运河中前行。可越往南走，大河他们的心情就愈加凝重。此后的几天中，快船所过之处他们看到的依然是饱受战火蹂躏的惨景，就连许均昌看着也忍不住摇起头来："江南一年三收，按说眼下正值收早稻的季节，可地里的早稻全被战火毁了，看来我把买粮的事想得忒简单了……"

几日后，他们来到无锡城的米市，整条街上空无一人。粮店里，四敞大开的店铺中货架东倒西歪，通向后院的内门上结着一张大蜘蛛网。柜台上尘土已经堆得很厚，柜台前几个盛粮的大缸也被砸得稀烂。

看着这一切，众人愈发泄气了。到了无锡就是过了大半个江苏，一路上竟没有一处开业的米行，这连年的战乱将整个江南都毁了。众人失望之余，只能再去苏州碰碰运气了。但他们谁也没注意，江上蛟一行人也跟着他们到了苏州。

苏州街头虽然萧条，但不像镇江、常州、无锡那样凌乱不堪。这似乎让大河他们看到了一丝希望，几个人沿着行人稀疏的街道走来，街道两旁的店铺虽说是没受太大的损毁，可也都是铺板紧闭，毫无生气。

众人分头找粮，大河来到一家粮行门前，拍了半天门却无人应声。街上的一个过路人好心告诉大河他们："这家粮行已关张多年了，这些年一会儿太平军，一会儿又是湘军、淮军，整天打来打去，平头百姓根本没有安稳日子过，谁还有心思种粮啊。"

暮色降临时，大河、大奎、许均昌都已经回到船上，他们找了一天一无所获，眼看天都快黑了，小山和丁贵却还没回来。

就在他们担心之时，小山气喘吁吁地跑了回来："大河哥，丁贵让江上蛟给抓走了。"

"什么？江上蛟把丁贵给抓走了？"

"大河哥，咱分开后我跟着丁贵在街上四处找粮，在一家客栈门前遇见两个自称是苏州粮商的人，丁贵闻听他手中囤有大量的稻谷，答应跟他们去城外看粮，谁知，途中假扮粮商的江上蛟弄翻了小船，我一看事不好赶紧潜水躲了，丁贵被江上蛟抓走了。"

"江上蛟将他抓到哪里去了？"

"我一路悄悄跟着，见江上蛟将丁贵押上了阳澄湖中的一座孤岛。"

"孤岛？看来咱得想法去救他们……"大河思索着。

大奎却反对大河哥去救他，毕竟这一路上，丁贵总是跟大河作对，凭什么要豁出命来去救这样的人。再说，根据小山的描述，那座孤岛易守难攻，岛上河匪人数不详，若是贸然去救人，只怕救不了别人，还要把自己也给搭上。

徐老大也劝大河说："大河，在三千六百里的河漕上没人是江上蛟的对手，这事你可不能逞强！"

"大叔，不管咋说，我也是藩台大人委任的过江买粮副使，何况丁贵身上还带着买粮的银票，就算是为了半个山东的几十万灾民，咱也得去救丁贵他们！"

夜晚，孤岛上已经点起篝火，江上蛟坐在篝火旁喝酒。他早已经盘算好了，他放小山回去就是让他给鲁大河报信。鲁大河来救人，必然会中他布下的吊索阵，落入他手中必死无疑；不来，回去就会让丁宝桢砍了靶子（头），这样也算是替二当家报仇了。

　　这时一条快船沿着芦苇丛悄无声息地在水面上驶来，大河蹲在船头警惕地观察着前面。前面有一团亮光在芦苇丛的缝隙中闪过，大河忙冲后面抬手示意，徐老大赶紧扳舵将快船靠边停住。众人屏声静气，蹲下身子，透过摇曳的芦苇看着湖中那座黑黢黢的孤岛。

　　许均昌想要跟大河一同去救人，大河知道他水性不好，劝他留下来照应其他人，一旦情况不妙，也好带着徐老大他们离开这里。

　　做好安排之后，大河、小山和大奎三人下船向孤岛游去。

第九章
跪帮闯堂

孤岛上，篝火忽明忽暗地闪烁着，江上蛟和几个河匪酒足饭饱后靠在一旁打盹。

丁贵被绑在一旁的树上，他知道江上蛟已经布置好一切就等着鲁大河来上钩了，但他觉得这是枉费心机。这一路上他总是跟鲁大河过不去，人家凭啥羊入虎口来救他啊？鲁大河不来也没关系，只是买粮的大事无法完成了，带的二十万两银票也被江上蛟搜走了，他真是辜负了藩台大人的一片苦心啊！想到这里，丁贵懊恼极了，怎么会这么轻易就上了江上蛟的当呢?!

夜空的散射光投在湖面上，依稀可见有三根浮在水面上的芦苇管在向孤岛的方向漂来。离孤岛还有三丈远时芦苇管停下，大河悄无声息地从水中探出头，拿开含在嘴里换气的芦苇管，悄悄打量着孤岛上的动静，小山和大奎跟在大河身后也钻出水面。前面的孤岛上一片寂静，三个人直起身子，蹑手蹑脚地蹚着水向孤岛上摸去。

大河刚靠近孤岛的岸边，忽然觉得脚下一绊，接着岸边一棵树上发出一阵丁零零的报警铃声。大河心想不好，这时他的右脚踝已被一条粗粗的缆索套住，缆索猛地一拽，他被倒吊在湖边的一棵大树上。小山和大奎也无一幸免，都被脚下的绊索套住拉向了半空。

树上的串铃声将河匪们惊醒，湖边的篝火重新亮了起来。

江上蛟举起火把，狞笑着走到大河面前："鲁大河，你居然敢半夜摸上孤岛来送死，这回我看你还往哪里跑？"

大河急着想对策，没有理会江上蛟。

这时，一个河匪拿着匕首走来："大当家，水攮子磨好了，这几个小子你看先插谁？"

"不着急，先吊着多控他们一会儿，等把他们周身的血水全控到脑腔子里，到时候只消用水攮子的尖在他头顶上戳个小眼儿，他周身的血水连同脑浆子就会一起喷涌而出，到时候再给他开膛破肚，将控净血水的心肝摘下来切成薄片沾了佐料下酒，这可是难得的美味！"江上蛟得意地看着大河。

丁贵闻听，不觉气急败坏地骂了起来："我说鲁大河，你可真够笨的，咋一上岸就大头冲下让人家给挂在树上了？"

正在沉思的大河借机和丁贵对骂起来："丁贵，老子拼死来救你，你咋连句人话也不会说？"扭头去看江上蛟，"江上蛟，老子既然落在你的手里就没打算活，不过，临死前老子得求你一件事！"

"求我？那好啊，说吧，啥事？"

"丁贵这小子忒不是东西，你得让我先把丁贵宰了再收拾老子，不然，我做鬼也不会放过你！"大河怒不可遏地说。

"鲁大河，你小子又想跟老子玩花活了是吧？你他娘的明明是上岛来救人的，你觉得老子会信你的鬼话吗？"

"救人？江上蛟，既然老子活不成了，不妨在临死前跟你说句实话！你还真以为老子是来救丁贵的？老子是惦记着过江买粮的二十万两银票来的！"

"你小子也惦记着那二十万两银票？"

"谁跟银子有仇啊？老子就是干上八辈子也见不着二十万两银子啊？"

丁贵闻听愈发愤怒："好啊，鲁大河，原来你是惦记着老子身上的银子来的？真后悔当初没让藩台大人一刀砍了你！"

"丁贵，你小子最不是东西，头一回见面你就要砍老子的脑袋，自己死到临头了还惦记着要砍老子的脑袋？出来的这一路，你时时处处找老子的麻烦，更可气的是你一个从五品的带刀护卫，居然偷看人家大姑娘洗澡。你说，你办的这叫人事吗？"

江上蛟在一旁听得乐了，丁贵却气得哇哇大叫："江上蛟，你放开老子，我得先宰了鲁大河这个混账玩意！"

江上蛟笑眯眯地看着大河和丁贵："他娘的，老子这还是头一回见肉票跟肉票掐架的，弟兄们，咱一起看出好戏如何？"

"大当家，这可使不得！鲁大河和丁贵可都是一身的好武艺……"身旁的河匪忙阻止。

"放屁！他一身的好武艺还能都栽在老子的手中？去，找两根最粗的缆绳来，待会儿老子要亲手给他们系个单脚跳的死结，咱就远远地坐在一旁喝着小酒，看他们一只胳膊一条腿，上演一出活人搏命的好戏！"底下的河匪听后只得分头去准备。

大河和丁贵的左胳膊分别被牢牢地绑在身上，他们的左脚踝处又被一条粗粗的缆绳绑成一个麻花状的死结，缆绳的另一端被分别拴在两颗相距不远的大树上。

江上蛟坐在篝火边上欣赏着自己的杰作，他所系的这个鬼见愁是个死结，任他们如何解都解不开，就算解开了，只要他一支镖打出去，立马能送他们见阎王。所以，江上蛟敢押这个宝！

大河和丁贵接过大刀，举刀朝对方砍去，就在两人靠近的时候，大河小声说："丁贵，咱俩先比画着，待会儿瞅准机会相互砍断脚上的缆索，合力掩杀过去！"

丁贵一愣，这才知道鲁大河是用激将法争取机会，紧接着他冲大河点点头，故意提高嗓门喊道："鲁大河，看刀！"

两个人你来我往地比画起来，江上蛟和河匪们坐在远处，饶有兴致地欣赏着大河与丁贵的打斗，渐渐地河匪们放松了警惕，边喝着小酒边大声叫起好来。大河扫视着喝得醺醺然的众河匪，扭头与丁贵对视着交换了一个眼神，丁贵突然卖了个破绽闪身向一旁躲去，大河挥刀向丁贵左脚踝前砍去，只听砰的一声，鸭蛋般粗细的缆绳被钢刀一刀砍断，与此同时，丁贵手中的大刀也将大河脚上的缆索斩断，两个人同时抡刀向篝火旁奋力掩杀过去。

篝火边上，喝得晕晕乎乎的众河匪见大河和丁贵突然合力杀来，吓傻了眼，猝不及防地抓刀反抗。大河和丁贵为活命，自然不遗余力地一通猛杀乱砍，眨眼间，众河匪已被二人消灭殆尽。江上蛟想反抗，奈何之前贪杯，如今脚下不听使唤，紧急之下他抽出飞镖打向丁贵，幸好被一旁的大河及时发现，用嘴接住了飞镖，江上蛟见情况不妙，转身向湖边跑去。

大河紧追在后，混战之中，大河手中的钢刀划破了江上蛟的衣襟，揣在江上蛟怀中的羊皮囊掉了出来，江上蛟刚想弯腰去捡，丁贵抢刀砍来，江上蛟只得闪身，一个猛子扎进湖中逃了。

东方天际露出鱼肚白，大河、丁贵、小山还有大奎回到了船上，所有人都疲惫地围坐在前甲板上。

"这回要不是大河他哥仨，别说是买粮的银子了，我也真要挂了……"丁贵抱拳谢过众人。

大河不好意思地说："丁护卫，咱就别客气了，叫我说咱还是想想看咋买粮吧，咱出来眼看就两个月了，买粮的事还一点眉目也没有，更糟糕的是咱让江洋大盗江上蛟给盯上了，这一回江上蛟吃了大亏，他必定会来寻仇报复，后面咱必须多加提防才行！"

众人闻听纷纷点头。丁贵扭头问许均昌："老许，江南这边你熟，你说下一步咱该去何处买粮？"

"若在正常年景，官家调粮该去找巡抚衙门，由一省的守巡道员出面协调下面的府州县衙门收粮，可如今江苏各地的官府尚未复设，商家又未开张，再加上连年的战乱，我看买粮的事怕是真悬了。"许均昌说着直摇头。

大河这时却斩钉截铁地说："叫我说，咱干脆掉头回无锡！"

"回无锡？"

"对，回无锡！咱去找天下第一帮，让江淮四帮咱买粮！"大河语气极为坚定，"既然官府未设，商家又不开门，咱只有去找漕帮兑粮这一条路可走了！"

其他人虽然不知道这个办法是否可行，但他们也没有其他路可选，只好回到无锡，登门拜访江淮四的帮主。可是，等他们到了堂口才知道，自战乱以来，江淮四帮堂口已闭门谢客多年，他家舵爷早有钧令，不管是何方朋友，一概不见。

丁贵气得直想硬闯，幸好许均昌拉住了他，要知道别说丁贵是一个从五品的带刀护卫，战乱前就连从二品的巡抚来江苏上任，也得规规矩矩地先来江淮四的堂口拜码头。只因江湖传言，当年乾隆爷微服私访时，曾在江淮四做过几日入门弟子，从那以后，凡来江苏为官的大小官员都要先来拜江淮四的码头，要不然，他这官就做不安稳！

大河自然知道到了这里，只有求人的份儿，可是大门紧闭，他怎么才能见到江淮四的总舵爷呢？

在回去的路上，大河突然想起刘帮主曾说过，天下漕帮是一家，漕帮弟子不管在何处遇到难处，都可以去找当地的堂口相求，若是被求者不愿相帮，可用跪帮闯堂之法前去强求。可跪帮闯堂也是有规矩的，跪帮闯堂之人须背缚荆条，膝跪钉板于堂口门前。就算有人能挨过这锥心之痛，人家若是执意不见，你就算是跪死在那里也是枉然！眼下山东几十万的灾民正等着他们把粮食运回去救命，若真能用他一人之命换回几十万人的性命，这事就值得去做！

第二天，东方天际飞出霞光，大地还沉浸在一片灰蒙蒙的静谧之中。

快船上的人还在熟睡，大河已经换好了一身干净的漕帮号服，他蹑手蹑脚地走出前舱，离开码头，背负紫荆，双手托着钉板，神情肃穆地沿着行人稀少的临河街道来到了江淮四的堂口。堂口的黑漆大门依然紧闭着，只有门前一对龇牙咧嘴的石狮子，让人觉得此处依旧存在着一种威严肃穆的气场。

大河将手中的钉板丢在地上，钉板上密密麻麻的钉子尖在晨光的映照下闪着刺眼的寒光。他冲着大门行了个漕帮的觐见礼，高声说：“门前值守的弟兄听真，东昌漕帮少帮主鲁大河前来跪帮闯堂，劳烦各位代向贵帮帮主通禀一声！”

说完，只听砰的一声震响，大河的双膝猛然跪在了寒光闪闪的钉板上，血迹很快就从他的膝下渗出，将他才换的那条姜黄色的单裤给染红了。

前来看热闹的人听到大河的膝盖与钉板发出的撞击声，不约而同地发出一声惊叹，于心不忍地将头扭向一旁。

江淮四帮堂口的大门洞子中站着两个身穿号衣的值守弟子，听到外面的动静，两个人趴在门上透过门缝向外瞧，这才知道有人来跪帮闯堂了，他们赶紧去向帮主禀告。

江淮四帮现任帮主何爷，此时刚起床，正站在卧室门里一侧的盆架前洗漱，他看上去不到四十岁，儒雅中透出一股威严之气。

"报——何爷，大事不好，堂口门前有人来跪帮闯堂，何爷您见不见？"

何爷一皱眉将布巾丢进铜盆中："见什么见，我早就吩咐过了，这些年战乱不断，河漕不通，为不给堂口招惹事端，江湖上各色人等咱一概不见，难道你忘了吗？"

"可他已经跪在堂口门前了……"

"他愿跪就让他跪好了！吩咐下去，从即日起，堂口的大门未经我应允不得随意开启，帮中弟子进出一律走边门！"

"弟子遵命！"

徐老大等人一醒来，发现大河不见了，便四处寻找。徐老大心想大河肯定是去堂口了，只是他没想到大河竟敢跪帮闯堂。

"大河哥，你快起来！"小山跑过来，企图拉大河起来。

大奎也拽着大河："大河哥，要跪，我替你跪！"

"你俩都放手！"

小山和大奎赶紧将手缩回。秋月看着大河那血迹斑斑的膝盖，心疼得直流眼泪，她擦着泪水上前劝说，可大河依旧一动不动地跪在那里。

斗转星移，昼夜交替。

又是一个彩霞满天的清晨，秋月端着碗给大河喂饭。

到了第三天中午，何爷得知大河还跪在门前，大怒道："岂有此理，老虎不发威他还真当是病猫了？李老大，吩咐护法弟子请出御赐的鏊龙棍，若堂口门前跪的小子依然不走，你就请出鏊龙棍将其强行驱离！"

江淮帮的总领漕李老大领命，带着四个身强力壮的护法弟子，抬着供奉鏊龙棍的红木龙骨架从大门中神色威严地走了出来。

"护法弟子，褪去黄绫，亮出鏊龙棍真容！"

两个护法弟子将覆在鏊龙棍上的黄绫揭起，露出供奉在龙骨架上的鏊龙棍。鏊龙棍的外形与漕帮的香板相似，也是上端为圆，下端为四棱形，粗壮敦实的棍身上涂着铮亮的黑漆。不同的是，鏊龙棍的上端雕刻着一条鎏金的鏊龙，鏊龙口内书"钦赐"两个金字，四棱状的棍身上用金漆写有"护法鏊龙棍"几个大字，下端有一行稍小一些的字，写着"违反家规打死不论"。

站在一旁的徐老大惊讶地瞪圆了眼睛："江淮四将镇帮之宝都请出来了，他们这是要大开杀戒呀？大河恐怕性命难保了，唉……"

丁贵等人都感到了事态的严重性，可事已至此，他们都已无能为力，只能看大河的造化了。

"堂口前的各位听好了，自打河漕阻断后，我江淮四帮堂口一直闭门谢客，近日却有人罔顾江湖道义，强行堵门，祸乱我堂口秩序，在下身为堂口当值老大，奉我家总舵爷之命，敦请堂口前一切闲杂人等速速离去，若有人继续置若罔闻，就休怪我等不客气了！"李老大说着，扫视了大河一眼。

"这位老大，大河之所以冒死前来跪帮闯堂，绝非为一己私利，只因上年秋到今春，大半个山东滴雨未见，为拯救半个山东数十万灾民的性命，大河特意前来跪帮闯堂，以恳求贵帮总舵爷及诸位弟兄能出手相救，帮山东灾民兑粮保命，大河若有冒犯之处，还请见谅！"

李老大闻听一愣："这么说你跪帮闯堂并非是为一己之私？"

"不错！因山东遭灾，在下鲁大河被山东布政使丁宝桢大人任命为过江买粮的副使……"

李老大本来已和缓下来的脸上忽然再次变了颜色："闹了半天你是替官府而来？想我江淮四堂口立世百年，岂能容尔等不三不四之徒任意玷污？护法弟子，请出御赐鏊龙棍将堂口门前所跪之人强行驱离，他若再敢胡搅蛮缠，将其立毙于鏊龙棍下！"

大河听闻笑了："能死在江淮四的镇帮之宝鏊龙棍下，倒也算是我鲁大河的造化！"说着，他丢掉手中的荆条，咬着牙从地上站了起来，将血迹斑斑的钉板连皮带肉地从膝盖骨上拽了下来，当的一声丢在地上。

李老大一愣："后生，你想干什么？"

"这位老大，大河此番前来绝非为一己之私，既然贵帮弟兄不讲同门之谊，又无怜悯之心，大河自然是死不足惜，不过，我不能让这俩龇牙咧嘴的家伙看着我被杖毙于鏊龙棍下，咱得请它挪挪窝暂且回避回避！"

李老大疑惑道："后生，你到底想让何人回避？"

大河一步一颤地走到左侧的石狮子旁，拍打着石狮子："就是它！"

"什么？"李老大瞪大了眼睛，"一座石狮子重达五千余斤，你如何让它回避?"

"这位老大放心，大河自然有办法让它回避!"大河在石狮子前运气站好，大吼一声，"嗨——走!"

只见，带底座的石狮子居然真的被大河推着在原地转了一百二十度，将头扭向了冲大门的方向。

围观的人群不禁惊呼起来："好力气! 好啊……"

大河咬着牙，又向另一座石狮子走去……

第十章
兑粮功成

大河再次用力，将堂口前的另一座石狮子也扭头冲向了大门的方向。但由于用力过猛，他的双腿疼得不住地颤抖，在钉板上跪了两天半的裤子上血迹斑斑，看上去惨不忍睹。

江淮四堂口门前一阵大乱，李老大也被大河的神力所震撼，愣在了那里。这时，听闻此事的何爷也忍不住从堂口的大门里走了出来。

大河打量着面前的这个人，从他器宇轩昂的神态中，大河自然知晓了此人便是何爷，他忍着疼痛，单膝跪地："东昌漕帮少帮主鲁大河见过何爷！"

何爷冲李老大使了个眼色，李老大赶紧吩咐人将闲杂人等赶至一旁！

大奎等人不解，何爷这是要做什么，徐老大告诉他们，何爷这是要跟大河盘帮论道了，大河若有一句接不住，只怕是难逃杀身之祸了。

何爷不动声色地瞅着大河："跪帮闯堂者既然自称漕门弟子，那我来问你，天下漕帮分几帮，帮中码头有几个？"

"天下漕帮共分一百二十八帮半，帮中码头共有七十二个半！"

"何为半个码头半个帮？"

"绍兴后帮堂口前的码头，因专做南北杂货生意故称为半个码头，山东兰山帮因常年供奉承传祖训传道的香火船，故称为半个帮！"

"敢问阁下何年入漕门，入门三师为何人，门里所泛何字辈？"

"回何爷，弟子于同治二年秋在东昌前帮堂口拜入漕门，济宁漕帮李帮主为弟子入门的传道师，临清漕帮张帮主为弟子的解惑师，东昌漕帮现任帮主为弟子的入门引进师。弟子三师均泛来字辈，入门本师门外姓刘讳振坤，门里姓罗字来德！"

"来德？"何爷掐指算着，"清静道德，文成佛法，仁论智慧，本来自信。如此说来，你在帮中是泛'自'字辈了？"

"回何爷，大河门外姓鲁名大河，门里姓罗字自修！"

"自修？"何爷点了点头，忽然双手向天抱拳猛然喊道，"前人开香堂！"

大河也抱拳朗声而对："后人上钱粮！"

"粮船跳板三尺三。"

"进门容易出门难！"

"进门求的五个字。"

"敬学求吃怕！"

"何为五敬？"

"天地君亲师！"

"何为五学？"

"仁义礼智信！"

"何为五求？"

"四季平安福！"

"何为五吃？"

"金木水火土！"

"何为五怕？"

"生老病死苦！"

大河对答如流，何爷听后，脸色也缓和下来："鲁大河，既然你是漕门弟子，理应知晓跪帮闯堂的规矩！"

"大河略知一二，所谓跪帮闯堂即为强行拜求之意。"

"既是强求，则有违江湖之道，依照漕帮家法当作何处置？"

"依漕帮家法当领受一百香板，以杀去跪帮闯堂者身上的恣睢之气！"

"看来你都明白啊，说吧，到底遇上了什么坎，非要来跪帮闯堂不可？"

何爷问道。

"启禀何爷，自上年秋大半个山东滴雨未见，山东布政使丁宝桢大人为救灾民于水火，特意拨出府库银二十万两命我等过江买粮。可江南各地却因受连年战乱之苦，四处无粮可售，大河迫不得已这才前来跪帮闯堂，以祈求天下第一帮总舵爷及诸位同门兄弟出手相帮兑粮，以挽救半个山东的灾民能够安然度过灾年！"

原来是为救灾而来，这倒令他刮目相看了。何爷扭头吩咐："李老大，让人抬把椅子来，将他抬进议事堂说话！"

"何爷，此事关系到数十万灾民的生死，您老看咱是不是那个……"

何爷笑了："鲁大河，看来今天我若是不应，你还就跪着不起了？那好！今天我就当着三老四少的面儿答应帮你兑粮，这下你该放心了吧？"

"大河谢过何爷！可大河冒闯贵帮堂口，违反了不准江湖乱道的帮规，依照漕帮家法，这一百杀威板仍然在所难免……"

何爷听后，忽然严肃起来："鲁大河，你什么意思？你为拯救半个山东的数十万灾民，能舍出命来跪帮闯堂，难道我天下第一帮还能如此迂腐不成？我今天不妨当着众人的面宣布改改这老规矩，鲁大河的这一百杀威板啊，免了！"

"大河谢何爷格外开恩！"

"鲁大河，你甭谢我，要说谢，你得谢咱漕帮的开山鼻祖！众所周知，漕帮后三门的三位开山鼻祖中，翁岩、钱坚两位老祖的祖籍可都在东昌府，你说，我有几个胆子敢对两位老祖的小同乡妄动杀威板哪？"说完，何爷先自大笑起来，一旁的众人闻听也笑了。

大河被人抬进江淮四的议事堂，这个议事堂可比东昌漕帮的议事堂气派多了，宽敞明亮的大堂中有一个大号的红木屏风，上书一个黄底黑字的"漕"字，漕字的天头地脚留得都很小，是取其顶天立地之意。屏风的两侧是一副木雕楹联，上写："漕帮稳而天下固，河漕通则盛世兴。"屏风上方悬有一块"天下第一帮"的紫檀木匾额巧妙地充作了横批。屏风前外侧的两根立柱上还挂有一副用黄杨木雕刻的楹联，上联是"慷慨好义其本善"，下联为"义气联合须久远"。屏风前的台子上摆着一把铺着虎皮的红木座椅，堂上两侧摆的全是清一色的红木座椅。

大河正打量着，何爷突然走到他面前要查看一下他的膝伤，毕竟他在钉板上跪了三天两夜，眼下天气炎热，伤口极有可能因伤化脓。大河极力推托，不想让何爷看他的腿，一来二去惹得何爷大为不快，大河这才红着脸挽起了左侧的裤腿。

何爷看后大吃一惊，只见他的膝盖处用细绳绑着一块生牛皮，牛皮上粘着个装鸡血的猪尿泡，大河裤子上的血迹正是从这里渗出去的。

李老大怒不可遏地大骂：“好你个鲁大河，我家何爷这等大仁大义地待你，你竟然使出如此卑劣的手段来戏弄何爷！今天若不严办于你，我们天下第一帮岂不沦为天下人的笑柄了！”

其他漕帮弟子也愤怒地喊着：“杀了他，杀了他……”

“大河弄虚作假固然该死，可大河跪帮闯堂却也给何爷及贵帮的弟兄带来了天大的喜讯啊！”大河知道犯了众怒，心中虽然害怕，却依然不忘为自己辩解。

“什么样的天大喜讯？”何爷看着大河问道。

“何爷，都说‘河漕通，盛世兴’，大河能前来跪帮闯堂，这岂不是上天让大河来向您及贵帮的诸位同门通禀河漕将开的天大喜讯吗？”

何爷心想，这小子靠抖小机灵来跪帮闯堂，居然还能处乱不惊，日后必定是个可造之才！既然他与我同泛自字辈，倒不如认下他这个小老弟，或许这正是上天的旨意。

“鲁大河，你倒是很会狡辩。好吧，本舵就看在你给我江淮四帮传递了天大喜讯的份上，从轻发落。”何爷看得出，即便有生牛皮阻挡，鲁大河的腿毕竟在钉板上跪了三天两夜，腿上的血脉受阻，已经发紫形成了瘀伤。何爷命人将鲁大河抬往书房养伤，其他之事待日后再定。

郎中给大河敷过药后，何爷主动认大河为兄弟，并让帮中弟子见了大河以小爷叔相称。不但如此，他还吩咐李老大尽快飞鸽传书通知江淮帮各家堂口，找粮户采办二十万石救命粮。

筹办二十万石稻谷，这在正常年份不算大事，可经过十几年的战乱，这个数额他也不敢说能不能筹得上来。不过他吩咐下去，除去江北的扬州、淮安六帮，其余的二十二帮，让师爷按二十万石外加一万石军粮的总数给各家堂口框个数，请他们务必于七日后在无锡米码头聚齐，届时江淮帮将统一举办开漕祭祀大典，同时晓谕各家堂口尽快整修船只，招募水手，以确保尽快将救命粮运往山东。丁贵等人闻听自然是无比欣喜。

收兑救命粮的工作紧张而有条不紊地进行着，大河被何爷留在堂口养伤。在何爷的书房里，大河看到了正中墙上挂着的一个条幅，上面写着"上善若水"几个大字。

何爷见大河在端详条幅，轻声问道："大河，你可知晓这其中的含义？"

大河回过头来："上善若水，见于老子的《道德经》第八章，老子云：'上善若水，水善利万物而不争。'我上学馆时师傅曾说过，咱中国人有着水一般的品性，讲究融合和谐、柔顺和睦的处世之道，不管汉民族人多么多，却从来不会主动去掠夺别国的领土，更不会恃强凌弱，但是中国人的骨子里也不乏像水一样的韧劲儿，一旦认准的事就会一往无前，滴水穿石，不达目的誓不罢休！"

"所以，老子认为上善之人就应像水一样，滋养万物却不与之一争高下，这才是最高的美德境界！"

"当年学馆的师傅说，老子提出的'上善若水'，与《周易》中讲的'厚德载物''自强不息'，这十二个字合在一起堪称中华民族的精神之魂！"

"嗯，中华民族是一个崇尚水的民族，我们的祖先逐水而居，得水而活，天下漕帮更是因水而生，靠水而活。孔子云：'夫水者，启子比德焉。遍予而无私，似德；所及者生，似仁；其流卑下，句倨皆循其理，似义；浅者流行，深者不测，似智……'"

大河跟着吟诵道："其赴百仞之谷不疑，似勇；绵弱而微达，似察；受恶不让，似包；蒙不清以入，鲜洁以出，似善化；至量必平，似正；盈不求概，似度；其万折必东，似意。"

"大河，孔老夫子将水的美德阐述得可谓淋漓尽致，且精辟透彻！"

"何爷，您老读了这么多的书，不去考取功名实在是可惜了……"

何爷的脸上显出一丝凄凉："大河，我十七岁中举，一路科考，可大清的科举制度并不注重真才实学，我空有满腹的学问却报国无门，后来一气之下便入了漕门。前帮主对我十分器重，十几年前因河漕阻断，江淮四也陷入一场生存危机，他老人家急火攻心，撒手西去，我接手江淮四后也想着重振天下第一帮之雄威，可连年的战乱使得四处风雨飘摇，动荡不已，江南各大漕帮也深受其害，你这回跪帮闯堂终于让我等看到了河漕重开的契机！"何爷说着从身上摸出一把折扇，"大河，为天下漕帮将要重新迎来'河漕通，盛世兴'的太平盛世，为兄愿将这把折扇作为见面礼赠送与你！"

大河忙推辞："何爷这可使不得，大河如何敢收您的礼物？

何爷将折扇塞到大河手中摁住："大河，这把折扇虽不名贵，却是我何尚祖身份的象征，有此折扇在手犹如我何尚祖亲临，日后你再出入江淮二十八帮的任意一家堂口，我保你都能如履平地。"

大河谢过何爷，欣然接受。

江淮四帮飞鸽传书发出后，江淮帮各家堂口很快联络粮户收粮，此番收兑救命粮不仅让大伙看到了河漕将开的希望，也让各堂口赚到了一笔久违的水脚银，沉寂已久的江南运河很快热闹起来。

装满麻包的漕船开始陆续向无锡米码头前集结。这天上午，李老大带着丁贵、小山和大奎来到米码头上，准备登船查验各帮收来的稻米。在这二十多条漕船中，其中有一条船上载的是上等的江南白米，这米是何爷专门送给大河的。

无锡米码头前忙得热火朝天，徐老大的快船却悠闲起来。为了庆祝此番顺利兑粮，秋月娘在船上炸起了大河最爱吃的绿豆丸子，秋月换上一身男装将炸好的丸子装进篮子里，兴高采烈地朝堂口走去。

秋月娘见女儿下船，扭头笑着问："秋月他爹，看出来没有？"

"我又不傻，闺女的那点心思我还能不明白？是该给闺女找婆家了，秋月今年虚岁十九了，再不出门子可就要成老闺女了……"

"是啊，都说女大不中留，留来留去留成仇。秋月他爹，大河这孩子可是难得的好后生，这事你可得上点心！"

徐老大含着烟袋，美美地吸了一大口："老婆子，这事我有数儿，你就放心吧！"

江淮四堂口的一间客房内，大河与何爷正吃着秋月送来的绿豆丸子。这时，李老大匆匆前来禀报，苏州前帮在阳澄湖上越界收米，有五条漕船被兴武帮给扣了。

兴武帮与江淮帮是天下最大的两大漕帮。江淮帮挑头的是江淮四，兴武帮挑头的是兴武六，一般的漕帮都是六漕一帮，可江淮四帮有三十漕，兴武六少点也有十八漕。相传这两大漕帮是因当年乾隆爷微服私访踏入漕门才引发的一些恩怨，多年来他们为争锋天下而互不服气，一旦双方争斗，江湖上就要爆发一场大的腥风血雨！

"兴武帮把船给扣了？"何爷将筷子猛地拍在桌上，"眼看河漕将开，他们咋又要兴风作浪啊？"

"兴武帮还捎话说让咱将'天下第一帮'的紫檀木匾额摘了，由您老亲自给兴武六的雷老大送去，他们才肯放船。"李老大说。

何爷一掌拍在桌上："才说要迎接河漕重开，兴武帮又来搅局，真是可恶至极！"

"何爷，且慢，大河有几句话不知当不当讲？"

"大河，有啥话你说便是。"

"何爷，还记得那日您在书房说过的那番有关水的宏论吗？"

"哦，上善若水？"何爷愣了一下，紧蹙的眉头逐渐舒展开来，"大河，我知道该怎么做了。"

议事堂中，何爷令人将"天下第一帮"的匾额取了下来。

面对各个帮主的反对，何爷慷慨陈词："当年我的恩师禅位与我时，曾说起过与兴武帮结怨的缘由，说白了，就是因为当年为争谁是天下第一帮，而使得同门反目，兄弟结怨，以致数十年间两大漕帮争斗无数，积怨日深。叫我说，与半个山东数十万灾民的性命相比，这块木头匾额实在是算不得什么！不管咋说，咱和兴武帮都是同出漕门的同宗弟子，我想借河漕即将重开之际，去和兴武帮将陈年旧怨做个了断，日后咱也好一门心思地端好走漕的饭碗，这岂不比整天打打杀杀地过日子强？"

各个帮主皆为何爷的胸襟所折服，他们自动让开路，目送何爷带着匾额离开。

两天后，一艘气派的楼船沿着江南运河驶来，停在无锡米码头前。楼船的桅杆上悬着一面迎风招展的黑龙旗，黑龙旗上绣黄龙，镶黄边，也颇有一些皇家风韵。船边上，一个长络腮胡子的大汉拉着何爷的手，笑着从富丽堂皇的楼舱中走出来，此人便是兴武帮的帮主雷爷。何爷的让匾之举让他着实动容，此次他亲自送何爷回无锡，就是愿与江淮帮化解前仇，至于那块"天下第一帮"的匾额，他也一并完璧归赵。

何爷向雷爷引荐了大河，雷爷也是个豪爽之人，当即认大河做了兄弟，并将一把洋手枪送大河做了见面礼。

李老大走进议事堂，向何爷禀报说最后兑粮还差七万石，恐怕是无法完成了。

雷爷听到此处，立马站了起来："大河，为兄既然认下你这个小老弟就不能白认，你放心，明日下午酉时前，为兄给你发来一百一十条漕船的稻米，共计七万五千石，你看如何？"

大河听后大喜，连忙跪谢："大河代山东的数十万灾民谢过雷爷。"

丁贵在一旁佩服地看着大河，脸上充满了笑意。

第十一章
归途遇险

无锡米码头前，满载米粮准备北上的三百多条漕船在江南运河中一字排开。

在码头对面的江淮四堂口前，一个祭祀台已经搭建起来。祭祀台的供桌上分三层分别摆放着河神及漕帮上三门金纯、罗清、陆飞三位老祖，后三门翁岩、钱坚、潘清三位开山鼻祖的牌位。仅从祭祀牌位的摆放上即可看出，江淮四的祭祀要比其他漕帮更为讲究，因上三门的老祖皆为大明人士，一般的漕帮在举办祭祀大典时只摆放后三门老祖的牌位。牌位前供奉着五果三牲，供桌前一个硕大的香炉中烟气飘绕，香火旺盛。

祭祀台的一侧立着两根高高的大旗杆，旗杆上分别悬着江淮四的黄龙旗和兴武六的黑龙旗，祭祀台四周插满了两大漕帮各家堂口的号旗，分别写有：江淮头、江淮二、江淮三、江淮五、江淮九、苏州前、苏州后、常州头、常州六及兴武头、兴武二、兴武三、兴武七等字样。河风吹来，号旗猎猎，场面十分壮观。

码头两岸边早就站满了围观的人群，人们的脸上都露出期待的笑容，因为这次的开漕祭祀大典，既是为走漕的三百余条漕船及漕门弟子祈福，又意味着断航十几年的河漕终于要重开了，世人所企盼的"河漕通，盛世兴"的日子又要回来了！

在众人的注视下，何爷和雷爷携手走上祭祀台，雷爷声若洪钟地亮开了嗓门喊着——

"击鼓鸣钟，叩拜迎神！"

"焚香献酒，公祭神明！"

"主祭领颂，祷告吾神！"

何爷神情肃穆地站在祭祀台中间展开祭文帖，朗声诵祷："天地昭昭，日月可鉴，惟我江南两大漕帮，数万同门弟子，诚惶诚恐，躬伏于河神并我漕门开山鼻祖神位前虔诚以告。咸丰三年，战乱四起，祸乱民生，粮道隔绝，江南有米，概莫能售，江北缺粮，无法调剂。时下山东遭灾，我等应东昌漕帮少帮主鲁大河等诚心相邀，助山东灾民收兑救命粮共计二十余万石，今日启程，运往山东，祈求神明，护我弟子，一路顺达，安然无忧！"

众人跪地，双手抱拳，恭敬地跟着大声祈祷："祈求神明，护我弟子，一路顺达，安然无忧！"

连绵不绝的祷告声一浪高过一浪，从祭祀台前依次向后传递开来，最后汇聚在江南运河的上空，发出惊天动地的共鸣声，以至惊得岸边的飞鸟都扑棱棱地飞走了……

启程炮长鸣，运粮船队扯篷开船。

李老大走到快船前，冲前方的河道高声喊道："河中的冤魂并虾兵蟹将听好了，江南两大漕帮的运粮船队即将启程，尔等避让，休得滋扰！"

李老大此举谓之喊河，粗犷悠扬的喊河声在空旷的河道中传出好远。

伴随着喊河声，河道中的漕船开始纷纷扯起风帆，漕帮汉子唱响了雄浑的扯篷号子——

"哎嗨哟——弟兄们哪！

嗨哟——

手抓大缭来扯篷哪！

嗨哟——

漕船即刻要启程喽！

嗨哟——

运河自古九道弯哪！

嗨哟——

顺风顺水好行船喽!

嗨哟——"

漕船上的风帆陆续扯向桅杆的顶端,巨大的船帆瞬时被东南季风鼓满,何爷下达了漕船拔锚开船的启航令,顿时江南运河中响起了声调不一、高亢持久的开船号子——

"开船喽!"

何爷和雷爷带领众帮主站在码头上,目送着大河他们离开。

运粮船队在江南运河中依次挂帆驶进,快船行驶在运粮船队的最前面,三百条漕船跟在后面。白帆如云,船桅如林,一眼看不到头的运粮船队在顺风顺水中浩浩荡荡地一路向北驶来。

秋月蹲在后甲板上淘米,小山站在一旁静静倾听着秋月自编的船家小调——

"运河自古九道湾,河漕有水好行船。一道湾里栽樱桃,千棵万棵连成片。二道湾里荷花艳,片片莲叶撑绿伞。三道湾里鱼儿肥,下了双钩拿钓竿。四道湾里水流急,抓鳖还得下深潭。五道湾里船家聚,天下船家心相连……"

丁贵看着后面的漕船,内心也十分痛快,这下藩台大人交办的差事总算看到眉目了。徐老大估计在风向不变的情况下,用不了二十天,他们便能返回东昌。可是,船刚过京口船闸,风势却变了,江面上腾起一层浓雾。漕船被浓雾笼罩,逆风加上逆水,漕船根本无法行船,运粮船队不得已只得在桅杆上挂起了红灯笼,停泊在万里长江上。

半个时辰过后,天空亮了许多,江面上的浓雾翻滚着向前涌去。众人一看起风了,而且还是东风,都兴奋不已。李老大盯着桅杆上的风信子,待风势稳定后,才命令船队拔锚开船。

时间一点点过去,厚重的雾气依然没有散去的意思,不过此时的天空中又亮了许多,能见度也好了许多。

秋月和秋月娘蹲在后甲板上忙活着,秋月把洗好的碗摞在一起,端起瓷盆站起来想把洗碗水倒掉。忽然,两声震耳欲聋的炸响贴着江面飞来,在离快船不远处掀起了两个巨大的水柱。正在行进的快船被炮声震得一阵乱颤,秋月吓得一哆嗦，手中端的瓷盆啪的一声掉在船板上摔碎了，刚洗好的那摞碗也被瓷盆砸了个粉碎。

所有人都被这炮声吓得目瞪口呆，他们望向前方，只见厚重的浓雾后面，几艘巡江战船正穿过雾霭驶来，船舷两侧露出一排黑黝黝的炮口，正瞄向江面上驶来的运粮船队。

一阵疾风吹过，雾气又散开一些，巡江战船的上端露出一面随风飘摆的黄龙旗。

站在船头的许均昌看着黄龙旗笑了："他奶奶的，我以为是谁呢，原来是淮军的巡江战船啊，这帮小子闲着没事，整天就爱在江面上瞎溜达，大伙放心，这帮兔崽子交给我了！"

听了许均昌的话，大伙都松了口气。

"哎，对面的小子听好了，老子是许均昌，你他娘的再胡乱放炮，老子非让李大帅揍你狗日的屁股不可！看你还敢不敢来吓唬老子？"许均昌挺胸抬头冲着对面喊道。

迎面驶来的三艘巡江战船离着运粮船队越来越近了，前面巡江战船的船头上站着个身穿盔甲的把总，正拿着单筒望远镜看着船队，听到许均昌站在上风头上骂人，当即恼了。

"他娘的，不停船还敢骂老子？不是长毛，必是盗贼。来呀，点燃号炮，通知其他战船摆开阵势准备开战！"

一旁的兵卒点燃了前甲板上的号炮，三尊铸铁大炮依次怒吼起来。三发炮弹呼啸着从快船的上方飞了过去，先后落在江面上轰然炸响，随着三条水柱冲天而起，那些被炸飞的江水在江风的吹拂下纷纷扬扬地飘落到快船及附近的漕船上。

"哎，对面的船队听好了，老子是换防的湘军水师，你们若不想被轰成碎片，就赶紧停船，接受盘查！"巡江战船上的把总恶声恶气地喊着。

许均昌一听是湘军，顿时慌了，转身躲进了前舱。众人见许均昌躲了，更是吓得六神无主地全愣在那里。

大河知道对面的战船不好惹，只好走到船头，冲着对面喊道："军爷，我们是山东布政司衙门过江买粮的船队，我们停船，接受盘查！"

对面巡江战船上的军兵听到大河的喊话安静下来，示警炮也停了，江面上终于安静下来。但他们的参将大人要求验看腰牌和文书，大河和丁贵二人只好带着凭证登上了战船。

湘军把总看了看文书和腰牌，又看了看大河、丁贵二人，一直没出声。

丁贵有点着急了："这位仁兄，我们可以走了吗？"

"我们参将大人说了，如今是非常时期，仅凭腰牌和文书还无法确认你们的真正身份。"

"兄弟，这上面盖的可是山东布政司衙门的大印，难道还能有假不成？"

"长毛连朝廷的玉玺都能造，山东布政司衙门的大印为何造不得？"

丁贵恼了："你们这不是故意刁难人吗？我可有言在先，若是耽搁了赈灾，别说是你们，就连你们的左大帅也吃罪不起！"

湘军把总甩手给了丁贵一个大嘴巴："你他娘的少来吓唬老子！今天你要是无法证实自己的真实身份，老子就拿你当长毛办！"说着，他拔出洋手枪逼住丁贵。

一旁的湘军也都虎视眈眈地端起枪对准丁贵。

大河忙拽着丁贵蹲下，缓和道："这位军爷，都说真的假不了，假的也真不了，其实要想验证我们的身份并不难，您只要登船查验一下我们船队运的是不是粮，不就啥都清楚了？"

"你说得轻巧，万一船上设有伏兵，上船查验的弟兄还有命吗？"

"这位军爷，在下有个办法，可保你们上船查验的军兵安然无虞！"

"啥办法？"

"在下是东昌漕帮的少帮主，也是我们藩台大人当堂宣封的过江买粮副使，我们漕帮若是遇到真假难辨之事，便会采用以命赌真假的办法来验证某人所言是否属实！在下愿将小命押在你们手中，以验证我所言不假！"

丁贵一听，连忙阻拦："大河你跪帮闯堂膝伤未愈，真要赌命也应由我这个过江买粮的正使去赌才合情理！"

"丁护卫，你的好意大河心领了，以命赌真假系大河所提，况且漕帮有些规制你也未必清楚，丁护卫，这事你就不要争了！"

"大河兄弟，从你夜闯孤岛时我就想对你说……以往之事，都是你老哥我做得不对，你千万别在心里嫉恨你老哥，若是过了眼前的这个坎儿，我想与你结为生死弟兄，不知你可否愿意？"

大河用力握住丁贵的手："丁大哥，有你这句话，咱啥都不用说了！"

湘军已经准备好了站笼，推大河走进去，将他吊在快船的船头前，大河的半个身子沉入江水中，万一船上设有伏兵，站立一旁的刀斧手就会手起刀落，砍断缆索让大河沉入江底喂鱼。

李老大看到站笼中的大河，担忧道："小爷叔，你若有个好歹，我李老大可就没脸活了。"

大河吩咐道："李老大，告诉船上的弟兄，让大伙配合湘军查验，谁若不从，家法从事！"

湘军把总带着几个湘军接连跳上几条运粮船，解开麻包，看到里面确实全是稻米。

他们将浑身湿淋淋的大河从水中拉起来。由于在江水中泡的太久，大河的脸色有些苍白，嘴唇也有些发青，全身不住地颤抖。

湘军把总向大河道歉，他们也是奉命行事，既然已经验证他们所言属实，他们决定返回战船。就在这时，突然一支带信的飞镖插在了快船的桅杆上。湘军把总拔下飞镖，展开书信看着，突然抬头问道："谁是李老大？"

李老大刚将风帆升上去将缆索固定好，扭头说："我是，咋啦？"

"来呀，把这个漏网的长毛给老子绑了！"湘军把总变颜变色地吼道。

几个湘军过来，不由分说摁住李老大将他绑了起来。

"你们凭啥绑老子？"

"这位军爷，刚才你们不是都查验过了，为何还要绑人？"大河上前问道。

"你就是鲁大河，对吧？"

"不错，在下就是鲁大河。"

"来呀，将鲁大河一起绑了！"

"哎，你们咋随便绑人啊？大河可是我家藩台大人委任的过江买粮副使！"丁贵在一旁急了。

"老子绑的就是他这个私通长毛的反贼！"

"胡说！大河咋会是反贼哪？你有何凭证拿出来让我看看！"

"你可看清楚了，鲁大河到底是个什么东西！"湘军把总将书信举到丁贵面前。

"李老大是漏网长毛，鲁大河是私通长毛的反贼！"丁贵惊讶道，"这是咋回事儿？"

大河瞥眼看到湘军把总手中的飞镖上有一个明显的蛟龙标记，忙说："把总大人，你手上的这把飞镖分明是江湖上臭名昭著的河匪头子江上蛟使用的暗器！"

"江上蛟？"

"把总大人，我身上也有一把同样的飞镖，不信你可以拿过去做个比对！"湘军把总伸手从大河的胸前果然摸出一把飞镖，而且确实一模一样。

丁贵在一旁气鼓鼓地说："这是江上蛟上次劫杀俺老丁时打来的飞镖，多亏被大河兄弟用嘴叼住，这才救了俺老丁一命！好啊，没想到左宗棠的部下竟然与河匪沆瀣一气？"

"这……"湘军把总也有点拿不准了。

"把总大人，这一定是河匪使出的离间计，您若不信，大河可以设法找出打飞镖之人与他对质！"

"你能找出打飞镖之人与他对质？"

大河郑重地点头，他十分确定江上蛟就在附近。他努力回忆着刚才在快船旁闪过的每一条运粮船及船上的每个面孔。

湘军总把为谨慎起见，决定让大河一试。大河带着快船原路返回，来到一条运粮船前，大河摆手，众人一起登上了这条漕船，大河让人在甲板上摆好了供奉漕帮开山鼻祖牌位、香炉，又让船老大拎了木桶和铜盆来，便煞有介事地做起了法事。

大河将一张黄表纸压在木桌上，嘴里念念有词道："甲乙丙丁戊阳时，神居天上要君知。坐击须凭天上奇，阴时地下亦如之！有请天柱星显灵，帮弟子鲁大河找出暗中打镖之人现出原形！"

待他做完，拿起黄表纸在白蜡烛上点燃，慢慢摇晃着将黄表纸放进铜盆，黄表纸燃烧殆尽后，大河提起木桶将清水倒进铜盆，又将右手伸进铜盆中搅动了一番。

大河将右手泡在铜盆中稍停了片刻，然后起身对湘军把总说："把总大人，借飞镖一用！"

湘军把总迟疑着将飞镖递给大河，大河接过飞镖，暗自用力捏住，举在手中对众人说："各位，这就是江洋大盗江上蛟使的暗器。刚才天柱星已明示大河，凡动过飞镖之人，手上都会留下印记的，不信大伙请看！"

众人抬头看去，只见大河刚才拿过飞镖的手指上果然留下一个清晰的蛟龙印记。大伙看了惊诧不已，纷纷议论起来。

大河扫视着船上的船工，这时，他看到一个戴竹斗笠，蹲在甲板上的船工偷偷抬头看了看，随即又低下头去。大河不动声色地看着此人："把总大人，刚才我已为大家做了演示，再找出手上有飞龙印记之人必是江洋大盗江上蛟，请把总大人下令让您的弟兄督促船上的每个人，逐一将手伸进铜盆浸泡片刻，这样，江上蛟很快就能现出原形了！"

湘军把总点头，转身喝道："你们都过去排队，一个一个地到铜盆前去接受查验！"

湘军驱赶着前甲板上的人起身在小木桌前排队站好，一个接一个地接受着查验。快要轮到戴斗笠的船工时，只见那人心神不定地向四周看着，像是在寻找脱逃的机会，慌乱中他一下撞在前面船工的背上，头上的竹斗笠也被碰掉了，脸上粘着胡须的江上蛟惊慌失措地扭头就跑。

大河大喝一声："快！抓住江上蛟！"

"鲁大河，你等着！"江上蛟慌乱地纵身跳入江中，一个猛子扎了出去。

湘军举枪接连向江上蛟开枪，可惜江面上早就不见了他的踪影。

大河懊悔地看着江面："这个江湖惯匪就是凭着一身的好水性，专门在三千六百里的河漕上兴风作浪，他一旦入水想再抓他可就难了。"

真相大白，湘军自然没有再为难大河，带他向参将大人复命后，便给运粮船队放行了。

第十二章
淮军征船

三百多条漕船经过一天的紧张忙碌终于通过了瓜州船闸，全部进入了苏北运河。夜幕降临后，天上的繁星与一眼望不到头的桅灯交汇在河面上。

一直催着昼夜兼程的丁贵却要求停船，他今夜要请众人喝酒压惊。漕帮汉子们兴高采烈地围在一起大碗喝酒，大块吃肉，欢声笑语在夜色中不断地飘散开来。

前甲板上摆着几个酒坛子，丁贵、许钧昌和大河他们也围坐在一起喝酒。

"大河，还记得站笼之前我跟你说过的话吗?"丁贵问道。

"记得，你说过了这道坎，咱要结为生死兄弟!"

"那好! 今天咱就对天盟誓，喝个结拜酒，从今往后，你我可就是过命的兄弟了，也不枉咱们弟兄出生入死来世上走这一遭!"

"丁大哥，请受大河一拜!"

许钧昌也端起了酒碗: "哎，大河，喝结拜酒少了我老许还行? 来，也算上我一个!"

说着，三个人一仰脖干了碗中的白酒。

就在众人气氛愈加热烈之时，河堤上跌跌撞撞走来一个老者，老者一眼就看见了丁贵。

"丁护卫，老朽可找到你们了……"

借着桅灯的亮光看去，丁贵大吃一惊，那老者不是别人，正是藩台大人的师爷。

丁贵赶紧上岸，问师爷为何深更半夜地找到这里，师爷眼含热泪地说藩台大人出事了。原来，朝中编修蔡寿祺通过慈禧太后身边的总管太监安德海，弹劾恭亲王专权欲图不轨，慈禧太后为揽权不但下懿旨罢免了恭亲王，还再度颁旨要剪除恭亲王的党羽，早就被划入恭亲王一党的丁宝桢偏巧又被户部抓住未向户部报请，就动用府库银过江买粮的把柄，丁宝桢当时就被朝廷派来的钦差给革职查办了。

大河闻听气愤不已："藩台大人动用府库银是为了赈济灾民，又不是中饱私囊，何错之有？"

师爷说："鲁副使有所不知，若在以往藩台大人动用府库银赈灾倒也没啥，可如今是朝中有人争权故意拿这事找碴儿，这不就成事了？"

"师爷，藩台大人如今怎样？"丁贵急忙问道。

"幸亏巡抚阎敬铭大人以顶戴担保，朝廷这才答应给藩台大人一个留职待查的机会，若是买来赈灾粮则还罢了，一旦买粮有失，藩台大人不光要丢官，恐怕还会有性命之忧，唉……"

丁贵一下站起来："大河，咱得赶快将救命粮运回山东，好还藩台大人一个清白！"

"丁大哥，我也恨不得立马赶回山东，可你看这……"大河说着指了指河道中四处喝酒的漕船汉子。

丁贵虽心急如焚，但也知道此时根本无法行船，只好等天亮再做打算。

次日一早，东方天际刚飞出彩霞，运粮船队便已开始进发。不到半个时辰就到了淮军江北大营的驻地，可令人想不到的是，江北大营不见了，门前只留下三个立旗杆的大坑，木栅栏围墙东倒西歪地倒在地上，空寂的江北大营中更是一片狼藉。

许均昌一脸茫然地愣在大营门前："这好端端的江北大营咋就突然不见了？大营中的三万多淮军去了哪里？我费尽千辛买回来的这一万石江南白米又该如何处置？"

丁贵急着回东昌，许均昌又着急去找江北大营，两个人互不相让，甚至险些动起手来。这时，打探消息的李老大赶了回来，告诉许均昌江北大营两天前就开拔去山东剿捻了。许均昌当即决定跟随大河结伴而行，去追赶北上剿捻的淮军。

运粮船队沿着苏北运河行进，大河和许均昌站在船头向北眺望，远远地看到扬州城的轮廓显现出来。沉默了一路的众人有些激动了，可就在这时，随着一声炸响一颗子弹贴着他们的头皮嗖的一声飞了过去，吓得众人全都趴在了前甲板上。

“停船，停船……”几十个端着洋枪的军兵冲他们叫嚷着跑来。

“他娘的，这一路上咋这么倒霉啊？不是遭炮轰，就是挨枪子，难道咱遇上溃逃的捻子啦?”许均昌趴在船头上偷偷向前窥视着骂道。

大河悄悄抬头看了看：“许大哥，看穿戴好像是你们淮军啊，你来看。”

许钧昌抬头看去，脸上渐渐地露出了笑容：“他娘的，还真是淮军！这帮狗东西居然敢朝老子开枪？老子今天非得好好教训一下这帮龟孙不可!”说着，大模大样地站了起来，“呔！对面的小子听好了！老子是许均昌！老子历尽千辛……”

许均昌的话没说完，当当又是两声枪响，射来的子弹几乎是贴着他的头皮飞了过去，吓得老许怪叫着一下又趴在了船头上。

丁贵趴在船头仔细窥探着前面开枪的人：“老许，那个跑在前面的不正是大胡子千总吗？这回真是遇见你们淮军了!”

许钧昌一下又站了起来：“他娘的，大胡子，你狗日的敢来吓唬老子？老子是许均昌，你他娘的再开枪试试?”

大胡子千总闻听一愣，忙揉了揉眼睛：“哟，许大人，你咋在船上?”

“大胡子，要不是老子舍生忘死去给你们这帮兔崽子办粮，你他娘的喝西北风啊?”

“对不住了，许大人，我这也是让上面催得没办法，加上头顶的日头晃眼，没看清是你在船上，这才放枪惊了你的大驾。”

快船上的人一看确实是淮军，也都放心地将船靠了岸。

“大胡子，我问你，咱的江北大营咋突然不见了?”许均昌跳上岸，拉着大胡子千总上了河堤。

"许大人，三日前捻军破了僧格林沁的大营，僧王爷被捻匪杀了，朝廷下旨让咱家大帅亲率淮军十万火急赶赴山东剿捻，李大帅从上海带着一万骑兵和五千火器营的军兵，坐着火轮船先从海上去了山东，让咱副帅大人带着江北大营的三万步军尽快赶赴山东驰援剿捻。"

许均昌大吃一惊："什么，僧格林沁被捻匪所杀？这个僧王爷可是大清赫赫有名的战将，也是当今圣上的舅舅，他咋被捻匪给杀了……"

大胡子千总看着河道中一眼望不到头的运粮船队，难掩兴奋地说："许大人，我正为找不到船只运兵运辎重发愁哪，这下好了，你带来的这些船我全部征用了！"

丁贵在快船上一听就火了："运粮船上装的都是赶赴山东赈灾的救命粮，我看你们哪个敢动？"

大胡子千总也瞪起眼来："嘿，大敌当前，居然有人敢跟我们上阵拼命的军兵叫板？许大人，你告诉这个愣头青，战时军兵之事重于泰山，老子说征，我看哪个敢说不行？"

大河转身对许均昌说："许大哥你是知道的，我家藩台大人如今身处险境，运粮船可不能出半点纰漏！"

"大河兄弟请放心，如今到了你许大哥的地盘上，不管啥事都有老许替你来顶着！"老许转过身来，"大胡子，我一路过江买粮，多亏大河兄弟和老丁他们舍命相帮，咱可都是一家人啊……"

大胡子千总不等许均昌把话说完，便摆手相拦："老许，你少拿鸡毛当令箭，我这可是遵从副帅大人的钧令在办差，若是耽搁了驰援大帅的军机大事，你小子有几颗脑袋砍？"

丁贵不服，与大胡子千总吵了起来，大河见状，赶紧阻拦："我说二位，驰援与赈灾同样都是在为朝廷分忧，咱就不能找出一个驰援赈灾两不误的万全之策来吗？"

"大河，有啥高见尽管说！"老许说道。

大河转身指着扬州城："千总大人，前面不远就是扬州城，扬州漕帮前中后三帮同属江淮帮，我手中有天下第一帮帮主何爷的折扇，有此折扇犹如何爷亲临，我可以尽快去找扬州漕帮借船，这样一来，咱岂不是就可以做到两全其美了?"

"前天我们开拔来到扬州时就去找过漕帮,他们说漕船全部毁于连年的战乱,一条船也没有!"

"千总大人放心,大河说能借到就一定能借到,只是在大河没回来之前,还望千总大人信守诺言,不得随意动用我们的运粮船!"

"我给你两个时辰,你若能借来一百条漕船给我们运兵运辎重,咱啥都好说,如若不能,河道中的这些运粮船老子还是照征不误!"

"千总大人,咱一言为定!"大河转身招呼,"李老大,跟我去扬州漕帮堂口借船!"

运粮船全部落篷抛锚停在了苏北运河中,漕帮弟子和船工们都懒散地靠在荫凉处小憩。

树上的知了不知疲倦地叫着,吵得丁贵更加心烦意乱,他捡起一块土坷垃向树上砸去,心中暗自嘀咕:"眼看两个时辰就要到了,大河怎么还不回来?"

大胡子千总看了看日头,从河堤上站了起来:"弟兄们,听我号令,登船催促船工卸粮,这些漕船咱们淮军全部征用了!如果有人阻拦,一律格杀勿论!"

丁贵拦在了大胡子身前:"大胡子,咱说好了等大河他们回来再说,你咋能言而无信啊?"

"如今天交正午,说好的俩时辰只多不少,我这面子已经给了许大人,谁再胡搅蛮缠,老子真要开枪杀人了!"大胡子千总怒冲冲地喝道,"弟兄们,登船卸粮!"

河堤上的淮军呼啦一下涌到岸边,拉开架势就要登船卸粮。这在这时,大河带着十五条漕船从北面的河道中驶来,离着老远大河就向丁贵这边招手:"丁大哥,许大哥,船我借来了!"

船队很快来到近前,大河和李老大从漕船上下来。大河抱拳道:"各位,等扬州漕帮的总帮主找到人,再把船只提出来就有点晚了,对不住了!"

淮军千总看着后面的漕船,脸上的神情忽然凝固了:"不是说好借一百条漕船吗?这点船够干啥的?充其量只能运点辎重,合着运兵的船还是没有啊!"

"这位老哥,战乱以来,扬州漕帮的漕船多次被劫掠,这十五条船是人家扬州漕帮三家堂口看家的老底，若非看在何爷的面子上，这些船人家是断然不会借的！"

"这我不管，咱说好了要借一百条漕船，既然你没借够，运粮船老子还是要征！"

"这位老哥，你听大河把话说完啊，船是少了点，不过咱够用啊！"大河说着冲李老大使眼色，说起了漕帮的行话，"前漕上盘子，盘子要扎牢！"

"小爷叔，你就赔好吧，咱天下第一帮扎的盘子谁也休想撬动！"李老大笑了。

大胡子千总在一旁不解地看着大河和李老大："你俩说啥呢？"

"嘿嘿，没说啥……"大河说着亲热地拉起大胡子沿着河堤向北走，"千总大人，你看我借来的这些漕船，个顶个的都是新船啊……"

李老大笑着向南面停在岸边的运粮船走去，在他的指挥下，漕帮弟兄各自拿起船篙忙碌起来，只见十条漕船在河道中来回地盘绕起来，一会儿的工夫，十条漕船的船头就互相绕扎在一起，在河道中组成了一个硕大的圆盘状，将宽阔的苏北运河给堵了个严严实实，这回不管是南来的，还是北往的船只，谁也甭想过了。

这时，大胡子千总才意识到他们这是要把河道堵起来。他拔出手枪对着大河，恶狠狠地说："快让你的人将漕船挪开，不然老子一枪崩了你！"

大河冷笑着："千总大人，今天你若是崩了大河，就算你把漕船上所有的麻包都掀下来，这些漕船你也休想再往前挪动一步！"

大河与大胡子互不相让，许均昌只好带着他们来见副帅大人裁决。

淮军副帅的临时营帐就设在前面的河堤上。四十开外、身材魁梧的淮军副帅带着几个淮军将官正站在公案前看着桌上的《皇舆全览图》分析军情，大河被两个军兵推搡着押进了大帐。

还未等大河开口，大胡子千总便恶人先告状，说鲁大河故意用漕船封住了河道，阻止淮军北上驰援。

淮军副帅一听，大怒，让人将鲁大河推出去砍了。

丁贵连忙上前解释，他们是山东布政司衙门过江买粮的使者，漕船上运的粮食全都是赈灾粮，耽误不得。淮军副帅一心想着尽快去驰援剿捻，自然不肯退让。

"副帅大人,大河冒昧地问一句,您与您家大帅千里驰援剿捻目的何在?"被淮军摁住的大河看着淮军副帅问道。

"这当然是为了朝廷的江山永固,百姓安居乐业了……"

"大河冒昧地再问一句,假如您纵兵抢船,大半个山东的百姓因无粮可食而丢了命,即便你们驰援成功,剿灭了捻军,可百姓没了,你们又如何能名垂青史,又谈何安居乐业呢?"

淮军副帅被大河问得哑口无言了,一时愣在那里。大河继续说:"当然了,副帅大人和李大帅都是心系朝廷的江山社稷才千里驰援剿捻的,可我们藩台大人甘冒被罢免风险,动用府库银过江买粮赈灾,目的不也正是为了朝廷的江山永固及百姓的安居乐业吗?"

淮军副帅犹豫了:"可是,目前的确是军情紧急,不得已,这……"

大河摆手,抢过话茬:"副帅大人,大河已经提出驰援赈灾两不误的主张,只要您下令将手下的军兵分散到每条漕船上,运兵的问题不就迎刃而解了?"

"重船再去运兵这能行?"

大河信誓旦旦地说:"副帅大人,您手下有三万步军,目前咱有近四百条漕船,平均每条漕船上再搭载七十个军兵,只要不遇到大的风浪,行船应该没有问题!"

淮军副帅思索了一下,当机立断道:"前方军情吃紧,就按你说的办吧!"

运粮船再次鼓起风帆在苏北运河中向北驶去,这回快船跟在了淮军辎重船的后面,前面漕船上装满了火炮等辎重物品,后面漕船的两侧排列着盔甲鲜明的淮军,兵丁那冷峻的脸上都充满了一股杀气。

淮军帅船的桅杆上高挑着朝廷的黄龙旗,四周拉起帷幔充作淮军副帅的临时营帐,帐外站着军兵警惕地守护着帅船,船头站着的军兵手扶着一面写有"李"字的帅旗。

帅船前面是一条站满亲兵卫队的开道船,大胡子千总带着百十号军兵整齐地排列在开道船上。整个船队井然有序,浩浩荡荡地向北开去。

东昌城，东关大街上一队队差役提刀拿枪地在街上巡逻。

两个差役在贴告示，上面写道："接上方钧令，过江买粮船队不日而归，东昌府衙奉命整饬地方，从即日起，无户籍者一律不得在城中逗留，居民家中若窝藏来历不明者，一律按通匪罪予以严惩！东昌府衙于同治四年六月初三……"

一顶官轿停在孝廉胡同口，侯世震从轿中走下来，吩咐手下："此处距离东昌大码头不远，告诉众差役，这个胡同要做重点盘查，对每户居民都要按照府县衙门核发的户籍册子逐一核查，凡无身份及来历不明者一律收监，我等须全力确保藩台大人及运粮船队的绝对安全！"

差役们接到命令后，快速散开。侯世震决定亲自走访几家，他来到一家门前，扭头吩咐道："来人，跟我去这家看看！"

几个差役抬脚将院门踢开，院中养的几只鸡吓得扑棱棱地四处乱飞，侯世震跟在差役的身后走进院中。

院子里，大河娘正坐在树下纳鞋底，见一下进来这么多提刀拿枪的差役，惊恐地站了起来。

"这位妇人，知府大人带人入户盘查，去把你家的户籍册子拿过来！"随行的差役头吩咐着。大河娘转身走进正房，很快拿着一个盖有官印的户籍册子走来。

"这位妇人，你家有几口人？"

"家中只有民妇和儿子。"

"你儿子哪？"

"被官府派去江南买粮了！"

正在院中四处查看的侯世震闻听一惊，忙走了过来，仔细打量着大河娘："这位妇人，我怎么看你有些面善啊，你贵姓？"

"民妇娘家姓李，夫家姓鲁。"

"姓鲁？"侯世震一愣，环顾四周，迈步向正房走去。他站在门厅扫视着四周，一扭头看见了西间供桌上摆放的牌位——亡夫鲁鸿举之位。侯世震眼睛不由得瞪圆了，脸上闪过一丝惶恐的神色，但他很快镇定下来，再次来到大河娘面前。

"你就是鲁大河的母亲?"

"民妇正是大河的母亲,如今我儿出官差去江南买粮了,至今音讯皆无……"

"哦,本府接到上方谕令,过江买粮的正副使者不日将率运粮船队抵达东昌,你的儿子很快就要回来了!"

大河娘一愣:"大河要回来了?"

侯世震没再答话,径直向院门口走去。

侯世震坐回轿中,让人抬他来到金钱胡同的侯府。

侯百万此时正惬意地靠在正房里间的榻上吸大烟,丫鬟小翠一脸媚态,站在一旁给他捏肩捶背。看见侯世震进门,侯百万立马放下烟枪起身,来到中厅的八仙桌前坐下。

"哥,你咋还吸这东西呀?"侯世震坐在对面皱起了眉头。

"老二,你哥我吸了一辈子大烟,这东西是说戒就能戒的?"侯百万说着打了个哈欠,"说吧,你今日屈尊登门有何见教?"

"哥,还记得鲁大河吗?"

"鲁大河?不就是坏我买卖的那个小子?提起他来老子就一肚子的气!"

"鲁大河原来是我老上司鲁鸿举的儿子!"

"什么?他是鲁鸿举的儿子?"侯百万啪地一拍桌子,"老子正说寻仇找不着正主,我这就让人去做了这个小兔崽子,让他来个父债子还!"

"瞧你这脾气,事情都过去二十年了,你咋还这么耿耿于怀啊?"

"老二,鲁鸿举当年差点要了你哥我的脑袋,你说这事我能忘得了吗?"

当年侯百万走私鸦片起家,恰逢朝廷查禁鸦片,鲁鸿举按照朝廷和林则徐的旨意,要将侯百万依法查办,是侯世震在私下里打通了各种关系,才将他救了出来。虽然鲁鸿举已经被杀,但侯百万依然对他恨之入骨,当他得知鲁大河就是仇人的儿子时,他怎么可能无动于衷。

第十三章
秋月提亲

天空中乌云密布，波涛汹涌的黄河上，侯百万的贩粮船在风浪中不住地摇晃着。

被撞破脑袋的刘三和头上包着绷带，靠在后舱边上看着天空不禁担忧起来。他告诉侯八，这天马上要变，最好是等风平浪静了再行船，黄河上历来水大浪急，再赶上天不好容易出事。侯八抬头看着一直阴着脸站在船头上的侯百万，不敢上前，便推说船行到哪里算哪里吧。

侯八话音刚落，一阵狂风袭来，大船剧烈地摇晃起来，一个水手急忙去解桅杆上系船篷的吊索，可是没等他解开，狂风便呼地一下将大船掀翻了。

船上的人纷纷跌落黄河中，他们拼命挣扎着，祈求自保。

刘三和也落入水中，翻入水中的风帆依然在他身边剧烈地晃动着，晃动的桅杆冷不防又撞到他的后脑勺上，包扎伤口的白布上再次渗出殷红的血迹，刘三和被撞得有些眩晕，可他咬着牙奋力挣扎着游向岸边。

这时，侯八在前面的波涛中声嘶力竭地喊道："快来人，救老爷啊……"

刘三和一抬头，发现落水的侯百万正狼狈地在波涛汹涌的黄河水中做垂死挣扎，刘三和忙挥动臂膀向侯百万游去，他游到侯百万的近前，伸手抓住侯百万的后衣领，另一只臂膀奋力划水游向岸边。

电闪雷鸣中暴雨倾盆而下，刘三和拖着侯百万摇摇晃晃地走上岸，忽然，他的腿一软瘫在地上，侯百万也毫无声息地摔在河滩上。刘三和挣扎着坐起来伸手拍了拍侯百万，发现他并没有醒来，想来侯百万一定是被水呛过去了，若不赶紧把呛在气嗓中的水拍出来，必有性命之忧。刘三和连忙运气推掌，猛力击打着侯百万后背上的肺俞穴，一掌上去，侯百万身子一挺，嘴里接连吐出几口黄水，开始咳嗽起来，一直耷拉着的脑袋也渐渐抬了起来。

侯百万醒了，刘三和却吐出一口鲜血，身子一软，再次倒在了河滩上。

电闪雷鸣中，瓢泼大雨浇在刘三和的身上和脸上。一道混合着雨水的血迹不断地向黄河中流去……

当刘三和再次醒来时，发现自己已躺在侯府客厅的榻上。昏迷之中，他看到侯百万正严厉训斥着侯八，让他告诉郎中必须把刘三和救过来，不然，他侯百万要砸了郎中的招牌，烧了他的药铺！

刘三和安心地闭上了眼睛，他知道这招釜底抽薪之计算是彻底收买了侯百万的心。就在这时，外面传来一阵鼓乐声，一个家丁跑进来告诉侯百万，说官府的赈灾粮买回来了！

东昌大码头前搭起了彩门，丁宝桢穿着崭新的从二品官服喜气洋洋地带着几十个官员站在彩门前，会通河两岸也早已是人满为患，人们翘首以待地眺望着南面的河道。

河道中舳舻相接，樯帆如林，一眼望不到头的漕船正向东昌大码头前驶来。徐老大的快船犹如一叶扁舟在前面引导着运粮船队，大河和丁贵满脸笑容地站在快船的前甲板上，不住地向两岸欢迎的人群抱拳致意。他们在南旺分水闸将淮军送上岸后，便急不可耐地往回赶，只用了三天便回到了东昌。

河堤上沸腾了，鞭炮声、鼓乐声及人们的欢呼声在会通河的上空连成一片……

船队停泊在了东昌大码头上，丁贵急不可待地跳上岸，来到丁宝桢面前躬身抱拳："启禀藩台大人，属下与鲁大河等弟兄奉大人钧命前往江南买粮，共耗时三个月又十一天，历经艰辛，终将二十一万零五千石救命粮运抵东昌，我等兄弟特此向藩台大人交差复命！"

丁宝桢笑着点头："好！有了这二十多万石救命粮，半个山东数十万灾民的性命得以保全，整个山东的大局也就此安然无忧了，同时也保住了老夫的顶戴花翎，老夫理应谢过尔等才是！"

"藩台大人胸怀天下，一心为民，大河为山东百姓得遇藩台大人这等心系民众的清官廉吏而深感荣幸！"大河说着跪下向丁宝桢叩首。

丁宝桢忙拉起大河："大河，这都是为官者当尽的本分，倒是你的此番作为，确是出乎老夫的意料，老夫理应好好褒奖你才是！"

丁宝桢早已备好了庆功宴，但为了让大河家中老人安心，特意安排用自己的八抬大轿载大河先回家探望娘亲，还嘱咐一路上要挑帘而行，鼓乐齐鸣，以向民众昭告对大河过江买粮义举的褒奖之意。

大河本想拒绝，却被丁贵等人强拉着摁进了轿中。

快船上，秋月站在船头兴奋地看着人们簇拥的轿子，惊喜地喊道："爹，快看，大河哥上了藩台大人的八抬大轿了！"

徐老大叼着烟袋站在舵柄旁，笑眯眯地说："大河今回儿可真是风神带着雷神进门——风光到家了！瞧他这威风劲，只怕是殿试中了状元，骑马游街也赶不上他啊，哈哈……"

秋月娘也在一旁笑着说："老头子，你别光傻笑啊，路上咱商量的事你可别忘了！"

"你放心，等这里交割完，我就备下份厚礼，去请刘帮主来做这个大媒！"

站在船头的秋月听了，脸一红赶紧把头低了下去。

次日上午，大河外出，家中只有大河娘一人，她坐在床上凝视着手中两块一样的玉佩出神。这时，院中忽然传来刘振坤的声音，大河娘忙将玉佩藏于枕下，起身去招呼刘振坤。

"嫂子，来好事了……"刘振坤满脸春风地走进正房，来到八仙桌前坐下。

"又有啥好事了？"大河娘笑着也在对面坐下。

"嫂子，有人来给咱大河提亲了！"

"是谁家的姑娘？"

"是徐老大的闺女秋月。"

"秋月？这闺女长得俊不，脾气秉性咋样？"

"嫂子，徐老大一家这回跟着咱大河一起去的江南，他老两口看上咱大河了，昨儿个我去陪着大河喝酒，徐老大提着礼物去堂口找了我三趟，这不，今儿一早他又去了。秋月可是东昌城中数得着的好姑娘，模样好，人又懂事，就是家境差了点，若按门当户对怕是配不上咱大河……"

大河娘笑着一边斟茶，一边说："振坤师弟，如今咱就是一般人家，我看家境不当紧，只要姑娘好，人懂事就行！"

"嫂子，这么说你准了？"

"准了，有你给大河操持亲事，这不是好事吗？"

刘振坤从怀中掏出一张庚帖："嫂子，这是秋月的八字，要不你找人去合合八字，要是行，就尽早给他们把婚事定下来，你也好早日抱孙子啊！"

大河娘笑着接过庚帖："好，我这就去街上找人合八字！"

东关大街上，大河娘喜气洋洋地走来，前面街边上有个卦桌，一个用竹竿挑着的布幡倚在桌边，上写"刘铁嘴"三个大字。算命先生刘铁嘴戴一副老花镜，坐在卦桌后不住地东张西望，漫不经心地念叨着："求签打卦，测字看相，问吉凶，解病灾，批姻缘，合八字啦……"

刘铁嘴早就看到了拿着庚帖走来的大河娘，嘴角露出一丝笑容，故意提高了声音："合八字，问姻缘啦，八字相合，姻缘美满，子孙满堂，大富大贵，姻缘不合，全家遭殃……"

大河娘走到近前闻听一愣，忙扭头去看刘铁嘴："哎，算卦的，你说得可都准？"

刘铁嘴扭头打量着大河娘并不答言。

大河娘有些不悦："算卦的，你老是盯着我看是啥意思？"

刘铁嘴赶紧站起来："这位夫人容光焕发，印堂发亮，想必家中近日有喜事临门！"

大河娘又是一愣："这你也能看得出来？"

刘铁嘴笑了，伸手让座道："我刘铁嘴可是前知五百年，后推八百载，这天地人三界之中岂有我看不出来的事儿？"

大河娘递上庚帖："那麻烦先生给孩子合个八字吧。"

刘铁嘴接过庚帖并不去看，继续恭维着："看夫人这面相，应是前凶后吉之相，若是子嗣修来美满姻缘，日后必是子孙满堂的大富大贵之人。"说着伸出手来晃着。

大河娘见状，忙从袖子里掏出一小块碎银子放在桌上。

刘铁嘴瞅了一眼碎银子，这才打开庚帖看着。他看完一张，又拿起另外一张看着，嘴里念念有词，掐指算着。忽然，他手一拍，大叫道："夫人，这桩姻缘可是有些不妙啊！"

大河娘心下一紧，惊恐地看着刘铁嘴："先生，这桩姻缘咋不妙啊？"

"敢问夫人是男方的长辈，还是女方的长辈？"

"我是来给儿子问的姻缘。"

"夫人若是男方的长辈那我可就如实相告了。"

"按天干地支，纳音五行来看，男属猴，女属猪，卦书上讲猪猴不到头，此乃大凶之缘也！"

"啊？"大河娘惊愕地叫了起来。

"从命相上看，尊公子为金命，女方属火命。"

"先生，这有何讲？"

"金命人多主富贵之命，可尊公子偏是沙中金的命相，须遇水命人冲去掩埋自身的泥沙，方能显出金之本色。可贵公子遇到的却是位火命人，且是霹雳火，这火生土且克金，倘若他二人成亲，只怕尊公子一生一世永无出头之日，终生与凶险相伴！"刘铁嘴瞅着着急上火的大河娘，"从夫人的面相上看，尊公子的运势应该是刚刚起势吧？"

"是啊……"大河娘着急地看着刘铁嘴，"先生，这可有啥破解之法？"

刘铁嘴摇头："就是神仙来了也无法破解，恕老朽直言，这桩姻缘是万万不可，万万不可啊！"

大河娘吓得一把抓起卦桌上的庚帖慌慌张张地走了。

刘铁嘴看着走远的大河娘，摸起卦桌上的碎银子，得意地说："破解？哼，我还等着你再给我送卦资来呢！"

刘铁嘴的一番话皆是信手拈来的妄言，但大河娘却信以为真，将庚帖退了回去。徐老大看到退回的庚帖，抬手抽了自己一个大嘴巴子，自责道："瞧我办的这事儿，上赶着去找人提亲，愣是让人家给撅了回来，啥叫八字不合啊？分明是看不起我徐老大这个穷跑船的！秋月要是侯知府的千金，你看她跟大河的八字合不合？"

秋月和娘沉着脸坐在甲板上，大河从不远处跑了过来。秋月抬头看到大河，眼中的泪水忍不住扑簌簌地滴落下来。

大河硬着头皮走了过来："大叔，婶子，我来看看您二老。"

徐老大哼了一声："我们有啥好看的？"

"大叔，我刚和娘吵了一架，你说刘铁嘴的话她也敢听……"

"行啦大河，你就别在我面前演戏了，你如今是过江买粮的大英雄，我们秋月哪能配得上你这个大英雄啊？"

"大叔，瞧你说的，这事真的是怪刘铁嘴……"

徐老大瞪起眼来："鲁大河，你说的这话谁信啊？刘铁嘴能当了你娶媳妇的家？我告诉你，我徐老大人穷志不短，从今往后，咱是井水不犯河水，少打交道的好！"

秋月也擦着泪水："大河哥，你先走吧，我爹正在气头上……"

见大河还不走，徐老大气冲冲地抄起船篙："鲁大河，你再不滚，老子就对你不客气了！"

大河看到徐老大如此激动，只得狼狈地离开。

对面的河堤上，小山看到了眼前发生的一切。当他听说大河娘信了刘铁嘴的鬼话而推了大河哥与秋月的婚事时，他除了愤慨，竟然还有一丝窃喜。没错，他喜欢秋月，甚至比大河哥更早就喜欢秋月，可他也知道秋月心中只有大河哥一人。他从不曾表白心迹，只要能在秋月身边默默守护着她，他也就心满意足了。

大河走后，小山过来说要带秋月去散散心，徐老大也就同意了。两人走在大街上，小山脸红扑扑地走在前面，秋月闷头跟在小山身后。

小山看到秋月一脸苦闷，拉着秋月说："秋月，我带你去看出好戏！"

说着，不顾秋月的反对，径直走到了刘铁嘴的卦桌前。

刘铁嘴依旧在路边兜揽生意，不住地念叨着："求签打卦问生死，寻求富贵合八字，趋利避害批姻缘啦……"

秋月看到刘铁嘴的卦桌，气得杏目圆睁。

"秋月，路边上的那个卦摊就是刘铁嘴的，今天看我如何帮你出气!"

小山游逛着来到近前，眯起眼睛打量着卦桌上的布帷幔："遇事占卜，逢凶化吉?"

刘铁嘴打量着小山："这位小哥可要打卦?"

"你就是大名鼎鼎的刘铁嘴啊?"

"不错，正是在下!"

"这太好了，找的就是你呀!"

"看来这位小哥是慕名而来啊？这样吧，我收你半费好了，不知你是问前程啊，还是问吉凶?"

小山坏笑着从怀中掏出一块二两的小银锭："刘铁嘴，我打一卦，不知问生死收多少卦资?"

"问生死可贵着哪，打了半价至少还得收你二两纹银。"刘铁嘴盯着小山手中的银锭两眼直放光。

"好，那我就问问生死，说得准，这二两银子归你，不过，要是说得不准呢?"

刘铁嘴信誓旦旦地说："说得不准我分文不取!"

"分文不取，那我岂不是在这里瞎耽搁工夫了?"小山装起银锭假意要走。

刘铁嘴实在不想丢了这个大生意，一咬牙一跺脚道："要是不准，你就砸了我的卦摊，从此我退出江湖，再也不吃占卜这碗饭了，如何?"

"嗯，这还差不多……"

刘铁嘴笑道："那就请你报上名号和生辰八字来吧。"

"刘铁嘴，今天我要打的这一卦其实并非是为别人，而是请你替自己打上一卦，算算你刘铁嘴还剩下多少阳寿?"

"这……"刘铁嘴一愣，忙极力掩饰着，"天底下哪有给自己打卦的?"

秋月看到这里，在一旁抿着嘴笑了。

"刘铁嘴，你要是连自己的事都整不明白，那你还整天给这个算给那个算，这不是瞎掰吗？这样吧，今天我送你一卦，我说你断，要是说准了你就点点头，说得不准你摇摇头。噢，算准了，这二两卦资照付!"说着，小山再次举起手中的银锭晃着。

刘铁嘴看着小山手中的银锭，再看看小山那张神秘莫测的脸，一时不知所措地愣在那里。

"刘铁嘴儿，你不出声儿就算是默许了，那我李小山今天就会会你这刘铁嘴，看看咱俩谁的道行深！"小山说着煞有介事地伸手掐指地比画起来，如此一来，看热闹的人逐渐聚拢过来。

刘铁嘴被小山将军将在这里，一时没了主意，只得愣愣地看着。

"哎呀，刘铁嘴，你马上要大难临头了！七日内你必有血光之灾，出门会被车马撞死，在家会被房梁砸死！你说我算得准不准？"

围观的人闻听轰的一声笑了。

刘铁嘴恼怒道："看来你小子是来找碴儿的，快滚！少拿老子寻开心，也不怕遭报应！"

"刘铁嘴，说了半天你这才算是说了句人话，你说对了，胡说八道，骗人钱财，是要遭报应的！"

"你小子再敢胡搅蛮缠，我可要报官了！"

"报官？那好啊！咱一起去东昌府大堂，把你这些年坑蒙拐骗干的坏事、丑事，外带着那些缺德带冒烟的事儿，一并向知府大人说清楚！走啊！"小山说着过去拉刘铁嘴。

刘铁嘴害怕了，忙推开小山，起身收拾卦桌上的东西："君子不跟牛置气，老子惹不起躲得起。"

"刘铁嘴，你想溜啊？"小山厉声喝道，"诸位，刚才大伙可都听见了，刘铁嘴说他要是算得不准就让我砸了他的卦摊！"

"对呀，砸卦摊，砸卦摊……"围观的人群在一旁起哄。

这时，一个老妇人挤过人群，跌跌撞撞地冲到卦桌前，抬手就给了刘铁嘴一个大嘴巴子："刘铁嘴，你这个遭天谴的，头年里我家老头子着了风寒，你愣说是犯太岁，让我找道士画符喝神水，愣是把能治的病给耽误了，你还我老头子的命来！"说着，一把将卦桌上的签筒又打落在地上。

刘铁嘴慌了，连忙阻止："别砸别砸，砸了卦摊我靠啥吃饭啊？"

小山冷笑着："你靠啥吃饭我不管，可你靠妖言惑众，坑蒙拐骗吃饭却是不成！”说着，他一把将卦桌掀翻，又将刘铁嘴立在墙上的布幌子扯下来，扔在地上使劲用脚踩着。

“砸得好……”

刘铁嘴一看犯了众怒，抱头鼠窜地溜了。众人见刘铁嘴落荒而逃，忍不住都哈哈大笑起来。秋月在一旁也笑得十分开心，可笑着笑着，眼角忽然溢出几滴晶莹的泪珠。

第十四章
走漕贩丝

东关大街的侯氏米行门前，伙计更换了价目牌：麦子二钱银子一斗。

大河过江买粮成功，平抑了东昌的米价，此举无疑是断了侯百万的商机，侯百万气得咬牙切齿，但侯府又迎来一件喜事，倒让他舒心了不少——侯百万要收刘三和为义子了。

自从刘三和舍命救了侯百万，侯百万就彻底相信了刘三和，决意要收他当义子，也是遂了他多年膝下无子的心愿。为此，侯百万还特意请侯世震为刘三和赐名，侯世震依据族谱给他起了个大名——侯方煜。方是男丁在族谱上的排字，煜者乃明亮是也，意思是让他做一个光明方正的磊落之人。从此，刘三和摇身一变成了侯方煜，身份也从漕工升为了少东家。

大河一直为娘拒绝徐老大家的婚事而苦恼，徐老大已经不准他与秋月来往，可他听人说秋月娘的病情加重，再加上被这门婚事气得已不能起身。大河自责不已，他想当务之急就是给秋月娘上岸寻个干爽居所，好好调养身体，可是在东昌买处不起眼的宅院也得二百两银子，徐老大肯定没有这么多钱，他要去哪里寻这么多银子呢？这时，他突然想起何爷送他的那船上好的江南白米，若是把米卖出去，不就有钱了吗？如今好几家米行都相中了他的米，其中就有东昌首富李东家，想来要是卖给他，一定能卖个好价钱。他将自己的想法告诉了小山和大奎，他们都表示赞同。

李东家祖籍山西，他的爷爷从山西老家来东昌经商，靠着几代人的努力，已经成为东昌的商家首富。李东家四十岁上下，在东关大街上开了家宏昌米号，还有货栈、票号。在侯百万没来之前，李东家是东昌商会的会首，侯百万来东昌后，他不得不将东昌商会会首一职让给了侯百万。精明能干但胆小怕事的李东家明白自己毕竟是外来的行商，他要想在东昌驻足就不得不买东昌知府侯世震的账，不然，他又焉能在东昌府的地盘上立足？

大河找到李东家与他商讨米价，就在这时，大奎呼哧呼哧跑来找大河："大河哥，你快去看看吧，小山又在干坏事了！"

大河一听，忙向李东家告辞，跟着大奎来到东昌漕帮的库房。库房中，小山正将跟江南白米一样的白沙掺兑进白米中。

"小山，你在干什么，快住手！"大河跑过来，拽住了小山的胳膊。

"大河哥，一袋白沙才一钱银子，一麻包白米却值十两，把这五十袋白沙掺进去，可就是五百两白花花的银子啊。"小山辩解道。

"小山，再多的钱也买不回诚信。你好歹也是读过圣贤书的人，难道不知'诚者，天之道也'的道理？一个人若是没了诚信，谁还敢跟他打交道?!"大河抓起一把白沙举在小山的面前。

小山自知理亏，脑袋低下去不出声了。

大河将白沙丢在地上："小山，人活着不能光想着怎么赚钱，更要讲良心，讲担当！去，把掺进去的白沙一粒一粒地拣出来，这种伤天害理的事咱不能办！"

这时，李东家拍着手走进库房，他在大河进来不久便站在外面听着，大河的这番话让他十分佩服。

"大河这事办得像爷们！就冲你这番话，你的白米我照籴不误！"说着，李东家掏出一张银票递过来，"大河，这是一千两的订金，剩下的你跟我去柜上取！如今市面上白米的行市是籴米十两一石，粜米是六两一石出货，咱按随行就市的价码成交如何？"

"一切就按李东家说的办！"大河爽快答应了。

李东家在临走之前，看着蹲在地上捡白沙的小山，问道："小山，我们晋商之所以能在华夏大地的商海中驰骋数百年屹立不倒，这是为甚，你知道吗？"

小山摇了摇头。

"我们山西土地贫瘠，雨水稀少，老辈人为活命就不辞辛劳外出经商，除去我们比别人能吃苦耐劳外，晋商最为尊崇的就是诚信为本、童叟无欺的经营之道。在山陕会馆的大殿中，我们不敬天、不敬地，敬的是我们山西人的楷模——关公关二爷，关二爷以忠义行天下，为后代世人所敬仰，他老人家就是我们山西人信奉的财神爷，因为只有以诚信为本，人才能长久发财，若靠耍小聪明去坑蒙拐骗，最终害的可是自己！"

小山听到李东家这番话，羞得脸色通红，低着头一声不吭。

大河拿着订金走在会通河的河堤上，恰好迎上刚抓药回来的秋月。秋月看到大河，也不打招呼，自打大河娘拒婚后秋月就一直闷闷不乐，也不愿多说话了，像是换了个人。

"秋月，婶子的病可好点了？"大河关切地问道。

秋月眼中含泪："娘这回病得不轻，也不知啥时候能好，唉……"

大河从身上摸出银票："秋月，这二百两银子你拿上，给婶子治病要紧。"

"大河哥，我不能要你的银子，要是让我爹娘知道，又该平添是非了。"秋月说完，提着药跑了。

"秋月……"大河从后面喊着秋月的名字，秋月却没回头，大河只好悻悻而归。

在河堤上走来的侯方煜看到这一幕，他心想看来这鲁大河还是放不下徐秋月啊，要是能拆散他俩，倒是能解他心头之恨。

东关大街宏昌米行门前挂起一块价目牌，上写：本店新进上等江南白米，一两银子一斗。

侯八得知消息，连忙报给侯百万和侯方煜。他们这才得知鲁大河这次随运粮船队运来一整船上等的江南白米。

"这个该死的鲁大河，先前他说老子借灾年发国难财，可他自己竟然假公济私，偷运白米，真是可恶至极！"侯百万连气带怒，剧烈地咳嗽起来。

侯方煜想了想："私运白米？这倒是一个可以收拾鲁大河的机会！爹，您老放心，儿子这就去找东昌卫所的卫官老季，一定替您老收拾了鲁大河！"说着，走了出去。

东昌卫所的老季，虽说只是个从七品的小卫官，但卫所辖制着漕帮，是堂口的顶头上司，他一旦施压给漕帮，帮主刘振坤也不得不从。老季来到漕帮，抓着大河私运白米的事不放，非逼着刘振坤将大河逐出漕帮。刘振坤也明白，在东昌府的地界上，卫官老季哪敢不买侯百万的账，毕竟他身后站着个知府侯世震呢。

"大河，为师对不住你……"刘振坤一副欲言又止的样子。

"帮主，东昌卫所不能这么不讲道理，何爷送我的白米难道我没权处置？要不您跟季大人说说，运丁屯田我不要了，少帮主我也不干了，我就留在东昌漕帮当个杂役水手，还不行吗？"

刘振坤叹了气，沉默了良久："大河，漕帮这碗饭你是吃不成了！"

大河含泪跪下："帮主，大河就此别过，您老保重！"说着磕了三个头，起身走出了议事堂。

大河心里虽然觉得委屈，可事已至此，他也只好离开漕帮，另想其他出路。

河神庙前，大河、小山和大奎三人垂头丧气地坐在河堤上，看着会通河在愣神。

李东家沿着河堤由北向南寻来，看见大河忙说："大河，我到处找你呢。"

"李东家，您老找我有事儿啊？"

李东家面带愧疚地说："大河，没想到我从你那里籴米却给你惹来了麻烦，害得你少帮主也做不成了，还被逐出了漕帮，是我对不住你……"

"李东家，这事哪能怪您呢？只是漕帮的这碗饭大河今后吃不成了，着实有点可惜……"

"大河，我来找你就是想看看你日后有啥打算？"

"我们哥仁正琢磨着干点啥营生好哪。"

"既然这样，眼下倒有个机会，我隔壁王家货栈的王掌柜，年前他的老娘走了，家中还有个老父亲，王掌柜想把货栈盘出去回山西老家尽孝，不知这个货栈你想不想接？"

大河眼前一亮："不瞒李东家说，大河正打算做走漕的生意，有了货栈，这就算是有了根基。"

"大河哥，要不咱先去看看？"小山提议道。

大河点头："好，那咱就一起去看看！"

李东家带着大河他们来到月河街上，在一家有些落败的货栈门前站住，这家货栈与东边李东家的宏昌货栈只有一墙之隔，可情形却大不相同，这家货栈好像多年没人打理了，漆剥落了，木头也糟朽了。

李东家打开院门上的门锁，带大河他们走进院中。一进门是个大院子，北面有六间正房，东面有一道与宏昌货栈相隔的院墙，西面是三间偏房。北面的后院中从南到北有三排七联间的库房，三丈进深，顶高两丈，每座库房都能存放两万石粮。库房西侧，靠着西边的院墙建起一排能养十几匹骡马的马厩及停放几挂大车的车棚，这家货栈的规模及当年的盛况可见一斑。

院子的最北头有六间青砖黑瓦的店铺，店铺的中间位置有一个与院落相连的房门，门上挂着把锈迹斑斑的大铁锁。

李东家看着店铺，解释道："这里有五间的门脸，最西头是打更人住的更房，中间是店铺进后院的南门，最东头是店铺的内堂，是用来迎宾待客、洽谈生意的，店铺的北面卸下铺板就是东关大街，这就是东昌商家人人羡慕的南栈北店、批零兼顾的格局。想当年，东昌城最繁华时有人出到一万两想盘这个货栈，王掌柜的父亲愣是没应，没想到如今五百两就出手了。大河，只要河漕一开，此处的房价准会飙升，你放心就是了！"

只要五百两，大河觉得这价格相比于月河街上其他天价的货栈，已经跟白捡一样了。"李东家，这事咱就这么定了，待会儿我把银票给您送来！"

"大河，待会儿咱去立个字据，我把王掌柜留下的房契还有原先的经营文契一并转给你，这个货栈稍加修葺就能开张，不过，大河，我可有个条件。"

"李东家，您说！"

"如今我岁数大了，手下缺少得力的干才，你若是出去走漕兑货，可一定想着匀给我一份，做生意的本钱我可以帮你……"

大河笑了："李东家，您老是东昌的商界泰斗，大河初涉商道若能得到您老提携，这可是求之不得的事儿，您老的这个条件我应了！"

货栈的议事房内擦洗一新，地上扫得一尘不染，大河的货栈算是开起来了。可是他们的生意应该怎么开张呢？就在大家愁眉不展之时，大河突然想起李东家无意间曾提起的话，他说自从他们把赈灾粮从江南运来后，东昌城中的商家都闻风而动，准备借河漕重开之机大干一场。而经商之人历来看重衣饰外表，可东昌城中却因河漕阻断十几载，江南丝绸一直缺货，如果这时候他们能把江南丝绸运回来一准赚钱！

三人一商量，觉得可行，大河便让大奎留守货栈，自己带着小山往杭州进货。但这次他们没有乘船，而是改成了骑马。快船没个把月根本到不了江南，眼下虽说还在六月里，可转眼就该秋风凉了，天一凉谁还穿丝绸？骑马虽说不如坐船舒服，可骑马一天走个三四百里地跟玩一样，不出半个月就能把杭纺丝绸运回来。

侯方煜得知大河去江南进丝绸的消息，心下有些着急。前几天他还在庆祝鲁大河被漕帮扫地出门，没想到他这么快就干起了自己的营生，而且这进丝绸绝对是赚钱的大买卖，为什么他想不到呢？

侯方煜气急败坏地找侯百万商议："爹，听说鲁大河去江南贩运丝绸了！"

"如今河漕未开，他咋去的江南？"

"听脚行的人说，鲁大河和李小山是雇快马走的。"

侯百万不以为然地笑了："真是个儿马蛋子，天底下哪有骑马去江南贩运丝绸的？甭管他，成不了气候！"

"爹，大意不得，我觉得咱也该去江南贩运丝绸……"

"大伯，谁要去江南啊？"这时，倩玉带着云儿走了进来，她在家跟赵姨娘生了一肚子气，出来散散心。

侯百万见是倩玉，忙把大烟枪一推从榻上坐了起来："哟，是倩玉来了，来，这边坐！"

倩玉跟着侯百万来到正堂的八仙桌前坐下："大伯，父亲说你们老哥俩有十几年没回杭州祭祖了，我整天待在家中都快烦闷死了，刚才听到你们要去江南，要不让我跟着去杭州祭祖吧？"

侯百万有些担心地看着倩玉没表态，侯方煜听倩玉说要跟着他一起去江南，不由得心中大喜，不等侯百万说话，抢先表态："倩玉堂妹想去这太好了……"

侯百万恶狠狠地瞪了侯方煜一眼，侯方煜并不死心："爹，堂妹想去，咱多带几个家丁也就是了，再说江南的战事早就停了。您说哪，爹？"

倩玉闻听一把拉住侯百万的胳膊撒娇，侯百万没辙了，犹豫了一下说："那你回去给你老子说好，他若是准了，你就去，若是不准，不许瞎胡闹，听清了没有？"

侯世震膝下只有倩玉一女，自然是宝贝珍惜，有求必应。这次当然也拗不过倩玉，只是要求她女扮男装，又派了两名差役跟着她去了杭州。

可他们刚到杭州不久，就遇到了杭州瘟神宋老虎。宋老虎三十岁左右，长了一身胖肉，他不知怎么看穿了倩玉的女儿身，上来便要非礼，侯方煜和手下前去阻拦，都被他手下的打手给撂翻在地。

"美人，过来叫宋爷亲一个……"宋老虎搂住倩玉的腰，鼓起那张长满黄牙的臭嘴，向倩玉的脸上凑去。

倩玉又羞又恼，眼看宋老虎的臭嘴就要伸到自己脸上时，一只大脚凌空而至，将宋老虎啪的一声给踹飞了出去。

宋老虎一个大马趴摔在路中间，满嘴是血地抬起头来："他娘的，是谁踹的老子，不知道老子是宋老虎啊？"

大河抬手收势，转身站在路中间，瞅着宋老虎冷笑道："宋老虎是吧？小爷姓鲁名大河，山东东昌府人氏，与打虎英雄武松算得上是半个老乡，当年武二爷在景阳冈上打死的是只真老虎，今天小爷我倒要看看，你狗日的到底是真老虎还是假老虎？"

宋老虎腾地一下从地上爬起来，恶狠狠地吩咐手下："他娘的，你们还不快给老子废了这个乡巴佬！"

十几个打手怪叫着向大河扑来，可这些家伙根本不是大河的对手，大河五岁习武，又有一身蛮力，很快，这些看似穷凶极恶的打手便都哀号着倒在了地上。

宋老虎见状想逃跑，大河抓过路边的一根竹竿扔了过来，飞来的竹竿一下捅在他的小腿肚子上，宋老虎一个嘴啃泥又趴在了地上，惹得众人哈哈大笑。宋老虎也顾不上什么了，爬起来一瘸一拐地跑了。

"侯倩玉谢过鲁英雄搭救！"倩玉上前向大河道了个万福。

两人相看时，没想到竟是熟人。

大河的脸突然红了："举手之劳，何足挂齿，侯小姐客气了……"

"今日若非鲁英雄出手，倩玉怕是没法活了。"倩玉感激而欣赏地看着大河，这已经不是大河第一次救她了。

这时，满身是土的侯方煜狼狈不堪地带着家丁和差役跑来："堂妹，你没事吧？"

"侯方煜，你就是这样保护我家小姐的？"云儿瞪起眼来。

"他们不是人多吗？再说了，咱又是出门在外……"侯方煜还想争辩，可扭头一看鲁大河就站在一旁，眼睛立时瞪了起来。

大河见到侯方煜自然不快，没再说什么，转身走了。

"鲁英雄，你们别走啊，倩玉还没谢过你们呢……"倩玉冲着大河和小山喊道。

大河没回话，气呼呼地带着小山向前走去。

自从大河走后，倩玉就吩咐差役去打听大河的去向，好登门道谢。可这事被侯方煜知道了，他拦住差役，让差役给倩玉回话，说大河已经提前回东昌了。侯方煜知道要是倩玉被鲁大河护送回东昌，这护驾之功可就是鲁大河的了，他还要因此背负起护驾不利的罪过，他绝不允许这种事情发生！

大河和小山又在杭州城转了几天，货比了多家后，终于在杭州丝绸行订了一批货，杭州丝绸行的赵总管见大河是这么多年第一个在他这里进货的江北商家，便按二两一匹街边货的价码给他出了货，这让大河十分感激。

银货两讫，大河准备赶往武林桥大码头时，看到屋檐下堆着一批丝绸包，问道："赵总管，您咋将丝绸堆在屋檐下了，万一被雨淋了岂不可惜？"

赵总管苦笑："嗨，别提了，这些年河漕不通，丝绸的销量大减，这还是上年剩的两千匹旧货，堆在库房中不小心淋了雨，一过夏天全长了霉斑，有的还被虫蛀出一些小眼。眼看今年的春绸该入库了，只好把这些霉变虫蛀的弃物清出库房，再给库房撒上石灰消毒通风，不然，新丝绸放进去也要长霉斑了。"

大河走过去打开丝绸的外包装，见丝绸上果然都有一些霉斑，有些霉斑处还被虫子蛀出来一些细密的虫眼。

"赵总管，不知您打算如何处置这些霉变的丝绸？"

"丝绸不同别的货物，一旦虫蛀霉变，只能当弃物丢了，我这回可是亏大发了!"

"这么多的丝绸当弃物丢了岂不可惜?"大河摇头道。

"鲁掌柜,你要是觉得可惜,丢下十两银子,这两千匹丝绸全部归你,不过,咱可有言在先,这是一堆姥姥不疼,舅舅不爱的弃物,到时候你可不能来找后账。"

大河当即拿出十两银子,付给了赵总管,又让挑夫把这些旧丝绸也运到了码头。

杭州武林桥大码头是京杭大运河最南端的一个客货两用大码头,在河漕上规模也是屈指可数。此时河漕未开,这里显得有些冷清,沿河两岸停着许多样式各异的空船。大河和小山包下一条客船,便急着上路往回赶了。

在船上,小山指着堆在客舱一侧的东西,对大河说:"大河哥,你要的十二石白米、五石海盐、六十坛子老酒,还有熨斗啥的全都办齐了!可是你要这些东西干啥?"

大河笑了笑没有答话,拿过两个大木盆,一个盛满了清水,另一个则倒进去一些海盐。他拿过一块裁下来带霉斑的丝绸放进盐水中轻轻揉洗了几下,然后拿起丝绸对着亮处看,丝绸上的霉斑不见了。

小山看后又惊又喜:"大河哥,表皮上的霉斑是没了,可下面还有斑点啊!"

"你小子别着急呀,后面还差着几道工序。"大河说着,拿起酒坛子往一个大碗中倒酒,又拿起白布沾着碗中的白酒去擦丝绸上的斑点,擦了几下,丝绸上的斑点也没了。为了去除上面的酒味,大河又将丝绸放进清水盆里涮了几把,这下什么味道也没有了。

"小山,咱一路坐着客船,风吹不着,雨淋不着,边赶路,边干活,等客船到淮安前,这两千匹霉变丝绸可就变成价值不菲的杭纺真丝了。到时候,再用江南白米熬的米浆一挂浆,拿熨斗一熨,你小子就等着大把地收银子吧!"

小山笑着说:"大河哥,你有这两把刷子咋不早说啊?"

"这是你干娘当年缝穷洗脏,养家糊口练就的一手绝活儿,我要是当着赵总管的面说了,这好事还能轮到你小子头上?"

两个人有说有笑地在客舱中忙碌起来。一千五百匹霉变丝绸已处置停当,还剩下五百匹被虫蛀过的丝绸，小山有些拿不准主意了。

"大河哥，咱就算把丝绸上的霉斑去掉，可这些虫眼依然无法修补，你看这些丝绸咱还要不要？"

大河没接小山的话茬，手中拿着一块裁下来的虫蛀丝绸在左右端详着，问道："小山，上回咱去李东家的货栈，在他库房中看到的哈达是个啥尺寸？"

"我记的李东家说起过，哈达是一尺宽，六尺长……"

"一尺宽，六尺长……"大河将丝绸平铺在桌上，拿起一把木尺量着，然后用剪子将量好的丝绸裁开，又比画着对折在一起拿在手中，"小山，你看这大小差不多吧？"

"嗯，就是它！"小山惊喜地抬起头，"大河哥，你又琢磨出新点子来了？"

大河拿起剪子在丝绸上绞了个口，用力一撕，只听刺啦一声，丝绸从中间裁开，变成了两块长条状的哈达。

"大河哥，行啊，这上面的虫眼还真就看不见了……"

大河拿起另一块看着，摇摇头又拿起剪子咔嚓咔嚓地剪了起来。

小山忙制止："大河哥，你咋还剪啊？再剪可就成女人用的丝帕了！"

大河将一块丝帕大小的丝绸递过去："小山，你再看这上面还有虫眼吗？"

小山仔细瞅着，一咧嘴笑了："大河哥，你这左一剪子右一剪子地下来，还真把虫眼都给裁没了！"

"小山，咱就照量着丝绸上的虫眼剪，能剪哈达的剪哈达，没法剪哈达的就裁成丝帕！我敢说，这些东西李东家照收不误！而且价码不会比整匹的丝绸低！"

小山喜笑颜开地看着大河："大河哥，你赡好吧，这回咱可要发大财喽，哈哈……"

第十五章
大 河 出 货

　　大河、小山带着两车丝绸回到月河街，立时引起了轰动。杭纺丝绸可是今年最俏的抢手货，街上许多做绸缎生意的商家都来到他的货栈，可是大河并不急着出手，因为只有抻抻买家，才好往上抬价。李东家看在眼里，也不得不承认大河是块做生意的料。

　　卸了货，大河急忙提着丝绸和茶叶回家去见娘，走了这么多天，不知道娘在家一切是否安好。大河娘见儿子平安归来，自然高兴，正想进厨房给大河做饭，忽然看到大河的褡裢里露出几块色彩艳丽的丝绸，便走过去拿了出来。

　　大河娘脸一沉："大河，这几块丝绸你是不是想送给秋月啊？"

　　"娘，你咋能随意翻看别人的东西啊？"

　　"别人的东西？我告诉你鲁大河，徐秋月已经嫁给侯百万做妾了，娘不许你再跟她来往！听到了没有？"

　　大河一愣："秋月嫁给侯百万了？这是啥时候的事儿啊？"

　　"说这话儿得有十天了，十天前听说秋月娘又犯病了，秋月为给她娘治病，这才答应嫁给侯百万做妾的……"

　　大河杵在了原地，喃喃自语："秋月咋能嫁给侯百万这个大烟鬼，这不是作孽吗？"

　　大河心里充满了愧意和悔恨，当初若不是迁就了娘的意愿，事情也不会变成这个样子。他沉着脸说："娘，我去货栈了，吃饭不用等我！"

大河一脸愁绪地行走在东关大街上。人来人往，车水马龙中，一个穿旧衣、戴斗笠的女子与大河擦肩而过，只见那女子顶着烈日，拉着一辆吱吱呀呀的木水车艰难地向前走着，这个女子就是秋月。虽然她为给娘治病嫁入了侯府，但她宁愿代替驴子拉水也不肯与侯百万同床共枕，从此，她每天来回四趟，往返六十里，穿越整个东昌城去西关的甜水井上拉水。她没有怨言，不管是为了娘还是她自己，她都觉得这是最好的安排。

大河运回丝绸的消息传到了侯百万的耳朵中，侯百万心下一急，心想方煜去杭州进货还没个音信，倒让鲁大河捷足先登把杭纺丝绸给运回来了，他越想越气，便让人将侯八找来，如此这般叮嘱了一番，侯八领命而去。

次日一早，小山打着哈欠拉开了货栈的大门，刚抬脚要向外走，却看到门前有一泡还在冒着热气的大便堵在那里。

"他娘的，这是哪个缺爹少娘的玩意办的这缺德事儿？咋堵着人家的大门拉屎啊？"小山气得破口大骂起来。

小山这一吵，街上的行人立马围过来看热闹。李东家就在隔壁，看到这情形一惊，心想坏了，这是花子帮上门寻衅的惯用招数，他本来想去看看大河进的杭纺丝绸，看来这事得先缓一缓了。接着他又吩咐周掌柜把盘点歇业的牌子挂出去，无论是货栈还是店铺，今天一律关门歇业。

大河的货栈门前打扫干净了，街上偶尔有几个商人走过，看着大河这里敞开的大门却都像是躲避瘟神一样快步离去了。

一上午没有客人，大河不免有些着急，当他在院子里踟蹰时，忽然有一个小纸团从隔壁扔了过来，大河弯腰捡起纸团展开看着，上面写着："欲平眼前事，须找花子帮，请他吃讲茶，方可避祸端！"

大河猜这准是东院李东家扔过来的，李东家是在悄悄提醒他该如何应对眼前之事。李东家不正面说开也是有他自己的考虑，他和大河门挨门地住着，大河有事他不管不好，真管，他又怕得罪花子帮，所以，只能私下里提醒他。

大河跟小山和大奎商量，眼下他们的买卖还没开张，不能跟花子帮结怨，暂且忍一忍，若是花几两银子请花子帮的老大吃讲茶能摆平此事，那再好不过。可眼下他们的银子都用来进货了，只剩下五两银子。大河一狠心，将五两银子都花了出去，只求事情能早点过去。

可大河把这事想简单了，花子帮岂是那么容易打发的？他们不仅拿了五两银子，还在货栈门前照拉不误。大河真着急了，眼看着暑气渐消，若不赶紧出货，天一凉，谁还穿丝绸啊！大河思虑着心里有了主意。

半夜时分，四处一片漆黑，几个叫花子又鬼鬼祟祟地来到大河的货栈门前。一个叫花子正想解开裤子，这时大门哗啦一声开了，大奎将一桶大粪汤子稀里哗啦地全倒在眼前叫花子的头上。

"狗日的花子帮，老子今天叫你先尝尝这米田共！"大奎笑道。

几个叫花子看到大河和小山正举起扫帚追来，转身就跑。大河抡起扫帚正好砸在花子头的腿上，花子头摔倒在地，大河上去一脚踩住花子头："说！为啥收了赏银还来找老子的麻烦？"

花子头被大河踩在脚下，只得软了下来："鲁大河，既然今天栽在你的手里老子认栽！从今往后，我们花子帮保证不会再来找你的麻烦，这总行了吧？"

一旁的几个叫花子全被大奎放趴下，倒在地上哼哼唧唧地叫唤起来："我们知错了，求您饶过我们老大吧……"

大河抬起脚："花子头，我权且再信你一回，如果你再敢来恶心老子，老子立马去平了你的老巢，再把你的狗头拧下来当球踢！听清了没有？"

"鲁大河，既然你脚下留情，今后不管是谁再来怂恿老子，老子也不会再来丢丑了……"花子头爬了起来。

"记住你说的话，滚吧！"

花子头带着几个叫花子狼狈地消失在夜色中。

次日一早，大河他们就把货栈的大门打开了，可是一个多时辰过去了，依然无人登门要货。三个人坐在议事房中看着空无一人的院子，不觉情绪更加低落了。

"真他娘的邪门了，前两天那么多的丝绸商家来要货，如今咋就没人露面了呢？"小山张着嘴打哈欠道。

话音刚落，坐在门口的大奎忽然瞪起眼来："大河哥，有人来了！"

大河扭头看去，见几个彪形大汉簇拥着一个贼眉鼠目的中年汉子走进院中，那汉子便是东昌牙行的牙头，他一来哪家，哪家准倒霉。

果然，牙头一进院子，便瞪着大河问道："小子，是谁准许你做丝绸生意的？难道你不知道没有我们牙行核发的出货文书，就不准开门出货吗？"

李东家闻声赶来，解释道："牙头，这家货栈原本是山西客商王掌柜经手，你知道王掌柜是有出货文书的，他刚把货栈盘给大河……"

"李东家，鲁大河不懂，难道你也不懂？按大清律，商户变更须去牙行办理变更手续方可重新开张，不知鲁大河接手货栈后他的变更手续是谁给办的？"

大河冷眼瞅着牙头："牙头，我听明白了，你不就是想让我交银子吗？你直接说办个出货文书要多少银子不就完了？"

"这还像句人话，你备好二百两银子去楼东大街西头光岳楼下的牙行找老子就行！"

"二百两？你狗日的想来砸明火啊？老子就是不办你能咋着？"大奎牛眼一瞪，怒冲冲地看着牙头。

"不办？那好啊！你不办，这里就是一家黑店，谁若胆敢以身试法，从黑店进货，老子一纸诉状递上去，非让官府罚他个倾家荡产不可！"说完，牙头带着人走了。

后来，小山一打听，才知道平日里办个出货文书只需二两纹银，东昌牙行的牙头是看准了他们急于出货，又不懂得这其中的门道，才故意讹他们二百两银子的。

大河一听当然气愤，可当务之急他们还要先把出货文书拿到手，不然，那些丝绸非得囤死在库房中不可。但如今他们连吃窝头的银子都没了，上哪里去找二百两啊？

大河扭头问小山："小山，打听到牙头有啥喜好吗？"

"喜好？"小山思索着，"李东家说，别看牙头大字不识几个，平素里就爱收藏个字画……"

"这就好办了！"大河笑了，"小山，你还得再跑一趟，咱这么办……"

其实，大河贩运来的两车杭纺丝绸早就成了月河街上各大商家人人惦记的俏货，可谁也不敢公开悖逆东昌牙行牙头的意思从大河这里进货，正当众商家躲在暗处观望时，小山举着一张出货文书从月河街上大声呼喊着跑来："大河哥，咱的出货文书办下来啦……"

李东家站在宏昌货栈院门后面，听到文书办下来的消息，立马扭头吩咐："来人，跟我去隔壁进货！"

许多商家也纷纷涌进大河的货栈，一时之间，货栈被人围得是水泄不通。李东家和拿到货的商家开始往外走了，这时，牙头带着十几个打手气势汹汹地闯了进来："鲁大河，你好大的胆子！"

"牙头，出货文书我已经办了，不知你此番上门还有何见教？"大河故作无辜。

牙头怒不可遏地将一个黄绫礼盒扔过来："鲁大河，这就是你家祖传的郑板桥的风竹图？"

大河接过礼盒，拿出画轴打开看着，故作惊讶："这哪是我家祖传的风竹图啊？分明是一幅赝品嘛！"

"鲁大河，你明知是幅赝品，为何说是郑板桥的真迹？"

"各位街坊，大伙给评评理，朝廷规定牙行办理出货文书只需二两纹银，可牙头非要收我二百两，没办法，我只好将家中祖传的风竹图给牙头送去，一开始我就说好了，风竹图是暂时作抵，谁知牙头却将真迹昧下，转脸又拿着一幅赝品来讹我！大伙说，这世上有这么不讲理的人吗？"大河故意抬高了嗓门，大声说。

"鲁大河，李小山拿去的就是这么个玩意，老子当时还真以为是捡了宝贝，没想到只是一幅连十个铜板都不值的假货！"牙头气急败坏地瞪着大河。

"假货？牙头，这可是你当场立的字据！"大河从怀中摸出一张字据，高声念道，"兹收到鲁大河送来作抵的郑板桥真迹——价值五百两的风竹图一幅，收到人东昌牙行于大昌。"

"李小山拿去的就是这幅破画，是他说这东西值五百两……"

"牙头，东昌城中谁人不知，哪个不晓，你是字画的收藏大家，李小山能骗得了你？牙头，今日之事咱得当着三老四少的面把话说清楚，要么你赔我风竹图的真迹，要么赔我五百两纹银，不然，你今天休想离开这个院子！"大河不依不饶道。

牙头被逼得毫无办法："他娘的，一辈子打雁，倒让雁给啄瞎了眼，算老子倒霉……"说完，牙头转身溜了。

是夜，大河、小山和大奎三人在货栈议事房中拢账。虽说万事开头难，他们这次前有花子帮捣乱，后有牙行搅局，可生意毕竟还是开张了，而且收益颇丰，两千三百两买进的丝绸，转眼间就变成了一万二千两的货银。

大河出手丝绸不久，侯方煜也风尘仆仆地回到了东昌，但他这次办货，只是与杭州丝绸行签下了订货契约，待河漕开通后才会将货发来。回来的路上，倩玉对他爱答不理，他心中自是不快，只是他没想到，倩玉刚上岸，便让人打听鲁大河的住处，还亲自去货栈请鲁大河到鸿宾楼赴宴，这让他更加郁闷。他本以为自己撺掇侯百万娶了徐秋月，能打压鲁大河，却没想到倩玉竟然也会被鲁大河所迷。

"鲁大河，难道你得不到徐秋月，又要来跟我争夺侯倩玉了不成?"侯方煜说着忽然一愣，"徐秋月? 嗯，她倒是可以用来对付鲁大河的一招妙棋啊……"

货栈门口，大河正打算出门，一个小孩忽然跑了过来，递给他一封信就转身跑了。大河犹疑地打开信，几行大字映在他眼前："徐秋月在侯府痛不欲生，你若是条汉子当施援手前去解救……"

大河惊讶地抬起头扫视着四周，月河街上只有几个行人走过并无任何异常之举。

"大河哥，看啥哪?"大奎走过来问道。

"大奎，进屋再说!"

两个人走进议事房，大河拿出纸条，给大奎看。

"大河哥，秋月有事到底是真还是假，要是真有事，这可咋办?"

大河叹了口气："秋月和咱三个从小一起长大，如今她有难咱不能不管，这事别管有诈没诈，今晚我都要去趟侯府，若能将秋月救出来更好，就算不能得手我也要先把情况摸清楚再说。"

大奎点头："大河哥，还叫上小山吗?"

大河摇头："小山武功不行，再说了，这事还不知是不是有诈，今晚就我自己进侯府，你在外面套上大车等着接应就行……"

半夜时分，侯府后院一片寂静。两个家丁挑着灯笼巡视着走来，随后向前院走去。灯光在拐角处消失，后院再次陷入一片黑暗，此时边门附近的墙头上，大河探出脑袋在悄悄扫视着院中。只见他身穿夜行衣，用黑布蒙脸，一撑胳膊从墙头上翻入院中。落地后，他警觉地扫视着四周，轻移脚步，来到边门前轻轻拉开了门栓，然后蹲下身子躲在暗处再次观察着院中。

侯府后院中所有的房间都是一片漆黑。

大河的目光停在了带廊台的西屋窗前，暗想西屋应该就是秋月的住处了。他蹑手蹑脚地摸到西屋窗前，侧耳倾听屋内的动静。

西屋中，劳累了一天的秋月呼吸均匀地沉睡着。

大河轻拍窗户，低声呼唤道："秋月，秋月……"

在土炕上熟睡的秋月迷迷糊糊地问："谁呀？"

大河听到秋月的声音有些兴奋："秋月，是我，我来……"

大河的话没说完，院中那排北屋中其中的一间房门突然打开。侯方煜站在门里使劲敲锣，高声喊道："抓贼啊，有贼进后院啦……"

随着侯方煜的喊声，前院传来一阵杂乱的脚步声，七八个家丁举着灯笼火把，提刀拿枪地跑来。

大河大吃一惊，心想果然有诈，连忙顺着来路转身撤离。所幸大门已经打开，大河跑出侯府，随即钻进胡同里，大奎在那里已经驾着马车等候多时了。

外面抓贼的吵闹声搅扰了秋月的睡梦，时间过去了好久，外面渐渐地没了动静，秋月想起身去看，她一探头忽然看到一根芦苇管悄无声息地捅破了窗纸，伸进来的芦苇管里还冒着一缕白烟，秋月闻到了一种奇怪的香味，只觉得眼皮一黏，人便倒在了炕上。

过了一会儿，屋门的门闩被人用匕首拨开，一个黑影闪身而入，随将房门关好，蹑手蹑脚地向炕前摸去。他站在炕前听着秋月那有些沉重、异样的呼吸，狞笑着向炕上扑去……

清晨，侯百万在院中活动腿脚，一个用人惊慌失措地从后院跑来："老爷，徐秋月闹着要上吊寻短！"

"上吊？她这是唱的哪一出？"

"老爷，昨晚下半夜有人拨开了徐秋月的房门，将她糟蹋了……"

侯百万气得破口大骂："这个贱货，老子这么宠她，她就是不肯跟老子同床，却让野男人给睡了！来人，把这个伤风败俗的贱人装进猪笼，给老子拉去沉湖！"

侯方煜从后院跑来阻止："爹！您先别动怒！您老不觉得这事有点蹊跷吗？"

"蹊跷？"

"爹您不知道，昨晚半夜有人翻墙进了咱家后院去敲徐秋月的窗户，被我发现，我瞧那人的身量好像是鲁大河，可是让他给逃了，到了下半夜徐秋月就被奸淫，爹您不觉得这事太蹊跷了吗？"

"你怀疑此事系鲁大河所为？"

侯方煜点了点头："常言道，捉贼捉赃，抓奸抓双。只可惜没能当场抓住鲁大河。"

"难道这事就这么了了，你让老子顶着这顶绿帽子当活王八不成？"

"爹，您放心，帮爹出气的事包在儿子身上。不过我得先去后院替爹看看，不能在咱家出人命，您老说是吧？"

侯百万无奈地点点头，不想再管这个乱摊子，索性都交给侯方煜了。

侯方煜走进西屋时，秋月正捂着脸坐在炕沿上哭泣，房梁上悬着一根还在晃动的麻绳。他和颜悦色地走到秋月面前："小姨娘，你咋这么想不开啊？"

"谁是你的小姨娘？侯百万借我娘生病之际，乘人之危将我娶进侯府，从进侯府的那天起我的心就死了！"秋月瞪着侯方煜。

侯方煜笑道："好，不叫小姨娘，称你徐姑娘行吧？"

秋月擦了把眼泪没说别的。

"徐姑娘，其实我一直很同情你，可惜我没本事帮你。"说着，侯方煜故意偷偷向外窥探，好像怕被别人听见他的话一样。

秋月暗自抬头看了侯方煜一眼，抽泣声小了。

侯方煜叹了口气："其实我从小就是个失去双亲的孤儿，不瞒徐姑娘说，我特别羡慕别人能有父母孝敬，徐姑娘之所以忍辱负重嫁入侯府，说到底，都是为了自己的娘亲，可你若一时想不开寻了短，你那重病的老母亲日后咋办？"

"可出了这事，人言可畏，我真没脸再活在世上了……"

侯方煜暗自笑了，随即走到门前厉声喝道："来人，召集侯府的下人来后院，本少爷有话要说！"

一会儿的工夫，二十几个下人低着头在侯府后院中站好。

侯方煜扫视着院中的下人："你们都给我听好了，老爷吩咐本少爷全权处置府中之事，你们做下人的都要恪守本分，更要管好自己的嘴，谁要是敢在背后里乱嚼舌头，本少爷知道了决不轻饶！听清了没有？"

下人们面面相觑，乱纷纷地应着："听清了……"

秋月听到这番话，不禁感激地看向侯方煜，她原本以为侯家没好人，但侯方煜貌似是个例外。

第十六章
漕帮夹带

天还未亮，大河娘就匆匆忙忙从家里赶到货栈。只因为她听说昨晚有人夜闯侯府想救出徐秋月，她一猜就知道这事是大河他们几个干的。侯百万可是侯世震的亲哥啊，他们夜闯侯府，这不是明摆着要惹火烧身吗？大河娘心里十分着急，她不能等大河回家再说这件事了，于是亲自来到货栈。

铩羽而归的大河本就发愁，大河娘的一顿训骂更让他无比沮丧，于是决定和小山再去江南进货，暂时离开这个是非之地。

可当大河、小山再次来到杭州丝绸行进货时，丝绸行的赵总管却不肯再卖丝绸给大河了。两个人问不出为什么，只好悻悻地离开了。

"赵总管的库房里明明有的是丝绸，他却说手头没货，这些奸商就没一个好东西！"小山恨恨地骂道。

大河叹了口气："算啦，小山，愿买愿卖才成得了买卖，咱去别处转转，我就不信，杭州城中的丝绸商家都不出货。"

二人走远后，侯方煜闪身从杭州丝绸行的大门中走了出来，原来他听说鲁大河又要进货，便一路悄悄跟踪而来，提早一步来到了丝绸行，给赵总管看了东昌商会发给杭州丝绸行不准与鲁大河这个不法商户做相与的信函。就凭这封信函，这回鲁大河休想再从杭州城买走半寸丝绸！

果然，大河和小山逛遍了杭州城，都没有一户商家卖给他们一匹丝绸。

小山气不顺地说:"大河哥,杭州城中的丝绸商家像是串通好了一样,都是一进门先给咱相面,接着问来历,等他们看清了也问明白了,竟然没一家肯卖丝绸给咱。"

大河点头:"小山,我觉得这里面有事儿……"

"能有啥事?咱跟这些商家往日无冤,近日无仇,就连丝绸行的赵总办咱也只有过一面之缘,何况咱又没得罪他?"

"到底是咋回事儿,我一时还说不清楚,既然在杭州城上不了货,那咱去无锡找何爷,不管咋说,咱总不能白跑一趟吧?"大河做好了打算,他们赶到武林桥码头乘船去无锡。

让鲁大河买不成丝绸,这只是侯方煜跟来的目的之一,另一个就是找机会在路上除掉大河,这时他想到一个人——江上蛟。

客船离开杭州城的次日中午,大河他们来到江南运河岸边的一个古镇,远远望去,依河而建的小镇的街道两旁挂满了茶馆酒肆的幌子。

客船在古镇岸边的简易码头前落篷泊岸,船老大吩咐在此打尖,船客纷纷起身下船。此时大河还在昏睡,小山知道大河心烦,昨夜一晚没睡好,他想自己下船去吃,然后再带些回来给大河。

船上的人都走光了,只留下一个中年舵工看船,那舵工找了个阴凉靠在后舱板上闭目小憩,客船上很快安静下来。附近的河堤上,五个黑衣人拎着钢刀悄悄摸上客船,前面的黑衣人压低斗笠扫视着客船上的动静,他正是一路跟踪而来的江上蛟。

江上蛟看着在客舱中独自昏昏而睡的大河,狞笑着一摆手,两个河匪向船尾摸去,江上蛟握着明晃晃的钢刀蹑手蹑脚地走到大河面前。待他正要手起刀落结果大河时,钢刀刀背上的铁环发出一声脆响,尽管响声不大,大河的耳朵还是警觉地动了动,而钢刀抡起时反射出一道炫目的强光照在大河的脸上,大河猛地睁开了眼。

"鲁大河,去死吧!"

江上蛟见鲁大河已经睁眼,用力抡起手中的钢刀,可抡起的钢刀一下卡在了客舱的顶板上。趁这个空隙,大河忙闪身躲向一旁,他想跑到舱外,可两个守在舱口的河匪又把大河逼了回来,手无寸铁的大河只得不住地躲闪着江上蛟连续劈来的钢刀。这时，把守舱口的两个河匪也挥刀杀来，大河知道自己难敌钢刀在手的三个河匪，他瞅了一眼敞开的窗户，借势一跃，从窗户中翻了出去，原本用木棍支着的窗棂啪的一声弹了回来，随着江上蛟挥去的钢刀，舱内的地板上洒落了一些殷红的血迹。

江上蛟疑惑地看着还在滴血的钢刀，他不知道刚才那一刀有没有砍死鲁大河，急忙往舱外看去。

江南运河中，大河一动不动地浮在水面上已经漂出去有七八丈远了，他身后的水面上有一缕血迹在不断地扩散着。

这时，北面的河道中来了几条漕船。江上蛟心想，万一遇见江南的漕帮就不好脱身了。他回到客舱中，找到了大河的褡裢，里面装着一万多两的银票。江上蛟将银票揣进怀中，带着河匪跑了。

小山回到船上，发现大河并不在舱中，他向河道望去，看到大河一动不动地漂浮在水面上，越漂越远。小山赶紧拿起船篙下河打捞，他哭喊着追向大河，伸出去的船篙在大河身上来回拨拉着，想把大河拨到岸边，可光秃秃的船篙根本控制不住在水面上漂浮着的大河，小山只得举起船篙走向深处，当他伸出船篙再去拨拉大河时，原本浮在水面上一动不动的大河突然翻身一把抓住了船篙。

站在河中的小山险些被拽倒，吓得他忙丢开船篙，双手合十闭上眼祷告道："大河哥，我知道你死得冤，等回到家我请和尚道士替你超度亡灵，你可别吓唬小山，小山天生就胆小……"

河道中，大河扑棱一下站了起来，伸手抹着脸上的水出了一口长气："他娘的，这口气可把老子憋得不轻！"说着，他稀里哗啦地淌着水向岸边走来。

小山惊讶地看着走来的大河："大河哥，你没死啊？"

"死？要不是老子打瞌睡，江上蛟休想砍到老子？幸亏当年刘帮主传授给我的闭气功，这才让我躲过一劫，要不然，今天就在劫难逃了……"

"我就说大河哥不会丢下小山不管的……"小山看到大河流血的胳膊，连忙拽住衣襟，扯下一块布条给大河包住伤口。

进货的钱全部被江上蛟劫走，眼下他们只有小山身上的一点散碎银子作为支撑，一路上他们风餐露宿，终于来到了江淮四的堂口。

何爷听说了他们的遭遇，气愤不已，下令让李老大给江淮帮各家堂口发飞鸽传书，围捕江上蛟。何爷知道他们此次来是为了丝绸生意，于是待他们稍作整顿，便带他们去见锦缎胡。

锦缎胡的祖上在大明朝时便是专给皇宫大内织造锦缎的织户，到了清朝，一家人离开江宁来到无锡定居，他家所织造的云锦也一直是专供皇宫大内的御用之物。可自打河漕阻断后，胡家的锦缎生意一落千丈，当年只有皇室才能享用的云锦也随即销往民间。

精神矍铄的胡老东家听说何爷亲自造访，连忙来到门前相迎。锦缎胡家与江淮四已有几代人的交情，得知了大河的事，自然鼎力相助。不但配了一千匹云锦让大河带走，还允许他出了货再结算，这可是帮了大河的大忙。

二十天后，大河他们将货运回了东昌。隔壁的李东家得知他们从无锡锦缎胡那里兑来一千匹宫锦，开口要大河把一船货都趸给他。大河觉得李东家开的价码不低，加上他害怕侯百万再使坏，以免耽搁了给胡老东家的回款，于是便答应了。

李东家自然比大河他们会做生意，他以十两一匹的价购进，又以五十两一匹卖出，来购买的人依然络绎不绝，毕竟这云锦过去是专供皇宫大内的贡品，价码高点也在情理之中。

小山看着宏昌绸缎庄的价目牌，不觉瞪圆了眼睛："大河哥，咱又叫李东家给涮了，当初我跟他盘价时觉得他给的价码已经比胡老东家交代的结算价高出了两倍，谁知云锦一经他的手，他赚的可是比咱多出了好多倍呀！"

"是啊，李东家一倒手，他赚的纯利是九万两，咱哥俩为运这些锦缎险些搭上性命才赚了两万两的毛利。"

小山气鼓鼓地说："李东家看上去笑眯眯的，没想到他的心也这么黑，不行，我得找他说理去！"

大河连忙拉住小山："小山，货都给了人家，你再去找还有啥意思？咱才入行，只要不赔钱就算可以。"

可小山就是不服这个气，他们出了大力，却只赚了个小头，大头都让风吹不着、雨淋不着的李东家赚了去，凭什么？

宏昌绸缎庄对面的雨来茶馆中，侯方煜看着大河的货栈不禁握紧了拳头，他没想到江上蛟非但没杀死鲁大河,还让他运回来一船云锦,鲁大河的命可真硬啊,三番五次怎么就是灭不了他呢?

待他要起身离开之时,发现对面桌上坐着的人竟然是倩玉,她也望着对面,脸上浮现一丝笑容。侯方煜顺着倩玉的眼往外看去,大河正站在货栈门外,跟小山说着什么。侯方煜一阵莫名邪火蹿了上来,难道倩玉已经有意于鲁大河了不成?

侯方煜压下心中的怒火,朝倩玉走去。

"堂妹今日怎么得空出来喝茶了?"侯方煜笑着问道。

倩玉没想到会碰见侯方煜,她虽然不喜欢这个堂兄,但出于礼貌,便回道:"我在家中待得烦闷,带云儿出来散散心。"说着话,她的眼睛依然在看着窗外。

"堂妹来这儿,是为了见鲁大河?"

"堂兄,你这是何意?"

"堂妹何必动气啊?堂兄只是想问问堂妹了解鲁大河这个人吗?"

"我与鲁大河只有两面之缘,谈不上了解。"

"那我今天不妨给堂妹说说鲁大河,让堂妹也多了解一点鲁大河的底细。"

"鲁大河的底细?"倩玉疑惑地看着侯方煜。

"前一阵子有人夜闯侯府,不知堂妹听说此事没有?"

"自然听说了,只是不知是何人如此大胆,竟敢夜闯民宅欲图不轨。"

"此人正是鲁大河!"

"鲁大河?他为何要夜闯侯府?"

"看来堂妹有所不知,鲁大河与小姨娘徐秋月可是青梅竹马,若不是鲁大河的母亲阻拦,他二人恐怕早就拜堂成亲了。"

倩玉脸上闪过一丝异样的神情:"徐秋月不是嫁给大伯做妾了,难道他二人还有来往不成?"

"鲁大河正是因为徐秋月嫁给我爹做妾,他才心怀不满,夜闯侯府欲图将徐秋月掠走,若不是我及时察觉叫来家丁,鲁大河恐怕真就要得手了……"

"我看鲁大河一身正气,他绝不会做出此等苟且之事。"

"堂妹,鲁大河这个人猛一看好似一身正气,其实却是满肚子的坏水儿,上半夜他被我吓跑了不是？谁知下半夜他再次潜入侯府，拨开房门将徐秋月给糟蹋了……"

虽然侯方煜所说的这一切让倩玉有些难以接受，但她前些日子去看大伯，确实见他心情郁闷，她真没想到鲁大河居然是这样的衣冠禽兽。

倩玉被激怒了，侯方煜看在眼里，暗自发笑："动拳头我虽不是鲁大河的对手，可若是斗心眼，鲁大河可就不是个儿喽，哈哈……"

倩玉气冲冲地走出茶馆，正好撞见腋下夹着两块用道林纸包着的宫锦走来的大河。

大河见到倩玉忙笑着打招呼："侯小姐，我正说不知该如何去找你哪，没想到在这里碰上你了。"

倩玉气不顺地瞪着大河："你找我干什么？"

"我去江南进货，给你和云儿带来两块锦缎胡的宫锦……"

"哼！谁稀罕你的东西！"倩玉冲大河一瞪眼，转身吩咐："云儿，咱们走！"

大河一下愣住了，他搞不明白自己哪里得罪了倩玉，自己一片好心被当成了驴肝肺，简直是自找没趣，大河气得一跺脚也转身走了。

年前的东关大街上熙熙攘攘，人们都忙着采办年货。侯氏米号门前也热闹起来，这是因为侯方煜刚从湖州运回了十船白米，这些白米不是买回来的，而是用货栈库房中存储的绿豆、黄豆、赤豆、黑豆、豇豆等五谷杂粮换回来的。用一石杂粮换一石江南白米，侯方煜这看似不起眼的一进一出，就让侯百万净赚白银六万多两。

侯百万自然对侯方煜另眼相看，要为他好好庆贺一番，席间还主动提出要为他成个家。侯方煜见侯百万心情甚好，于是，胆子便大了起来。

"爹，您老说二叔家的倩玉堂妹如何？"

侯百万眼睛瞪了起来："什么？"

"爹，您老要是觉得不合适，这话就算儿子没说。"侯方煜这才意识到自己有点忘乎所以了。

侯百万忽然哈哈大笑起来："侯方煜，原来你小子早就瞄上高枝了？好，今天老子高兴，这事爹应下了，明天我亲自上门去找你二叔提亲！"

"爹，我从小失去双亲，上天开眼，让咱们父子相聚，今天我侯方煜对天盟誓，我今生今世唯有尽心尽力，帮爹打理好侯府的生意，好生孝敬爹，侍奉爹，才算对得起爹的再造之恩！"说着，侯方煜一个响头磕在了地上。

侯百万也没食言，第二天果真去替侯方煜提亲去了。可侯世震根本看不上侯方煜，但侯百万毕竟是他哥，没侯百万也就没他的今天，因此也不敢直接推辞，直说容他问问倩玉的意思再回话，其实他不问，也知道他心高气傲的女儿看不上侯方煜，因此此事就此搁置起来。

转眼间春天到了，此时已是同治五年春，因战乱等原因，停航十几年的京杭大运河终于迎来了全线复航的佳音。沉寂已久的东昌大码头像是突然从冬眠中醒来一样，顿时喧闹起来。

大河想着自从他开货栈以来，还没给货栈起过名字呢，趁现在生意已经步入正轨，他专门请押运漕粮进京、路过东昌的何爷给货栈题了个匾额，名字就叫鑫昌货栈。三金为鑫，双日为昌，这寓意极好。

大河他们三个重新粉刷了货栈大门，挑选了黄道吉日，鑫昌货栈正式挂匾开业了。

侯方煜的眼中可是容不下鲁大河这颗沙子，他打听到鲁大河去年两次出货都没完税，今年又运来了五千匹丝绸，依然没向府税课司衙门申报课税，就冲他偷逃税银这一条，府税课司就能罚鲁大河个倾家荡产，还要将他们关入大牢！

府税课司自然不会放过这个发横财的机会，同时也是为了巴结侯百万，他们得到侯方煜的举报后，便气势汹汹地奔向鑫昌货栈，以偷逃课税之名将大河绑回了府税课司衙门。

大河被绑，小山、大奎连忙去找刘帮主求救。刘振坤听闻此事，十分气愤，他带着一群漕帮汉子将府税课司衙门堵了个严严实实，他们手持船篙，大声呼喊着："放人……"

府税课司大使这才意识到自己惹了个大麻烦，他急得如同热锅上的蚂蚁一般在签押房内来回踱步，外面漕帮汉子的击篙声、呼喊声一浪高过一浪地传来。若不将这群漕帮汉子赶走，他将来怎么在东昌地界上混，于是他硬着头皮带着几十个提刀拿枪的差役，呼啦啦地冲了出来。

府税课司大使来到刘振坤面前色厉内荏地呵斥:"刘帮主,你为何带人将府税课司衙门给围了?难道想谋反不成?"

刘振坤毫无怯意,双目炯炯地瞪着他:"小子,吓唬拉屎的哪?我来问你,凭啥抓大河?"

"鲁大河私自贩运丝绸,蓄意偷逃巨额课税,已经触犯了大清的律条,难道不该抓?"

"好你个目无朝纲、胆大妄为的昏官,自有漕帮以来,朝廷就有漕帮夹带土宜不用上税的规制,你凭啥让大河给你上税?我看你分明是打着为朝廷收税的幌子在横征暴敛,中饱私囊!"

"刘帮主,众所周知,鲁大河早就离开了东昌漕帮,况且本官已查到他三次偷逃课税的全部罪证,我劝你还是赶紧带人离开的好!"

"小子,大河没了运丁的身份不假,可他永远是我刘振坤的关门弟子,他的货是我让他办的,你要是不想找麻烦就赶紧放人!不然,老子这就下令让弟子们冲进去,一把火烧了你这狗屁衙门,然后押着你一同进京,咱到朝廷的户部衙门评理去!"

府税课司大使一听这话,当即软了下来:"刘帮主,就算您老说得有些道理,可您也不能公然带人围堵官府衙门啊?要不,您先让弟子散了,有啥话咱进去说……"

"小子,你少打马虎眼!说,这人你到底是放还是不放?!"

"这……"

"放人……"漕帮弟子的呼喊声更强了。

府税课司大使惊恐地看着围上来的几百个漕帮汉子,退缩着向大门里面跑去,命令道:"快关大门!"他惊慌失措地跑了进去,黑漆大门在他的身后再次关上。

府税课司衙门的大门被外面的人砸得噼啪乱响,府税课司大使对顶住大门的众差役叮嘱:"各位一定要严防死守,我这就出后门去找知府大人搬救兵,不然,今天非得出大乱子不可!"

府税课司大使慌慌张张地跑到东昌府求援,侯世震得知了事情的原委后,大骂:"我看你这狗奴才真是活腻了,好端端的谁让你去招惹漕帮了?"

"知府大人，这可是侯大老爷吩咐下官去做的……"

"大胆狗才，还敢大放厥词！巡抚衙门刚转来朝廷户部催缴夏粮的公文，眼看就要给朝廷兑运漕粮了，你却闲着没事去招惹漕帮，真要是耽搁了给朝廷兑运漕粮的皇差，你有几颗脑袋好砍？"

"可是大人，他们还围着府税课司衙门，您不发兵解围，叫小的如何收场啊？"

"怎么抓的你就怎么放了，休给老爷我惹麻烦！"

"是，知府大人，我回去就放人……"

府税课司大使正要转身走，侯世震却摆手相拦道："且慢！人可以放，但他们货栈的封条却不可轻易启。"

"不启封条刘帮主能答应吗？"

"没用的东西，就算鲁大河替东昌漕帮夹带土宜不用上税，可他也要缴纳上岸公文费啊。你去告诉刘帮主，鲁大河办的货课税可免，但他们必须按朝廷的规制，补缴这三次的上岸公文费方可给他的货栈揭去封条！这样多少也算是替官府挽回了一些颜面！"

"是，知府大人，下官这就去办！"

侯世震看着躬身退出二堂的府税课司大使，哀叹了一声："我这个哥咋净给我添乱啊！"

第十七章
康熙显圣

大河站在鑫昌货栈库房门前，望着门上贴的封条出神。府税课司衙门虽然放了他，但是不交上五百两的上岸公文费，封条是不会给他揭的。可如今他的银子都当货银给胡老东家汇走了，上哪里去找五百两交上岸公文费啊？他真想把库房里存着的五千匹上好的江南丝绸赶紧卖出去，只要货一出手，想要几个五百两没有，只恨门上贴着封条，他是一匹丝绸都不能往外拿！

既然不能动库房里的货，只能想法去借了。大河想五百两银子不是大数，或向票号借贷，或找商家以货相抵，都应该没问题，于是他和大奎、小山三人分头去筹措银两。可是，忙了半天，他们一两银子都没借到。所有票号一律不借，所有商家也不肯抵货，就在大河三人疑惑不解之时，李东家走了进来。

"大河，借到银子没有？"李东家问道。

大河摇了摇头。

"大河，你是我带入商行的，咱又是一墙之隔的近邻，按说你有难处我该帮，可是有人给东昌所有的票号及商家都关照过了，一不准借银子给你，二不准从你这里进货作抵……"

李东家虽然没有指名道姓，但大河已经知道是谁在背后捣鬼了。

"大河，尽管我的买卖不小，可我就是一个外来的客商，你们得体谅我的难处，说实话我是真心想帮你，可又怕帮了你会给自己惹来麻烦。"

"李东家，您老放心，让人为难的事儿大河从来不做！"

李东家有些犹豫："大河，其实要想破解眼前的难题也不是没有办法，只是，我觉得这事有些难以启齿……"

"李东家，别管啥法您老说出来听听怕啥？"大河似乎看到了一线希望。

"以往票号遇上此事，可采用以大押小之法来破解眼前的难题。"

"以大押小？"

"所谓以大押小，就是票号采用非常规之法放贷，借贷人若愿用高出借贷利息数倍，乃至几十倍的物产作抵，即便是让关照人知道了，他总不能不让人去发横财吧？"

"李东家，我手头只有五千匹丝绸可以做抵，若从您老的票号临时拆借五百两周转银，以七天为限，您老看这可算是以大押小？"

"这自然是以大押小，可是大河，这事我真的不想掺和这事。"李东家推托道。

"李东家，就算您老帮帮大河。小山，笔墨侍候，准备立契！"

大河当场便立了字据，以五千匹丝绸向李东家借了五百两银子。双方约定，以十日为限，如大河逾期不还，那五千匹丝绸可就要归李东家了。五百两银子到手，大河立马让小山送到府税课司衙门，交了上岸公文费，拆了封条。

为了确保还贷，大河他们赶紧忙活起来，将丝绸从库房里扛过去，直接打开店铺做起了生意。

"各位乡邻，本号新进的上等江南丝绸全部六折出货啦，想捡便宜的快来买啊！"小山站在门前高声招揽着生意，街上的人闻听纷纷围拢过来。

这时，府税课司大使带着十几个差役横眉怒目地走来。他像门神一样伸手拦在店铺门前："大伙听着，河漕将开，朝廷敕令各地官府整饬市场，各家店铺须经府税课司衙门重新核准，并换发新的经营文书后方可开张，否则，将按滋扰市场罪予以严惩！还有，若有人敢从无证经营的黑店中购买私货，将按同案犯治罪！"

围过来想买丝绸的人闻听不由得愣住，其他人看着凶神恶煞的差役也纷纷躲了。

"你带人把店铺堵了，我咋做生意啊？"小山瞪着府税课司大使。

"你咋做生意老子管不着！既然你们货栈自称是东昌漕帮所办，尔等就应按朝廷的规制只准做行商的营生，若想经营坐商的买卖，就必须要有府税课司衙门颁发的经营文书，不然，你们就是一家不合规矩的黑店，此番就算你们再请刘帮主出面也是枉然！"说完，他继续驱赶着行人，"都散了吧，这家店铺是无证经营的黑店，想买东西去别处！"

过路的行人看着店铺中柜台上摆的花花绿绿的丝绸，都依依不舍地走了。

时间一天天过去了，大河见本地出货无望，于是打算去临清州找张帮主帮忙出货。东昌知府虽然比临清知州的官阶高，可临清州是省属直隶州，侯世震管不着临清州的事，再加上有张帮主出面，出手个几百匹丝绸应该不是难事！

次日天刚麻麻亮，他们准备动身时，东关大街上忽然响起了鸣锣报警声，原来昨天下半夜黄河突发桃花汛，张秋镇的过黄船闸崩裂，黄河水顺着会通河倒灌进来，会通河眼看就要漫堤了。

"坏了，临清州是去不成了。"大河转身吩咐道，"小山，大奎，锁好库房咱去抢险护堤！"

小山急了："大河哥，会通河一旦决口漫堤，咱库房中的五千匹丝绸可就全完啦……"

"小山，黄河来到山东就成了一条地上悬河，它的河底要比咱的平地高出三丈多，会通河一旦漫堤这些丝绸如何能保住？遇有水患，男丁都要上堤抢险，这可是老辈子传下来的规矩！走，咱一起上堤抢险！"说着，大河转身向外就跑，小山和大奎也跟着跑了出去。

大地依旧沉浸在一片灰蒙蒙的晨曦中，平日清澈的会通河突然变成了泥沙俱下的黄河，汹涌的黄水打着漩涡不断往上涨，水面上漂浮着许多浮冰、秫秸等杂物，此时河水早已漫过河床正向河堤的顶端逼去，情况十分危急。

会通河两岸的河堤上，河防营的军兵们扛着装满泥土的草袋子，由南至北地加筑着一道高四尺、宽五尺的辅助堤坝，用以挡住河道中不断上涨的黄河水，这便是河防营军兵所称的"围堰"。

大河他们跑上河堤，扛起盛满土的草袋子，立刻加入到加筑围堰的队伍中。

日头升高，草袋子打好的围堰暂时将汹涌的黄河水挡在了河道中。抢险的人刚想坐下休息，南面的河堤上再次传来报警的锣声，大码头前刚打好的围堰被洪水冲了个大口子。大河来不及坐下，连忙呼喊着跑去堵决口。当他们赶到时，围堰已经被汹涌的洪水冲开了一个三尺多宽的决口，十丈开外便是山陕会馆的大门，此时大门前的空地上已是汪洋一片。

决口旁，几十个河防营的军兵正拼命地向决口中投放草袋子，可水流太急，草袋子刚投进去就被急流给冲走了，筑好的围堰不断地被水流冲击着垮塌下来，抢险的军兵被眼前的阵势吓得有点不知所措了。

河防营的守备大人一身泥水，站在决口边上吼着："弟兄们，养兵千日，用兵一时，河漕一旦决口，咱们弟兄可都难逃渎职之罪！大伙听我号令，赶紧往决口中猛砸草袋子，拼上性命咱也要堵住决口！"

军兵们扛着草袋子又是一通猛砸，可砸向决口的草袋子，眨眼间就被汹涌的洪水给冲得踪影皆无。随着水流的冲击，不光是围堰上的缺口在不断扩大，就连会通河的河堤也开始根基松动了，河堤上的泥土不时被冲刷下来，一旁已经有人在悄悄撤离了……

大河站在决口旁看着直摇头，不觉喊道："大人，这样漫无目的地砸草袋子根本就是于事无补！"

守备大人正一肚子怒气无处可发，瞪着大河喝问："那你说该咋办？"

"大人，让人找几条大绳来！"

"大绳？"

"大人，现在水流湍急，草袋子投进去立马就被洪水冲走了，要想堵住决口，必须在决口前筑起一道人墙减缓水流的冲击，然后再往决口中填草袋子，这样才能堵住决口！"

守备大人瞪圆了眼睛："如今河水中到处漂着冰凌子，谁敢往河里跳啊？"

"大人，谁跳你不用管，赶紧让人找大绳来！"大河说着去解棉衣上的纽扣。

小山连忙拉住大河："大河哥，河里全是冰凌子，人跳进去非得落毛病不可！"

"小山，东昌城中住的可都是咱的父老乡亲，就算是为了自己的爹娘和兄弟姐妹，咱也得跳下去堵住决口！"大河扭头喝问，"大人，大绳呢？"

守备大人钦佩地看着大河，忙扭头吩咐："快拿大绳来！"

几条大绳拉起来，拦在了决口处。大河看了拦好的大绳一眼，纵身跳进决口，洪水凶猛，大河刚下去便被冲倒在地，他闭眼屏气，在决口中奋力挣扎着。大奎和小山见状，立马跟着跳了下去，他们抓住大河的手，将其扶稳，三人肩并肩站在一起，挽着胳膊组成了一道人墙，飞流直下的洪水直冲他们的面门而来，为了呼吸他们不得不将头扭向一旁，几道大绳从上到下地拦在他们身后，他们身后的水流立时趋缓。

守备大人眼含热泪转身喊道："弟兄们，铆足了劲往决口中猛砸草袋子！不然，咱对不住这几个为了东昌父老敢玩命的兄弟！"

抢险的人们又铆足劲干了起来，决口两端的河堤上迅速排成几条人链，装满泥土的草袋子飞速地从人们的手中传递过来，又雨点般砸向了决口……

水面上的浮冰不时漂来，那些漂来的浮冰犹如刀片一般在大河他们脸上、手上划出了许多血口子。汹涌的河水裹挟着泥沙，不住地冲刷着这些血口子，让他们感到了阵阵钻心的痛。大河巍然屹立于决口中间，他左侧挽着小山，右侧挽着大奎，三个人咬着牙迎接着水流的不断冲击。

半个时辰过去了，大河他们站在冰冷的河水中，个个冻得面色苍白，牙齿咬得咯咯响。时间一点点过去，决口在逐渐缩小，当决口被彻底堵住时，大河和小山已经瘫倒在河水中。

当大河再次醒过来时，他已经躺在了货栈的床上，郎中正在给他包扎伤口。床边挤满了人，他们忧心忡忡看着大河，大河正要起身之时，丁宝桢带着侯世震等人走了进来。

"藩台大人，您咋来了？"大河欲下床行礼。

丁宝桢忙制止道："大河，得知东昌遭灾，我连夜带着丁贵他们赶过来了，今日一到东昌就满耳充闻众人对你的赞美之词，危急关头你能置个人生死于不顾，带头跳进冰河中去堵决口，挽救了全城百姓的身家性命，此等义举令老夫甚为钦佩！"

大河的脸一红，羞愧地说："藩台大人过誉了，面对肆虐的洪水每个有担当之人都会挺身而出的。"

跟在丁宝桢身后的侯世震呵斥他："鲁大河不得无礼，如今丁大人已荣升山东巡抚，你该称大人为抚台大人……"

丁宝桢不等侯世震说完，转身一瞪眼，吓得侯世震赶紧打住不敢再说了。丁宝桢见大河无碍，安抚了几句便又赶去会通河探察灾情，安抚民心了。

丁宝桢走后，大河娘提着饭从家里赶来，她做了热汤面，好让他们几个发发汗，祛祛身上的寒气。这次听说大河跳河堵决口真把大河娘吓得不轻，大河要是再有个三长两短，她可真就活不成了！

大河娘从怀中掏出一块玉佩递给大河："大河，这块玉佩是你爹当年留下的，你把它戴在脖子上，日后好让你爹的在天之灵多护佑着你点儿。"

这玉佩的胎体是和田的羊脂玉，右上角有一块通透的图案犹如浮光跃金的明日，左上角也有一个通透的图案似长烟一空的弯月，下部还有几道形若水纹的流线，正中刻有"自强不息"四个行楷体铭文。

大河颇有兴致地看着玉佩，问道："娘，这上面的底纹应该叫日月水形纹吧？"

"你父亲说过这玉佩的底纹是叫日月水形纹……"大河娘忍不住叹了口气，继续说，"这块玉佩是你父亲当年留下的，一晃二十几年过去了……"

大河还想再问，大河娘却起身走了。正当大河端详玉佩时，侯方煜搀扶着侯百万走进院中。

大河起身走到院中，侯方煜拿出大河与李东家签的文契，说今日正是七日之约的借贷期限，要大河按约偿还九百七十四两三钱五分八毫的借贷本息，如若没钱，货栈库房中的五千匹丝绸就要归他们所有。

大河这才反应过来，原来这一切都是他们做的局，他们买通了李东家让他跟自己签下文契，又怂恿府税课司的差役当街拦人，让他们做不成买卖，目的就是想不费吹灰之力就吞下他库房中的那五千匹丝绸。

侯百万站在一旁咄咄逼人地催着大河还钱。院外围观的人看到侯百万竟然对舍命护堤的英雄上门逼债，于是纷纷涌来，指责侯百万仗势欺人，还声称要找抚台大人去评理。

见门外百姓已群情激愤，侯方煜对侯百万说："爹，东昌素来民风彪悍，百姓不惧强权，鲁大河堵决口之事正得民心，今日之事若处置不当，恐会激起民变。"

"那你说该当如何？"侯百万一时也没了主意。

"爹，我看这事咱不妨先缓他三天，把遭灾的时间给他刨出去，这样别人也就无话可说了，爹以为如何？"

侯百万看了看周围那些怒视的目光，只好答应再给鲁大河三天时间。

侯百万一走，大河就气呼呼地闯进宏昌货栈去找李东家，李东家满脸羞愧地向大河道歉。他也是没办法，侯百万威逼他，若是不依着侯百万，侯百万就让官府将他的家产查没，将他逐出东昌。想当年，他的爷爷从山西老家背井离乡来东昌经商，历经三代人的打拼才创下这份家业，若是祖上的家业毁在他的手中，日后他如何有脸去见列祖列宗！？

大河看着擦眼抹泪的李东家也不知说什么好了，他从宏昌货栈出来，心烦意乱地溜达着来到会通河的河堤上，此时洪水已经退去，会通河两岸的河床上依然残存着许多被洪水冲刷过的痕迹，不知不觉中大河来到御碑亭前。

大河抬头看着字体斑驳的"今日无税"碑，相传这块御碑是当年康熙朝的刑部侍郎任克溥任阁老告老还乡后立的。那一年东昌遭灾，任阁老为拯救东昌百姓，便在会通河中置下这块石碑，康熙爷的龙船快走到东昌大码头时，就听船头前咯噔一声响，龙船被卡在河道中不能动了，等河工将石碑从河里打捞上龙船后，康熙爷看着石碑脱口念道"今日无税"，任阁老忙在一旁磕头谢恩，康熙爷这才知道上了任阁老的当，可他是金口玉言，只得下旨赦免了东昌百姓的税赋。

大河摸着石碑，感慨道："就连皇帝老子都知道要给百姓留活路，侯氏父子为何非要将我往死路上逼啊？"他的手拍在石碑上留下几个清晰的水印，大河一愣，抚摸着石碑忽然笑了。

"侯百万，既然你们爷们靠施阴招害人，那小爷我也要略施小计，还以颜色了！"

次日一早，御碑亭还沐浴在一片霞光之中。

河堤上走来三三两两的晨练之人，他们像往常一样走进御碑亭，可今日的石碑怎么突然变了模样，昨日还斑驳不清的碑文，一夜之间就变得金光闪闪了。他们伸手抚摸着石碑，想一探究竟，当他们的湿手触摸到石碑时，石碑的边缘处却显出几个暗字。

"圣碑上有暗帖！"

周围的人呼啦一下全围了过来，只见上面现出几个暗字：轻税赋、抑物价、惠民生。

众人以为这是康熙爷的圣碑显灵了，许多人听闻也纷纷朝河堤走来，很快在碑亭前排起一条等待磕头焚香祭拜的队伍。

这时，大河带着大奎拉着一辆板车也来到御碑亭前，板车上装着五颜六色的江南丝绸，他们在离御碑亭约十丈远处停了下来。

大河走进御碑亭在石碑前跪下，双手合十高声祷告："康熙爷，您老人家于康熙五十年巡幸东昌时曾颁旨，为遭灾的百姓免除税赋，造福乡里，而今闻听您老发下冥旨，敕令当今天下力推'轻税赋、抑物价、惠民生'的新政，大河虽为一介布衣，亦愿积极秉持您老的旨意而行，故此拉来五百匹上等的江南丝绸，想在您老的御碑亭前低价出手，不知此事您老应允与否？"

有人听到大河这话笑了，说阴阳两隔，康熙爷如何能告知他应允与否呢？

"阴阳两隔不假，可阴阳两界也有相为通达的信使啊。"大河笑着去指烟火缭绕的香炉，"阳间祭祀，必会燃香，大河以为燃香就是往来于阴阳两界的信使。大伙请看，如今燃香的烟气是扶摇直上，待会大河向康熙爷的圣碑请旨后，他老人家若同意，会在冥冥之中使得燃香的烟气飘向圣碑一侧，如若不允，燃香之气或依旧扶摇直上，或飘向别处。"

众人听他这么一说，都表示只要康熙爷答应，他们一定捧场。大河心下一喜，连忙拿起三只燃香插进香炉，冲圣碑跪好，口中念念有词地嘟囔着，而后恭敬地向圣碑磕了三个头。

就在大河磕头的时候，香炉中的燃香之气果然都飘向了圣碑的一侧。

众人大为诧异，以为康熙爷真的显圣了！既然康熙爷都应允了，他们还有什么好说的，纷纷走到大奎的板车前挑选起丝绸来。大河称他们秉持康熙爷的冥旨，以三钱银子一丈的低价出货，如今市面上最便宜的丝绸也要一两银子一丈，更何况是这种上等的江南丝绸呢。

人们闻听价格如此便宜，呼啦一下全围了过来，在板车前排起了长队，大河的货摊红红火火地开张了。不到半个时辰，他们拉来的五百匹丝绸就全出手了。就在这时，一队差役提刀拿枪地跑来将大河他们团团围住。

侯世震骑马来到他们面前，厉声喝道："班头，将这几个假传圣旨、蛊惑人心、非法牟利的逆贼拿下，一并打入死囚大牢！"

"知府大人，大河犯了哪家的律条，你又凭啥拿人？"

侯世震没说话，让人取了半桶水过来，他向石碑上有暗字的地方泼了一些水，金字上的金粉当即被清水冲了下来。侯世震转身从桶中拿起一块抹布，石碑上那些残缺不全的暗字立即被他擦得一干二净。

"鲁大河，我来问你，康熙爷圣碑上金粉是怎么回事？圣碑上蘸着米汁写的暗字又是怎么回事儿？"侯世震一脸严肃地看着鲁大河。

大河一脸无辜地说："知府大人，大河不明白你在说什么。"

"哼，鲁大河，本府现已查明，圣碑上的金粉是有人在昨夜涂上去的，因其尚未干透，用水一冲，表面的金粉便纷纷脱落下来。所谓康熙爷的冥旨，则是有人蘸着米汁写上去的，当人们用手抚摸时，用米汁写的暗字因将水汽阻隔，致使石碑上的颜色不同而显出字迹。显然，所谓康熙爷圣碑显圣一说，纯粹是有人刻意为之，偏巧今日一早尔等在此出货牟利，就凭你在圣碑前出货牟利这一条，本府办你个亵渎先帝圣碑之罪就毫不为过！来人，将这几个大胆狂徒收监查办！"

第十八章
倩 玉 逃 婚

　　东昌府衙二堂，侯世震正在审阅鲁大河亵渎圣碑的卷宗。自从昨日将大河与大奎下了大牢后，狱卒就对他们上了刑，可两个人一口咬定他们是奉康熙爷的冥旨而行，单靠侯方煜的举报也定不了他们的罪，侯世震犯了难。

　　这时，丁贵带着朝廷户部衙门下发的紧急公文来到了府衙。侯世震拆开公文一看，吃了一惊，他没想到朝廷真的会下旨敕谕各地官府，力推"轻税赋、抑物价、惠民生"的新政。这回不管康熙爷圣碑上的暗字是不是鲁大河所写，都无法再办鲁大河的罪了，侯世震暗暗擦着额头上的冷汗。

　　丁贵送完公文，急着要走，说抚台大人要他当面转交一点东西给大河。

　　侯世震一听连忙阻拦，要丁贵喝口茶再走也不迟。丁贵只好稍作休息。上茶的空隙，侯世震招呼班头来到二堂门外，吩咐他赶紧去大牢将鲁大河他们放了，让鲁大河速回货栈等候丁贵。

　　侯世震以为这下可以安心了，谁知班头不到一会儿就回来了。他低声告诉侯世震，鲁大河他们赖在牢房里不肯出来，这可急坏了侯世震。

　　丁贵喝完茶起身告辞说他必须马上去见大河，侯世震迫不得已，这才说出了实情。

　　丁贵一听立时瞪起眼来："侯世震，你把大河抓进了大牢？我来问你，大河是杀人啦，还是放火啦？"

"这都是误会，嘿嘿，本府是一时轻信了他人的谎报才下令抓的人，这不已经要放人了，可他偏偏不肯出来。你说这……"

丁贵不听侯世震的解释，当下要他带着自己去了大牢。

东昌府大牢内，满身血污的大河与大奎身穿囚服，发髻散乱地靠墙而坐。

"大河哥，刚才班头要放咱出去，你为啥不让走？咱老是待在这个又脏又臭的鬼地方干啥？"大奎问道。

"大奎，我觉得这其中必有蹊跷，咱不能就这么稀里糊涂地出去……"

大河的话音刚落，就看到班头带着侯世震和丁贵来到牢门前。

"丁大哥，你咋来了？"大河忙站起来。

"大河兄弟，你给哥说，这到底是怎么回事？要是有人欺负你，哥回去就请抚台大人替你做主！"

侯世震尴尬地笑着："这都是误会。"

"误会？"丁贵瞪着侯世震，"侯知府，你应该知道抚台大人最憎恨的就是那些是非不分、断案不公的昏官庸吏。"

侯世震吓得忙向大河作揖，恳求大河出去再说。

"知府大人，你虽说是权倾一方的从四品知府正堂，可也不能想抓人就抓人，想放人就放人吧？咱今天得当着丁大哥的面把话说清楚，我鲁大河到底有没有罪？"

"大河，本府刚接到朝廷的公文，看来康熙爷的圣碑的确是显圣了，你低价出售江南丝绸之举正是上替朝廷分忧，下为民众谋福，此举非但无罪，反而有功啊，嘿嘿……"

"有功反而蹲班房？还劳烦知府大人兴师动众地大刑伺候？"大河步步紧逼。

侯世震知道今天不来点真格的，怕是难过大河这一关了，忙从身上摸出一张银票递给大河："大河，这里有二百两银子你拿着回去疗伤，也算是本府给尔等赔礼了。"

大河本想推托，丁贵一把接过来，塞到大河的手里："拿着，不要白不要！"

丁贵说着拿出一个大信封交给大河，说是抚台大人让他转交的。大河打开信封抽出里面的东西看了一眼，随后将东西放回信封，仰天大笑起来："大奎，咱们走，你去鸿宾楼订个雅间，待会儿咱和丁大哥好好喝一壶！"

大河送走丁贵后，带着小山、大奎，拿上银票赶往侯府，今天是侯百万答应延长还贷期限的最后一天，他必须尽快了结此事。

大河正在侯府门外叫喊，侯方煜沉着脸带着十几个家丁走出大门："鲁大河，你来侯府门前吵闹，是想打架啊，还是想寻衅滋事？"

"侯方煜，我来一不想打架，二不想滋事，小爷我是来还借贷银的。"大河说着掏出银票举在手中，"侯方煜，你看好了，这是一张一千两的银票，赶紧把我给李东家签的借贷契约还给我，你等父子煞费苦心设的这个骗局该收场了！"

这时，听到动静的侯百万也在侯八的搀扶下走了出来。这次他非但没要了鲁大河的脑袋，还让侯世震倒贴了银子，让他连气加窝火险些病倒。

"鲁大河，你……"侯百万一阵剧咳把后面的话给咳了回去。

"爹，您老千万别动怒……"侯方煜赶紧过去帮侯百万捋胸拍背。

"侯百万，都说人算不如天算，你赶紧把骗来的借贷契约拿出来，收下这一千两银票，也好赶紧回到榻上躺下把气喘匀了，免得你一口气捯饬不上来，再咽屁着凉去见了阎王！"

跟来看热闹的人听了哈哈大笑起来，侯百万气得直翻白眼，扭头吩咐："侯八，给……他契约，叫他……滚！"

侯八将借贷契约递给大河，大河接过来看了一眼，将银票递给侯八："侯八，你看好了，这是一千两！剩下的二十四两一分五毫银子也不用找了，就留给侯百万买汤药吧！"说完，大河将借贷契约撕了个粉碎，冲天上一扬转身而去。

纷纷扬扬的纸片在半空中飘落下来。

侯百万看着走去的大河他们气得浑身乱颤，突然身子一仰喷出一口鲜血。

次日上午，一缕阳光透过窗棂照在侯百万的脸上，他的手指动了动，慢慢地睁开眼，一扭头看见侯方煜趴在床沿上睡着了。一辈子生性要强的侯百万，此时眼中流露出一丝怜悯的眼神，颤抖着伸出手去抚摸侯方煜的头。

守了一天一夜的侯方煜一激灵，忙抬头，惊喜道："爹，您老醒了？"

侯百万看着侯方煜布满血丝的眼睛，感动地说："方煜，你在爹的身边守了一夜啊？"

"爹，我去打盆热水给您擦把脸，好清爽一下……"

侯百万拉住侯方煜，缓缓地说："方煜，你坐下，趁着没外人，爹想给你说几句体己话儿。"见侯方煜坐好，侯百万长叹了一声，"方煜啊，在外人的眼里爹是个心狠手辣的大恶人，其实爹的心里也有说不出来的苦，我十几岁时父母就都走了，为了养家，照顾年幼的二弟，我只能豁出命来跟着大烟贩子去贩大烟，后来被官府抓住，还差点被砍了脑袋。"

侯百万说着眼中居然流出几滴泪珠，侯方煜正要替他拭去，侯百万一把抓住侯方煜的手："方煜，你知道当年抓爹的冤家对头是谁吗？"

"是谁？"

"就是鲁大河的爹鲁鸿举！当年鲁鸿举是广东的按察副使，你二叔在他手下做书吏，你二叔去求鲁鸿举，让他放我一条生路，可鲁鸿举就是不开面，执意将我打入死囚大牢，后来要不是朝廷又派来钦差琦善查办了林则徐，我真的就没命了。方煜，你给我记住，鲁大河父子天生就是咱爷俩的克星，万一哪天爹不行了，你可要想着替爹报仇啊……"侯百万一激动又是一阵剧咳。

侯方煜帮侯百万抚着胸口，宽慰道："爹，您老放心，儿子发誓一定会替您报仇！"

"儿啊，等爹好了，我一定去找你二叔，非逼着他把情玉嫁给你不可，爹吸了一辈子大烟没有子嗣，你二叔跟前也只有情玉一个女儿，将来老侯家传承祖业、延续香火，可就要看你啦，方煜！"

"爹，儿子纵然粉身碎骨也难以报答您老的大恩大德！"侯方煜说着已是泣不成声，一个响头磕在了地上。

侯世震听说侯百万病倒了，忙赶来探望，侯百万没说几句，便谈起了情玉与侯方煜的婚事。侯世震很是为难，他之前跟情玉提起过，但情玉没应。他只有这么一个女儿，不想强迫她，但侯百万苦口婆心地劝他若是让情玉嫁给方煜，老侯家就续上香火，后继有人了。这事不能由着情玉的性子来，不然，到时候他们哥俩都无颜去见侯家的列祖列宗。

侯世震面对哥哥的哀求只得答应下来。只是他没想到，当他向情玉再次提起此事时，她的态度还是那么坚决。

"父亲，西方女性讲究婚姻自主，女人也应该享有独立的人格！你们凭什么替我做主？"

"倩玉，为父可都是为你好！你咋还跟为父理论上了？"

"父亲，你和大伯订的婚事我不答应，你们若敢逼婚，女儿大不了一死！"倩玉说着委屈地哭了起来，"娘啊，您在哪里呀？倩玉想您呀，我的亲娘啊……"

听着倩玉悲愤的恸哭声，侯世震眼角的泪水也忍不住滴落下来。十几年了，侯世震从来都对幼年丧母的倩玉呵护有加，可这一次哥哥非逼他将倩玉嫁给侯方煜，这让侯世震颇感为难，当他看到倩玉那悲痛欲绝的样子时，心中也大为不忍，思来想去，决定去找侯百万退亲。

"老二，不是哥说你，咱哥俩刚商议好的事，这还不到俩时辰，你咋能说变就变啊？"侯百万沉着脸看着垂头丧气的侯世震。

"哥，我就倩玉这一个女儿，真要把她给逼出个好歹，我咋跟她死去的亲娘交代？"

"老二，从古至今，谁家的闺女出门子不哭闹几声？倩玉哭上两嗓子你就心软了？这事你得听哥的，三天后咱就把定亲宴给他们摆了，免得夜长梦多！"

"哥，万一把倩玉真逼出个好歹，到时候可就晚了！"

"老二，女人还不都是一哭二闹三上吊那一套？你只要派人盯住倩玉，她哭闹几声也就没事了，有啥好怕的？"

侯世震没词了，只好由着侯百万做主了。

侯府大张旗鼓地操办起来，下人们扫院子，刷房子，布置新房，忙得不亦乐乎。侯方煜此时自然是春风得意，只要办了定亲宴，侯倩玉就是他的人了，鲁大河以后休想再靠近倩玉半步！

侯世震为防止倩玉逃跑，下令将倩玉锁在了屋里。天一黑，待后衙的人都熟睡后，倩玉带着云儿从后衙逃了出去。倩玉早就想好了逃跑路线，虽然四处城门都已落锁，但东城门南面有条排水沟，从排水沟里爬出去就是东昌湖，湖边上有一条渔家的小船常年拴在岸边，她们可以摇着小船去外城。

倩玉她们划船到了东昌湖的东岸，沿着湖边一直走到月河街的西头。她记得前面不远便是大河的鑫昌货栈，此时去找鲁大河，不知他是否愿意帮这个忙。自从她知道鲁大河奋不顾身跳河抢险后，就觉得侯方煜是故意在她面前诋毁大河，她后悔听信了谗言佞语，对大河态度那么恶劣。再加上父亲刚刚对他严刑逼供，他还能不计前嫌帮她吗？倩玉犹疑了一会儿，但她相信大河是个正直侠义之人，绝不会见死不救，于是她半夜敲开了鑫昌货栈的大门。

当倩玉说明来意后，大河颇感为难，毕竟侯百万和侯方煜一直跟他作对，这时候他若是帮倩玉出逃，岂不正好授人以柄？

倩玉见他犹豫不决的样子，不觉有些生气了："鲁大河，原以为你是个顶天立地的汉子我才登门求助的，没想到，你是一个既小肚鸡肠又患得患失的懦夫！"

"侯小姐，大河绝非懦夫，更不是小肚鸡肠，一来这事大河不便插手，二来我也是被人整怕了，不得不防。"

"鲁大河，别人整你，你就把怨恨都记到我的头上啊？"倩玉说着委屈地哭了起来。

大河看到倩玉掉眼泪，急得直抖手："侯小姐，你咋哭起来了？"

"鲁大河，你是真傻啊还是装傻？东昌城中这么多人，为什么我不去找别人帮忙，专门来找你？"

"为什么？"大河傻愣愣地看着倩玉。

"鲁大河，既然今天事情把我逼在这里，索性我把该说的不该说的都告诉你，从你两次出手相救我心里就……正因为我喜欢你，所以才从内心排斥侯方煜的，你听明白了没有？"

大河有些傻眼了，不知该说什么好。

倩玉赌气："我的事儿你爱管不管，大不了我就去死！谁怕谁呀？"

大河被倩玉的真情告白所感动，情不自禁地拉住倩玉："倩玉，我真没想到你竟然是一个敢爱敢恨的女中豪杰，就冲你的这份情谊，我发誓，我鲁大河今生今世一定要好好保护你！"说完，他急忙让大奎套车，送倩玉和云儿出城。

就在这时，东关大街上传来了急促的呼喊声和砸门声，侯世震发现倩玉逃走了，派出差役沿街查找，侯方煜也带着十几个家丁急火火地赶来。

东关大街上，鑫昌货栈的店铺门板被人擂得山响，小山刚一开门，侯方煜便带着家丁呼啦一下冲进店中，大河堵在过道口前："侯方煜，深更半夜的你跑到我的货栈里来干什么？"

侯方煜怒道："鲁大河，你少装憨卖呆，说！是不是你把倩玉给藏起来了？"

"侯方煜，你少放狗屁！知府大人的千金深更半夜上我这里来干什么？"

侯方煜不跟他啰唆，带着人便往里闯，大河故意拦了两下，为的是拖延时间，他估摸着大奎早已赶着大车走远了，也就闪在一旁任由差役和侯方煜搜了。

所有地方都搜遍了，他们也没有找到倩玉的踪影。差役们已经离开，去下一家搜查，侯方煜依然心有不甘地望着院子里的各个角落。

"侯方煜，看来你是属狗皮膏药的，今天非粘在我这里不走了是吧？"大河厌恶地看着侯方煜。

"鲁大河，我爹和二叔已经答应让倩玉嫁给我，今后你离倩玉远着点，不然，我对你不客气！"侯方煜边走边威吓道。

大河冷笑了一声："侯方煜，既然你爹应了，那你还半夜三更，满世界地找侯大小姐干什么？"

这句话直接堵住了侯方煜，他气得一甩手走了。

大奎将倩玉和云儿送到天津紫竹林租界，待她们安顿下来后，便回到了东昌。大奎将五百两的银票拿了回来，这本是大河给倩玉准备的，但倩玉没有接受。大河心想她们两个女孩子从家里跑出来，日后靠啥谋生呢？大河不禁为倩玉担心起来。

小山和大奎看穿了大河的心事，那日自然也听到了倩玉说喜欢大河那番话，便不断从旁撺掇大河去天津看倩玉，大河开始还不好意思，但心里确实放心不下，便简单收拾了行李，骑着马直奔天津而去。

侯方煜虽然没有在鑫昌货栈找到倩玉，但他隐约感到这事跟鲁大河脱不了干系，于是派人暗中跟踪，他们发现鲁大河要出远门，侯方煜便跟着来到了天津。

按照大奎给的地址，大河在海河边的一个胡同里找到了倩玉的住处，他刚走进去，就看到一个黄毛绿眼的洋鬼子在跟倩玉喝茶聊天。云儿告诉大河，这个洋人名叫菲尔斯，是怡和洋行的总办，一大早就找上门来，拉着小姐东拉西扯地说个没完，还夸小姐漂亮，是什么女神。

大河顿生不悦之意，他和云儿走进去，倩玉一见大河来了，惊喜地站起来上前迎接，并向菲尔斯介绍。

菲尔斯主动向大河起身伸出手："你好，我叫菲尔斯。"

"哦，这是洋人的见面礼吧？那咱今天也入乡随俗学点洋礼节。"大河伸手握住菲尔斯伸过来的手暗中用力，"费事儿先生，大河向你问安了！"

只听菲尔斯手上的关节嘎嘎作响，疼得他龇牙咧嘴地叫了起来："哎哟，我的手……"

"费事儿先生，你的手这不是在这里吗？哦，难道是我握疼您了？要不，我给你揉揉？"

菲尔斯惊恐地看着大河伸过来的手，一着急说起了英语："NO，NO……我叫菲尔斯，不是费事儿……"

"费——儿——事，"大河故意扭头冲倩玉悄声说，"这不还是费事儿吗？"

倩玉被大河逗笑了，但她连忙赔礼："菲尔斯先生，他这个人爱开玩笑，倩玉替他向您赔礼了！"

有大河捣乱，菲尔斯也不愿多待下去，他拿起礼帽，向倩玉告辞离开了。

"费事儿先生常来啊，我可等着你呢！"大河脸上带笑，却咬着后槽牙软中带硬地威胁道。

送走了菲尔斯，倩玉沉着脸看向大河："鲁大河，你什么意思，故意想砸我的饭碗是吗？"

"一日之内我快马加鞭奔波七百余里，就是想来看看你和云儿安置好了没有，好端端地我砸你的饭碗干啥？"

"刚才我去送菲尔斯，他说他的手快被你握断了，这可是我的老师玛格丽特女士好不容易才替我寻下的差事，一个月有十两工银，你一来就把我的雇主给得罪了，这不是想砸我的饭碗是什么？"倩玉略带嗔怒。

"我也没使劲啊……"

大河一脸无辜的表情让倩玉既好气又好笑，明知道他是故意气走菲尔斯的，她就是狠不下心跟他发脾气。见大河还未吃饭，她特意带他来到西餐厅吃饭，可大河哪里吃得惯，一看到那带血丝的牛肉，他是一点食欲也没有。但倩玉却吃得津津有味，这让大河很是费解。

得知大河是第一次来天津卫，倩玉便主动做起了向导，带着大河在租界里到处参观游览。他们来到海河边，看到河道里的一艘小火轮正劈波斩浪地飞速驶来。

倩玉停住脚步："大河，你从小就跟船打交道，我带你去见识一下洋人的小火轮如何？"

"小火轮是啥玩意？"

倩玉指着河道中的船："那就是洋人造的小火轮。中国人行船，一靠人力，二借风力，可洋人的小火轮是用蒸汽机做动力，走得那叫一个快啊，简直跟飞起来一样。"

大河看着小火轮也十分新奇，于是跟着倩玉坐上小火轮，在海河上飞驰着。

小火轮所过之处留下了久久不散的黑烟，一缕缕直飘向蓝天。

河堤上，侯方煜气急败坏地盯着小火轮上有说有笑的大河和倩玉，他如今真想将鲁大河碎尸万段。

第十九章
大江现身

　　侯府客厅中，侯百万正靠在榻上吸大烟，侯世震急匆匆地走了进来，自从倩玉离家出走后，他就一直心急如焚，派人四处打探，就是没有她的下落。这次到侯府，也是想问问侯方煜有没有消息。

　　侯百万劝他沉住气，倩玉一定会找回来的。看到他哥一副无所谓的样子，侯世震就一肚子气，要不是侯百万非让倩玉嫁给侯方煜，倩玉能离家出走吗？可他有火又不敢对侯百万发，正想站起来要走，忽然八仙桌上放着的一块玉佩吸引了侯世震的眼睛。

　　侯世震伸手拿起来，他看着玉佩上的底纹及右上角那块通透的犹如浮光跃金的明日图案，还有左上角的那个通透的恰似长烟一空的弯月图案，玉佩下部几道形若水纹的流线，特别是看到玉佩上的"厚德载物"这四个字。他的眼睛立时瞪圆了，忙问侯百万这玉佩是哪里来的。

　　侯百万漫不经心地说，玉佩是侯方煜的，因他走得急落在家里了，听说这是他生父留下的信物。侯百万怕丢了，才收到他屋里来的。

　　侯世震心中一惊："哥，这块玉佩是我当年送给鲁鸿举的，当时我买了一块玉石坯料，找匠人剖开后出了四块一模一样的玉佩石料，我都送给鲁鸿举了，这块刻有'厚德载物'的玉佩正是其中之一，这上面的字还是我写的。"

　　侯百万听后，立马紧张起来，他拿着玉佩仔细地看着，不觉愣在那里。

"哥，凭此玉佩可以断定，侯方煜就是鲁鸿举的长子鲁大江！"

"他娘的，我咋替仇家养起儿子来了？我还打算把家业传给他，还鼓动着让你把倩玉嫁给他，你说我干的这叫啥事儿啊？"侯百万懊悔地抬手去抽自己的嘴巴子。

侯世震忙拉住侯百万，劝解道："哥，这回麻烦了，没想到侯方煜也是鲁鸿举的儿子，他一旦得知真情与鲁大河联起手来，这后果可不堪设想！"

侯百万恨得牙痒痒，直言要花大价钱让江上蛟除掉他们。但侯世震却觉得目前先稳住侯方煜才是上策，毕竟侯方煜跟江上蛟的关系比他们要深得多。侯世震临走前特意嘱咐侯百万切不可轻举妄动，以免惹来杀身之祸，一切要等他想出万全之策再做行动。

侯世震走后不久，侯方煜带人急火火地从天津赶回来报信，说已经找到了倩玉的下落。侯世震得知消息，立马带人驱车赶往天津。此时，大河也回到了东昌，他见倩玉一切安好，也就放心了，可他不知道自己前脚刚走，侯世震便找到了倩玉，要带她回去。

"父亲，难道你想逼死女儿不成？"倩玉气冲冲地瞪着侯世震。

"倩玉，你好狠心啊，丢下爹你就不管啦？"

倩玉冷冷地看了侯世震一眼转身走进偏房，侯世震跟着走进去，哭诉道："倩玉，你娘故去后为父怕你受委屈，多年一直未曾续娶，后来你大了，为父觉得照顾你不方便这才娶了赵姨娘，即便这样，为父也从来没让你受过委屈……"

"父亲，既然你这么心疼女儿，为何非要逼着女儿嫁给侯方煜啊？"

"倩玉你也知道，你大伯对为父有养育之恩……"

"那你也不能拿女儿的终身大事去做交易啊？何况，侯方煜根本就不是好人！"

"倩玉，是为父一时糊涂……好，我答应你，嫁给侯方煜的事从今往后再也不提了！"

侯世震给倩玉写下了保证书：不让女儿再嫁给侯方煜，倩玉就跟随父亲回到了东昌。

侯方煜并不知道自己的身世，他被侯百万和侯世震蒙在鼓里，还一心做着娶倩玉的美梦，当他知道倩玉已经回来的消息时，一直耐着性子在等，可半个月过去了，还不见侯百万提起此事，他鼓起勇气决定找侯百万问个明白。

"爹，二叔把倩玉接回来有半个月了吧，咋还不见二叔来给您老回话啊？"

侯百万看到侯方煜就是满肚子的气，便没好气地说："回啥话儿？"

侯方煜有些不好意思了："就是原先您和二叔商量让我娶倩玉的事儿啊……"

侯百万一下子从榻上坐了起来："你整天就惦记着这一件事啊？呸！也不撒泡尿照照自己那副嘴脸，就知道整天做梦娶媳妇，你给老子滚！"

侯方煜被吓蒙了，他不知道自己哪里得罪了侯百万，连忙离开了。侯百万抓起大烟枪，朝着侯方煜的背影砸过去，不料身子一歪，哇地喷出一口鲜血。

侯方煜气呼呼走出侯府，他心想侯百万这老东西是要卸磨杀驴呀，自己拼死拼活地帮他赚银子，他也红口白牙地答应了自己与倩玉的婚事，等真把倩玉找回来了，如今这两个老东西却都只字不提这事儿了，这是存心耍他是吧？侯方煜气得一拳打在了树上，一声闷响过后，树上留下了斑斑血迹。

河漕全线开通后，会通河中南来北往的船只愈发多了起来。东昌大码头前，不时有河防营的军兵提刀拿枪地在巡逻，脚夫们忙着从泊岸的船上卸货或是装船，大码头前一片繁忙之象。

侯氏货栈订的一万五千匹杭纺丝绸也到岸了，侯方煜让人验讫入库后，便去向侯百万禀告。近来，侯百万看他的眼神越来越不对劲，态度也是一次比一次恶劣，但侯方煜依旧笑脸以对，他知道小不忍则乱大谋的道理，更何况侯百万如今病得不轻，整日咳喘不止，浑身乏力，只要等到侯百万一闭眼，整个侯府所有的一切可就都是他侯方煜的了。

侯府客厅中，侯百万见侯方煜走上前来，瞥了他一眼，继续躺在榻上吸大烟。

"爹，咱订的杭纺丝绸到货了，您老看这些丝绸该如何处置？"侯方煜赔着笑脸恭恭敬敬地问。

"如今市面上丝绸是个啥行情？"

"自从河漕开通后南货大量涌入，如今东昌市面上的丝绸行情却是一路走低，叫我说……"

侯方煜的话还没说完，侯百万突然发火道："叫你说个屁？同样是去江南贩运丝绸，鲁大河已经进了三批货，你忙活了一年多到这才进来一批，你说同样是……"侯百万说着赶紧停住，他一生气险些把同样是鲁鸿举的儿子这句话说出来，看着神色诧异的侯方煜忙改口说，"同样是倒腾丝绸，为啥鲁大河进来了三批货，你才进来一批？"

侯方煜颇感委屈："爹，当初是您老说咱进的货多，要让杭州丝绸行把货给咱发过来，去年我一直在催促杭州丝绸行发货，可前些年因战乱江南各地船只被毁严重，鲁大河进的货少，他是用客船或江淮四的漕船给带的货……"

"嘿，你还学会顶嘴了？给老子滚！"侯百万说着四处寻找东西准备砸侯方煜，侯方煜见状强忍怒气向门外走去。他刚出门，就听屋内传来一声爆响，一把茶壶摔在了地上。

侯方煜气鼓鼓地向后院走去，恰好遇见秋月正蹲在水车旁往木桶里放水。他暗自盯着秋月，不由得面露杀机，暗想："侯百万，既然你不仁，就休怪我不义了，我可不能像徐秋月这样，一辈子被你攥在手心里任你揉搓！"

半夜时分，侯百万躺床上昏睡，关闭着的房门被悄无声息地推开了，一个蒙面人悄悄走进来。只见那蒙面人戴着索命鬼的面具，飘飘忽忽地跳到大床前，伸手将灯架上的纱罩灯拿下来放在地上，又从床上拿过一件衣服遮挡在灯罩四周，如此一来，一束幽光从灯罩口由下而上地投射在索命鬼的脸上，让他显得愈发面目狰狞起来。

索命鬼站在侯百万的面前，轻轻吹动一条耷拉下来的红舌头，发出一种让人毛骨悚然的声音："侯百万，我是阎王派来的黑无常——"说着伸出一双利爪在侯百万的脸上来回蹭着。

正在做噩梦的侯百万被惊醒，看着站在面前的恶鬼吓得浑身哆嗦："你是谁？"

索命鬼用一种飘忽游离的声音说："我是阎罗王派来的黑无常！侯百万，你心黑手辣，作恶多端，阳寿已尽，阎王派我向你索命来了！"

侯百万惊恐地看着"黑无常"伸过来的魔爪，惊恐地叫了一声，一仰脖，一蹬腿，当时就气绝身亡了。

索命鬼伸手试着侯百万的鼻息，已经没了呼吸，悄声骂道："娘的，这么不禁吓？老子还没玩过瘾，你就去见阎王了！"说完，他转身将纱罩灯等物放回了原处。

次日晨，侯百万归西的消息传到了东昌衙门，侯世震连忙带人赶往侯府。面对着侯百万的遗体，侯世震失声痛哭，虽然平日里他这个大哥总给自己惹麻烦，但是人就这么突然去了，不免勾起了侯世震内心的悲凉。他不断回忆着侯百万对自己的种种好，那些不快和埋怨顿时烟消云散了。

"大哥，你怎么走得如此突然啊？"侯世震握着侯百万冰凉的手哭喊着。侯方煜披着一身孝衣走上前来，侯世震一见侯放煜，内心暗自嘀咕起来，大哥死得如此蹊跷，难道是他不小心说漏了嘴，引得侯方煜动了杀机？他立马吩咐仵作为侯百万验尸，仵作称侯百万身上未见外伤，只是脸上有明显的惊恐状，像是受到意外惊吓而殁。没有人证、物证，侯世震一时间也不能定侯方煜的罪，只好私下里安排侯八暗中监视侯方煜，一旦发现蛛丝马迹立刻向他禀报。

侯百万暴亡后，秋月本可以得以解脱而离开侯府，但是她不能，她要是离开侯府，给娘治病的银子就没了，因此她还是日复一日地为侯府拉着水车。这天，她将拉来的水车停在后院，正要将水灌进木桶时，不小心溅湿了前来舀水的小翠的绣花鞋，小翠立马怒吼起来："你是死人啊？故意溅我一脚水？"

秋月忙道歉："翠姑娘，实在是对不住，我没看见你过来。"

一直贴身侍候侯百万的小翠自恃在侯府中高人一等，况且她对侯百万纳秋月为妾之事一直耿耿于怀，此时可算抓住了借题发挥的机会，不依不饶地喊道："没看见？你是不是觉得老爷不在了，我小翠就可以让你随意欺负了？"

秋月忙用自己的衣袖去擦她的鞋子，可小翠并不领情，一脚踹开了秋月，还大骂秋月是扫把星，一脸克夫相，说是秋月克死老爷的。小翠这一闹引得众人纷纷围观。

侯方煜也闻声走了过来，冲小翠吼道："老爷刚走你们就想翻天啊？小翠，你再嚎，老子就把你卖到窑子里去！"

小翠吓得赶紧闭嘴，低下了脑袋。侯方煜看着一身狼狈的秋月，吩咐侯八："以后拉水的活就交给小翠来做。"说完，他又看向众人，"从今天起，夫人在小灶上开火，饭菜做好由人专门送至夫人的住处，侍候夫人用膳！老爷虽然走了，但夫人还是夫人，这长幼尊卑的规矩不能变，你们都听清楚没有？"

众人纷纷应答："听清楚了。"

侯方煜话没多说，转身离去，秋月望着帮自己解围的侯方煜，眼中含着感激的泪水。

侯百万死后，侯府和侯氏货栈的管理大权通通交由侯方煜来打理，侯方煜本以为前面再没有了绊脚石，可没想到侯世震竟然插起手来，对他做成的每笔生意都了然于心，要他把所赚的银子都上交账房，丝毫不给侯方煜多余的银两。侯方煜心里纳闷，侯世震整日在衙门待着，怎么会知道得这么清楚，除非家里有内鬼。侯方煜不动声色地观察着身边的人，直到一日晚上，他看到侯八鬼鬼祟祟地从后门走了进来，才想明白侯府之中，侯世震最信任的莫过于侯八。

这天下午，侯方煜坐在侯府客厅的八仙桌前拿着账簿翻看，侯八大大咧咧地走了进来："少爷，您找我？"

"侯管家，你是侯府的老人了，方煜有一事不明，特意请你前来讨教一二！"侯方煜说着将账簿摊在八仙桌上，"侯管家，米行的王掌柜说这个月应入库的流水是八千五百两，可报到府中的账上为何少了三百两？"

侯八躲闪着侯方煜扫视的目光，心虚地说："我既不是总号的账房，又不是米行的掌柜，您说的这些我哪里会知道？少爷，刚才二老爷派人来传话，要我过去一趟，我先告辞了。"

"那好啊，咱一起去见见二叔，将此事向他老人家说清楚！"侯方煜啪一下合起了账簿。

侯八一看没能唬住侯方煜只得软下来："少爷，这点小事何必惊动二老爷？"

"侯管家，我这才接手，米号的账上就短了三百两货银，这能是小事吗？我看还是请二叔派官差来查明白的好！"侯方煜伸手拉住侯八就要往外走。

"少爷，我忘了跟您说了，这三百两银子是我临时有事借用了……"

"借用了？那借条呢？"

"这……"

"好一个胆大妄为的狗奴才，竟敢私吞侯府的货银，来人，将侯八带到衙门里去！"

侯八吓得连忙跪在地上："少爷，您大人大量，千万不能将此事告诉二老爷！只要少爷高抬贵手放我一马，日后侯八必定唯少爷的马首是瞻，少爷让我往东，我绝不往西，让我打狗，我绝不骂鸡……"

侯方煜见状，立马换了态度，伸手拉起侯八："好了，侯管家，起来吧！"

"少爷肯原谅侯八了？"

"谁跟银子有仇啊？只要侯管家日后与我联手，区区三百两算啥？"

"是，是，日后不管是大事还是小情，侯八统统听少爷的……"

侯方煜看着一脸惊恐的侯八得意地笑了。

第二十章
另起炉灶

　　鑫昌货栈议事房中，大河、小山和大奎都情绪不高地坐在那里。自从河漕贯通后南货大肆涌来，如今再做丝绸生意利是越来越薄，可他们库房中的丝绸还剩下一千多匹，本想赶紧出货，可如今东关大街上卖丝绸的店铺几乎是一家挨着一家，各家为出货都在摽着劲儿地压价，昨天他们店铺中竟然连一丈丝绸也没卖出去。

　　大河心里盘算着，既然今年南货生意不好做了，倒不如去做点别的！这时，他突然想起一件事，连忙打开柜门，从里面找出一个大信封，这信封就是丁宝桢大人上回托丁贵带给自己的，里面装的是一份榷盐文书，本来他想多积攒些本金再去做运盐的生意，如今看来不能再等了。

　　三人核算了一下，货栈现有的流水大概有两万多两银子，用作运盐的本金应该够了。小山不免有些担忧，谁都知道运盐的生意赚钱，可他们谁都没做过，这事能行吗？

　　大河笑道，他们当初不是也没做过贩运丝绸的生意吗？只要用心去做，啥生意都难不住咱，更何况还有胡老大会鼎力相帮，胡老大原先在张秋镇时每年都要帮盐商去渤海盐场运盐，哪个盐场的盐好，行情如何，他可都是门清，有他帮忙，他们做运盐的生意一准能行。

　　听大河这么一说，大奎和小山顿时都来了情绪。他们决定要赶紧出货，好多汇拢点流水把运盐的生意做起来，只有凑足了银两，才好带着榷盐文书到巡抚衙门的都转盐运司衙门去换盐引，这样才能去渤海盐场运盐。

当天，鑫昌货栈店铺前就立起了一块降价牌，上面写着：本号丝绸全部五折大甩卖！

大奎和小山在门口起劲地吆喝："各位乡邻，本店丝绸全部五折大甩卖啦，想要好丝绸的快来啊……"

可是，大街上行人匆匆，根本没人理会他们。大奎沉不住气了，他走到门前向东关大街的两旁看去，只见街道两侧所有的店铺前也都立起了五折大甩卖的降价牌，各家店铺门前全都冷冷清清。大奎和小山全都泄气了。

大河去济南府换盐引也是铩羽而归。说来也巧，他刚去换盐引，朝廷就颁旨改了章程，要废除盐引制改为盐票制，临走前他还专门问过胡老大，胡老大说只要有了榷盐文书，在都转盐运司衙门花个百十两银子办好确认手续就能换盐引了，谁知这一改盐票制，麻烦也就来了。朝廷规定，每引盐的盐票兑换价就是纹银八钱，而且想做运盐的生意，每次兑换盐票的数额不得少于五纲。这一纲为一万引，一引约合一百八十斤，五纲就是五万引，每引盐票要用纹银八钱去买，五八就是四万两，再加上一些新添的其他费用，没有五万两纹银，连都转盐运司衙门的大门都进不去。再加上到盐场买盐、运盐的脚力银等杂七杂八的费用，没个七八万两银子，运盐的生意根本就做不起来！而换来的盐票还必须在当年用完，否则逾期作废。

大奎听大河说完，顿时傻眼了："娘的，朝廷这是穷疯了，咋要这么多的银子啊？"

"听说朝廷是为了增加税收，好还洋人的赔偿银才改的章程。"大河回答道。

小山叹了口气："原以为两万多两银子就不少了，谁知连都转盐运司衙门的大门都进不去，大河哥，如今的丝绸生意是越来越难，要是运盐的生意也做不起来，咱可就要坐吃山空了！"

"坐吃山空可不行！回来的路上我盘算过了，尽管朝廷加大了税收的力度，运盐的生意依然利润可观，不管千难万难，咱一定要想法把运盐的生意做起来，不然，咱也对不起丁大人的一番苦心不是？"

"可是，大河哥，咱上哪里去找这么多的银子啊？"

"怕啥？车到山前必有路，船到桥头自然直，这事我想好了，既然出货指望不上，从明天起，咱分头去找票号借贷！"

借贷也并非他们想的那么容易，他们走遍了东昌所有的票号，但都以抵押物太少而拒绝了他们的借贷要求。大河心想，这东昌城中的票号大多是山西商家所开，晋商历来爱抱团，自从李东家向他们骗贷后就一直躲着不见他，这些票号不肯借贷恐怕跟李东家也脱不了干系。可是因为上回侯百万骗贷的事儿，他已经冲李东家发了脾气，这时候他怎么好去向李东家张口啊？再说了，东昌城中只有李东家在做运盐的生意，他若是知道自己借贷去做运盐的生意，肯借贷给自己吗？但解铃还须系铃人，要借贷终归还是绕不开李东家，不过他得找个合适的由头才行。

这在他们愁眉不展之时，东昌府衙的几个差役和一帮吹鼓手吹吹打打地走进院中。接着，侯世震满脸笑容陪着丁贵走来，在他们身后跟来两个抬着匾额的差役，披红的匾额上有五个金光闪闪的大字——大义行天下，落款处写着丁宝桢的署名及同治六年春的字样。

大河运送赈灾粮、跳河抢险的英勇之举，丁宝桢一直记在心中，他想给大河记功褒奖大河，可一直被政事缠身，前不久，他在百忙中让人做了这块匾额，并亲笔题了字，专程派丁贵前来赠匾，以表彰大河的义举。

见大河站好，侯世震拿出丁宝桢所写的赠匾札文宣读道："东昌子民鲁大河，于同治四年春受命于危难之间，一条漕船未带，只身南下，历尽艰辛，不辱使命，终将二十余万石赈灾粮安然运抵山东，拯救半个山东数十万灾民于水火。五年春，黄河突发桃花汛，鲁大河再次置个人安危于不顾，率先跳入冰河勇堵决口。鉴于其屡屡作为，本抚决计顺应东昌之民意，谨书'大义行天下'匾额一帧，以示褒奖！山东巡抚丁宝桢于同治六年春。"

侯世震宣读毕，大河等人对着匾额磕了三个头，侯世震将赠匾札文和匾额一并交给了大河。院中，几名差役点燃了鞭炮，噼里啪啦的鞭炮声引来了更多的围观者。

李东家趴在东院的墙头上悄悄窥探着大河这边的动静。看到前去贺喜的人快把大河的货栈挤爆了，而自己却不好意思前去，他真是懊悔极了。原本还是自己把大河引进的商行，可侯百万硬逼着他向大河骗贷，搞得他都没脸去见大河了，他叹了口气，决定去宏昌票号躲几天，免得在这里低头不见抬头见地遇见大河别扭。

其实大河早已经看到了墙头上的李东家，他忽然心生一计，待丁贵他们走后，大河就带着小山、大奎，抬着匾额来到了李东家开的宏昌票号。

李东家没想到大河会来这里找他，忙从后堂走来，满脸笑容地说："大河，你怎么找到这里来了？"

大河忙还礼："李东家，大河有事想叨扰您。"说着，让大奎和小山将匾额抬到李东家面前。

"大河，这就是抚台大人赠与你的那块匾额？"

"正是。"

李东家快步走到近前仔细端详着："嗯，抚台大人题写的匾额简直是笔走龙蛇，遒劲洒脱，这行草真让抚台大人给写绝了。大河，你咋把抚台大人赠与你的匾额抬到老朽这票号中来了？"

"李东家不仅是东昌城中首屈一指的富商大贾，更是闻名遐迩的鉴赏大家，大河此来是想请李东家帮着看看，抚台大人题写的匾额能值多少银子？"

"大河，抚台大人题写的匾额可是无价之宝，你说十万两是它，二十万两也是它，这话又说回来了，就算你拿着再多的银子，只怕是也换不来抚台大人题写的匾额啊！"

"既然抚台大人的匾额这么值钱，大河想将这块匾暂时在宏昌票号寄存几日，李东家，您看这……"

李东家不解地看着大河："这票号也不是当铺，大河你抬着抚台大人的匾额来我的票号到底想干什么？"

"李东家，您老是东昌首富，又开着东昌城中最大的票号，大河来您老的票号自然是为了借贷啊！"

"你如今的生意做得风生水起，为何还要借贷？"

"李东家，不瞒您说，河漕一开，南货蜂拥而入，丝绸生意是越来越不好做了，刚好大河有个相与要我帮他从江南贩运一些白米，只因他要的数额忒大，我手头的流水一时难以周转，故此想请李东家帮忙周全一下。"

李东家松了口气："大河，你是想拆借点周转银啊？说吧，需要多少，周转期多长？我好让庄掌柜帮你掂对。"

"李东家，大河想以此匾做抵，临时拆借五万两周转银来应急，周转期以半年为限，利息咱该咋算就咋算，您老看这事如何？"

"大河，抚台大人题写的匾额虽是无价之宝，可借贷行中从无用匾额做抵的先例，我看你还是另想别的办法来做这笔借贷生意吧！"

大河打量着匾额摇头叹息："抚台大人，看来您老不过是徒有虚名啊，在某些人的眼中恐怕连一钱银子都不值，唉……"说完，故意转身要走。

李东家心虚了，连忙拉住大河，他心想自己上回受人要挟做出了对不住大河的事情，索性这回就破个例，收下匾额帮他一回吧，于是安排庄掌柜收抵立契，给大河办理了借贷手续。

有了银子，大河立马去济南府办了五纲盐票，至于到渤海运盐，自然还要求助于漕帮。刘振坤闻听大河要做运盐的生意，立刻调拨二十条漕船，并让胡老大带船走漕帮大河运盐，不但如此，他还亲自去东昌卫所办了去渤海盐场运盐的行程图格。行程图格是朝廷管理漕运的一种图表状证书，一般写在黄布或黄绫上，上面写有船户商户的姓名、船只的起止地、途径地、所运货物种类及数量等内容，沿途的关卡以此为凭查验船只，也是船家和商户上缴税费的依据。

万事俱备后胡老大和大奎带着漕船去了渤海盐场，大河和小山就在张秋镇的十字街口找了一处店铺做了鑫昌货栈的分号，因为张秋镇是盐商的聚集之处，在张秋镇有了分号，运来的盐自然就不愁销了。

半个月后，大河他们将店铺修葺一新，挂上了"鑫昌货栈张秋分号"的匾额，正式邀请张秋镇的盐商进门。自从断漕后，张秋镇的盐业生意就一落千丈，那些盐商根本搞不来运盐的大船，不像大河一下能搞来二十条漕船去渤海盐场运盐，因此他们此番来鑫昌货栈也是为了打探大河出货的价码。

大河初涉此行，自然不敢在这些前辈面前先出底牌，于是他谦让地请盐商们来定盘子。

一位盐商应声而起："鲁掌柜，胡老大深谙运盐之道，他运来的盐成色自然错不了。众所周知，张秋镇的盐价历来是四两一引出货，尽管朝廷刚改了章程，加大了运盐生意的成本，可你这里毕竟是新开张，在价码上总该给大伙让点好处吧?"

"那是,虽说咱找不到大船,可小打小闹地也能倒腾点盐,要是鲁掌柜的价码没吸引力,咱还做的啥相与啊?"另一个盐商也应和道。

……

众人说着纷纷将目光投向不动声色的大河,都想听听他最后给出的是个啥价码,大河瞅着众人笑了:"既然大伙都不愿明讲,那大河就斗胆在各位前辈面前放肆一回,大河开张的生意按三两一引出货,大伙以为如何?"

盐商们听后立时瞪圆了眼,他们原以为大河是要借助他们把开张的买卖做起来,没想到大河会以如此低的价码出货。平时一引盐运到张秋镇,成本就快合到三两了,他居然会三两一引出货!

价格如此诱惑,盐商们再也坐不住了。

"我要一千引!"

"我要八百引!"

"我要五百引!"

……

三天后,胡老大将一纲盐运回到张秋镇。大河的运盐生意一开张就出去了九千引,最后只剩下两船盐,他将一船存在分号,另一船盐运回了东昌。直到大河将盐运回月河街,李东家这才知道被大河骗了,他哪是去运江南白米啊,分明就是跟自己抢生意,做起运盐的买卖来了!李东家站在河边,看着那条运盐船气得直咬牙:"好啊,竟然骗到我的头上来了,这可真是应了那句老话了,人善被人欺,马善被人骑……"

张老大正好由此路过,看到了这一幕,立马将大河运盐的消息告诉了侯方煜。

侯方煜闻听一愣:"什么?鲁大河做起运盐的生意来了?"

"我听人说,鲁大河以三两一引出货,除去各种费用,一引盐还能有一两多的毛利呢,这一纲盐出去,鲁大河可是不显山不露水地就赚了一万多两银子!"

侯方煜这一阵子光顾着收拾侯府的残局了,一不留神,鲁大河居然做起运盐的生意来了,看来是该倒出手来收拾鲁大河了!

次日上午,侯方煜小心翼翼地走进东昌府二堂,将银票和账簿送到侯世震的面前："二叔，方煜是来给您送这个月的红利的，近来生意不好做，分红就少了些，这个月应给您提出来的红利是两千两，还有三千两留在总号做周转银了，这是账簿请二叔过目！"

侯世震接过银票和账簿："方煜，账上的事有你和侯八管着，还有各号的掌柜、总号的账房分层把关，二叔就不细看了，只是河漕开了，为何货栈这边赚的红利反而少了？"

"二叔，河漕一开，南货大肆涌入，商家竞相压价，利润自然走低，咱不像鲁大河，他一看南货的行情不好，就调头做起了运盐的营生……"

侯世震吃惊道："鲁大河做起运盐的生意来了？"

"二叔，听说鲁大河的榷盐文书是丁宝桢帮他办的，这一单运盐的生意就让他净赚纹银一万多两，咱要是也能做运盐的生意，我就能多给二叔送些分红来了。"

侯世震摇了摇头："方煜，都转盐运司的巡盐御史谱大得很，我可办不来榷盐文书，还有你不要再步我哥的后尘，处处与鲁大河较劲为敌，以免让丁宝桢盯上你我，明白吗？"

侯方煜见侯世震胆子如此小，便缓和道："二叔放心，杀人越货的勾当我从来不干，不过，我已经琢磨好了一条连环妙计来收拾鲁大河，只是单凭侄儿一己之力无法实施，故此来找二叔商议，并想得到二叔的鼎力相助！"

侯世震盯着侯方煜，内心嘀咕着："既然你执意要与鲁大河斗个你死我活，我何不借机看一场你们兄弟相残的好戏？你若真能收拾了鲁大河，倩玉也就对他死心了！"

侯方煜见侯世震答应下来，便靠近侯世震低声说起他的连环计来。

侯世震听完摆手："方煜，卡住漕船运盐的事儿我可以帮你，至于别的我就不便插手了……"

"只要二叔能卡住鲁大河运盐的船只，我就有办法灭了鲁大河！"

侯方煜告退后，侯世震打开公案上的卷宗看着笑了。近来正好户部发来咨询文书，欲让东昌府挂牌督办将存放在临清大仓的五十万石杂粮转运至通州仓，本来他还有些犹豫接不接这个费力不讨好的差事，既然如此，这个差事他就接了！如此一来，他可以打着为朝廷办差的旗号，堂而皇之地将山东五卫七帮的漕船统统征调过来转运杂粮，让鲁大河在半年内休想找到一条运盐船！

第二十一章
贾三公子

鑫昌分号院中到处堆满了盐包，自从张秋镇的盐商们进货后，基本没什么大户了，还剩下一船盐，小山和大河刚把后院的卧室倒出个空来准备放盐，一个气宇轩昂的年轻客商溜达着走进院中。他自称是镇江盐商贾三公子，大河将他请进议事房，贾三公子喝着茶告诉大河，本来他们镇江的盐商极少过江上货，只因上年的夏秋时节江南阴雨连绵，大丰等地盐场收成欠佳，又赶上了产盐的小年，因此才舍近求远来张秋镇上货。

"不知贾三公子此番打算进多少盐？"大河问道。

"咱头一回共买卖，我先少要点儿！"贾三公子伸出了三根手指，"先要三纲，视情况再定，不过，下一批要的还会更多！"

大河惊愕地看着贾三公子："三纲？贾三公子的胃口未免忒大了吧？"

"三纲盐还算胃口大？看来鲁掌柜真是才入行啊，江苏大丰一带自古就有盐城之称，每年产盐在百万石以上，这么说吧，盐城每产十石盐，至少有一石是经我们镇江贾家之手走出去的。远的咱不说，从镇江沿江溯流而上，不足两百里便是六朝古都南京，仅一个南京城，一年要用去多少盐？沿江再上是武汉三镇，此处一年又要用去多少盐？倘若由此中转，将盐运至两湖两广、云贵川、宁甘陕等地，您说，一年之中需要走多少盐？"

"大河让贾三公子见笑了，不过，您说的三纲盐是现在要啊，还是……"

"自然是现在就要，鲁掌柜若是觉得行，咱可先签下订货的契约。"贾三公子说着掏出一张银票拍在桌上，"这是我带来的一万两订金！"

大河见贾三公子如此爽快，于是也放下了疑虑，让小山拿笔立契。

贾三公子却摆手相拦："二位，先听在下把话说完咱再立契也不迟。鲁掌柜，张秋镇虽说号称是江北最大的食盐集散地，可若是与扬州相比，只能是小巫见大巫了。我这回之所以舍近求远来张秋镇进货，一来是赶上江南各地盐场歉收，再是听说自朝廷推行盐票制以来，张秋镇的盐价依然还维持着原有的价码，故此在下才来张秋镇寻找新的供货相与。可如此一来，我家势必会得罪大丰盐场的卖家，鲁掌柜若想卖盐与我，日后咱须做个长期相与才行！"

"这一点贾三公子尽可放心，大河是喝着会通河水长大的，山东汉子自古讲的就是一个义字，念的又是一个情字！无论做事还是做人，大河都希望能与贾三公子这样的富商大贾做长期的相与！"

"好，我相信鲁掌柜的为人！不过，我毕竟是改换了供货的门庭，我的下家能否认可，我还不敢打包票，故此，我要先发一批盘样盐过去让他们验看一下，然后才能大宗进货，鲁掌柜若觉得可行，咱们签约后能否将一千引盘样盐在八月十五前给我发至镇江？"

眼下还没进六月门，到八月十五还有近三个月，应该不成问题，大河盘算了一下，便答应下来。至于价格，三两九钱银子一引是双方最终商议的结果。

"鲁掌柜，盘样盐可是事关我一家老小生死攸关的大事，万一你不能按时发货，我家的运盐生意可就要全砸进去了，这事咱事先得有个说法才行！"

"不知贾三公子想要个什么说法？"

"鲁掌柜，假如你无法按时将盘样盐发至镇江，我要按进货总额的三倍予以惩处！"

进货总额的三倍，也就是三十五万两银子，大河有些打怵了，思之再三，他觉得找船走漕运货，他有漕帮帮衬，这种得天独厚的条件怎么可能会延货呢？于是大河一拍脑门与贾三公子签字立了契。

当大河兴冲冲地跑到东昌漕帮去拜见刘振坤时，刘振坤正从东昌卫所刚回来，他一听大河要再雇漕船前往渤海运盐，立时犯了难。因为东昌府领受了户部之命，奉诏征调山东五卫七帮的漕船去临清大仓，督运五十万石杂粮转运通州仓。后天一早，漕船就要全部赶到临清大仓去装船，光这五十万石杂粮转场，没个大半年的工夫是忙不完的。刘振坤向大河说明情况后，大河也傻眼了。

大河知道自打断漕后各处的船行纷纷倒闭，如今东昌城中只有侯氏船行还有十几条大船，如果想运盐只得另外想辙了。

大河从东昌漕帮堂口出来，在回货栈的路上想了一路，他决定雇大车到渤海运盐，虽然大车运盐，运费要比用船高出七八倍去，可眼下顾不得这些了。大河回到货栈，便让大奎赶紧到车行雇了一百二十辆大车，带着盐票银票，领着大车队去渤海盐场运盐。他估算着不出十天，大奎就能将一千引盐运到张秋镇。他和小山就在张秋镇大码头前等船，他听胡老大说过，每年的六月初就有江南回空的漕船路过张秋镇，漕船回空就不需再办行程图格了，只要能拦下两条回空的漕船，他们就有救了，否则的话，他们就只能眼睁睁地赔给人家三十五万两违约银了！

大河将东昌的事安置好，赶到张秋镇的分号门前时，张秋镇的盐商正堵在那里跟小山吵闹，小山有些招架不住了。众人一见大河便涌上前去，纷纷吵着要续约，且都是几千引几千引地大额进货，还都要在一个月内提货。

大河不觉头大了："各位，我们刚接下一单大生意，各位续约的事恐怕得稍等等了……"

"鲁掌柜，当初是你求着我们做相与的，等我们帮你把开张的买卖做成了，来续约时你倒拿起搪来了？这不是过河拆桥吗？要是知道你们是这等忘恩负义的小人，王八蛋才跟你们做生意！"一个盐商骂咧咧地扭头就走，其他盐商也跟着愤然离去。

大河觉得这事有点蹊跷，这群盐商明明手里还有大把的盐没有销出，为何会不约而同地上门续约呢？其实这群盐商都是受了李东家的指使而来，自打大河运来一纲盐后，张秋镇的盐价一路下行，因为大河运盐有漕帮帮忙，运价成本低，可别的盐商就没这么幸运了，他们用同样的价格销货就没了利润。李东家摸爬滚打了大半辈子这才做起了运盐的生意，就因大河的介入，已经做不下去了，若是真将祖上的基业弄丢了，这叫他日后有何颜面去见列祖列宗。生气归生气，可依着李东家的性格还不致于真跟大河撕破脸，就在李东家拿不定主意时，侯方煜找来，说他有办法能扳倒大河，李东家这才下决心与侯方煜联手共同对付大河，他们一起定下了将大河赶尽杀绝的连环计。

大河将一切希望都寄托在大奎身上，大奎也是马不停蹄地日夜兼程，终于拉着盐包从渤海盐场折回。只是一连七八天都是连轴转，别说是人了，就连拉车的骡子累得都不肯迈步了。

大奎在一旁着急地催促，可车把式们都不愿意再赶路了。

"洪掌柜，你一路紧催，一匹正值五岁口的壮年骡子愣是被活活地累死了，你得赔俺的骡子！"

"这位大哥，骡子我肯定赔，可咱还得赶路啊！"

"再赶路你来驾辕拉车啊？不行，今晚说啥也不走了！总不能为了几两脚力银，把自己的命也搭上吧？"

其他车把式们也都不满地喊了起来："不走了，说啥也不走了……"

大奎抬头看去，前面路边就是斑鸠店的大车店，于是无奈答应在斑鸠店歇上一晚。是夜，大车店的院中一片寂静，只有靠院子北头的一排茅草房中不时传来车把式们的鼾睡声，上百匹拉车的骡马也在马厩中吃着草料，它们脖子上的铜铃不时发出几声脆响。

一个黑影忽然从靠近大门的墙头上翻入院中，他向四周扫视着，见无异常，忙来到院门前打开了关闭着的院门，十几个黑衣人鱼贯而入。借着暗淡的夜色，黑衣人拿着油罐子向四处的大车上泼油，随后又将茅草房的门窗引燃。

很快，大车店的上空就被熊熊燃烧的大火映得如同白昼。马厩中的骡马惊恐地四散而逃，整个大车店中火光四起，一片混乱。

茅草房中，睡在大通铺头上的大奎被飘来的浓烟呛醒，他睁开眼看着窗外闪烁的火光，一下从大通铺上跳下来惊呼道："不好，走水了，大伙快起来救火啊！"

大奎跑过去使劲拽门，可房门被人从外面锁住了。浇了油的房门从外面呼呼地燃烧着，此时房顶上的茅草也被引燃了，燃烧的茅草不时地从上面掉落下来。大奎转身跑到窗前抬脚踢碎了窗棂，纵身一跃从屋内翻了出来。

大奎的脚刚一落地，一把钢刀忽地一下向他砍来，被浓烟熏得不住咳嗽的大奎本能地抬手去挡，钢刀一下砍在大奎的手臂上，大奎忍住疼痛，闪身踢飞了黑衣人手中的钢刀与他打在一起，黑衣人很快渐落下风，瞅机会带人转身溜走。

大奎捂住流血的胳膊来到房门前，抬脚将房门踹开，里面的车把式这才逃了出来。

看着满院子被烧得面目全非的大车，一个车把式一把抓住大奎哭喊道："洪掌柜，我的骡子没了，如今大车也没了，你可要赔我们，不然，我一家老小咋活啊？"

周围的车把式跟着哭喊起来："洪掌柜，你得赔俺的牲口和大车……"

盐和大车都毁了，骡马也都不见了，大奎哀叹一声蹲在了地上。

就在大奎焦头烂额之际，侯方煜却悠闲地在侯府喝着茶哼着小曲。整个事情他谋划得滴水不漏，漕船被侯世震全部征调去运杂粮，走陆路运盐，鲁大河多花了运费不说，这回又被侯八带人一把火烧得精光，光赔给大车行的银子就有两万多两，鲁大河就算是神仙转世，怕也无力回天了！

张秋镇的大码头上，大河和小山满脸愁容坐在那里还在苦等回空的漕船。可是，穿城而过的河道中依然只有北去的重船，不见向南的空船。北面的河堤上，大奎吊着受伤的胳膊，正策马向他们奔来。

"大奎你怎么受伤了？运盐的大车队呢？"大河看到大奎，忙站了起来。

"大河哥，出大事了……"

大奎将事情本末讲完之后，大河这才意识到他们是着了别人的道了。眼看就到六月下旬了，别说没等到回空的漕船，就算有船怕也没法按时去给贾三公子送盘样盐了。而背后策划这一切的人就是要让他们去赔这三十五万的违约银，从而将他们置于死地。事情明了之后，大河反而沉下心来，他打算跟想要他的命的赌徒赌一把。大河决定亲自前往渤海盐场运盐，为保险起见，这次他要请镖师押镖，而东昌府名声最大的镖局莫过于窦家镖局。

窦家镖局的掌门人窦二爷与大奎的爹是同门师兄弟，两人一起走镖，后来大奎的爹走镖时丢了命，窦二爷便离开东昌去京城开了镖局。京城人多地大，加上达官显贵多，在京城开镖局生意还不错，慢慢地也就创出了窦家镖局的名号。后来，窦二爷年岁大了，觉得故土难离，就把在京城开了十几年的窦家镖局关了，带着女儿瑛姑回到了东昌。这次，大河运盐就是窦瑛姑带队护镖。

运盐的车队来到紫荆坡后，瑛姑让后面的大车都跟紧了，因为此处老辈子就是响马的出没之地，她警觉地看着前方。前方是一眼望不到头的荆条棵子，一簇簇一丛丛的紫荆有一人多高，密密麻麻地在盐碱地上长得十分茂盛，层层叠叠的荆条棵子使得紫荆坡显得愈发神秘莫测了。

拉盐的大车一辆接着一辆在蜿蜒曲折的荆条丛中走来，大河骑着马跟在大车旁，忽听前面传来一声炸响，大河吃了一惊，赶紧打马向插镖旗的头车奔去。只见前面的一颗老榆树下，站着五个肩扛钢刀的黑大汉，正虎视眈眈地看着他们，四周的荆条丛中不时有刀光剑影在晃动，让人觉得四周布满了杀机。

窦瑛姑单手持戟，神色坦然地站在运盐的大车队前："尔等为何拦截我窦家镖局的镖车？"

为首的一个粗矮汉子冷笑道："窦家镖局？好大的名号啊！不过，你们此番踏入了我鲁北五虎的地界，要想从此处过去恐怕没这么简单吧？"

"鲁北五虎？在下莫非是鲁北五虎的大掌门，坐地虎，秦英秦大掌门？"

听到瑛姑的话，粗矮汉子一愣："你竟然知晓某家的名号，莫非真是京城窦家镖局的门下？"

"在下窦瑛姑，窦家镖局现任少掌门，瑛姑代父亲向秦大掌门问安！"

粗矮汉子秦大掌门眯起眼睛打量着窦瑛姑："你若真是窦二爷的女公子，在下自然无话可说，可在下闻听窦二爷近年来在江湖上销声匿迹了，你让我如何相信你就是窦二爷之后？"

"秦大掌门应认得在下手中这杆双面方天画戟吧？"窦瑛姑举起手中的方天画戟。

秦大掌门自然识得方天画戟，可要是仅凭一杆不会说话的方天画戟就放他们过去，那他们鲁北五虎岂不是成了江湖上的笑话了？于是，他冷笑着吩咐手下人："既然得遇窦二爷之后，还不快去预备待客的酒肉？"

手下人心领神会地将一大腕白酒和一盘酱牛肉用盘子端了上来，盘子边上还放着一把雪亮的匕首。

"窦少掌门，酒肉已备，请享用吧！"坐地虎秦英不怀好意地伸手相邀道。

瑛姑睄着酒碗，发现酒水在阳光下泛着白光，里面还有一些令人生疑的浑浊物。她立即明白了，抱拳道："多谢秦大掌门盛情，不过家父有令，凡我窦家镖师外出走镖，一概不得饮酒，此事还请秦大掌门见谅！"

"既然窦少掌门说这是窦二爷立下的规矩，酒就免了，那就请窦少掌门用些酱牛肉吧！这酱牛肉你若还不肯赏脸，可就是看不起我等弟兄了！"坐地虎秦英挑衅着看着骑在马上的窦瑛姑，他的手下也都警惕地握紧了手中的钢刀。

端盘子的手下用匕首切下一块酱牛肉，不怀好意地举着匕首想暗算窦瑛姑，可谁也没看清是怎么回事，只见窦瑛姑一低头，匕首尖啪的一声断了，举匕首准备行刺的家伙居然不由自主地向后退了几步，一个屁股蹲儿坐在了地上不动了。

众人正在惊愕之时，只见窦瑛姑一努嘴，将被她咬断的匕首尖嗖的一声从嘴里弹射出来，弹射出去的匕首尖冲着坐地虎秦英的头上飞去。一只站在老榆树枝条上聒噪的乌鸦，立时扑棱着翅膀栽到地上，周围树上的乌鸦全都呱呱地叫着飞走了。

坐地虎秦英看着栽落在眼前还在抽搐的乌鸦，吓得一摸脖子："果真是货真价实的窦家内功。看来窦少掌门是得到了窦二爷的真传啊，在下冒犯了……"说完，他传令下去，沿途的响马一律后撤十里，速给窦家镖局的车队让路，若有不从者定斩不饶！

窦瑛姑提戟冲坐地虎秦英一抱拳，带着车队往前走去。经过这件事，大河对窦瑛姑真的是另眼相看，他原以为一个女镖师镇不住响马，可谁知瑛姑内功竟如此深厚，就连他这样一个武功扎实的男儿也自愧不如。

第二十二章
皇窑服役

    几天后，大河将一千引盐运到张秋镇。可河道中依然不见回空的漕船，眼看再有一个月就是八月十五了，要不是中间隔着个长江天险，大河真想赶着大车把这一千引盐直接送到镇江。

    时间一天一天过去，大河和小山还在码头焦灼地等待着，可他们脚下的会通河中依然只有向北去的重船，看不到一条向南的回空漕船。大河和小山都有些绝望了。就在他们低头胡思乱想之际，南边的河道中又驶来二十条满载的漕船，头船的桅杆上打的竟然是江淮四的飞龙旗。

    "大河哥，这不是江淮四的飞龙旗吗？"小山惊呼道。

    大河向南看去，河道中驶来的确实是江淮四的船，他连忙迎着漕船走了过去，而头船上站着的人正是李老大。

    夏日的夜晚闷热无比，大河、小山和李老大摇着蒲扇坐在张秋镇一家酒馆内喝酒聊天。李老大此番是带船进京补漕，原本何爷和雷爷留在通州等着交兑漕粮，堂口的师爷飞鸽传书，说淮军的粮草催攒官许均昌如今当上了江苏巡抚衙门的守巡道员，为感念上回江淮四帮他筹办了军粮，给堂口追加了一万两千石的补漕额度，于是何爷吩咐李老大赶回无锡带船进京补漕。

    没想到许均昌竟然当上了守巡道，这可是比知府的官阶还要高的正四品官员啊，看来他跟李鸿章的关系的确不一般，大河心想。

李老大喝了口茶，问大河和小山为何也在张秋镇，听大河述说完事情的经过后，李老大笑了："小爷叔，既然如此，我帮你把盐运到镇江不就完了？"

"李老大，这可不行！漕粮兑运乃天下漕帮头等大事，若是误了交兑日期可是砍头的重罪，我还是再等等回空的漕船好了……"

"小爷叔，你是不知道啊，河漕重开后天下的船只都一股脑地涌到京城去了，去年仅无锡城中新增的大船就有三百余艘，江南各地新增的船只少说也有七八千条，今年整个的北运河，还有南运河的北段都被进京的船只塞满了，你要想等回空的漕船，只怕一时半会儿还过不来！"

"那我也不能让你和何爷冒着被砍头的风险去帮我运盐！"

"砍啥头啊？这事许大人早就替咱想到了，他特意交代，补漕的改兑米本身就是户部额外的追加之数，咱若是来得及就去通州仓交兑，若来不及，可在沿途的几大粮仓随机交割。"

"这是真的？"大河惊喜地看着李老大。

"当然是真的！小爷叔，一千引盐有两条漕船就足够了，前面不远就是临清大仓，今晚咱就启程赶往临清大仓兑粮，最迟后天就能赶回张秋镇装船，到八月十五还有接近二十天，咱路上打紧点，我看不会耽搁你交割盘样盐！"

大河一听兴奋不已，李老大这次可真是帮了他的大忙。有李老大亲自带船去镇江送盐，时间一定来得及，有小山跟李老大去送样盐就好，他还要留下来照顾受伤的大奎。

会通河南段船只并不多，两条挂飞龙旗的漕船满载着盐包逆风向南驶去，漕船虽在走逆风，但船速并不慢，只见船头前拴着一条粗粗的缆绳斜着伸向岸边。岸边的河床上，一个中年车把式牵着头马的缰绳，后面有五匹骡马排成一列，拖着那根连接漕船的缆绳沿着河床向前走。后面，离此不远也有六匹骡马牵引着另一条载有盐包的漕船逆风驶来。

漕船上，李老大站在头船的前甲板上看着岸边拉纤的骡马笑了："小山，你说小爷叔咋净整些稀奇古怪的点子啊？你看，这一路上有多少人在看咱的船？"

小山心事重重地说："大河哥这也是没法儿才被逼出来的野路子，要是八月十五前到不了镇江，这回我们哥几个可要有大麻烦了……"

"放心吧，小山，今天是七月二十六，咱有骡马拉纤，一天走百十里地跟玩儿一样，从这里到镇江撑破天也就是半个月的路程，若不是小爷叔不准赶夜路，我看顶多有十天就能到镇江，一准让你提早把货交上！"

小山闻听，紧蹙的眉头这才舒展开来。他望向后面的河道，看到一条快船远远地撑篙而来，一个黑衣人头戴斗笠盘腿坐在前舱口。河道中往来的船只很多，小山对这条快船并没在意，他要是再仔细看，便会察觉这人其实一直都在偷偷地盯着漕船。

几天后，李老大和小山他们来到淮安险滩，又是斜阳西下时，淮河中依然水流湍急，险象环生。

"小山，咱七天赶了一千多里路，从淮安到镇江剩下不足五百里了，眼下离八月十五还有十几天，这下你该放心了吧？"

小山笑道："嗯，船到淮安，夜不行船，李老大，今晚咱就在此歇了吧！"

"好，后舱中还有小爷叔给的几坛子好酒，咱今晚一起喝个痛快！"李老大说着转身冲后面喊道，"弟兄们，将军顶上挂红灯，通知后船打尖！"

小山也让车把式卸了牲口，等明日一早再赶路，终于快要到镇江了，他那颗悬着的心也渐渐松弛下来。

暮色降临，两条漕船上都飘起了炊烟，传出漕帮汉子们猜拳行令的喧闹声。小山和李老大等人围坐在后甲板上划拳喝酒，根本没人注意那条尾随而至的快船。

夜深了，两条漕船上终于安静下来，酒足饭饱的船工各自躺在甲板上睡了。

后面的河道中，泊岸的快船上没有亮灯，江上蛟命令六个穿水靠（所谓水靠是潜水时穿的一种黑色紧身衣）的河匪摸黑潜入水下。他们每人的腰间都别着磨得雪亮的水攮子，这种尖刀可以将大船的船底凿穿。

借着一丝暗淡的夜光，隐约可见水面上有六个黑乎乎的脑袋在悄无声息地向前游去，黑影离着漕船越来越近了……

东方天际飞出几缕彩霞，淮河上一片寂静。

装盐包的两条漕船上，值夜的漕帮弟子还靠在盐包上呼呼大睡。此时漕船的边缘几乎与淮河的水平面平行了，奔流的河水在不断地向漕船上涌来……

前面的漕船上，小山躺在船头上还在沉睡，不断涌来的河水将他的脚泡在水中，一个浪涌打来又将他的手浸湿，小山的手在水中动了动，慢慢地睁开眼，猛然发觉自己已经泡在了水中，忙一骨碌爬起来，大喊道："不好了，漕船过水了！大伙快起来！"

睡在甲板上的漕帮汉子都迷迷瞪瞪地坐起来，发觉漕船要沉，忙都慌乱地呼喊起来。李老大见漕船过水，吩咐船上的人弃船登岸。

小山伸手相拦："李老大，咱都撤了，船上的盐咋办？"

"小山，眼下就算神仙来了也救不了咱的船，先上岸再说！"

李老大说着一把将小山推进河中，自己也跳水向岸边游去。两人很快游到岸边，小山脱下小褂去拧水，一扭头看见后面河道中的那条快船上正有人忙着拔锚扯篷准备开溜。小山心想，这条快船好像是跟了一路，昨夜四周又没别的船，准是他们发坏弄沉了运盐船。

"准是这条快船上的龟孙弄沉了咱的漕船，大伙快去追，别让他狗日的跑了！"小山一边呼喊着，一边向快船追去。

居然有人敢沉咱天下第一帮的船，李老大也愤怒地追了上去。

江上蛟从船舱中探出头，看着岸边呼喊着追来的漕帮汉子不禁大惊失色，慌忙让人扯篷，要是落到天下第一帮手中，他们可就都没命了。

小山见他们要逃，立马纵身跳进河中，双臂划水快速地向快船追去。快船上的江上蛟发现了河道中追来的小山，他瞪起眼，抄起身边的船篙恶狠狠地向小山砸去。幸亏小山机灵，躲闪了一下，可船篙还是砸在他的脑袋上，很快血水顺着他的额头、脸颊流了下来，周围的河水也被血水染红。

见小山负伤，李老大赶紧下水救人，江上蛟趁机溜了。

八月十五前，东昌的东关大街上人们在忙着采办节礼，负伤的小山回到了鑫昌货栈。

"小山，你这是咋弄的？"大河担忧地看着头上缠着白布的小山。

小山嘴一咧，哭出声来："大河哥，运盐的漕船一出张秋镇就被江上蛟盯上了，七天前沉在了淮安险滩，我去追河匪时被江上蛟一船篙砸在了脑袋上……"

大河还没来得及说话，这时，衙门的班头带着几个差役气势汹汹地闯进院中，说知府大人要传他上堂问话，接着上来几个差役推推搡搡地将大河带走了。

东昌府大堂上，贾三公子跪在原告的位置，声称鲁大河未按期供货，他要求鲁大河赔偿违约银三十五万一千两。说着，便将两人所签的契约奉上。

"鲁大河，本府问你，这契约上的签名可是你的？"侯世震举着契约问道。

"不错，此契约正是大河与这位贾三公子所签，可其中另有隐情。自从大河与这个贾三公子签约后，怪事就一桩连着一桩，大河恳请知府大人能将整个案情厘清查明后再行结案，以免有失公允！"

"贾三公子，鲁大河提出暂缓结案，你可应允？"侯世震摆出一副公事公办的姿态看向贾三公子。

贾三公子摇头："知府大人，草民按约索赔，天经地义，还请知府大人为草民做主！"

"鲁大河，你可听清了？本府无法帮你开脱，如今你也只能是按约赔付了！"

大河还没开口，李东家也来到大堂外跪下喊冤："知府大人，东昌商户李有财也要向鲁大河并案索赔！还请知府大人予以恩准！"

东昌府衙对过的街边上，侯方煜带着侯八幸灾乐祸地站在人群中。从敞开着的大门中可以看到手举契约的李东家跟着李班头向大堂上走去。

"鲁大河，今回儿你该知道锅是铁打的了吧？"侯方煜得意地笑着，忽而转头看向大堂西侧，看到倩玉正一脸忧虑地站在那里听审。

这时，大堂上传来啪的一声响，侯方煜和侯八的眼睛忙转了过来。

东昌府大堂上，侯世震正襟危坐，问道："商户李有财，你为何也要向鲁大河索赔啊？"

李东家忙将借贷契约举在手中："知府大人明鉴，鲁大河做运盐生意的本金是向草民所借，而今他将运盐的生意做得一塌糊涂，草民放出去的借贷银岂不是要血本无归了？况且，鲁大河借贷的抵押物仅是巡抚大人颁给他的一块匾额，故此，草民恳请知府大人判令鲁大河尽快归还草民的借贷银，本息共计五万五千两整！"

大河闻听一愣，看向李东家："李东家，大河的借贷尚不到期，你为何也要趁火打劫？”

李东家没有理睬大河，将借贷契约递上。

“鲁大河，我来问你，李东家所言可都属实？”

“不错，大河做运盐生意的本金正是向李东家所借，可眼下不到归还的时限！”

“鲁大河，你赔付了贾三公子的违约银后，可还有能力归还李东家的借贷银吗？”

“这……”大河被问住了。

“鲁大河，如此说来，眼下你不光要赔付贾三公子三十五万一千两的索赔银，应该还有李东家的五万五千两借贷银，这两项相加，合计纹银共为四十万零六千两，你看此事该当如何了结？”

大河坦然而答：“知府大人，自古杀人偿命，欠债还钱，这没说的！只是大河的陈情也请知府大人一并考虑，待将整个案情查个水落石出后再做定谳也不迟！”

“鲁大河所言也不无道理，不过，今日乃贾三公子告你未能履约才升的堂，你所陈情之事可另行提起诉讼，择期再审。”侯世震扫视着大河等人，“既然此案原告被告均无异议，本府当依约而判！”

大河心有不服，侯世震明显是葫芦僧判葫芦案，整件事情下来无非就是想让他一败涂地，大河气鼓鼓地听着侯世震的宣判。

“镇江商户贾三状告鲁大河枭盐违约一案，经本府当堂审明，现按律依约而判：一，签约人鲁大河未能履约，当赔付商户贾三违约银三十五万一千两，鲁大河若无力全额赔付，则其名下的榷盐文书等有价票券统统判归贾三持有！二，鲁大河与东昌商户李有财所签借贷契约系本案之前因，鉴于鲁大河提供抵押物无法折抵其所借贷银两，故判鲁大河将鑫昌货栈划归李有财名下以示补偿！三，鲁大河不守规矩，恶意经营，扰乱市场，影响极坏，酌判鲁大河到东昌府境内斗虎屯皇窑服苦役三年，以示惩戒！”

“知府大人，你如此判案令大河不服！”

“鲁大河，本府依大清律判案，你若不服，可向山东巡抚衙门抑或大清朝廷刑部衙门提起上诉。来呀，退堂！”

大河起身想上前争辩，这时，几个差役扛来一副大号的枷锁戴在了大河的脖子上，硬是将大河推出了大堂。

倩玉眼看着大河被差役强行押走，她却无法阻拦，为今之计只能找父亲求情了。就在她要转身离开时，忽然看到行色匆匆的李东家从衙门里走出来，她明显感觉到李东家的神情有些不对，倩玉心想今日之事必有蹊跷，于是一路跟着李东家，看到李东家在鸿宾楼前与侯方煜见面嘀咕了一阵后，便匆匆离开了。倩玉意识到这件事跟侯方煜脱不了干系，只是如今她该怎么找到他们陷害大河的证据呢，倩玉陷入了深思。

依照侯世震所判，大河去皇窑服苦役了，鑫昌货栈的流水和盐票全判给了贾三公子，货栈判给了李东家。大奎和小山身负重伤，正不知该何去何从时，倩玉来到了货栈。

"你们眼下有何打算？"倩玉关切地问道。

"侯小姐，这时候我们还能有啥打算？如今我们不光是一无所有，还欠下一屁股的饥荒，眼看着货栈也被判给了李东家，我正犯愁今后的日子该咋过呢。"小山愁眉不展地说。

"小山，我觉得李东家暂时不会来收货栈，你要利用这段时间悄悄监视隔壁，一旦找到他们陷害大河的证据，大河就有救了！"说完，倩玉拿出一些银票递给小山，让他和大奎好好养伤。

小山本想推辞，但奈何倩玉一片诚心，只得收下了。

斗虎屯皇窑建在会通河畔。

大明朝最初建都南京，明成祖朱棣将侄子朱允文废黜登上大位后决定迁都北京，为此在京杭大运河的两岸圈建了大批的皇窑来修建北京城，斗虎屯皇窑是明清两代重要的皇窑之一，为弥补皇窑上劳力不足的难题，当地官府会将一些囚犯发配到皇窑上去服苦役。

皇窑的劳作场上，手拿木棒的皇窑把头在一旁凶巴巴地监视着做工的人，工匠们有的蹲在地上打制砖坯，有的光着膀子站在坑中踩着制砖坯的黄泥，有的拉着独轮车将干透的砖坯送去装窑……被押来皇窑服苦役的大河身穿囚服，推着一辆装有大块城砖砖坯的独轮车走进了窑门口。

不远处的河堤上停着辆马车，侯方煜坐在车中掀起帘子在向皇窑前张望，他此番前来不光是为了看鲁大河的笑话，更想要让鲁大河这个人彻底消失。

日薄西山，皇窑上的工匠排着队推着装砖坯的独轮车向窑门口走去继续装窑，大河排在最后。工匠们推着空车陆续从皇窑中出来，只剩下大河还在里面。

窑户看了窑门口一眼，狞笑着吩咐："时辰到，点火封窑！"说完，过去拿起斜插在窑壁上的火把向窑门口走去。

一个工匠忙喊："窑户，鲁大河在里面装窑还没出来，您可不能点火啊！"

"活人祭窑这是老辈子留下的规矩，再啰唆，老子连你一块烧！滚！"窑户一句话吓得工匠们转身躲了。

窑户将火把丢在窑门口的桑木桦子上，浇了棉油的桑木桦子忽地一下燃起了熊熊大火，越烧越旺的大火被烟囱抽得呼呼作响，顺着烟道向皇窑的深处席卷而去。工匠们在一旁看着都不忍心地低下头去。

"来人，封窑！"

几个拿瓦刀的工匠看着燃烧的窑门口踌躇着谁也不忍上前。

"没用的东西，滚！"窑户伸手夺过一把瓦刀，走到窑门口拿起地上青色的大城砖，四角抹泥向窑门口砌去，"鲁大河，你别怨我，这是有人花大价钱要买你的小命，我拿了别人的钱财，自然要替人家消灾……"

窑门口的大城砖一块一块地向上砌去，熊熊燃烧的火焰已将窑门口给封住，众人纷纷为大河而摇头叹息。就在这时，一辆独轮车咣的一声将已经垒到半截的大城砖给撞了个四分五裂，独轮车带着火焰呼啸着从窑门口中弹射出来，那些被独轮车带出来的燃烧着的桑木桦子噼里啪啦地飞了出来，又如同下雨般地落在地上。窑户大惊，手中拿着的大城砖脱手而出，二三十斤重的大城砖坯一下砸在他的脚面上，这家伙当即抱着脚坐在地上怪叫起来。

众人诧异之时，大河头上包着上衣，像个火球一样从窑门口中飞跑出来，火海逃生的大河被浓烟呛得不住地咳嗽，他将头上已经燃着的囚衣扯下来丢在地上，愤怒地攥紧拳头向坐在地上号叫着的窑户逼去。

"你想干啥……"窑户惊恐地看着向自己逼来的大河。

"该死的东西！居然敢用如此恶毒的手段来加害你鲁爷？"

皇窑把头横眉竖目地举着木棒向大河走来："鲁大河，你这个服苦役的贼配囚还敢谋反不成？"

大河闪身一躲，伸手夺过来把头打来的木棒，双手一撅，只听咔嚓一声鸡蛋般粗细的木棒被他撅为两截。

"你他娘的再拿破木棒子指着老子，老子让你像木棒一样也断为两截！"说着，大河将木棒丢在地上。

把头看着双目喷火的大河，不敢再横了，也向一旁躲去，却瞪起眼睛呵斥一旁的工匠："都给老子干活去，要是毁了这窑皇砖，你们谁也甭想活！"

工匠们连忙捡起那些散落在窑门口前燃烧着的桑木桦子，重新丢进窑门口，皇窑的烟囱中冒出的浓烟翻滚着向暮色中的蓝天上飘去……

第二十三章
世仇难消

夜深了，小山趴在墙头上还在悄悄注视着东院的动静。

宏昌货栈院中的格局与鑫昌货栈大致相同，周掌柜住在宏昌货栈议事房西侧的两间卧室中，此时他住处的灯也熄了，整个院中陷入一片黑暗。

小山正要从凳子上下来，忽听东院门前传来声响，他立即睁大眼睛警觉地注视着东院，只见一个黑影从东院的墙头上翻了进来，见四周没有异常，快步走去打开了院门，接着几个黑影鱼贯而入。

借着微弱的月光，小山看清了那个走在最前面的人居然是江上蛟。一想到造成今天这种局面皆出自他手，小山恨不得立即冲上前去。但他知道现在并非报仇的时候，最要紧的还是要帮大河哥脱罪。看来倩玉小姐猜得没错，李东家果然与江上蛟有勾结。

小山刚想从凳子上跳下来，不曾想脚下一滑，踩的凳子与墙壁相撞发出了声响。尽管声音不大，可东院的江上蛟却立马警觉起来，他冲身后的两个手下一摆手，两个河匪纵身跃过墙头跳入鑫昌货栈院中，活捉了小山。

"大奎……"小山高呼一声，便被河匪一拳打倒在地。

大奎听到院中的动静，也开门赶来，可大奎胳膊上的伤还没好，一会儿的工夫，大奎也寡不敌众被江上蛟擒住。

二人被河匪捆在了卧室中，就在他们陷入绝望时，窦瑛姑带人推门而入，将他二人救下。瑛姑一回来便听说了货栈的事，她担心大河难以入睡，便出来走走，没想到在月河街上遇见江上蛟带人去抓李东家，如今这些坏人已被她窦家镖局的师兄弟看押在了东院的议事房中。

瑛姑劝他们快去报官，可大奎觉得这事肯定与侯世震脱不了干系，他们报官，侯世震铁定不认。就在他们左右为难时，小山想起倩玉叮嘱过如若有事，就让他们去找河防营的守备大人，然后再到济南府去找抚台大人。

次日上午，河防营的守备大人全身披挂，带着几十个提刀拿枪的军兵昂首挺胸地站在东昌府衙的大堂前，看押着被五花大绑的江上蛟等人犯。府前大街上跑来几匹快马，小山和丁贵下马来到东昌府衙门前，丁贵此番是奉了抚台丁宝桢之命，前来监审江上蛟被擒一案，并复查大河的盐案。

他们一到衙门，侯世震便大惊失色，他看着大堂下被五花大绑的江上蛟，还有站在一旁吓得浑身哆嗦的李东家和贾三公子，知道这次自己再不秉公断案，自己的顶戴与前程就全都没了，搞不好甚至会赔上自己的老命。侯世震忙整了整衣冠，故作镇静地走上大堂。

"丁护卫，既然一干人犯被押上大堂，那就请您来问案吧！"侯世震看着坐在公案旁的丁贵问道。

"知府大人，少安毋躁，尚有一个关键人物未到！"丁贵话音未落，身穿苦役服、脸上伤痕累累的大河跟着两个带刀护卫走上大堂。

人已到齐，侯世震摸起惊堂木往公案上拍去，喝道："江洋大盗江上蛟，还不速将所犯罪行从实招来！"

江上蛟摆出一副死猪不怕开水烫的架势："老子既然落入尔等狗官之手就没打算活着出去，你们干脆给爷爷来个痛快的，如此也省去这许多的口舌！"

"江上蛟，多年来你带着一帮穷凶极恶之徒，游走于三千六百里的河漕上作奸犯科，杀人越货，罪恶累累，罄竹难书，而今被抓，气焰还敢如此嚣张？看来不杀杀你身上的匪气，你就不知还有大清的王法！来人，重打江上蛟八十大板！"丁贵在一旁看不下去了，抓过侯世震面前的惊堂木啪的一声拍在了公案上。

几个衙役抡起水火棍，照着江上蛟的屁股噼噼啪啪地暴打起来。跪在地上的李东家看着江上蛟的屁股已经见红，立时吓得哆嗦起来，哭喊着："大人，我这把老骨头可禁不住这八十大板啊，小民愿招……"说完，头磕在地上竹筒倒豆子般地招认了自己的犯罪事实，"大人，只因鲁大河低价冲市，影响到我家的运盐生意，草民对此怀恨在心，这才找来贾三让他故意使诈，诱骗大河上钩，又找来江上蛟，让他凿沉大河的运盐船……"

"侯知府，这就是当初你断的案子？身为从四品的知府正堂，你竟如此混淆是非，草菅人命！"丁贵气呼呼地瞪着侯世震。

"丁护卫，当初他们是拿着签好的契约而来，本府也只能是依约而判啊……"

"侯知府，今日我是代抚台大人前来监审，希望你能珍惜抚台大人给你恩准的复审机会，若再将审案当儿戏，应该清楚等着你的是何结局吧？！"

"下官明白！"侯世震一拍惊堂木，"来呀，听本府宣判！江上蛟等一干河匪凿沉运盐船，打伤李小山，且多年在河漕上杀人越货，恶行累累，故此判处江上蛟等一干河匪斩监候，待案情具结上报刑部核准后即刻开刀问斩！贾三行骗害人，罪不容赦，当堂重责四十大板后流放新疆，今生永世不得再返回内地！至于李东家……"

侯世震正要宣判，李东家忙向大河求情："大河，老朽是一时糊涂才误入歧途，办出此等错事，念在你我相识一场的份上，替我求个情吧，你借的那五万两银子我也不要了，还有榷盐文书、盐票及货栈的房契，我都一并奉还！"说完，他一个响头磕在了地上。

大河有些于心不忍了，起身拉住李东家："李东家，你这是干什么？借贷银大河会连本带利一文不少地还给你，若说有错，大河也有做的不到之处，可你不该勾结河匪来谋害大河啊！"大河叹了口气，转身向丁贵跪求，"丁护卫，大河初入商行时李东家曾给予过热心相助，既然李东家幡然悔悟，大河愿放弃对李东家的诉讼，并恳请丁护卫能帮大河还上这个人情！"

见大河如此大度，丁贵也只好帮李东家求情，李东家这才幸免于难。然而站在大堂外的侯方煜却气得直想掀了整个公堂，他处心积虑谋划的这一切，眼看就要置鲁大河于死地了，居然又让他死里逃生了。让他更为担心的是，江上蛟被关入大牢里，万一将他供出来，他可就死定了，因此，他必须设法将江上蛟从知府大牢里弄出来不可。

夜晚，侯八奉侯方煜之命，假借送断头酒为名拎着食盒走进东昌府大牢。侯八跟着牢头来到死牢中，将食盒放在江上蛟面前："这里面都是好酒好菜！你们放开了吃，放开了喝！等你们吃饱喝足后再上路就不会做饿死鬼了！"

侯八扭头看向隔壁牢房中蓬头垢面的贾三公子："江上蛟，这里也给贾三公子备下一壶老酒和一只烧鸡，不管咋说，他和你们是一起犯事的，你可不能吃独食！"说着，他故意拍了拍食盒，转身跟着牢头离开了。

江上蛟来到食盒前坐下，伸手从上衣的夹层中取出一双精致的小银筷子，他用银筷子逐一查看着食盒中的酒菜，当他将银筷子插进侯八特意提到要他转送贾三公子的那把酒壶中时，银筷子的颜色忽然变黑了，江上蛟忙端起酒壶打开壶盖闻了闻里面的味道，深藏不露地笑了，低声吩咐其他河匪："都过来脸冲外围成个圆圈坐下，给老子遮挡着点！"

六个河匪按照江上蛟的意思坐好。待三层食盒查看完了，江上蛟也没找出任何的异常之处，他不甘心地伸手去敲食盒底层的木板，突然眼睛一亮，食盒底层的一块木板被他抽了下来，夹层中有钥匙、匕首、白绫和银袋，还有一个纸条，上面写着："赠银百两，三更挖墙，逃脱后直奔城西北角，排水沟外有船接应，行前，务将壶中老酒转赠贾三，白绫绕颈送其西行，老友顿首，知名不具……"

江上蛟笑着抬起头向四周扫视了一眼，将纸条攒成一团放进嘴里嚼了嚼咽了下去，而后拿起食盒中的烧鸡和酒壶走到隔壁牢房的栏杆前："贾三，不管咋说，你与蛟爷我犯的也是同一个案子，这只烧鸡赏给你了。"

贾三公子早已饿得饥肠辘辘，闻听有烧鸡吃，忙接过来狼吞虎咽地啃了起来，江上蛟又将酒壶伸过栏杆，举着酒壶往贾三嘴里倒酒，只一会儿的工夫，贾三便四仰八叉地倒在地上打起了呼噜。

江上蛟从身上摸出匕首交给一个河匪，吩咐他把西墙挖开，其他河匪则围坐在一起以吃喝作掩护，遮挡住用匕首挖墙的河匪。墙上很快被挖开一个小洞，外面的凉风吹了进来，河匪们干得更欢了。

栏杆前，江上蛟扭头瞅着墙上挖开的洞，掏出白绫在贾三公子的脖子上绕了一圈，转身招呼两个河匪过来，分别从两头拽住白绫同时用力，贾三公子被勒得伸手蹬腿地挣扎起来，少顷便翻着白眼不动了。

墙边挖开了一个可以钻人的洞，江上蛟走到洞口前，从怀中摸出钥匙打开了身上的镣铐，带着众河匪一同钻出了大牢……

大河释放归来，大河娘和秋月终于松了一口气。自从大河被送到皇窑服苦役后，大河娘终日以泪洗面，幸好有秋月陪在身边，时常安慰，照顾起居，大河娘这才慢慢有了活下去的勇气。每次看到秋月，大河娘总是心生愧疚，这么好的闺女，自己当时怎么就听信了一个江湖骗子的话，错过了这么好的一门亲事呢。

两人正在货栈院中生火烧水，好让大河洗去满身的污秽之气，这时，倩玉和云儿笑着走了进来。大河娘见来人不认识，问道："秋月，这两个漂亮女子是来找谁的？"

"大娘，前面站的是侯世震的闺女，后面是她的丫鬟。"

大河娘一听，脸上的神情立马变了，她厌恶地瞪了倩玉她们一眼，起身走进一旁的西屋，秋月见状也跟着大河娘走了进去。

大河娘充满敌意的眼神让倩玉的心头一凉，她本来是想看望大河的，没想到大河娘如此敌视自己，正要转身离开时，被大河唤住了。

"倩玉，你来了为何不进屋？"大河笑着走到她面前。

倩玉一脸委屈："我觉得伯母不欢迎我，我们之间的事，你什么时候才告诉你娘？"

大河有些不好意思地说："倩玉，我觉得这事得从长计议，咱还是先等等……"

"等？鲁大河，你总是推三阻四，怕是有了新的意中人了吧？"倩玉有些恼了。

大河笑道："倩玉，你想到哪里去了。你若不放心，我这就去给娘说，等我娘这里应下，咱再想法把你爹拿下，我答应娶你，就一定会堂堂正正将你娶进门！"

倩玉娇羞地呵斥道："你大呼小叫的干什么，生怕别人听不见？"

倩玉走后，大河心想再拖下去确实也不是办法，于是便主动向娘坦白了这件事，岂料大河的话刚一出口，正在纳鞋底的大河娘啪的一下将鞋摔在了桌上。

"鲁大河，你找谁家的闺女都行，就是不能找老侯家的！"

"娘，这是为啥？"

"娘说不行就是不行！大河，你要是敢背着娘私订终身，我就不认你这个儿子！"

"娘，以前侯百万是对我使过坏，可您从小就教导儿子做人要恩怨分明，倩玉跟侯百万根本就不是一路人，你总不能……"

大河话还没说完，大河娘便拽着大河走到供桌前，摁倒在鲁鸿举的牌位下，喝道："大河，你给我跪下！"

"娘，你别着急呀……"大河在排位前跪了下来。

大河娘的眼泪扑簌簌地流了下来："大河，今天在你爹的牌位前，娘就把老鲁家和老侯家的是非恩怨都给你说清楚！"

听完娘的一番话，大河这才知道自己的父亲曾经中过进士，得到过东河总督林则徐大人的赏识，后来又协助林大人到广州查禁鸦片。而他的死正是因为在禁烟过程中被抓的侯百万通过侯世震之手，向琦善递交的一封诬告信，说他唆使广州三元里的百姓谋反，杀死了英国兵，这才被朝廷缉拿，斩首示众，以向英国人邀功。更让大河诧异的是，自己竟然还有一个走散的哥哥叫大江。

大河没想到侯家与他们鲁家竟然有着这样的深仇大恨，他真后悔自己当初没能亲手宰了侯百万。娘反对自己和倩玉来往是因为两家的世仇，他可以理解，可倩玉并没有害他们家，这次还出力救了他，他不能辜负倩玉，但他也不能伤了母亲的心啊，大河对此全然不知该如何是好了，这时他想到了刘帮主。

第二天，受大河之托的刘振坤便来到大河家帮忙说和。

"振坤师弟，我知道你是好意，可大河要娶的是侯世震的闺女。"大河娘叹了口气，显然还是不愿答应这门亲事。

"嫂子，倩玉这闺女我见过，她对咱大河那可是有情有义，这回要不是倩玉，大河哪能这么快就从皇窑上给放回来？"

"可是，老鲁家和老侯家有世仇，要让仇家的闺女进门做儿媳，我如何对得起你师兄?"

"嫂子,我跟师兄从小一起长大,师兄行事向来磊落,恩怨分明,他绝不会做善恶不辨之事!再者说,秋月已经被逼得嫁给侯百万做了妾,一想起这事我心里就不是个滋味,这回你若再执意逼迫大河,我怕大河的心里受不了,万一把大河再给逼出个好歹,到时候后悔可就晚了。"

大河娘有些犹豫了,随口说:"既然这样,振坤师弟,大河的事你就帮他拿主意好了。"

有了大河娘这句话,刘振坤便安心地回了堂口,他将大河唤到东昌漕帮议事堂,将这个好消息告诉了他。

"我娘真是这么说的?"大河有点不敢相信自己的耳朵了。

"你小子咋连为师的话也不信了?"

"我信,不信您老我信谁啊?"说完,大河开心地笑了。

"大河,你先别笑,你娘这里我能说上话,可侯世震那里我就没辙了,这事侯世震若是不点头,你和倩玉的婚事只怕还办不成。"

大河脸上的笑容不见了,他也正为此事犯愁。

刘振坤思索了一阵:"大河,这事要想让侯世震吐口也不难,此人生性怯懦,胆小怕事,要是抚台大人能说句话,量他侯世震也不敢去驳抚台大人的面子。"

"抚台大人是待我不错,可我娶媳妇的事咋好去麻烦抚台大人哪?"

"大河,要想办成大事就不能拘小节,就从抚台大人主动帮你办榷盐文书这件事上来看,抚台大人对你绝对够意思,何况这是成人之美的好事。再说了,这事也无须抚台大人亲自出面,为师以为你只要暗中备点贺礼找到丁护卫,到时候就说是抚台大人给你随的喜礼,他侯世震就得掂量掂量这其中的分量!"

大河频频点头,忽然脸上的神情又变了:"唉,就算侯世震答应了,娶倩玉的事还是不好办啊,我家就三间正房,要是成亲,我让倩玉住在哪里?"

"这好办,转运杂粮的差事我已经推了,为师就张罗着帮你修座新宅院吧。东昌湖的东北角上正好有块空地,咱把它买下来,不出半年,为师就能帮你修一座宽敞气派的新宅院……"

"帮主，干脆您老受累，修三座一样的新宅院好了！"

"大河，你小子可不能学坏，从你爹、你爷爷那里，老鲁家可不兴三妻四妾这一套！"刘振坤瞪眼道。

"帮主，您老想到哪里去了，我觉得小山、大奎也都到了成亲的年纪，我总不能光想着自己吧？"

"好，俺大河是个有情有义的汉子！为师就帮你修三座一样的新宅院！"

有刘帮主帮他操持，大河也能安心地回张秋镇继续做贩盐的生意了。大河回到张秋镇，与小山、大奎刚收拾妥当，李老大便来到了分号，他这次来是受何爷的委派专程来问大河，后面还有没有盐可运，因为江淮四的漕船要全部回空返回无锡。

大河此时正在愁无船运盐，他回来时在张秋镇上转了一圈，不光是他没船运盐，其他大小盐商也都在为找不到船只运盐而犯愁。大河听到这个消息高兴坏了，让李老大吃完饭速回京城带漕船出海河入渤海，从黄河口入山东的渤海盐场将剩下的四纲盐全部运回来。

没有几日，八十条漕船运载着四纲盐便来到了张秋镇大码头，脚夫排着队从船上往下扛着盐包卸船。之前落井下石的那些盐商一脸艳羡地看着一车车的盐运到了鑫昌分号的临时库房中，他们悔不当初上了人家的当，与大河作对，如今他们怎么好靦着脸求大河再卖盐给他们呢？可他们万万没想到，大河竟然主动下了帖子，请他们到酒楼一聚。

张秋镇只要收到大河帖子的盐商没有不到场的，因为他们都缺盐，而大河运来的盐便成了独家生意，他们心想这次大河正好可借机发一笔横财，可就在大河公布还是按张秋镇老辈子定的民间官价四两一引出货时，他们不由得为之一愣。

"大伙知道，自道光二十年以来，洋人先后发动了两次战争，搞得大清是既割地又赔款，此番朝廷将盐引制改为盐票制就是为了加大向洋人赔款的力度，如此一来，势必会将盐价的涨溢部分转嫁到百姓身上，连年的战乱已使得百姓苦不堪言，大河以为咱这些做运盐生意的商家，有责任为减轻民众的负担而尽点绵薄之力！大伙说哪？"大河神情肃穆地征询着众人的意见。

其他盐商这才明白大河的用意，原来他此番是想重结张秋镇盐商的出货同盟，以稳定市面上的盐价，让百姓获利。大河向众人承诺，若是今后张秋镇大宗出盐恢复四两一引的民间官价，他愿以三两八钱一引为张秋镇的同行巢货。众人一听，盐价非但没涨，反比从前便宜了，纷纷对大河竖起了大拇哥。

　　大河见众人响应，心中甚是快慰。只要张秋镇上的盐价能稳住，天下百姓吃盐断然不会多掏银子了！

第二十四章
大河娶亲

进了腊月门，天寒地冻，繁忙了大半年的会通河终于安静下来。

这一天，五条大船顺水而来，停在了张秋镇的过黄船闸前。一个豫州盐商外柜满脸沮丧地从头船跳到岸上，低着头向张秋镇的街里走去。不一会儿，他便带着张秋镇的几个盐商来到他的货船上，小山也在其中。

豫州盐商外柜拉过一个标号模糊的麻包，从里面抓出一把霉变发黄的大盐粒子，这是他半个月前从张秋镇买回去的盐，当时他想货比三家，图个便宜，才从五家货栈中各进了三千引盐，可谁知其中竟然有三千引陈盐，东家不收，逼着他来退货。于是，他又大费周折将盐运了回来，找盐商讨要说法。

"今年想进盐可是费了老鼻子劲了，谁家还有陈年老盐啊？"

"就是，俺的货装船时恁不是亲自验看过的吗，这会儿凭啥来讹俺？"

"装船时你干吗去了？叫我说，这些盐该不会是你在运货的途中被雨淋或是水泡了，才霉变发黄的吧？"

……

各家盐商皆说不是自家出的货，小山看了看麻包上模糊不清的标号，对豫州盐商解释："我们鑫昌今年才开始做的运盐生意，你就是想让我给你发陈年老货，我也得有啊！再说了，我们装盐的麻包全都是新的，上面统一打着鑫昌的标号，你这麻包上的标号根本就看不清，凭啥说是我们发的货？"

那豫州盐商外柜见所有人都不认账，当时就傻眼了，这次他要是退不了货，东家就要他包赔损失，可他就算砸锅卖铁，卖儿卖女也拿不出这一万多两银子来啊？事情还未解决，张秋镇的盐商便纷纷拂袖而去了，只剩下豫州盐商不知所措地呆愣在那里。

时间一天天过去，面对着刺骨的寒风，豫州盐商简直是心如死灰，眼看到了年关，他却有家不敢回，满脑子里只想找口井跳下去，干脆一死了之，这样就一了百了了。

从东昌赶回张秋镇的大河，刚在鑫昌分号门前下马，便听到街头有人喊："不好啦，有人跳井！快来救人……"

大河顾不得拴马，立即跑了过去，只见一个壮汉将浑身湿淋淋的中年男子从井口中拽了上来，那男子便是豫州盐商。

豫州盐商醒了，可他并不领情，哭喊："恁救俺干啥？反正俺也没活路了，腿一蹬、眼一闭也就心不烦了……"说着，他又向井口爬去。

大河过来一把拉住他："这位老哥，人家这位大哥不惧天寒地冻刚把你从井口里拽出来，咱可不能再给别人添麻烦了。"

这时小山跑了过来，见大河正拉着豫州盐商，急得他忙将大河拽到一旁："大河哥，这个人咱可不能管啊！"

"为啥？"

"大河哥，这个人前一阵子从张秋镇的五家盐商处各自要了三千引盐，可他回到豫州后发觉有三千引盐是霉变发黄的陈年老盐，回来退货却没人认账，你要是把他接到咱的分号，这事咱可就说不清楚啦！"

"小山，别管啥事，先救人要紧！快去找衣服！"大河说完，便揽起豫州盐商，"这位老哥，你跟我回分号，要是真没人认账，我赔你三千引盐，说啥咱也不能跳井啊……"

大河言出必行，两天之内便将三千引盐备好，装上了豫州盐商的船。

"鲁掌柜，恁得受俺一拜，要不是恁施以援手，俺一家老小这年可就过不去了！"豫州盐商激动地想下跪拜谢大河。

大河忙拉住他："张掌柜，今后不管遇见啥事千万不能寻短，天底下还是好人多！"说完又从怀中掏出一张三百两的银票递给豫州盐商，让他在路上用。

"这可使不得，这回恁送给俺三千引盐，这可是一万二千两银子的货啊，还有，这几天在张秋镇所有的花费也都是恁替俺出的，俺哪能再要恁的银子？"

"快拿着老哥，都说穷家富路，万一在路上遇见个大事小情，你就不用再去求人了。"

大河硬将银票塞给了他，豫州盐商泪流满面地接过银票："鲁掌柜，回去俺就给东家说今后进货俺就认准鑫昌了！"

大河笑道："张掌柜，你记住，以后只要来张秋镇，鑫昌分号就是你的家。"

几家盐商见大河又送盐又送银子，觉得着实可笑，可李东家知道大河此举收获的是比金钱更重要的人心，恐怕今后张秋镇就只认鲁大河的盐了。

李东家猜得果然没错，年关一过，一个接一个的豫州盐商都直接找鑫昌货栈进盐，即便不打折，他们也绝不还价。其他盐号门前都冷冷清清的，如今他们暗中降到了三两五钱一引出货还是争不过鑫昌，怪只怪他们一开始太在乎得失，聪明反被聪明误了，张秋镇这回真成了鑫昌的独家天下了。大河见运盐的生意已经走向正规，觉得是时候兑现自己对倩玉许下的承诺了。

东昌湖中浮冰四起，岸边的垂柳刚刚泛绿。

东昌湖外侧的东北角上有三座连在一起的新宅院落成完工了。这三处宅院每处院落占地二亩，又都是三进三出的格局，房舍雕梁画栋，一律前出廊后出厦，青砖到顶，正房与偏房之间都有带檐的廊台相连。这样的房子即便在整个东昌城，也算得上是力拔头筹的好房子了。刘振坤虽不信风水，但还是找了风水先生帮他们瞧了瞧，风水先生说大河他们经商，所以院门要留东南门，东南门主招财进宝，可以让他们连年发财，好运连连。

看着完工的房子，大河他们三人心里别提多高兴了。新房已经落成，大河成亲的事自然就提上了议程。大河娘虽说并不乐意这门亲事，可已经答应让振坤师弟做主，自己也不好再说别的。现如今大河最头疼的便是侯世震的态度，侯世震几次打压自己，自然不肯将倩玉嫁给自己，看样子他只能想法硬来了。

开春后的东关大街上人来人往，一阵喜乐声骤然响起，人们驻足看去，街上有十队吹鼓手班子列队从东向西走来，一顶八抬大花轿跟在后面，大河身穿新郎服，胸系大红花，喜气洋洋地骑着高头大马来到东昌府衙门前。街上的人从来没见过这个阵势，越来越多的人不断涌来，很快把东昌府衙的门前给围了个水泄不通。

此时，侯世震正坐在东昌府衙二堂的公案后审阅卷宗，听着外面喧嚣的鼓乐声不由得愣神。这时班头慌慌张张地跑了进来，在侯世震的书案前站住。

"报——知府大人，鲁大河带着十套吹鼓手前来迎亲，把知府衙门的大门给堵了！"

"什么，鲁大河前来迎亲？"侯世震脸色为之一变。

"他说是来迎娶大小姐的……"

侯世震啪地一掌拍在公案上："好你个胆大妄为之徒，即便是有抚台大人给你撑腰，难道还敢强娶我侯世震的闺女不成？李班头，去召集三班衙役将鲁大河给我强行驱离！"

班头带人前去驱赶，可是迎亲的队伍硬是不散，这时，胡老大又带着一大帮漕帮汉子在府衙门前喊叫起来："迎新春，喜事到，侯小姐，上花轿！"

呼喊声不时传进二堂，侯世震焦灼着来回踱着步子，他心想这鲁大河是非要他难堪，那他也就顾不得这么多了。侯世震命班头赶紧带上他的令牌去绿旗营调兵，他就不信，自己一个从四品的东昌府正堂还治不了鲁大河一个平头百姓。

班头还没出门，云儿便慌慌张张地跑了进来："老爷，不好了，小姐非闹着要上吊不可！"

"什么？"侯世震转身向后衙的西厢房跑去，他刚一推门，就见看到倩玉站在凳子上手抓白绫往脖子上套，下面站着两个老妈子死死地抱着倩玉的腿。

"倩玉，你给我下来！"侯世震命令道。

两个老妈子看见侯世震松开倩玉，转身和玉儿一起退了下去。

"父亲，倩玉不想活了！"

"倩玉，你先下来，有啥话给为父慢慢说！"

"父亲，女儿并非不孝，您先前不顾女儿意愿，非要逼着女儿嫁给侯方煜，而今您又不准女儿出嫁以至闹得满城风雨，您让女儿日后如何见人？"

"倩玉，你不能嫁给鲁大河，因为侯鲁两家有多年的宿怨！"侯世震本不想告诉倩玉，可事到如今，他若不说，倩玉嫁过去定会后悔。

"宿怨？"倩玉震惊地看着父亲从凳子上下来。

"倩玉，这话说起来就长了，按说你和鲁大河的亲事为父不应阻拦，鲁大河的父亲当年对为父还有提携之恩，那时候大河的父亲是东河总督府漕运司的副使，他很赏识我写得一笔好字儿……"

倩玉镇静地听着父亲说完这段往事，现在她总算知道为什么大河娘看她的眼神中带着憎恶，原来两家有着这样的恩怨啊。

"杀父之仇，夺妻之恨，这是世上最难消弭的两大冤恨。倩玉，你要是真嫁过去，往后的日子可咋过啊？"

"父亲，如若我嫁给了大河，就会用真心去化解侯鲁两家多年的宿怨！"

侯世震摇头："放着好日子不过，你这是何苦啊？"

就在这时，一名衙役来报，说抚台大人身边的带刀护卫丁贵求见。

"这个时候他来干什么？真是越乱越来事儿……"侯世震回头瞪眼，"倩玉，你要是还有点孝心就不许再给为父惹是生非了！为父要去迎接上差了！"

东昌府衙二堂上，丁贵将抚台大人送来的贺礼礼单递上，并向侯世震道喜。

侯世震看着礼单，脸当时就拉下来了："丁护卫，小女出嫁尚未征得本府应允，这……"

"什么？知府大人尚未应允？"丁贵故作惊讶地瞪起眼来。

"婚姻大事历来是父母之命，媒妁之言，鲁大河一没下聘，二没请媒人提亲，就擅作主张抬着花轿前来迎娶，他这不是强人所难吗？"

"知府大人，听你这话的意思是瞧不起我大河兄弟了？"

"丁护卫，我嫁女儿难道不应由我做主吗？我就搞不明白了，是谁给了鲁大河这么大的胆子？难道是受抚台大人的怂恿不成？即便如此，抚台大人也无权代本府决定小女的婚嫁吧！"

"侯世震，你别不识抬举！莫说你一个小小的从四品知府，就算朝中一品大员也没人敢在我家大人面前炮蹶子，何况我早就听说令爱与大河是两情相悦，你恶意阻拦女儿出嫁倒还在其次，可你不该出言不逊，恶意诋毁抚台大人，既然如此，我即刻回巡抚衙门向抚台大人禀明此事，请按察司衙门速速派人前来彻查，看鲁大河到底是不是受抚台大人的怂恿来迎娶的贵千金！"

侯世震自知刚才失言，忙上前致歉。

"唉，这叫啥事啊？女儿在后衙哭着要上吊，府衙前有人堵着大门要强娶，无意之中我还恶语中伤了抚台大人。算啦，此事就随了倩玉的愿吧，真是女大不中留啊！"侯世震沮丧地低下了头。

天交正午，新落成的鲁府门前人头攒动，看热闹的，贺喜的人络绎不绝。

大河喝得红光满面，迎来送往，忙得不亦乐乎。而此时，大河娘却躲在老宅中，看着桌上的牌位哀叹："大河他爹，都说儿大不由娘，大河这孩子执意娶了仇家的闺女，你说我该咋办啊？"

次日晨，一缕霞光透过窗棂斜照在新落成的鲁府正房内的青砖地上。

倩玉和云儿还蜷着身子睡在大床上，而此时大河、小山和大奎三人已经出了家门。新婚之夜，大河故意将自己灌醉没入洞房，他不是有意要怠慢倩玉，只是昨日娶亲他娘始终未曾露面，这让他心里发毛。今天他不知该如何面对倩玉，索性早早地离开了。

大河来到老宅，见大门紧闭，无论他如何呼喊，大河娘就是不开门。

"娘，儿子知道错啦，我是特意来向您老人家来赔不是的，有啥话，您让儿子进去说行吗？"

大河娘在院中冷笑道："鲁大掌柜，我这小庙里盛不下你这尊大神，从今往后，我就当没你这个儿子！"

"娘，儿子在门前给您跪下了！您开开门哪怕是打儿子一顿出出气也行啊……"

"鲁大河，你要是还有点孝心，就让我清清静静地过几天安稳日子，娘靠缝穷洗脏照样能养活自己！"大河娘说完，眼泪扑簌簌地流了下来。

大河离开老宅，在货栈愁眉苦脸待了半天，便起身去了张秋镇，让小山回家给倩玉带个话，就说豫州的盐商要来进货，他走不开。

云儿听小山一说，便气不打一处来，大河结婚当天连洞房都没入，新婚第一天又不见了人影，这鲁大河敲锣打鼓地刚小姐娶来，就打算丢在这里不管了吗？倩玉知道大河这是想避开她，如今他们已经成了夫妻，有什么话不能当面说清楚，非要如此不可，想来大河并未将她当作自己人，倩玉一想到这里也气得脸色铁青。

天气渐暖，东关大街上人来人往，倩玉和云儿在街上走着。忽然，前面一个拎菜篮子妇人脚下一绊，摔倒在地，篮子里的菜纷纷滚了出来，那妇人坐在地上痛苦地揉着脚脖子。

倩玉刚想上前搀扶，可她定睛一看，那妇人不是别人正是大河娘，只得硬着头皮走了过去："婆婆，您没事吧？"

"谁是你婆婆，快撒手！"大河娘怒不可遏地一把推开倩玉，可她刚站起来脚刚一沾地，疼得她不住地发出咝咝声险些再次跌倒。

倩玉见她站不住，也不顾她的反对，硬是和云儿两人将她搀回了家。

三人走进老宅，大河娘尽管疼得冷汗淋漓，一进门还是咬着牙推开倩玉，单脚跳着来到里屋的床前，一下坐在了床沿上。倩玉过来躬身将大河娘扭伤的脚抬起来，帮她脱下鞋子和袜子，看着已经肿胀起来的脚脖子，赶忙出门去请郎中。

郎中给大河娘敷了膏药，提醒她半月内不能下床，让她好生休养。郎中走后，倩玉端着热气腾腾的汤药走了进来。

"婆婆，活血化瘀的汤药煎好了，郎中说要趁热喝疗效才会更好……"

"姓侯的，你给我出去！"大河娘一把推开倩玉递过来的汤药碗。

碗中滚烫的汤药晃了出来，倩玉的手被烫了一下，大碗啪的一声掉在地上摔碎了。倩玉看着打碎的大碗和满地的汤药，忍着疼痛和委屈，捡起摔碎的碗片走了出去。

大河娘叹了口气："整天面对着侯世震的闺女，你说我闹心不闹心啊……"忽然，她听到外面又有声音传来，便趴在窗前，透过一块小玻璃向院中瞅去。

厨房里，倩玉和云儿正在灶前不住地往灶口续柴，但灶口光冒烟不见火苗。倩玉呛得直咳嗽流泪，她掀开锅盖，锅中的水只有一丝淡淡的热气在飘绕，倩玉沮丧地盖好锅盖，蹲在灶口前鼓着嘴去吹火，她噗地一口吹出去，灶前烟灰四起，飞起的烟灰一下迷住了她的眼睛。她眯起眼睛抬手去擦，手上的黑灰蹭在脸上又给她蹭了个大花脸。

厨房内烟尘四起，大河娘忍不住从正房里隔着窗户大声呵斥："姓侯的，你再不走，我可拿大石头砸你了！"

大河娘说这话时，大河刚好走进门，他听说娘摔倒了，便立马赶了回来，进门看见满脸黑灰的倩玉。大河有些于心不忍了，他走到倩玉面前，好言安慰道："倩玉，你先把脸上的灰洗洗，当心迷了眼。"

大河娘看见大河来了，故意高声说："鲁大河，你是来管你老娘的，还是来管别人的？"

大河犹豫了一下："倩玉，你和云儿还是先回去吧。"

大河的话没说完，大河娘又在正房中喊了起来："鲁大河，干什么哪，还不过来？"

"哎，娘，我这就过去！"大河转身小声说，"你俩快走吧，要不一会儿我娘又该发脾气了！"

倩玉依依不舍地看着大河，云儿气呼呼地丢下水瓢拉起倩玉向外走。

尽管大河娘如此不待见倩玉，倩玉还是每日必到，一大早便过来给大河娘做饭。柴火好不容易被引燃，倩玉忙不断地续柴，可厨房中又是浓烟弥漫，倩玉和云儿被呛得不住地咳嗽起来。

就在两人束手无策之时，秋月拎着菜篮子来到厨房："大小姐，你们起来吧，灶火不是这个烧法。"

倩玉和云儿狼狈地站起来，在一旁看着秋月撤出灶口中塞得满满的柴火，然后熟练地拉动风箱，灶口很快就蹿出火苗，不再冒烟了。

云儿气呼呼地说："这灶台也欺生啊？咱这么摆弄，它就是光冒烟不着火，咋一换人它就听话了？"

"老话说人心要实，火心要虚，你们光续柴把灶口都堵住了，还咋烧火啊？"

倩玉钦佩地看着秋月："你可真有本事，我和云儿忙了一早上就是点不着火。"

"大小姐，我这算啥本事？要不大小姐，你们回去吧，这几天我来照顾大娘。"

"这可不行，让侯府的人知道了又要给你惹麻烦了。"倩玉忙说道。

"不会，少爷出去进货了，如今侯府中没人管我。"秋月犹豫地看倩玉，

"大小姐，大娘是个心直口快的人，有些事你别往心里去，等过一阵子我慢慢劝劝她老人家，让她把心里的气顺过来就没事了……"

倩玉见秋月如此善解人意，也就起身离开了，毕竟忙了一早上，她是又累又乏。

几天后，外出进货的侯方煜回来才知道倩玉已经嫁给了鲁大河，他被气得七窍生烟，一脚将旁边的盆架踹翻，恶狠狠地骂道："好你个鲁大河，我喜欢的女人到底还是被你抢去了！"

几坛酒下肚，侯方煜踉跄着向后院走去，他敲开了秋月的门，不由分说便一把搂住秋月，抬脚将房门关上，顺手插上了门闩。他面目狰狞着抱起挣扎的秋月来到床前，狞笑道："鲁大河睡了老子喜欢的女人，老子就睡喜欢他的女人！"说着，噗地一口吹灭了桌上的油灯。

"少爷你放手，不然，我可就没法活了！"屋内传出秋月的哀求声。

"徐秋月，你少跟老子充什么贞节烈女！快把手拿开，不然，老子明天就停了给你娘治病的奉养银！"

秋月一听，便不再出声了，继而传来她的啜泣声和侯方煜的喘息声。

窗外，几个家丁正猫在墙根处听着里面的动静。

第二天清晨，侯方煜看着一脸泪痕的秋月，安慰道："秋月，昨晚我喝多了一时把持不住，我向你赔不是了……"

"少爷，你这不是在毁我吗？你让我今后如何见人？"

"秋月你放心，我不是薄情寡义之人，到时候我会明媒正娶，让你过上好日子，听话，别哭了，一会儿把门关好，再睡会儿吧，我走了。"

侯方煜从秋月的住处出来，便来到侯百万住过的卧室，望着侯百万的牌位，狞笑着："老东西，小爷我今天是专程来向你通禀信息的，你花大把银子娶来的小妾，你没本事睡，小爷我把她给睡了！有本事你再来跟老子瞪眼啊？你这个绿毛老乌龟！"

想起侯百万，他就一肚子火，是他答应要帮自己娶倩玉的，却出尔反尔，让鲁大河得了手，他一怒之下将侯百万的牌位打在地上，攥紧拳头，立誓道："在这个世上谁与我作对都得死！"

第二十五章

沉冤昭雪

天气渐暖，大河娘的脚伤也快痊愈了。这一个月来，倩玉任劳任怨，尽心侍候着大河娘，眼见着大河娘对她的态度已有所改观，可偏偏这时候大河出事了。

事情的起因还要从李老大说起。一日，李老大帮大河运杭纺丝绸的路上，救了个快死的捻子伤兵，这个捻子伤兵的腿被枪弹伤了，原本不重，可伤口一直没得到很好的医治，东躲西藏地过了两年多，伤口开始溃烂了，他疼痛难忍爬上河堤想跳河寻死，恰好遇上李老大的漕船，李老大将捻子伤兵给救了，又托大河给他请了郎中，可谁知这郎中竟然跟侯府的一个家丁沾亲带故，此事便传到了侯方煜的耳中。

自从倩玉嫁给了大河，侯方煜就心怀怨恨，发誓要找机会除掉大河，这次私藏捻子，可是砍头的重罪，只要有郎中的口供，鲁大河和李老大谁也别想跑！侯方煜一路小跑来到东昌府衙门前，想进后衙报给侯世震，可他一想，万一侯世震包庇女婿，他岂不是又白忙活了？不行，这回他要想法儿让侯世震把这事坐实了，无法徇私才行！于是，他直接走到府衙门前敲响了鸣冤鼓。

侯世震没想到来告状的竟是侯方煜，但他此时已经升堂就座，便公事公办地询问侯方煜为何击鼓。侯方煜添油加醋，硬是将大河救治捻子说成了通捻，是因为其父被朝廷诛杀而心怀不满，故而私通捻匪。

坐在公堂上的侯世震暗自思忖起来，虽说鲁大河名义上是自己的女婿，但鲁大河借助丁宝桢的威势，强行娶了倩玉，已令自己颜面尽失，如今他的胞兄前来举报他私通捻匪，这就休怪他侯世震无情了。况且，此事就算是丁宝桢知道了也无法相救。一番考量过后，侯世震让捕快将大河抓进了大牢，而李老大和捻子早已经逃得无影无踪了。

大河娘听说大河犯了谋逆重罪，也顾不得倩玉是仇人的女儿了，流着眼泪让倩玉去找她爹说情。当年大河的爹就是以莫须有的谋逆罪让人给砍了头，这回大河的头说什么也不能再让人稀里糊涂给砍了。倩玉嘴上安慰着大河娘，可她内心也十分担心，很快来到东昌府后衙找爹求情。可侯世震却非要秉公办理，全然不顾翁婿之情，还劝倩玉不要再回鲁家了，这次可是她借机摆脱鲁大河的绝佳机会。倩玉没想到父亲如此薄凉，话不投机，她一气之下离开了府衙。回去的路上，她思来想去，如今能救大河的也只有抚台大人了。

两日后，小山从济南府回来，带来了好消息。抚台大人已发下钧令，责令东昌府衙复查此案，巡抚衙门给朝廷的刑部衙门也发去公函，讲明此案存在着诸多疑点，请刑部不要急于定谳，同时明令东昌府不得对大河刑讯逼供。

虽说大河的性命暂时得保，可大河还是得关在死囚大牢中。倩玉知道通捻是谋逆大案，此类案件府州衙门在上报巡抚衙门的同时还要上报刑部，抚台大人也只能在案情的复查上做些文章，不敢明令放了大河，只有找到那个受伤的捻子才能证明大河的清白。

可一年过去了，尽管朝廷发出了海捕文书，可捻子伤兵和李老大像是从人间蒸发了一样，这中间倩玉也让小山去无锡找何爷帮忙，可何爷因受李老大之累也被朝廷收监审查，好在江淮二十八帮帮主联名具保，何爷才得以免除牢狱之灾。

转眼又到了秋天，病歪歪地在床上躺了大半年的大河娘，执意要去牢中看看大河，倩玉拗不过，只得搀扶着大河娘一同前去大牢。

就在路上，她们碰见了侯方煜，侯方煜心中甚是得意。

"哟，是堂妹呀，你这是又要去给鲁大河送牢饭啦？"

倩玉瞪了侯方煜一眼没搭茬，忙拉住大河娘往前走。

大河娘看着侯方煜不觉一愣，觉得这人好像是在哪里见过。她停了下来，两眼死死地盯着侯方煜，问道："你本不姓侯，对吧？"

侯方煜恼火地白了大河娘一眼："老太婆，我姓什么关你啥事？你不要以为跟我套近乎，就能让我放过你儿子。既然今天不期而遇，我不妨给你们婆媳透个实底儿，如今的丁宝桢已是泥菩萨过河，他一倒台，鲁大河的死期很快就要到了。"说完，侯方煜大笑着走了，大河娘闻听身子一晃险些摔倒，倩玉忙扶着大河娘回了家。

虽然侯方煜的话不足信，但他这次没有说错，丁宝桢的确是出了事。前不久，丁宝桢在泰安地界抓了出宫办货的总管太监安德海，解到济南府后，便下令在西门外的关帝庙前将安德海砍了脑袋。安德海是何许人？他可是慈禧太后身边的总管太监，虽说朝中想将他治罪的人不少，可丁宝桢这么做，无疑是得罪了慈禧太后。

只有保住丁大人，大河才有一线生机。可是怎样才能帮丁大人脱罪呢，倩玉想到了恭王府的三格格，三格格与她曾是天津女子学堂的同学，二人又素有交情，如果能让恭亲王替丁大人求情，说不定事情会有转机。想到这儿，倩玉写了一封信，让小山带到京城的恭王府。功夫不负有心人，恭亲王果然帮丁大人打通了关节，东宫慈安太后将斩杀安德海的事情揽了过去，称丁大人是奉东宫的懿旨斩杀了私自出宫的安德海。

丁大人得以转危为安，可要救大河的事还要再等，倩玉不想再让大河受苦，如今还有一条路可选，那就是为公公洗刷冤屈，从根子上为大河厘清谋反的罪名。倩玉没有告诉任何人，偷偷让小山将一封书信送到了济南府。

一个月后，怒吼的寒风中，丁贵带着穿黄马褂的传旨官手托圣旨走上了东昌府大堂。

侯世震一听来人是朝廷派来的传旨官，吓得浑身哆嗦着跪在地上接旨。

传旨官展开圣旨，朗声宣读："奉天承运，皇帝诏曰，接山东巡抚丁宝桢奏报，恭亲王奉旨复查道光二十二年广东按察副使鲁鸿举被杀案，经查，当年琦善为向英军乞和，未经核查就轻信他人谎报，致使鲁大人含冤而殁，圣上感念鲁大人忠勇可嘉，特颁旨为鲁大人平反昭雪，并加封其遗孀李氏为从三品诰命夫人以示慰藉。另据东昌府奏报所谓鲁鸿举之子鲁大河系因其父被朝廷诛杀，而私通捻匪案，证据不足，即刻驳回，并随即开释鲁大河！钦此！"

"吾皇万岁万岁万万岁！"侯世震忙伏地山呼，战战兢兢地接过了圣旨。

"侯知府，鲁大河呢？"丁贵问道。

"在……在大牢中……"侯世震连忙派人去大牢放人。

大河家老宅的正房中，大河娘坐在床上一手拿着圣旨，一手抱着鲁鸿举的牌位，悲切地哭诉道："大河他爹，圣上下旨为你平反昭雪了，今后我们娘儿个终于能在人前昂首挺胸地活着了……"说着，她扭头去看着桌上放着的一块铜制的从三品诰命夫人牌。

倩玉知道这一直是娘的心病，如今能够解开心结，她为公婆高兴，可她知道自己这样做却伤害了自己的爹。

大河娘也看出了倩玉的心事，她拉着倩玉的手："倩玉，如今老鲁家是沉冤昭雪了，可你父亲心中未必好受，娘不忍心看你夹在中间两头为难，孩子，听娘的话，去安抚一下你的父亲吧。"

"娘，您老真是个识大体、顾大局的女中豪杰……"倩玉感激道。

当倩玉走进东昌府后衙客厅时，侯世震正垂头丧气地坐在八仙桌旁愣神，他思来想去，当年的内情他只对倩玉一个人说过，如今这件事被抖搂出来，如果不是倩玉，他实在想不出第二个人来。

"倩玉，我问你，当年琦善斩杀鲁鸿举的内情是不是你给透露出去的？"

"父亲，当年大伯贩大烟本身就不对，他为自保，捏造我公爹勾结乱民引发战乱，害得大河一家家破人亡，妻离子散，难道朝廷不该为此平反昭雪吗？"

侯世震瞪着眼，愤怒地看着倩玉，吼道："没想到我竟然养了个吃里爬外的白眼狼？自从你悖逆父命嫁给鲁大河以后，在你的眼中还有我这个父亲吗？你对得起打小疼你宠你的大伯吗？"

"父亲，女儿正是心里有您，才不愿看您继续背负着良心上的愧疚活着……"

"我没你这个女儿，你给我滚！"侯世震抓起桌上的茶杯摔去。

茶杯啪的一声在地上摔碎了，四分五裂的碎片向四处飞去。

倩玉从没见父亲发过这么大的脾气，吓得一下愣在那里："父亲，你当真要赶女儿走？"

"滚！我没你这个无情无义的女儿！"

倩玉含泪转身而去，她知道自己对不住父亲，但是，为了大河，她不得不这么做。走出府衙大门的倩玉忽然想起，大河还在货栈里，她得知大河被释放，就让小山和大奎将大河先接到货栈，给大河整理一番之后，再让大河去见娘，免得娘看见大河憔悴的模样伤心。想到这里，倩玉忙擦去泪水，带着云儿向货栈走去。

鑫昌货栈议事房门前，小山端着茶壶、茶碗站在房门的左侧，大奎拿着一身干净衣服站在右侧，两个人齐声叫门，可房门依旧紧紧关闭着。房间内，大河穿着囚服，满脸胡子拉碴，面容呆滞地坐在八仙桌旁一言不发。

倩玉带着云儿走进院门，小山看见倩玉像是看见了救星："倩玉嫂子，你快来劝劝大河哥吧！从接他回来，他就把自己关在里面，衣服也不换，脸也不洗，一句话也不说，你说这不是急人吗？"

倩玉快步上前敲门："大河，快把衣服换了，好好整理一下，娘还在家中等你哪！"

屋内传来一声震响，吓了众人一跳。

"你们都给我走，我谁也不想见！"大河一巴掌拍在桌上。

"大河，我知道你受了委屈，有话咱回去慢慢说……"

"侯倩玉，这一年多的死囚大牢算是让我蹲明白了，你们老侯家压根就没好人！你大伯贩大烟，心狠手辣，你父亲身为朝廷命官，徇私枉法，草菅人命，仅凭侯方煜的一句谗言佞语就可以将我打入死囚大牢！侯方煜更是阴损歹毒，屡次欲置我于死地而后快！侯倩玉，自从娶了你，我是厄运连连，数次被抓，从今往后，你走你的阳关道，我过我的独木桥，咱们之间没啥好说的！"

"大河，你怎能这样说啊？"倩玉忍不住委屈地哭了。

云儿听到这话，为倩玉打抱不平："鲁大河，你这次出大牢多亏了我家小姐，为了你，我家小姐刚被老爷骂了出来，你不来劝慰，反拿刀子来剜我家小姐的心，你还算是个男人吗？"

小山跟着劝道："是啊，大河哥，这一年多，里里外外可多亏了倩玉嫂子，你咋能说这些让人伤心的话呢？"

倩玉流着泪摇了摇头，阻止了他们。她知道大河在死囚大牢中一待就是一年多，心中难免有气，先让他一个人静静也好。她没有再说别的，转身带着云儿回了老宅。

大河娘得知大河竟如此对待倩玉，气得浑身颤抖，直想找大河这个混账东西算账。这一年，倩玉里里外外操持这个家多不容易，为了救大河，倩玉不惜大义灭亲得罪了自己的父亲，大河不能这么没良心！

大河娘气不过，不顾倩玉的阻拦，硬是来到货栈寻大河。可当她到的时候，小山告诉她大河已经骑马离开了货栈，说要出去外面散散心，等他心里的疙瘩解开了自然会回来。

东昌湖中结了厚冰，北风呼叫，天寒地冻，在外流浪数月的大河回来了。他回来不是为了见倩玉和娘，而是为了喝大奎和枣花的喜酒。倩玉本想趁此机会跟大河缓和一下，可没想到大河见到倩玉就躲，一句话没说又回了张秋镇。

小山从酒席出来时，已有了七分醉意，然而他没有回家，他无父无母，回家也只有自己一个人。眼看着大河哥和大奎都娶妻成家，他还是形单影只，不禁触景伤情，找了一家酒馆继续喝起酒来。不大会儿的功夫他就喝得烂醉如泥，嘴里不停呢喃着秋月的名字。此时，他浑然不知自己已成了侯方煜的猎物。

侯方煜没想到李小山的命门竟然是秋月，不觉计上心来，嘴角不禁露出一丝狞笑。

迷迷糊糊之中，小山感觉自己被人扶上了床，那人看上去颇像秋月，只是眉眼间多了几分狐媚之气。

"秋月？"小山想看清楚，可是眼睛却有些模糊。

那女子故意呻吟着将身子靠向小山，小山闻着她身上的气息不觉有些神情迷乱了。那女子下床吹了灯，一片黑暗之中，她将小山压倒在床，接下来的事小山已经记不清了，但第二日清晨，他还没醒时便听见一阵踹门声。当他睁开眼时，却看见侯方煜带着十几个家丁气势汹汹地站在了床前。

小山忙慌乱地从床上坐起来，一起身发觉自己啥也没穿，忙伸手去拽被子遮掩。

床上，一个长相颇似秋月的女子正抱胸坐起来冲侯方煜哭喊："表哥，这个淫贼占了我的便宜……"

小山完全不知道昨晚发生了什么，他在哪儿，这女子是谁，他通通不记得，就在他努力回想的时候，侯方煜抬手给了小山一个大嘴巴。

"李小山，你好大的狗胆！老子的表妹年前从江南来看我，你他娘的居然把我的表妹给睡了！"

"侯少爷，我真的不知道你表妹为什么会跟我在一张床上。"

"李小山，你他娘的还没提上裤子就不认账了？来呀，将李小山赤身裸体地绑了送东昌府衙门，今天就让东昌城的百姓看看李小山究竟是个啥东西！"

几个家丁上来摁住小山就要往外拖，小山惊恐地叫道："侯少爷，不能啊，如此一来，我还咋做人啊？"

"你自己做了禽兽之事，还想做人？"

"侯少爷，我愿拿银子作赔，你说多少，咱把这事了了行吗？"

"他娘的，老子缺银子吗？"

"那侯少爷想怎样？"

侯方煜两眼死死地盯着小山："只要你小子替我当眼线，我保证这件事绝不会传出去！咋样？"

小山震惊地看着侯方煜，紧接着他严词拒绝："不，我是不会背叛大河哥的！"

侯方煜冷笑起来："那好啊，李小山，据大清律，奸淫妇女的淫贼要当堂责打二百大板，待将淫贼打得昏死过去，再由行刑的刽子手操刀施以阉刑，哦，就是用锋利无比的阉割刀，抓住淫贼的命根子连皮带肉刺啦一下给割了去，从此让他断子绝孙！你听明白了吗？啊，哈哈……"

看着狂笑的侯方煜，小山吓得脸色蜡黄，脑袋也耷拉了下来。

"我再给你最后一次机会，我说的事你办还是不办？"

明知道侯方煜是在故意设计陷害，但小山不得不点头应下了，让小山签下一份保证书后，侯方煜才放小山离开。

新春又至，东昌大码头前却少了往年的喧嚣，刚繁闹了几年的会通河又变得冷清起来。

二十条走空的漕船沿着空旷的河道由北向南驶来。胡老大站在船头，一边手拿船篙不住地测量着河道的深浅，一边叹气。上年秋黄河决口又将会通河给淤了，如今会通河中最深的地方不到三尺，最浅处不足二尺，可漕船走空也要吃水二尺，淤成这样，朝廷也没银子疏浚河道。税收是年年涨，可税银都拿去给洋人赔款了，哪还有清淤的银子？若是照此发展下去，用不了几年，京杭大运河又该停航断漕了。

不仅是东昌的胡老大，远在无锡的何爷也因为会通河淤塞的事愁得头发胡子全白了。就在这时，大河来到江淮四找何爷了。

"何爷，在来之前我奉刘帮主之命去找过丁大人，看能否由官府出面疏浚一下会通河。"

何爷眼前一亮："丁大人如何说？"

"丁大人说他十分关注黄河岁决之事，可是目前山东巡抚衙门实在是拿不出这笔巨额的花费。在乾隆年间，朝廷每年拨给山东的黄河岁修银是三百万两，前几年虽说少点，每年还有五六十万两，可从去年开始，朝廷不光分文不拨，反而加大了山东上缴朝廷税银的额度。"

何爷失望地摇头："看来是老天要灭我漕门的百年基业啊……"

"何爷，大河此番前来是从丁大人那里得到信息，说朝廷从江南兑运漕粮以后打算走海弃漕了？"

"是啊，大河，为兄正是得知此消息才一夜间须发全白的，江苏巡抚衙门发来公函说，今年江苏漕粮的大头改由李鸿章大人在上海开办的轮船招商局来兑运，留给江淮、兴武两大漕帮兑运的数额不足以往的三成，如此一来，帮中的几千弟兄可就要断生路了……"

"何爷，大河得到此消息后也是焦虑万分，可冷静下来一想，天下漕帮并非没有活路可走！大河以为，目前河漕受阻的主要原因是会通河淤塞严重，无法走漕行船，疏浚河道工期长、耗银多，这事咱办不了，可若是打造一些吃水浅的平底驳船，不就能保证在会通河中行船走漕了？"

何爷闻听点头："平底驳船满载时吃水也不超过一尺，河道中只要有水就能行船，大河啊，我看你的这个主意行！"

"若再添置一些洋人的小火轮做牵引船，咱就可以少拉快跑，以快增效了。"

何爷的脸上终于露出了笑容。

大河掏出一张银票递给何爷："何爷，这五万两银票请您收下，到时候好用这笔银两打造一些平底驳船！"

"大河，你这是干什么？"

"何爷，大河能有今日全仰仗您及江淮四的同门弟兄相帮，大河此番前来就是想帮何爷做点事情，此事还请何爷千万不要推辞，不然，大河会心中不安的！"说着将银票硬塞到何爷手中。

何爷眼含泪水激动地看着大河，不知道说什么好。

从无锡回到东昌，大河直奔着漕帮而去。这次他要和东昌漕帮联手创办个船运公司，这样才能给漕帮和自己一起带来新的出路。

刘振坤在议事堂召集漕帮弟子共同商议此事，胡老大表示愿意带领后帮弟兄愿追随大河来办船运公司。

张老大却以为胡老大是想趁机把鲁大河请回东昌漕帮排挤自己，于是便提出异议，说漕船置换要报请官府核准后才能办理，万一东昌府不准，他们岂不是白忙活了？

刘振坤点了点头，以为张老大思虑的也有道理。不过，只要不让官府掏银子，置换漕船的事东昌府没理由不准。刘振坤觉得此事宜早不宜晚，便命人去船场将能处置的漕船让师爷尽快登记造册，向东昌卫所提交处置文书，报请东昌府衙核准，只有这样，方可免除堂口上下几百号人生存上的后顾之忧！

第二十六章
洋人参股

自从被侯方煜抓住了把柄，小山便不得不定时将大河和货栈的近况告诉侯方煜。

侯方煜得知大河要创办船运公司，还要去天津购置洋人的小火轮来当牵引船，他心想鲁大河的如意算盘拨拉得不错啊，如今河漕将再次面临断航之忧，此时谁能将平底驳船的船运生意抢到手，日后谁就将是走漕生意的主宰。这么一个赚钱的好机会，他怎么可能让鲁大河捷足先登呢？于是，他来到东昌府找侯世震帮忙，请侯世震想法将漕帮置换漕船的核准之事拖一拖，等他把平底驳船的船运生意做起来，再给他们办理核准手续。

征得侯世震同意后，侯方煜马不停蹄地来到天津紫竹林租界购置小火轮，接待他的正是菲尔斯。菲尔斯是大英帝国怡和洋行驻天津的洋务总办，当他听说侯方煜要买小火轮回东昌做漕运生意时，菲尔斯也拨拉起心中的小算盘。

"侯先生，我们怡和洋行是最早进入中国的洋商，我们实力最强，货物最全，价格最低，质量最优。不知侯先生想买几条小火轮？"

"菲尔斯先生，我想先听听你报的价码可以吗？"

"侯先生要一条小火轮，我的报价是白银一万两，要五条可按七千两一条计价，十条以上，价格还可以再低一些……"

"什么？一条小火轮你就要上万两的白银？"侯方煜看着菲尔斯那深不可

测的蓝眼睛险些要跳起来。

"侯先生先不要着急，如果你想要买到质优价廉的小火轮，当然也有其他办法，我们可以采取让利折价的办法卖给侯先生小火轮，但是，我们要在侯先生经营的内河航运生意中占有一定的股份！"

菲尔斯想以入股经营的方式卖给侯方煜小火轮，可因为朝廷尚不准洋人进入内地经商，所以菲尔斯想采取暗中参股的方式先把事情做起来，在这个问题上抢得先机。菲尔斯提出，他只要两成的红利，便可以三千两一条小火轮的价格卖给侯方煜。

侯方煜觉得这简直是天大的便宜，在来怡和洋行之前，他已经打听过了，租界内的大小洋行，根本没有一家有这样低的价格，三千两一条，他要买十条，一下便能省下六七万两银子啊。至于分红，哼，那都是后话了，有盈利才分红，若无盈利他菲尔斯分个屁呀，至于有没有盈利，将来还不是他侯方煜说了算？想到这里，侯方煜爽快地答应了下来。

侯方煜自以为是占了便宜，殊不知菲尔斯是一个精明且阴险的商人，他的小火轮进港价还不到一千两一条，如今欧洲各国也都在搞这些东西，再想靠暴利发大财的年代已经过去了。况且，菲尔斯受英国领事指使早就有深入大清内地布局的打算，东昌是京杭大运河上的要地，由此向南可进入大清的腹地逐鹿中原，往东四百公里是大清通向世界的门户黄海，向西则可长驱直入陕甘川等内地省份，往北毗连京津可直控京畿。若非如此，他才不会以如此低的价格将小火轮卖给侯方煜呢。

几天后，侯方煜带着十条小火轮和一排新打造的平底驳船行驶在会通河上，引得众人驻足观看，许多客商也慕名前来。

"侯少爷，订条小火轮去杭州只坐人不载货，船资多少？"一个客商问道。

侯方煜笑道："好说，单程去杭州收你纹银二百两，若是打来回，三百两足矣！"

"以往包条快船去杭州也就是三十两银子，打个来回不过五十两，小火轮的船资也忒贵了。"

"快船跑杭州最快也要一个月，打个来回得仨月，可我的小火轮到杭州城有三天足够，打个来回也用不了七天，你说省出来的这几个月能帮你多赚多少银子？我说这位先生，嫌贵你先闪在一旁，别耽搁别人订船做生意！"

侯方煜话说得虽然难听，但目前东昌城中只有侯氏船行一家有小火轮，没办法，他们只能订侯氏的船出行了。

东王大街的闸口桥上，大河看着客商们到侯氏船行踊跃订船的情景，这才明白侯世震为什么要拖到现在才给东昌漕帮办理核准旧船置换文书了，可他们越是阻拦，大河就越坚定了要把船运公司办起来的决心！

大河回到货栈，准备带小山一同去天津购置小火轮，可小山却一脸的萎靡不振，自从他得知船运的生意被侯方煜抢占了先机，就一直自责不已，可他又不敢告诉大河是他泄露了秘密。于是他提出去张秋镇专门做运盐的生意，别的事他就不掺和了。小山想只要他什么都不知道，侯方煜就再也打探不出别的消息了。大河没办法，只好要带大奎去天津。

大奎一听有些为难："大河哥，咱都没跟洋人打过交道，我的嘴又笨，叫我说，你还是把倩玉嫂子叫上吧，她在洋行里干过，还懂洋文。"

小山也在一旁附和："是啊，大河哥，倩玉嫂子要是能出面，咱买小火轮的事就好办了！"

"既然你俩都觉得好，那你们说去吧！"大河气呼呼地甩手走了，他知道倩玉去最合适，但是他拉不下脸来。

大奎去请倩玉，大河娘却是一脸的不悦，愤愤地说："不去！都半年多了，这个倔驴还不向俺倩玉认错儿，干吗帮他的忙？何况俺倩玉这两天还染上了风寒，正在家里发汗，不去，不去！"

"干娘，大河哥真是遇上难处了，要是没有小火轮，不但东昌漕帮这几百号人眼瞅着没饭吃，大河哥花两万两银子打造的那些平底驳船也就白打了！"大奎急切地说。

倩玉本来也没打算拒绝，一听事情如此紧急，她就更要去帮大河了。去天津之前，倩玉还以为可以借此机会与大河缓和一下关系，谁知大河突然变卦，让大奎赶着大车陪着倩玉和云儿一起去了，他还是磨不开，不想和倩玉待在一起，这让倩玉大失所望，不觉对自己的这段婚姻有些心灰意冷了。

倩玉带着东昌特产来到怡和洋行去见菲尔斯，菲尔斯自然很高兴，只是没想到倩玉这次回来已是有夫之妇，这不免让菲尔斯有些失落。

"菲尔斯先生，倩玉这次来是想从您这里买几条小火轮。"

菲尔斯一听忙摆手："NO，NO，密斯倩玉，东昌商会的侯会首已与天津洋商协会签下独家购货的契约，在他买到小火轮后，天津所有的洋商都不准再卖小火轮给东昌的其他商家！"

"什么？"倩玉惊愕地看着菲尔斯，"不准再卖小火轮给东昌的其他商家？"

"侯方煜要做独家生意，这事恕我不能违约！"

倩玉失望地起身准备请辞，菲尔斯思索着却拦住了倩玉。

"倩玉小姐第一次找我帮忙我却无能为力，这未免太失礼了，这样吧，倩玉小姐若是不介意，我有一条用过的小火轮想作为结婚的贺礼送给您！"菲尔斯再次想到了他的渗透计划，故此要借机向倩玉送礼。

"这可使不得，我怎好收您如此贵重的礼物？"

"密斯倩玉，您给我的礼物我收下了，咱们这叫礼尚往来，对不对？"

"那就谢过菲尔斯先生了，欢迎先生方便时去东昌做客，好让倩玉以尽地主之谊。"

菲尔斯看着倩玉意味深长地笑道："倩玉小姐，东昌我一定会去的！"

菲尔斯的助手彼特亲自开船送倩玉回东昌，他此行除了要教会大奎开船外，更重要的就是到东昌借机了解侯方煜的经营状况。当小火轮驶入东昌大码头时，大河和一帮漕帮汉子翘首以待地等在那里。

小火轮刚停稳，倩玉走了下来，故意不理会站在一旁的大河："大奎，你把小火轮安置好，招呼彼特先生去客栈住下，我身上有点冷，和云儿先回去了！"

大奎点头答应着，还在爱不释手地摆弄着小火轮。

"咋就一条啊？"大河看着河道中孤零零的小火轮不解地问道。

"有一条就不错了，要不是我家小姐，你连一条也弄不来！"云儿瞪着大河，说完扭头跟着倩玉走了。

此时大河心中很是矛盾，按说他和倩玉成亲后早就应该和和美美地生活在一起了，可是，事情偏偏就阴差阳错地将二人的关系搞得复杂了，况且，娘那里越是逼，他就越是难以下台，不管咋说，他一个男子汉大丈夫，怎能轻易向自己的媳妇低头呢？大河看着满怀哀怨而去的倩玉暗自叹了口气。

既然在天津买不到小火轮，大河便想去上海的洋行买，可是一打听才知道江南买小火轮的商家更多，排队买小火轮的都排到后年去了。

大河无功而返，回到东昌后，他整天蹲在小火轮面前，一动不动地仔细观察着小火轮，这天他一拍大腿站了起来："所谓的小火轮不就是在小船上加个蒸汽机再扣个锅吗？这东西洋人能造，中国人为啥造不得！"

蹲在一旁的大奎闻听一愣："大河哥，你连半句洋文都不懂，还想造小火轮？"

"我记得倩玉说过，小火轮是利用蒸气做动力来驱动螺旋桨的，这一阵子我琢磨过了，小火轮上的锅炉就像是扣在一起的两口大铁锅，咱只要能把锅炉、蒸汽机和螺旋桨造出来，这小火轮也就成了。"

"大河哥，这可都是一些大铁家伙，东昌城中的铁匠铺没人能摆弄的了这东西。"

"大奎，我听丁大哥说过，抚台大人在济南北郊办起了机器局，那里有专门加工铁器的器具，我看这事抚台大人准能帮上咱的忙。"大河扭头吩咐，"大奎，找人把小火轮抬到货栈院里去！"

"啊，抬到院里去？大河哥，这小火轮咱不开了？"

"不开了，抬到院里我要把它大卸八块，看看它里面到底长了个啥模样。"

鑫昌货栈院中，大河将小火轮悬空支在木架上，他仰头躺在小火轮下面，举着锤子叮叮当当地砸着螺旋桨。大奎眼看着小火轮要被肢解，急得他连忙将倩玉找来。

倩玉沉着脸走上前："鲁大河，你想干什么？"

"我想把螺旋桨拆下来，也不知道洋人是咋把这玩意弄上去的，这么砸，它就是不下来。"

大河满脸油污，模样十分滑稽，跟来的云儿看了险些笑出声。

倩玉看着大河的花脸也差点笑了，忙绷起脸呵斥："鲁大河，哪有你这样的？啥也不懂就抢着锤头瞎砸一气，你想把小火轮给毁了？"

大河争辩："正是因为不懂，我才要把小火轮拆开看看它里面到底是啥玩意，要不然，咋找抚台大人帮忙去造小火轮啊？"

"要造小火轮也不能蛮干啊？西方人造机器要先设计出图纸，然后按图纸的要求去加工机器，你这样就算砸开了，又如何能让工匠去造蒸汽机和锅炉？"

"图纸？"大河乖乖地从小火轮下面爬了出来，"我哪会画那玩意啊？"

倩玉不理会大河，扭头吩咐云儿将她的绘图工具拿过来。倩玉打开工具箱，从里面找出一本机械制图的教程书，当初她觉得没用的课程，没想到今天居然派上用场了。随后她又找出游标卡尺、直尺、三角尺、圆规等测绘工具，东西准备齐全了，只见她拿起一个扳手，蹲下身子用扳手去拧传动轴上固定螺旋桨的螺丝。

倩玉拧了几下没拧动，转身去看大奎："大奎，我手劲不行，你来帮我把这个螺丝拧下来，这样螺旋桨就能拿下来了。"

大奎刚伸手去接，大河一把接了过来，笑嘻嘻地说："还是我来吧，省得大奎再沾身土、蹭身油了。"说完，他又钻到小火轮下面，按照倩玉刚才拧的地方使劲拧着，一会儿一个螺丝被他拧了下来。大河擦了一把脸上的汗水乐了，原来这螺丝要这样才能拧下来，瞧自己刚才费的那个洋劲儿。

云儿和大奎看着大河都在一旁偷笑。

倩玉故意不去看大河，站起来在蒸汽机前拿出直尺、游标卡尺量着蒸汽机和锅炉各个部位的尺寸，然后在一个小本上记着相关数据。

正午的阳光透过门框照在地上，两张拼在一起的八仙桌上堆着许多画有锅炉和蒸汽机零件的图纸。大河娘提着干粮篮子带着大奎的媳妇枣花一起来为倩玉送饭了。

"倩玉啊，把手头的活放放，娘给你送饭来啦！"

"我早就饿的前心贴后背了。"大河笑着走上前，伸手去抓篮子中的玉米饼子。

大河娘用舀饭的勺子摁住大河的手，严肃地说："这里没你的饭，回你的张秋镇吃去！"

"娘，您送来这么多的饭菜，我不帮着吃点，你们也吃不完啊？"

"吃不完剩下的我喂狗！"

"娘，在您老眼里我还不如一条狗吗？"

"你还别说，在我眼里你还真不如一条狗，我喂了狗，狗还知道跟我摇摇尾巴，你除了会气我还会干啥?"

"娘，我哪敢气您啊?"大河趁娘不备抓起一个饼子就啃，"嗯，还是娘用大锅头贴的饼子香。"大河三口两口将饼子塞进嘴里，冲娘做了个鬼脸，向一旁的水盆走去。倩玉在一旁想笑，她使劲咬住嘴唇忍住了。

夜晚，议事房内灯火通明，倩玉还在聚精会神地绘制图纸，云儿趴在一旁睡着了。大河悄悄趴在外面的窗前注视着倩玉，内心除了感激，更是佩服。直到第二天早上，倩玉才揉着脖子从议事房里走了出来。

"嫂子，你又是一宿没合眼啊?"大奎看着倩玉的眼睛已布满血丝。

"大奎，全套的图纸绘制完了，有平面图也有效果图，各个部位的尺寸也都核准后标在图上了，这样，工匠看着图纸就可以加工蒸汽机、锅炉和螺旋桨了。"

听倩玉这么说，跟在大奎身后的大河兴奋地吩咐:"大奎，赶紧套车，把该带的都带上，咱这就去济南府找抚台大人，只要有了蒸汽机、锅炉和螺旋桨，咱这土造小火轮也就成了!"

"倩玉嫂子，没想到你还有这本事? 咱的小火轮要是能造出来，您可是首功一件! 对吧，大河哥?"大奎激动地看着大河。

大河尴尬地笑了:"那是。"

有了倩玉绘制的图纸，再加上抚台大人帮忙，三十条在船尾安装了锅炉和蒸汽机的平底小木船终于在短时间内完工开回了东昌大码头。这次他们所造的小火轮一条造价还不到六百两，而买洋人的小火轮，一条多则上万，少则也要六七千两纹银，大河现在还要感谢洋人没有卖小火轮给他，这可是帮他省了大把的银子啊。

刘振坤和胡老大、张老大一起登上小火轮试航，只见大奎站在船尾拉响了汽笛，按下操纵杆，转动舵盘，小火轮飞快地在河道中向前驶去。刘振坤看着飞驶而过的水面，感慨道:"从古至今，在河漕上行船要么拉纤，要么撑篙，如今这船贴着水面像飞一样，看来再靠老皇历吃河漕饭是有些过时了。"

大河笑道:"刘帮主，咱这土造小火轮还是没洋人的铁壳小火轮快，啥时候咱也能造铁壳船了，咱的小火轮就能跟洋人造的一样了。"

"大河，我看慢点倒没啥，要紧的是，你得赶紧给我带出一批能使小火轮的船老大来!"

"这事我和两位师兄早就议过了,咱东昌漕帮的六漕弟兄,每漕先配上五条小火轮,这几天就让大奎给每个小火轮上带出几个能使唤小火轮的水手来,这样,咱的船运公司很快就能挂牌开业了!"

半个月后,东关大街上一阵鞭炮声炸响,鑫昌货栈店铺门前蒙在匾额上的红绸飘然而落,新匾额上写着"鑫昌小火轮船运公司"的字样,行人纷纷驻足道贺。

鞭炮声停了,大河冲围过来的众商家抱拳:"各位乡里,今天是鑫昌小火轮船运公司开业志喜之日,大河遵从恩师刘帮主的钧令给大伙说上几句。众所周知,先秦时就有了咱东昌城,要说东昌古城真正的大繁荣,还是从元朝忽必烈开挖会通河之后开始,特别是明清这四五百年间,东昌古城依仗着京杭大运河的交通之便,城中的商铺货栈应运而生,天南地北的商家纷至沓来,东昌古城因此成了'漕挽之咽喉,天都之肘腋'的新兴运河名城!"

店铺前站着的人们在静静地听大河说着。

"可自道光二十年以来,先有英国人开着炮舰占领镇江,封锁漕运,后有太平军占据江南,河漕被迫隔江而阻,这几年好不容易盼来河漕复航,谁知黄河又连年决口,泛滥成灾,朝廷因加大了向洋人赔款的力度而无力疏浚河道,致使会通河段运力受阻。为解决这一难题,大河秉持恩师之意,联手东昌漕帮的同门弟兄创办了这个鑫昌小火轮船运公司,恩师有言在先,小火轮船运公司开办后,船资价码一切如旧,公司旗下配置的三十条小火轮愿随时听候各位差遣!"

李东家走过来高声喝彩:"好一个船资价码一切如旧!大河,我订条小火轮跑趟杭州城,去把我订的一万匹丝绸运回来!"

"李东家,咱的水手全是清一色漕帮弟子,他们个个是走漕的高手,有他们跟着您老出门走漕,您老尽管放心就是了!"

李东家笑道:"大河,我看重的就是你这里全是漕帮弟子当水手,当然咯,再加上你的价码公道,今后东昌商家运货再也不用去看别人的脸色了,我今天索性坐着小火轮也去逛回杭州城!"

一个穿号衣的漕帮弟子笑着引领李东家走进店铺,店铺中整修一新,原先的柜台撤去，一进门迎面摆着一个漕船的模型，五间店铺中，靠东侧摆着一圈供人小憩的红木桌椅，西侧并排摆着几张木桌，漕帮弟子带着李东家来到一张桌前填写派船单。

李东家开了头，后面的商家一拥而上，乱纷纷地喊着：

"鲁掌柜，我订船去豫州贩粮！"

"鲁掌柜，我订船去扬州！"

"鲁掌柜，我订船去天津卫！"

……

第二十七章
专利纠纷

　　会通河上又热闹起来了，土造小火轮不时拖着三五不等的平底驳船在河中穿梭而过，平底驳船上装载着各种货物，每条平底驳船上各自站着两个漕帮弟子在撑篙驾船。自打大河的鑫昌小火轮船运公司办起来后，堂口的弟子不仅保住了饭碗，更让人欣慰的是，前后帮的弟子也能和睦相处了，就连当初处处与大河作对的张老大也不得不打心眼里佩服起大河来。

　　大河的生意越来越红火，可侯氏船行的船运生意却惨淡得很。同等的路程，鑫昌的运费只有侯氏船行的六分之一，如此一来，自然也就没人再订侯氏的船了！

　　侯方煜为此恨得咬牙切齿，这个鲁大河简直是他天生的克星，不管什么事遇到他，准要倒霉！眼看生意全让鲁大河撬走了，该如何破解眼下的危局呢？侯方煜思来想去，决定要与大河公开打擂，让人们辨明谁才是正宗的小火轮。侯方煜早就看明白了，虽说鲁大河用土法也造出了小火轮，可这土造小火轮的速度、力道跟洋人造的小火轮可就差远了。故此，他要和大河各驾一条小火轮在会通河中公开比试，让众人看清谁的小火轮才是正宗！

　　东昌大码头上，大河正和张老大、胡老大招呼着客商，侯方煜亲自驾驶着一条铁壳小火轮在河道中横冲直撞地驶来，小火轮冒着黑烟在大码头前停下。

　　侯方煜扯着嗓子喊道："鲁大河，我今天是专程来向你叫阵的！你要是有种就开着你的小火轮跟我比上一回，咱让大伙瞧瞧谁的小火轮才是正宗！"

大河冷笑："侯方煜，我与你井水不犯河水，啥正宗不正宗的，只要能走漕运货就行！"

"你少装没事人，你要走漕运货也行，可你不能一上来就把小火轮的运价压这么低，你让老子的小火轮生意咋做？"

"侯方煜，走漕的价码是老祖宗留下来的，你做走漕的生意行，可你不该擅自抬价，恶意盘剥商家，坑害民众！"

"废话少说，既然你要搅局，那咱俩今天就必须得分出个高低输赢来才行！"

大河本不想与侯方煜公开打擂，可如今不比倒显得自己怕了他。但是，土造小火轮无论速度还是力道，确实不如洋人的铁壳小火轮。大河心想就算要比，也要找个有把握的比法才行。

见大河不说话，侯方煜乐了，他看着大河说："你要是怕了，就乖乖地在地上磕上仨响头，顺便来上几圈王八爬，说不定我也能饶过你！"

大河眼前一亮："侯方煜，既然你说到了王八爬，那咱今天就按漕帮的规矩比一回憋王八好了！"

"憋王八？就咱俩可咋憋啊？"

"既然你觉得铁壳小火轮是正宗，那你就开着你的铁壳小火轮，我开着我的土造小火轮，咱们每人一船，各执一篙，看谁能把谁憋住，不就分出胜负了？"

"好，鲁大河，我答应你！不过咱得把丑话说在前头，要是我赢了，你要么提价，要么退出东昌的漕运市场，还有输者要在河堤上学一回王八爬，以示宾服！"侯方煜说着，扭头看向河道中慢吞吞驶来的土造小火轮，顿时觉得底气十足。

河道中来往的土造小火轮和拖驳船队都靠向岸边，闪开了主航道。大河和侯方煜各自开着一条小火轮，并排停在东昌大码头前。待胡老大擂响了牛皮大鼓后，两条小火轮同时向前驶去。

侯方煜一压操纵杆，铁壳小火轮噌地一下蹿了出去，而另一测土造小火轮的速度明显慢了许多。侯方煜见自己的小火轮遥遥领先，挑衅地举起船篙向一侧撑去，他的铁壳小火轮一下别在了土造小火轮的船头前。他心中暗喜，鲁大河，你弄条小木船，再扣上口破锅，也敢叫小火轮？赌等着当活王八好了！

铁壳小火轮斜着挡住了土造小火轮的去路，大河松开舵盘，用力撑篙，就听咚的一声，土造小火轮狠狠地向铁壳小火轮上顶去，土造小火轮的木头船身常年泡在水中比铁壳小火轮可重多了，再加上大河突然发力，一下将斜着挡在船头前的铁壳小火轮给顶到了一旁，要不是侯方煜手疾眼快，铁壳小火轮就被大河给撞翻了，侯方煜晃着身子也撑篙去稳住船身。大河咬着牙继续奋力撑篙，他身后蒸汽机锅炉的烟囱中冒着滚滚黑烟，大河凭借刚才碰撞的优势反而超出铁壳小火轮半个船身，他伸手去打舵盘，让土造小火轮压着铁壳小火轮跑。

侯方煜忙丢下船篙，一手抓舵盘，一手抓操纵杆，不断地给铁壳小火轮加速，试图摆脱大河的压制。大河知道时间长了自己的土造小火轮占不到便宜，他咬着牙手抓舵盘，让土造小火轮始终压着铁壳小火轮在跑，侯方煜利用铁壳小火轮快速灵活的优势，在不断地加速，铁壳小火轮终于瞅准机会斜着向一侧冲出，摆脱了大河的压制。

大河见状再次撑篙侧顶着铁壳小火轮向岸边挤去。

侯方煜见铁壳小火轮又被大河用船身顶向了岸边，猛压操纵杆试图摆脱大河，可大河就是毫不放松地死死咬住铁壳小火轮。侯方煜急了，双手抓住舵盘不断地调整铁壳小火轮的航向，试图寻机摆脱土造小火轮，在他连续不停地努力下，铁壳小火轮终于左晃右摇地摆脱了土造小火轮的挤压，谁知他打舵盘时幅度大了些，猛然蹿出的铁壳小火轮忽地一下向岸边的石头护堤上冲去，吓得侯方煜赶紧往回打舵盘，铁壳小火轮几乎是擦着石头护堤呼啸而过，总算是避免了一场船毁人亡的惨剧。

河堤上的人们被这惊险的一幕惊呆了。侯方煜驾驶着铁壳小火轮向前冲出一段距离后，在河道中划出一个圆弧，他咬牙切齿地转动舵盘对着后面的土造小火轮直冲过去，大喊道："鲁大河，你去死吧！"

大河看着迎面冲来的铁壳小火轮忙打舵盘，随着一阵摩擦声，两船擦身而过。大河惊魂甫定，忽而听到一声震响，铁壳小火轮斜着撞向岸边，陷在淤泥中不动了。侯方煜忙回过头来，不住地推拉操纵杆，可陷在淤泥中的铁壳小火轮却始终动弹不得，侯方煜只得拿起船篙准备将铁壳小火轮从淤泥中撑着退出来。

大河驾驶的土造小火轮向前跑出一段距离后，也在会通河上兜了个圈转了回来，他用船身堵住了铁壳小火轮的退路，大河看着手忙脚乱的侯方煜高声喝道："侯方煜，你被憋住了，赶紧上岸去学王八爬吧！"

河堤上，胡老大擂响了得胜鼓，笑道："土造小火轮憋住了铁壳小火轮，侯方煜要学王八爬了！"

一旁的漕帮汉子们有节奏地呼喊起来："侯方煜，王八爬！王八爬是侯方煜……"

侯方煜气得脸色铁青，抢篙朝大河打来，恶狠狠地吼道："鲁大河，你去死吧！"

早有防备的大河抬篙去挡，侯方煜打来的船篙被大河挡去的船篙一下给震飞出去，大河反手一篙将侯方煜打落河中……

侯方煜浑身湿淋淋地跑进侯府，府中的下人纷纷躲避着让路。侯八跟在后面慌慌张张地跑来，进院就喊："快准备给少爷更衣！"

侯方煜心中一肚子怒火，这次没有击垮鲁大河不但自己颜面尽失，还让所有人都觉得土造小火轮更好，这都要怪菲尔斯这个老杂毛，要不是他白送给侯倩玉一条小火轮，鲁大河再有本事也造不出小火轮啊。既然是菲尔斯毁约在先，那他就要到天津卫跟这个洋毛子算个明白！

侯方煜带着侯八来到怡和洋行，举着契约要找菲尔斯索赔。

"侯先生，倩玉小姐是来找我买过小火轮，可我一条也没卖给她，而且我还关照了天津所有的洋行都不准卖小火轮给倩玉小姐。她那条是我送的，契约上并没有签不能送小火轮的条款，所以我不能赔你违约金！"

"你这是不讲理啊？菲尔斯，鲁大河用你送的小火轮，一下子造出来三十条小火轮，他的小火轮每条造价还不到六百两，既然如此，老子要求原价退货！"

菲尔斯一愣，不可思议地说："他的小火轮造价还不到六百两？这么低的造价在英国本土也造不出来！"

"人家的小火轮都满地跑了，你居然还说造不出来？既然你不守信，那我也回去造小火轮卖，看今后谁还会花高价来买你们的小火轮！"侯方煜说完起身想要离开。

菲尔斯被他的话激怒了，挥着拳头："鲁大河这是在公开剽窃我们的技术专利，我要向他提出巨额索赔！"

侯方煜带着菲尔斯来到东昌府衙门告状，菲尔斯见两旁的差役们杵着水火棍喝着"威——武——"，不解地扭头问道："侯，他们这是干什么？"

"菲尔斯先生，这叫喝堂威，是专门用来吓唬告状之人的，大概的意思是让告状之人要小心行事，不得胡言乱语……"

菲尔斯上前一步挥起了拳头："我抗议！你们这是在故意恫吓大英帝国的臣民！"

从未跟洋人打过交道的侯世震不免露怯，摆手让衙役们停了下来，他看看菲尔斯高声问道："哎，洋人，见了本府你为何立而不跪，难道是在藐视我大清的天威不成？"侯世震说着摸起了惊堂木，本想用力向公案上拍去，可看到菲尔斯那傲慢的神色，惊堂木却轻轻地落在了公案上。

侯方煜见侯世震有火不敢发的样子，忙悄声提醒菲尔斯让他跪下，菲尔斯摇头称他是大英帝国的臣民，只向尊贵的女王陛下行跪拜礼，其他人一概不跪。

侯世震尴尬地看着菲尔斯，他不敢得罪洋人，只能将怨气转嫁到侯方煜身上："大胆侯方煜，既然洋人是你引来的，那你就替洋人跪吧！"

侯方煜正在洋洋自得，没想到侯世震会下令让他来替洋人下跪，侯方煜向四周看了看，见差役们都正怒视着自己，他只得不情愿地跪了下来。

"这才像回事儿，说吧，你们想告谁？把诉状呈上来！"侯世震看向菲尔斯。

"知府大人，鲁大河盗用我们的技术仿造小火轮，对我的生意构成了极大威胁，我代表大英帝国怡和洋行向他提出索赔，对鲁大河盗用我们的发明权仿造小火轮的行为，向其索赔直接损失白银三十万两，间接损失索赔白银一百二十万两，两项相加共计白银一百五十万两！"

白银一百五十万两？侯世震接过诉状看着不觉有些傻眼，这个鲁大河得罪谁不好，偏要得罪洋人，惹下了涉洋官司，这不是间接害了倩玉嘛！

侯世震额上的汗水流了下来，吩咐差役："来人，传鲁大河上堂！"

这一日，倩玉正在家中侍奉大河娘，大奎匆匆跑来报信，说菲尔斯状告大河侵犯发明权已被带到了衙门。倩玉心下一惊，立马跟着大奎去了衙门。

知府大堂上，大河辩解："知府大人，大河以为洋人这是在故意讹诈，大清律中并无专利侵权的律条！"

"鲁，虽然你们的大清律没有涉及侵犯专利权的律条，但是我们大英帝国的专利权法对此早有明文规定，所以，你必须要依法对我方赔偿！"

"请问菲尔斯先生，你是在何处与我打官司？"

"当然是在东昌府衙门。"

"菲尔斯先生，既然是在大清的地盘上打官司，那你拿着英吉利的律法来定我的罪，这不是屎壳郎打喷嚏——满嘴喷粪吗？"

大堂上站着的差役闻听忍不住窃笑出声，菲尔斯恼羞成怒道："知府大人，鲁大河这是在强词夺理！我知道鲁是你的女婿，你若是敢徇私枉法，我会找你们朝廷的总理衙门告你！"

侯世震一听冷汗直流，忙说："洋大人别着急，本府定会秉公而断。来呀，听本府宣判……"

就在这时，倩玉拿着几本英文书和一张英文报纸走上大堂："知府大人且慢，民女有话要说！"

"倩玉，此处是知府衙门大堂，岂能儿戏？还不快退下！"侯世震不免着急。

倩玉来到大河身边跪下："知府大人，民女是替丈夫鲁大河来打涉洋官司的！"

"倩玉，大堂之上绝非儿戏之处，你有何事还不从速讲来？"

"知府大人，菲尔斯先生状告我夫鲁大河所谓侵犯发明权一案，倩玉以为他的诉求根本就不成立，纯属无稽之谈，您大可不必睬！"

菲尔斯一听这话，瞪起眼来："密斯倩玉，我可是有着充分的法理依据，你不要主观臆断！"

倩玉微笑着说："菲尔斯先生，倩玉认为你所提的法理依据统统都是站不住脚的!"

"这怎么可能?"

"菲尔斯先生如若不信,倩玉可用你们大英帝国的律法,将您所列举的法理批驳得体无完肤!"

菲尔斯不屑地摇头:"这不可能,临来时我专门向领事馆的法律专家做过咨询……"

倩玉坦然地举起手中的报纸:"菲尔斯先生,这是你们大英帝国出版的《泰晤士报》,这上面有一篇文章讲明,蒸汽机最早是大清康熙朝的洋大臣南怀仁所发明,这可比你们英国人发明蒸汽机要早了一百多年,即便是侵权,也是你们英国人在侵权,就算索赔,也应是你们英国人赔给中国人才合理!"

倩玉一言既出,大堂上一片哗然,众人诧异地看着倩玉。

菲尔斯愣住了,他不可思议地看着倩玉手中的报纸:"我要求查验一下这张报纸的真伪。"

"当然可以!"倩玉微笑着将报纸递给菲尔斯,"这张报纸是我的老师玛格丽特女士让我练口语时送给我的,哦,是从你们英国本土带来的!"

菲尔斯看着报纸上一篇用红线加框的文章,额上的汗水很快流了下来。

倩玉见状又举起手中一本厚厚的英文书:"菲尔斯先生,倩玉还有证据,这是你们大英帝国编撰的《欧洲近代史》,这上面清楚地记载了欧洲人发明蒸汽机的时间,由此完全可以佐证,欧洲人发明蒸汽机的时间的确要比南怀仁大人晚了一百多年!"

菲尔斯连忙接过书,看着书中用朱砂标出的文字,不住地用手帕擦着额上的汗水:"就算蒸汽机是大清的外臣所发明,可他毕竟没有形成生产力,何况……"菲尔斯正想说下去,突然看到倩玉手中拿的一本英文小册子,停住不说了。

"根据你们大英帝国颁发的专利权法,任何发明只有五十年的保护期,对不对,菲尔斯先生?"菲尔斯低下头躲避着倩玉扫来的目光,倩玉微笑着继续说,"据相关史料记载,西历的1785年英国人瓦特改良了蒸汽机,从此人类进入了所谓的蒸汽机时代,即便是从改良之日计起,到如今早就超过了一百多年,就算蒸汽机是英国人的发明,再用你们的专利权法来恒定此事,你们规定的保护期早就过去了两个五十年之多，不知菲尔斯先生是如何依据你们大英帝国的律法来向我方提起诉讼的？"

菲尔斯狼狈地站在那里，抱歉道："密斯倩玉，这是我的疏忽，对不起……"

"知府大人，我已将相关证据及所谓的大英律条提交大堂，并以此为据，代表我的丈夫当堂向菲尔斯先生提出反诉，请菲尔斯先生代表英方向中国民众赔偿侵权银共计两千九百万两！"

"倩玉小姐你有什么法理依据要我赔偿这么多的银两？"菲尔斯傻眼了。

倩玉不卑不亢地说："当然有依据！西历的 1842 年 8 月 29 日，你们英国人逼迫大清签下了第一个不平等条约《江宁条约》，从此开启了世界列强瓜分大清之先河，你们凭此条约从中国人手中掠走白银两千一百万两。十八年后，你们又挑起战争，英法联军从天津的大沽登陆，一路杀进京城，火烧圆明园，犯下了惨绝人寰的滔天罪行，你们居然还要大清赔偿英方军费六百万两，英商的鸦片损失二百万两。你们英国人之所以能够称霸世界，其主要原因之一就是你们盗用了大清朝南怀仁大人发明的蒸汽机专利，造出了铁甲炮舰四处穷兵黩武，侵占他国领土，今天我方只要求将你方靠军事入侵掠去的两千九百万两白银归还中国人，这不过分吧？"

大堂外听审的民众大声叫起好来："好，说得好……"

菲尔斯惊恐地看着外面越围越多的人群，走到倩玉面前企和："倩玉小姐，这都是误会，我撤诉，并为我的莽撞与过错郑重地向鲁先生赔礼道歉！"说着，他来到大河面前躬身鞠躬。

侯世震得意地捋着胡须，问道："我说洋大人啊，你不告鲁大河了？"

"不告了，我撤诉。"

"那你也不向朝廷控告本府徇私枉法了？"

"知府大人，这都是误会，我也向您道歉！"菲尔斯转身冲侯世震又深鞠一躬。

侯世震哈哈大笑起来："好，既然洋人道了歉，我看这事就到此为止吧，来呀，退堂！"

"倩玉，谢谢你……"大河满脸惊喜伸手想去扶倩玉起来，倩玉却没理会大河，自己起身向大堂外走去。

侯方煜气急败坏地走出了衙门，心想该死的菲尔斯大言不惭地说他能灭了鲁大河，谁知被侯倩玉三言两语就打得落荒而逃，一会儿给鲁大河鞠躬，一会儿又给侯世震作揖，早知道他这么窝囊废，自己哪会跟他来出这洋相啊！

侯方煜回到侯府，一进门就瞪着眼吩咐："侯八，找几个家丁去把鲁大河的小火轮给我砸了！"

"啊？少爷，鲁大河的小火轮可都在漕帮的船场放着，那漕帮可不是好惹的。"侯八担心道。

"侯八，你少废话，不去砸鲁大河的小火轮，老子就把你的脑袋给砸了！"

侯八无奈，只好带人趁天黑来到漕帮船场。离此半里地的东昌漕帮堂口中不时传来阵阵欢声笑语，大河赢了这场涉洋官司，大伙从中午就开始喝酒庆贺，这场酒一直喝到半夜还未散。

夜深了，打着酒嗝的胡老大背着土铳，挑着灯笼在岸边值夜带班，为了让手下的弟兄尽兴，他把别人都打发回堂口喝酒去了。他转了一圈后来到篝火旁坐下，拿起几根树枝为篝火添柴，不一会儿，胡老大便磕头打盹地趴在膝盖上打起了呼噜。

河堤上，侯八带着四个家丁从大树后闪身而出，他见胡老大睡去，便蹑手蹑脚地走到他身旁，让两个家丁用麻绳勒住胡老大的脖子，胡老大被勒得怒目圆睁，手脚挣扎着拼命反抗，侯八赶紧上前用力捂住胡老大的嘴和鼻子，胡老大因窒息渐渐不动了，侯八伸手试着胡老大的鼻息，似乎已经没了气息，便让家丁松开了麻绳。

胡老大悄无声息地瘫在了地上，侯八吩咐家丁动手，四个家丁从腰中抽出斧子走到岸边抡起斧子去砍小火轮，叮叮咚咚的敲击声在夜色中传出好远。

倒在地上的胡老大慢慢地睁开了眼睛，看着有人在砍砸小火轮，他颤抖着伸手抓起了地上的土铳，咬着牙端起土铳对准侯八的后背扣动了扳机，随着一声爆响，一团火光飞出，侯八被击中一下趴在了地上。

四个家丁忙回头，见胡老大正端着土铳对着他们，都吓得待在原地不敢动了。趴在地上装死的侯八悄悄睁开眼，顺手摸起一旁的船篙悄悄站了起来，举起船篙恶狠狠地冲着胡老大的后脑勺砸了下去。胡老大被船篙砸了个正着，身体摇晃着回头看了侯八一眼，再次倒在地上。

侯八丢下船篙过去踢了胡老大一脚，骂道："他娘的，你狗日的拿老子当兔子打了？"

这时，远处传来一阵锣声，接着一片灯笼火把晃动着向船场的方向奔来，侯八惊恐地看着远处，命人将胡老大丢进河中，趁着夜色溜了。

胡老大死了。

大河和后帮弟子腰缠孝带，依次在棺木前磕头烧纸祭奠胡老大。

胡老大十四五岁的儿子狗剩将瓦盆啪的一声摔在地上，哭着抱起了桌上的牌位。

大河站在棺木前沉痛地喊道："弟兄们，时辰到，送胡老大上路！"

十几个后帮弟子走来，搭好撬杠正要去抬棺木，张老大带着一大群前帮弟子走来，他腰上系着孝带，从一个后帮弟子手中接过撬杠，看着棺材说："胡老大，你为咱堂口的弟兄而死，你放心，只要有我张老大在，我就一定替你照顾好后帮的弟兄！"

刘振坤眼中含泪，频频点头："好啊，从今往后，东昌漕帮再也不会有前帮后帮之分了！大河，送胡老大上路！"

大河亮开嗓门："起杠！送胡老大上路喽！"

抬木杠的汉子一起下腰抬起棺木，迈着沉重地脚步向前走去。

"胡老大，一路走好……"

漕帮汉子撒出一把纸钱，纸钱在空中纷纷飘落下来……

第二十八章
棉花买办

雨来茶馆雅间里，菲尔斯站在窗前望着外面的街道，看着倩玉在彼特的引领下走进茶馆。他今日之所以要找倩玉过来，除了致歉，还有一件更重要的事需要倩玉帮助。

"倩玉小姐，我是上了侯方煜的当，才对您的丈夫做出失礼之举，我真诚地希望能得到您的谅解！"菲尔斯见到倩玉便开始大献殷勤。

"菲尔斯先生，事情已经过去了，倩玉也不想再追问什么。"倩玉冷冷地看着菲尔斯，虽然菲尔斯做了对不起大河的事，但碍于以往的交情，她不得不来应酬。

"倩玉小姐，你真是太大度了。其实我这次请你来还有事想请知府大人帮忙……"

"菲尔斯先生有事请讲。"

"倩玉小姐知道棉纺织业是怡和洋行的支柱产业之一，而东昌在大明朝就是中国北方最大的产棉区和棉花集散地，我这次来想从东昌购买一些优质的长绒棉。可目前你们的朝廷还不准洋商进入内地经商，我们采购棉花必须要找当地的商人做买办，同时要得到当地官府核准，棉花才能通关外运，所以我想请倩玉小姐帮我搞到东昌府准许棉花外运的批准文书。"

"菲尔斯先生想要批文可直接去东昌府衙门，这事不归倩玉管！"倩玉站起来准备走。

菲尔斯伸手相拦："我知道倩玉小姐还不肯原谅我，我来之前见过玛格丽特女士，她说倩玉小姐是个重情义的人，还请倩玉小姐能看在玛格丽特的面子上帮我找您的父亲去通融一下！"

倩玉见菲尔斯抬出了自己的老师，只得应承："菲尔斯先生，那我去试试吧，如能帮上忙最好，帮不上，也请菲尔斯先生见谅！"

倩玉一路上犹豫着来到东昌府后衙，她并不想让爹帮着洋人办事，但自己已应承下来，便要替菲尔斯问上一问，若是不行也算自己尽力了。

侯世震从倩玉口中得知此事后，狡诈地笑了："办个准许棉花外运的批准文书这事不难，不过倩玉，你告诉他，就说这事要办也不是不行，可是得容老爷我好好地斟酌斟酌！"

"斟酌斟酌？"倩玉不解地看着侯世震。

"倩玉，你只管这样回，他真想求我办事儿就该心里有数！"

"父亲，这样不好吧？"

侯世震得意地笑着说："倩玉，官场上的事你不懂，你只管把话捎到就行。"

在中国经商多年的菲尔斯自然明白侯世震要"斟酌斟酌"的意思，悄悄给侯世震送上一大笔银子后，就在东昌住了下来。倩玉觉得这是帮大河拓展业务的一个商机，想让大河揽下给菲尔斯收棉花的生意，可大河说自己不想跟洋人打交道，更不想做洋人的买办，他怕被人戳自己的脊梁骨。倩玉劝说大河要虚怀若谷，博采众长，但大河认定自从父亲跟着林则徐大人禁烟开始，老鲁家就与洋鬼子势不两立，他绝不跟洋人做生意！倩玉只好失望而归。

侯方煜得知菲尔斯拿到了准许棉花外运的通关文书，正在寻找棉花买办，他心想这可是一个挣洋钱的大好机会，如今他的航运生意已经黄了，如果能拿下这个买办，所获的利润可比小火轮生意丰厚得多。他已然忘记了自己之前对菲尔斯的不满和气愤，主动前去请求菲尔斯将这个买办交由他来做。通过上一次的事情，菲尔斯早就看清了侯方煜的小人面孔，他本不想再跟侯方煜合作，却找不到比侯方煜再合适的合作伙伴，只得勉为其难地答应了侯方煜的请求。

同治十三年冬，同治帝崩于养心殿。他的驾崩使得风雨飘摇的大清王朝陷入了更加混乱的境地，也宣告了所谓"同治中兴"的终结。

新帝登基，五品以上的官员都要进京接受朝廷吏部和都察院的"京察议叙"，侯世震当然也不例外。京察议叙对每位官员都是一道难过的坎儿，他不知这次京察议叙后，还能不能保住这个从四品的知府正堂。

倩玉劝慰他说："父亲，不管是啥结局，您且都放宽心，大不了这官咱不做就是了。"

"你说得轻巧，当初是你大伯出五万两银子先为我捐了个从五品的东昌府同知，后来东昌知府出缺，你大伯又拿出五万两去京城为我补捐了东昌知府正堂，这前后咱可是花出去十万两白花花的银子啊！"

"父亲，你要是觉得不托底，要不让大河去找找抚台大人？"

侯世震摇头："丁宝桢如今也是泥菩萨过河，找他有何用？"

"父亲，丁大人不是和恭亲王交好吗？"

"快别提恭亲王了，他因反对重修圆明园，半年前就和同治帝还有两宫太后起了争执，而今朝中真正掌权的是西太后，朝中的洋务派这回怕是走到头了，咱还是躲着他们点好！"侯世震思索着继续说，"要说管用啊，还是多备点银子管用！"

"父亲，这是大河给您准备的一万两银票，您带上吧。"倩玉从身上摸出一张银票，递给侯世震。

"大河给的？"侯世震惊讶地看着倩玉。

"婆婆听说您要进京京察议叙，让大河备下一万两银票，请您带上以备不时之需。"

虽说侯世震与鲁家有过节，但自从倩玉嫁过去后，侯世震也渐渐接受了这个事实。这次大河和他娘又主动备银子给他，可见鲁家还是明事理的人。侯世震接过银票，好心提醒："倩玉，我此番前去，快则仨月，慢则要半年才能回来，你告诉大河，这一阵子千万不可招惹是非，不然他若有事，丁宝桢和我可都没法帮他周全！"

倩玉一听此言，知道父亲心中已接受了大河，高兴地替大河谢过父亲。

侯世震刚走，侯方煜便着急着去天津找菲尔斯定收棉花的事了。侯八害怕此事没经侯世震认可，万一日后怪罪下来不好交代，无奈，他让侯方煜抓住了私挪货银的把柄，不敢跟侯方煜明争。侯方煜早就盘算好了，只要他抓住洋人做靠山，侯世震就拿他没办法，他相信过不了多久侯府的家业依然还会是他的！

山陕会馆门前聚集着许多推车挑担的棉农，他们都翘首以待等着开秤收棉的消息。因为年前开秤收棉时，正好赶上同治帝驾崩，上面宣布商家不得开业，不得庆典，如今新帝登基，棉花行这才到各县采集齐盘样棉，棉农们都盼着赶紧收棉，只有卖出棉花他们手中才能有活钱。

山陕会馆大殿正中立着关公的塑像，四周摆着一圈桌案，桌上摆着白绒绒的籽棉及显示棉绒长度的样品，它们是来自东昌府属下一十二个县棉花行送的九十六件盘样棉。

李东家已经验看得差不多了，于是走上前对另外十几个商家说："各位，各县棉花行送来的盘样棉大伙都看过了，众所周知，咱东昌府靠着河漕便利及种植量大的优势，数百年来，东昌开秤收棉的价码对大半个中国的棉花市场都具有价格风向标的作用。诸位给出的价码，一头担着数万棉农及棉商的切身之利，另一头担的是天下苍生的日常生计，故此，各位给出的价码必须要放在公平石上称称分量，以防偏心！"

众人循声去看八仙桌上放的一块墨迹斑斑、平如镜面的青石板，在这块所谓的公平石旁还摆着砚台笔墨及一些规格统一、用于书写价码的小木牌。李东家走到八仙桌前，双手合十向关公的塑像及桌上的公平石拜了拜，拿过一块小木牌，提笔蘸墨，在上面工整地写下"一两五钱开秤"的字样，然后在木牌下方写下"李有财"的署名，随将木牌扣在公平石的右上角，然后闪在一旁。

其他人依次在李东家身后排好队，逐一来到八仙桌前祭拜，写牌，落牌。

忽然，宏昌货栈的掌柜急火火地跑进大殿，告诉李东家出事了，侯方煜开秤收棉的价码是四两一石，等在门前的棉农早就跑到侯氏货栈门前去排队卖棉花了。

众人一听，不禁哗然一片。东昌的籽棉多少年了都是歉收的小年二两一石，大年一两五钱一石开秤，侯氏货栈将大年的棉价定在了四两一石开秤，这不是要故意搅局吗？侯方煜如此胆大妄为，分明是要蓄意挑起一场棉花价格大战，东昌棉花行岂能坐视不管？可是侯方煜定的价码，要是跟，收来的棉花准得窝在手中，若是不跟就收不来棉花，不收棉花，棉花行的这些商家靠啥吃饭啊？

棉商们群情激愤，发誓要联手跟侯方煜斗上一回，侯方煜收棉每石四两，那他们就按四两一石开秤收棉，他们不信整个棉行口就斗不过一个侯方煜。

"四两一石开秤收棉"的价目牌刚刚挂出去，众棉农果然纷纷离开了侯氏货栈，挑着担子，推起独轮车分散开来向各家货栈门前涌去。

侯方煜一听，知道这是要向他宣战，自然不肯认输，命令侯八将价格每石再提上一两。这个世道历来是弱肉强食，他若不将东昌的这些棉商斗趴下，这棉花今后还如何收？更何况，他与菲尔斯已秘密签下契约，菲尔斯将全力扶持侯方煜打败东昌的棉商，只有这样，他们才有可能把东昌这个中国北方最大的棉花集散地的定价权抓在手中。正是有洋商在背后做支撑，他才敢肆无忌惮地与东昌的棉商背水一战。

侯氏货栈门前换上了一块新的价目牌：五两一石收棉！

"五两一石，我不会是看错了吧？"

"没错！送棉花的，我们侯氏货栈又提价啦，每石籽棉五两，我敢说，合天底下收棉花的也没这个价码，想发棉花财的快来侯氏货栈送棉花吧！"

……

棉农们欣喜地朝着侯氏货栈门前涌去。

两天后，东昌的棉商都顶不住了，齐聚在宏昌货栈议事房，想让李东家帮忙拿个主意。李东家从未见过打商战如此不要命的主儿，大伙觉得再也不能，也不敢跟侯方煜这个疯子玩下去了，不然，自己怕是连个囫囵尸首都保不住啊。众人决定就此休兵，毕竟侯方煜的家业是赔受侯百万的，赔了赚了他都无所谓，可他们不行啊。

这次棉花价格战侯方煜大获全胜，东昌城中收棉花的就剩下侯方煜一家，侯方煜早就算准了，东昌城中这些棉商最有实力的是晋商李东家，李东家尽管家大业大，可唯独胆子不大，其他棉商不过是一帮乌合之众，又各自打着各自的小算盘，真打起来，他们必然会自乱阵脚，今年只要把他们放趴下，今后东昌的棉花市场可就是他侯方煜的了！

其他棉商退出棉花市场后，侯方煜便吩咐侯八玩起撅秤杆子、耍秤砣、多去包袱皮之类的花活儿，如此一来，也就等于变相压价了。

时光荏苒，夏初时侯世震风尘仆仆地回到东昌。这回京察议叙他算是过关了，依旧是东昌府的从四品正堂，只是上下打点又花去了五万多两银子，跟又捐了回知府差不多，不过，侯世震相信只要他的官位在，这些银子迟早是要赚回来的。他刚安顿好，便听说侯方煜为收棉花和东昌的棉商打得不可开交，竟然将棉价抬到了五两一石。

"这个狗胆包天的东西！我得去侯府看看，我哥留下的这份家业可不能就这么毁了！"说着，侯世震赶紧去了侯府。

"侯方煜，我京察议叙进京三个半月，这段时间侯府的生意如何？"

"二叔，有件事方煜还没来得及向您老回禀，上年冬因同治帝驾崩，东昌的棉商没法开秤收棉，我想扩充一下侯府的生意，就借机收起了棉花。"侯方煜不动声色地跪在地上答道。

"侯方煜，我有言在先，侯府的生意我是委托你帮我大哥代管，凡有大事你须向我禀报，经我认可后方能办理，如此大事，你为何事先不向我通禀就擅作主张？"

侯方煜申辩："二叔，侯府这几年的生意不景气，我也是一番好心才临时动议收的棉花，再说了，二叔当时去了京城，我若是等着向二叔回禀，可就耽误收棉花了……"

侯世震沉着脸，问道："那你收棉花赚了多少银子？"

侯方煜先是一愣，接着嚎啕大哭："二叔啊，我对不住您，咱收的两万多石籽棉都给菲尔斯送去了，谁知他却推三阻四不给结货款了……"

"不给结货款？侯府的流水还剩下多少？"

"二叔，侯府的十万两流水我都拿去收棉花了。"侯方煜的声音越来越小。

侯世震气得浑身哆嗦，忙将账房唤来核查，一看账上的流水全给划了出去，大怒："账房，为何不经我应允，就擅自将流水划了出去？"

账房吓得浑身哆嗦："二老爷，少爷和侯管家都说这事是你让办的，还有您的手谕……"说着，账房将侯方煜给他的手谕递了过去。

侯世震接过来一看，不禁气得浑身乱颤："好啊，侯方煜，你居然敢伪造本府的字迹骗钱行事！来人，将伪造本府手谕，骗钱行事的侯方煜及侯八拿下，一并打入大牢！"

侯八早就吓得瘫在地上，侯方煜却起身冷笑道："二叔，如今您恐怕是拿我不得！"说着，他从怀中摸出带洋文的文契及证书，"这是英商颁给我做棉花买办的聘书及文契，您若是将我抓了，这桩涉洋事件恐怕就要惊动朝廷的总理衙门了！"

侯世震接过文契和证书不觉愣住了。

侯方煜继续威吓："二叔，如今朝廷最怕的就是洋人，况且二叔参与胞兄经商之事一经泄露出去，恐怕对二叔也大为不利吧？"

"侯方煜，你敢威胁我？"

"方煜不敢，二叔若是让我留在侯府，我会将侯府的流水向洋人追讨回来。"

"侯方煜，当初我若是将你逐出侯府，侯府账上至少还趴着十万两现银，可你经手两年，反把我哥的家业全给赔了进去！看在你们都姓侯的份上，我可以免去尔等的牢狱之灾，但是绝不可让你们再留在侯府！"侯世震厉声喝道，"来人，将侯方煜和侯八给我逐出侯府！并四处张贴告示，晓谕各界，此后他二人与侯府再无半点瓜葛！"

侯方煜知道侯世震是铁了心要将他逐出侯府，他不会再多留，但这些年他为侯府的生意风里来雨里去，要想就此放弃，怎么可能？！他自然为自己留了后手，侯世震哪里知道？如今的侯府只剩下一个空壳，侯世震进京打点又花了那么多钱，本以为能从侯府抽调一部分弥补亏空，可眼下这种状况基本没留下什么银两了。侯世震记得当初侯百万说过，刨开手头的流水不说，他的这份家业至少能值五万两，可他不会打理，就算会，也不敢明着去经商啊，于是他只好狠下心来，派人四处找寻买家，打算将侯府的家产盘出去。

半个月过去了，可是一个买家都没有，东昌的商家一听是跟知府大人谈买卖，谁还敢出价啊？这可急坏了侯世震，难道这份家业就白白地窝在手中了不成？就在这时，侯方煜托人来说自己愿意以两万两把侯府的家业接过去。侯世震起先并不答应，他怀疑侯府的生意就是侯方煜故意倒腾出去的，洋人固然可恨，可还不至于收了货不付货银，也就是侯世震此时不敢声张，这才让侯方煜钻了空子。

时间一天天过去，依然没人敢来和侯世震谈生意，这时候，侯方煜又托人来说，自己接手侯府后会替侯百万继续赡养徐秋月，原先给徐家的给养银会一文不少。侯世震心想徐秋月不管咋说也是他哥留下的姜，她若留在侯府，每年至少要有几千两的花费，他不赚银子不要紧，总不能年复一年地往里搭银子吧。想到这儿，侯世震便同意了，收了银子，将侯府的房契地契一并过给了侯方煜。

深秋时节，金钱胡同中突然响起一阵鞭炮声，粉饰一新的侯府大门上一块红绸飘然而落，露出一块写有"侯府"字样的黑底金字的门匾。

侯方煜一身新装，志得意满地站在门前抬头看着新匾。从今日起，侯府再也不是侯百万与侯世震的了，而真真正正成为侯方煜的家了。

待侯府的事忙完，眼看又到开秤收棉之时，不过今年开秤，侯方煜可没打算像去年一样高价收棉，而是将开秤棉价压到了一两二钱一石。如今东昌城中收棉花的就剩下他一家，加上上年棉农尝到甜头后，今年种的棉花比以往至少能多出五成去，这是他上年提价前就布好的局，专等着那些贪得无厌的棉农多种棉花伸着脖子等他宰呢。

收棉花之日到了，自从侯方煜打破收棉的规矩后，今年棉农没人再到山陕会馆门前去等待东昌棉花行榷牌定价的消息了，大伙都推车挑担一股脑地涌到了月河街上，却发现整条月河街上只有侯氏货栈门前孤零零地立着块价目牌，上写：一两二钱一石开秤收棉。

棉农们看着很是泄气，这时，侯八气势汹汹地站在侯氏货栈门前吆喝起来："卖棉花的都听好了，今年是一两二钱一石开秤！"

"去年你们是四两一石开秤收的棉花，今年咋就成一两二了？"棉农不满道。

"嫌低你别卖！我可告诉你们，今年是棉花多收家少，整个东昌城中只有我们侯氏货栈一家在收棉花，谁要是不想把棉花窝在手中，及早出手，说不定啥时候这棉价还要往下落哪!"

"还落?"棉农们听侯八这样说,惊恐地涌了过来,在侯氏货栈门前排起了一条长龙。

月河街西头,侯方煜带着一帮家丁耀武扬威地向东走,他边走边扫视着路旁一家家关门闭户的货栈。当他来到宏昌货栈门前时,侯方煜挑衅地去看宏昌货栈关闭着的院门,又扭头看着前面侯氏货栈门前越排越长的棉农队伍,不觉得意地笑了,一摆手带人继续向东走去。

即使侯方煜将价格降了下来,李东家等人今年也不会再跟风收棉了,因为侯方煜早就让侯氏货栈的伙计四处撒风,说他背后的靠山是洋人,谁跟风收棉他就灭谁。此话一出,东昌城中的商家谁还敢再收棉哪?!

第二十九章
声东击西

济南老城，红墙黑瓦的巡抚衙门大院中，大河带着黄绫做的万民伞来为丁宝桢送行了。朝廷擢升丁宝桢去做四川总督，官升正二品，不日就要离开山东。大河听说后，连夜赶到了济南府。

"大河，没想到你能专程来为我这个即将卸任的官员送行，这令老夫大为感动啊！"丁宝桢见到大河欣喜异常。

大河红着眼圈跪在丁宝桢的面前："抚台大人，大河代表东昌的百姓专程来给大人送万民伞了！"

"大河，我丁稚璜何德何能，怎敢收百姓的万民伞？此事万万不可！"

"抚台大人，自您主政山东以来，山东百姓对大人的作为一直感佩不已。同治四年春，山东大旱，抚台大人为拯救半个山东百姓的性命，不计个人得失，决意拍板，动用府库银去江南买粮赈灾。同治六年，东昌遭水患，遭灾的次日晨，您老就一身水一身泥出现在抢险的河堤上。此情此景，不胜枚举，山东百姓舍不得大人这样勤政爱民、刚正不阿的清官廉吏离去啊……"

大河哭着说不下去了，丁宝桢动容地拉住大河："大河，这些都是为官者当尽的本分，你如此谬赞倒让老夫汗颜了……"

大河抹去泪水，恭敬地将万民伞递给丁宝桢，丁宝桢看着伞上密密麻麻的百姓签名，不禁哽咽了。

丁宝桢泪眼蒙眬地拉住大河的手，说出了他心中一直藏着一个秘密，他告诉大河，他和大河的父亲其实早有交情。道光年间，他第一次赴京赶考，当时他体弱加上水土不服，在客栈中一病不起。那时大河的父亲也是进京赶考的举子，见丁宝桢病倒无人照料，便拿出不多的银两帮他请了郎中，代为煎药，若非大河父亲的悉心照料，恐怕他早就不在人世了。而他之前之所以不说出实情，是怕事情张扬出去，反倒不好庇护大河了。

大河惊愕地看着丁宝桢，他不敢相信抚台大人竟然是自己的世叔。

"大河，若非后来接到你夫人写的举报函，弄清了当年你父遭诬陷的关键情节，替鸿举兄平反昭雪之事恐怕还不能如愿以偿啊。大河，你找了一个是非分明、重情重义的好女子，今后，你一定要好好珍惜、善待你的夫人，不要辜负了你夫人的一片真情，明白吗？"

大河闻听激动万分，他万万没想到是倩玉替自己父亲平反了冤屈，她如此深明大义，即便自己一次又一次地冷落她，她也从没向自己抱怨过一句。倩玉啊，倩玉，你这样做着实让大河羞愧啊。

"大河，而今的大清时局动荡，波云诡谲，你一定要设法独善其身，兼济天下，做个修齐治平的可用之才，方能不负你父的一世英名！"

"大河定当谨记叔父大人的教诲，做一个对国家对民族的有用之人！"

"大河啊，最初我是从你父亲的身上看到了山东人正直侠义、乐善好施的秉性，别看我的祖籍不在山东，可我早已将自己看作是一个地地道道的山东人了。活着，我要忠君事主，遵从皇命去四川赴任。不瞒你说，我已在历城的九华山买下了墓地，待我百年之后，我要回来与山东的父老相聚，永世不再分离。"丁宝桢说着早已是泪水涟涟。

从济南府回来，大河的屁股还没坐稳，看到何爷的来信，便一刻不停地赶到无锡。原来何爷是受胡老东家之托，想让大河替他从东昌收棉花。自从胡老东家安上了洋人的三十台织布机，办起织布厂后，一年需要六万石籽棉做原料，可江南历来是粮多棉少，加上这几年江南好多富商都办起了洋织布机厂，棉花更是成了抢手货。胡老东家没办法，只好求何爷替他想辙，何爷知道东昌是闻名全国的主要产棉区，这事就拜托大河了。

"胡老东家，在东昌收六万石籽棉这事不难，可要是光靠我这三十条小火轮加平底驳船怕是运不过来，况且还有东昌其他商家也要运货，这可如何是好？"大河不免有些担忧。

何爷虽说也有小火轮拖驳船，可平素里无锡的商家大多是跑上海进货，一时半会儿，江淮四还真抽不出多余的船只来帮胡老东家运棉花，这六万石籽棉若是走陆路运至无锡，脚力银搞不好要比买棉花还要多。何爷为难地摇了摇头。

大河见胡老东家一脸忧虑，忙宽慰他自己一定想法将棉花给他运过来。这时，他想到了一件事。

"何爷，胡老东家，众所周知，三斤半籽棉才能出一斤皮棉，我若在东昌办个洋轧花机厂，将籽棉加工成皮棉再运到无锡，这运力不足的难题岂不就可以迎刃而解了？"

胡老东家终于笑了："还是大河的脑子快，大河，办洋轧花机厂的银子我出了！"

"胡老东家，当初要不是您老出手相救，哪有大河的今天？办洋轧花机厂的这点银子您老就甭管了，回去后我就到天津卫去订货，保证您老的织布厂明年照常开工！"

回东昌的路上，大河心里一直在想着去天津买洋轧花机的事，可真要去买，也得请倩玉出面才行。他一想到这几年自己对倩玉不冷不热的态度，心里就有些打怵。特别是知道了倩玉大义为父亲鲁鸿举平反昭雪之举，自己心中更是愧疚万分。可这一次何爷和胡老东家之举，却将他鲁大河给逼到茄子地里去喽！大河决心一回到东昌就放下架子去求倩玉。

冬去春来，大河带着倩玉乘坐着土造小火轮前往天津卫。倩玉心里虽然对大河免不了怨气，但一想大河能放下架子来求她，她再不接着，这事撑到啥时候是个头，于是她也服了软。

当大河和倩玉来到怡和洋行门前时，怡和洋行的铁栅栏大门紧闭着。菲尔斯站在洋行二楼的办公室低头看着门前的大河他们，其实，大河他们的行程早就被侯方煜用电报报给了菲尔斯。侯方煜让菲尔斯借助天津洋商协会之名，关照天津各家洋行，不准他们卖洋轧花机给鲁大河。菲尔斯当然不希望有人来掺和他在东昌的收棉花生意，可他也不敢明着得罪倩玉，若是侯世震翻脸，怡和洋行收棉花的事儿也就麻烦了，故此，他决定躲着倩玉。

"倩玉，咱先去别处看看！"大河看着紧闭的怡和洋行的大门，似乎看穿了菲尔斯的用意。

"租界内实力最强的洋行是怡和，而且洋轧花机也是英国的最好。"倩玉不想放弃。

"倩玉，上赶着成不了买卖，咱先去别处转转再说！"

倩玉瞟了大河一眼，扭头去看前面一栋挂星条旗的小洋楼："那咱先去见见花旗洋行的奥利斯先生吧，美国的纺织机械是后起之秀。"

"行啊，租界内的大小洋行咱都去，这些洋鬼子跑到咱的地盘上，占着咱的地界做生意赚咱中国人的银子，今天我得给他们鼓捣点事干，省得他们闲着无事生非，净琢磨鬼点子害人……"

摇过铜铃之后，一个三十开外的洋人从小楼里开门出来，倩玉彬彬有礼地打招呼："奥利斯先生您好，倩玉贸然造访，打扰了！"

奥利斯并没开门，隔着铁栅栏门警惕地看着倩玉，又抬头看了斜对过的怡和洋行一眼，神情复杂地说："倩玉小姐，我们不做洋轧花机的生意。"

倩玉的神情有些沮丧，大河在一旁接过话茬："奥利斯先生，原本我们是想找你聊聊花三十万两银子上织布厂的事，既然你不感兴趣，那我们就告辞了！"

"什么？你们要上织布厂？"奥利斯一愣，连忙打开铁门走了出来。

"啊，就是想上个织布厂啊，可惜，你不感兴趣嘛……"大河故意拉着架子要走。

奥利斯拦住大河热情地招呼："各位，既然来到了门前，不妨到里面喝杯咖啡……"

大河微笑着抬脚向院里的小洋楼走去，倩玉诧异地看着大河也跟了上去。

"奥利斯先生，我原本是做走漕生意的，这些年会通河淤塞严重，走漕的生意是越来越难做了，故此，我想拿出三十万两银子来办个织布厂，扩充一下自己的生意途径！"大河端起咖啡杯很老道地抿了一口。

奥利斯怀疑地打量着大河："据我所知，一般北方的商家不具备创办织布厂的实力……"

"奥利斯先生，我先前做过几年运盐的生意，实力嘛虽说不算太雄厚，但也还算说得过去，何况这事我是与江南的富商联手，区区三十万两银子应该还不在话下吧？"

"我不是这个意思，棉纺织业是当今世界的新兴产业，不知先生对这个行业是否了解？"奥利斯岔开了大河的话题，眼睛却一直在疑惑地盯着大河。

"看来奥利斯先生对我要办织布厂的事情还有疑虑啊？那好，我今天就当着奥利斯先生的面班门弄斧一回！这织布机最早是一个叫黄道婆的中国人发明的，按你们的西历算，应该是在 1290 年左右，这比英国人发明珍妮织布机要早了四百多年，你们美国人建国后也搞起了工业革命，你们的工业革命正是从仿造珍妮机开始的，我说的对不对，奥利斯先生？"

"看来先生对棉纺织业的确是颇为精通。"奥利斯惊奇地看着大河。

"精通谈不上，我也是通过多番考察才对此有了点肤浅的认知，据我了解，你们美国人的织布机一点也不比英国人的逊色，而且在好多方面已经是后来者居上，更重要的是你们的价格要比英国人低得多，奥利斯先生，我说得不错吧？"

奥利斯显然被这番溢美之词所打动："先生如果真上织布厂，奥利斯乐意效劳！"

"奥利斯先生，您先别急着效劳，中国人做生意讲究的是货比三家，先生若真想拿下这单三十万两白银的大生意，不妨先把报价书做出来，配套规模就按三十台织布机设计。不瞒先生说，我还要再多找几家洋行看看，噢，按你们西方时兴的说法这叫招标签约，对不对？"

奥利斯诧异："看来这位先生真是行家！好，就按您说的，咱们就来个招标签约，我相信我们具备这个实力！"

"那好，奥利斯先生，五日后咱统一递交标书，而后公开开标，先生若真想拿下这单大生意，就要看您的标书做得是否让人信服了，您说对吗？"大河笑着起身要走。

"这是自然。"奥利斯送大河和倩玉出门。

从花旗洋行出来，倩玉不知大河葫芦里卖的什么药，明明是要上洋轧花机厂，为何突然改口说要办织布厂？

次日上午，租界的洋行里都传开了，鲁大河要办一个投资三十万两白银的织布厂，所有洋行都虎视眈眈地想拿下这单大生意，大河唯独将怡和洋行晾在了一旁。

菲尔斯得知消息后，十分愤慨，他猜想大河这回是故意想甩开他们，这绝对不行！怡和洋行是紫竹林租界中实力最强、规模最大、建行最早的洋行，若是让别的洋行将这单生意抢走，他们可就太没面子了！他赶紧发电报让侯方煜速来天津，他要当面问个清楚。

侯方煜接到菲尔斯的电报后，很快来到天津。菲尔斯一见面便单刀直入："侯，你不是说鲁大河要上洋轧花机厂吗？"

侯方煜点头："没错，这是侯八亲自问的李小山！"

"侯，你让人当猴儿耍了，鲁大河真正的意图是要花三十万两银子上织布厂！这几天租界内大小洋行都在忙着给鲁做标书，唯独把我们怡和洋行给晾在了一旁！这些年怡和洋行上海分行每年都能做成十几单大生意，我们天津分行却从来没有一单，这让我在上海同行面前抬不起头，如今机会来了，鲁大河却不来找我们谈生意！侯，这都是因为你的缘故！"菲尔斯愤怒地说。

"这个该死的侯八，他找李小山打探消息咋没弄清楚这些啊？"侯方煜有些心急，鲁大河上织布厂其实还是要做收棉花的生意，看来鲁大河是要与他死磕到底了。侯方煜抬起头看着菲尔斯，继续说，"既然菲尔斯先生想拿到这单生意，在下倒是有个主意，既能让菲尔斯先生拿到这单生意，还能借机灭了鲁大河！"

"侯，鲁大河根本不来找我，你叫我如何去拿下这单大生意？"

"菲尔斯先生，鲁大河让各家洋行做标书的目的何在？"

"当然是想买到质优价廉的机器了……"

侯方煜拍手笑道："这不就结了？他既然想贪便宜，我就有办法让他上钩！"

菲尔斯不知道侯方煜到底想做什么，但他无论如何都要拿下这单生意。

就在租界洋行都憋足了劲儿为拿到大河这单生意而忙碌时，大河却悠闲地带着倩玉他们在海河西岸的古文化街上看杂耍，吃麻花。他们溜达着来到了天后宫，只见门前香火缭绕，前来祈福的、还愿的人络绎不绝。大河口中念念有词地在围着门前的铜麒麟转圈圈："摸摸麒麟头，一辈子不发愁。摸摸麒麟背，一辈子不受罪。摸摸麒麟腚，一辈子不得病……"倩玉站在一旁，笑着去看大河滑稽的模样。

这时，怡和洋行的彼特朝他们跑来，说菲尔斯先生特意请他们去吃西餐。大河故作推辞，逼得彼特直哀求倩玉，倩玉这才明白原来大河一直在等着钓菲尔斯这条大鱼。倩玉上前说和了几句，大河见好就收，跟着彼特来到西餐厅。

"鲁，听说你要上织布厂？"菲尔斯殷勤地问道。

"菲尔斯先生，这事就不劳您费心了，我们跟各家洋行都谈得差不多了，就等着明日上午各家洋行将标书递上，我们再把询价及论证筛选的环节做完，整个事情就该尘埃落定了！"大河故意轻描淡写地说。

菲尔斯却愈发沉不住气了，他望着倩玉说："倩玉小姐可是做过我们怡和洋行的雇员，你给鲁说一说，无论如何也不能将这单生意交给别的洋行！不然，我太没面子了！"

倩玉看着大河，大河故作为难："菲尔斯先生，都说一朝被蛇咬，十年怕井绳，我怕你回头再给我整出个啥官司来，你说我一样花银子，何必惹这麻烦呢？"

"鲁，我再次为上一次的不愉快向您道歉！"菲尔斯冲大河鞠了一躬，忙扭头求援，"密斯倩玉，这单生意你们跟谁都是做，况且我们大英帝国的机械加工业是世界上最好的，更重要的是我可以给你们最优惠的价格！"

倩玉看着快要急哭的菲尔斯险些笑出声，好不容易才将笑意压了下去，故意一本正经地说："大河，既然菲尔斯先生把话说到这个份上，你就算是给我点面子，菲尔斯先生当年可是帮过我的。"

"好吧，菲尔斯先生，看在倩玉的面子上这事我可以考虑，可是各家洋行明天就要递交标书了，你说这事咋办？"

"鲁，你说该怎么办？"

"菲尔斯先生，您可真会给我出难题呀。"大河思索了一阵，装作无奈地叹了口气，"这样吧，菲尔斯先生要是想做，咱就只能分两步走了。"

"鲁，为什么要分两步走？"

"菲尔斯先生，明日一早你能拿出给织布厂供货的配套标书来吗？"大河不客气地问，见菲尔斯摇头，他理直气壮继续说，"所以呀，菲尔斯先生，我要想帮你，只有与你先签一个购买三十台洋轧花机的小合约，而且咱还要对外宣称，这些洋轧花机是菲尔斯先生半价送给我的前期配套设施，如若不然，你让我如何去向租界内的其他洋行解释？"

"鲁，你该不会是只想上洋轧花机厂吧？"菲尔斯怀疑地看着大河。

"菲尔斯先生，原本我就没打算跟你谈生意，你也犯不上这么疑神疑鬼，我看这事还是算了吧，大河告辞！"大河说着收拾衣帽站起来要走。

就在这时，一个趾高气扬的洋人领着许均昌走进西餐厅。

许均昌看到在餐桌前转身的大河不觉一愣，忙快步上前打招呼："大河，你咋在这里？"

"许大哥！"大河赶紧上前去和许均昌见礼。

菲尔斯看到那个趾高气扬的洋人忙毕恭毕敬地站起来："领事先生好。"

领事先生对着菲尔斯用鼻子哼了一声算是打过了招呼。许均昌冲领事先生点点头："领事先生，你先过去，我遇到一个多年未见的好友，说几句话我再过去。"

领事先生客气地冲许均昌点点头，在洋侍女的引领下向一张餐桌走去。

鲁大河竟然与直隶总督府的洋务总办许均昌是旧相识，这让菲尔斯颇感意外，他忙拉过一把椅子，请许均昌入座。许均昌得知大河正在与菲尔斯谈生意，当即警告菲尔斯不准算计大河，不然，他就让领事先生收拾菲尔斯。待许均昌走后，菲尔斯暗自嘀咕："侯方煜要我舍出孩子去套住鲁大河这条狼，许均昌也让我关照鲁大河，那我就先把鲁大河这条狼套住，但愿侯方煜的计谋能够成功！"想到这里，菲尔斯答应大河，怡和洋行愿意接受他分两步走的计划。

经过双方协商，大河以两万两银子买下了三十台洋轧花机。对于这样的价格，倩玉简直不敢相信，原先她在怡和洋行做事时，菲尔斯卖给一个山西老客的洋轧花机是三千两银子一台，后来这个山西老客软缠硬磨才用五万两银子买下三十台洋轧花机，而这次大河买到的比给织布厂配套的价钱还要低，可真是捡了个大便宜。

从西餐厅出来，倩玉笑着对大河说："租界内的这些洋人遇上你可算是倒了大霉，你煞有介事地要跟人家谈三十万两银子的大生意，害得人家没黑没白地加班赶工准备标书，到最后你却和菲尔斯签下一个只有两万两银子的小生意就打道回府了，我看你日后咋再跟洋人打交道？"

"到时候再说，真不行我就把菲尔斯给卖出去，谁叫他撬行去抢别人生意的？"见倩玉笑了，大河忙讨好地献殷勤，"这回能低价拿到洋轧花机，你也是功不可没，尽管事先我没跟你说，没想到关键时候，竟跟我配合得天衣无缝！"

倩玉闻听脸一红，低头笑了。

大河看着倩玉不觉也红了脸，连忙岔开了话题："倩玉，我咋觉得菲尔斯非要追加的那个违约责任，就是那个什么不可抗拒力，你说他该不会拿着这事跟咱打马虎眼吧？"

"依我对菲尔斯的了解，只要他签了约一般不会违约，何况你在违约责任的条款上也注明了如有违约，将按货物总额的五倍予以处罚的要约条款，我想菲尔斯总不至于冒着赔给你十万两银子的风险，去跟自己开玩笑吧？"

"我可不缺他这十万两违约银，我已经答应何爷，要在今年收了棉花后，将加工好的皮棉给胡老东家的织布厂送去。"大河想着今天已是三月初五，回去后他要赶紧把前一阵子找的地皮定下来，然后找工匠进料，争取在七月底前将厂房盖起来，这样等菲尔斯的洋轧花机一到，就能让他派来的洋技师给安装机器了。

第三十章
打赌收棉

大河刚回到东昌，正与大奎、小山商量买地皮之事时，侯方煜就找上门来叫板了。他猜想大河一定在为自己占了便宜而沾沾自喜，殊不知已经步入了自己设下的陷阱。

侯方煜查过鲁大河的货银，他全部的流水总共十五万两，已经付出去一万两买洋轧花机，后面还有一万两要给菲尔斯，如今他在运盐的生意上占压的流水还有三万多两，他最终能调动的流水充其量只有十万两。如此看来，鲁大河上织布厂是假，上洋轧花机厂才是真。侯方煜眼看着鲁大河要想和他抢生意，哪肯善罢甘休，于是他亲自带人杀上门来向鲁大河下战表！

"侯方煜，这些年我与你素无来往，不知你带着一帮打手找上门来想干什么？"大河瞪着站在面前的侯方煜问道。

"鲁大河，你少装傻充愣，放着运盐的生意你不做，为何要来掺和收棉花的事？"

"我干什么难道还用得着你来应允不成？"

"这几年东昌的棉花市场一直归我掌控，既然你想来插一杠子，那咱就得按规矩来！鲁大河，我要与你打赌收棉见个高低，你要是有种，就赶紧在契约上签字接招应战！"侯方煜扭头吩咐侯八，把战表递给大河。

大河根本不看契约，不屑地说："我从来不做打赌的生意，你请自便吧！"

"鲁大河，既然你不敢与我一决高下，那你就只能乖乖地退出棉花行了！"

见侯方煜执意要与他一决高下，大河也没有退缩，收下了战表，但签约的事他推延到了五日后。

签约这天，大河请来了李东家等人作中人，因为他对侯方煜的人品不放心。

侯方煜不屑地看着李东家这些手下败将，撇着嘴对大河说："只要你敢跟我打赌收棉，你找谁做中人我都无所谓，打赌收棉的契约你都看过了？"

大河拿过契约，顺手丢在桌上："算是看了吧，不过打赌收棉为何非要收够十万石？咱每家收它个三五万石意思意思不就行了？"

侯方煜鄙夷道："鲁大河，你若是连十万石都收不起来，还做什么收棉花的生意？"

"据我所知，你第一年收的棉花还不足三万石，一上来，你就让我收十万石，这是不是有点欺人太甚？"

"鲁大河，别的都好商量，唯独这十万石的数额不能少，你若不敢应，就主动退出东昌的棉花市场好了！"

"看来你是咬着屎橛打滴溜——屎（死）不松口了？那好，十万石就十万石！"

大河的话让侯方煜听着着实刺耳，但他忍了下来："那咱就谈妥了，从今年的十月十五开秤收棉，到来年二月二的午时三刻止，在这三个半月中先收够十万石籽棉者为赢家，输者从此退出东昌的棉花市场！"

初秋时节，会通河东岸，距闸口桥北约二里处，大河的轧花机厂已经初具规模，眼看八月十五快到了，只要三十台洋轧花机到达东昌安装调试好，工厂就能按期开工收棉了。可就在这个节骨眼上，菲尔斯却发来电报说他们的货轮在印度洋上遇到了特大风暴，交货日期要延后。大河心急如焚，如今他跟侯方煜打赌收棉的契约已经签了，要是不能按期开工，势必要影响到他的全盘布局。大河一刻也不敢耽误，忙带着倩玉赶往天津卫，他要问清楚这到底是怎么回事。

两人来到怡和洋行去见菲尔斯，菲尔斯却说这事他也没办法。大河不觉有些恼怒:"菲尔斯先生,签约时咱可都订好了,你若无法按期交货,我将按货款总额的五倍对你处罚!"

菲尔斯冷笑道:"鲁,你也不要忘了,契约上还有'不可抗拒力'这一条款,运货的货轮是在印度洋上遇到了特大风暴才无法按时到港的,显然这属于不可抗拒力!根据咱们签订的契约,你无法向我提出索赔!"不待大河再多问,菲尔斯便起身离去,不再理会大河他们。

大河气恼地望着菲尔斯的背影,如今他的厂房已经建好了,这时候却说机器无法按期发货了,菲尔斯显然是故意的。倩玉安慰大河,说按规定接收电报的底稿电报局是要存档的,他们可以先去天津电报局查一下东印度航运公司发给菲尔斯的电报底稿再做定论。可到了电报局,原先认识倩玉的职员却不准她查看,倩玉心中生疑,越是不让查就越说明这里面有鬼!

可就算知道有鬼,拿不到菲尔斯捣鬼的证据,他是不会低头的,除非他们能拿住洋人才行,大河想到这里,突然想到了一个人——许均昌许大哥。

许均昌一听此事,忙安慰大河道:"大河兄弟尽管放心,大清的官员都怕洋人,唯独你老哥我有的是办法整治这些洋鬼子,待会儿菲尔斯来了,你看我咋整治他这狗日的不可抗拒力!"

不一会儿,菲尔斯便被许均昌的手下带了过来。

"菲尔斯,大河兄弟从你那里订的洋轧花机是不是该交货了?"许均昌双目炯炯地瞪着菲尔斯问道。

菲尔斯一愣神,这才明白许均昌为何让他过来。"是的,许大人,可是……"

"听说你告诉大河兄弟,说是运货的大火轮在印度洋上遇到了特大风暴?"

"是的,许大人!"

"菲尔斯,不知你用的是哪家的大火轮给大河运的货啊?"许均昌不动声色地继续问着。

"是……东印度航运公司……"

许均昌听完,从身上摸出一封电报拍在桌上:"菲尔斯,我这里刚好也有东印度航运公司发来的电报,可他们是通知老子按时到港提货的,不知你说的特大风暴是在哪里刮的?"

"这是怎么回事儿?"菲尔斯吓得忙站起来拿过电报看着故意装迷糊。

"菲尔斯，你这点雕虫小技，骗骗那些没见过市面的糊涂官员兴许还能蒙得过去，你忘了老子是干什么的了？别说印度洋上没刮特大风暴，就算有，你家的风暴一刮就是好几个月啊？"

菲尔斯被老许收拾得彻底没脾气了，脸上青一阵红一阵地站在那里不说话了。

"菲尔斯，咋不说话了？我来问你，大河兄弟订的机器，能不能按期交货？"

菲尔斯像是斗败的鸡，脑袋也耷拉了下来："许大人，我一定按期交货。"

大河和倩玉躲在里屋看着菲尔斯被许大哥整治得服服帖帖的，不禁偷笑起来。

新建的厂房全部搭建完毕，三十台轧花机也从天津运到了东昌，跟着机器来的还有两名洋技师，他们负责安装调试洋轧花机。但十几天过去了，两个人竟然连一台洋轧花机也没安好。临来前，菲尔斯已经悄悄嘱咐好，只要他二人能拖住大河，不让他按时开工收棉花，菲尔斯就会奖赏他们每人二百英镑。

大奎来送水时，看到两个洋技师一个在睡大觉，一个在煮咖啡，大奎脸色骤变，骂道："他娘的，老子跑前跑后地侍候你们，你他娘的存心想给老子磨洋工啊！"

高个子的洋技师听不懂大奎在说什么，心安理得地继续装睡。

大奎火了，过去拉住他："他娘的，你们是属黑瞎子的——咋光吃不耍啊？快起来给老子安机器去！"

高个子洋技师见大奎来拽自己，站起来一个直勾拳向大奎的面门揍来。大奎闪身躲过他的拳头，更加火了，将小褂一脱，亮出身上的肌肉。高个子洋技师也将上衣脱了，露出长满胸毛的胸脯，双手握拳摆开架势，双脚在地上来回地跳着故意挑逗大奎。

小个子洋技师也不煮咖啡了，跑过来看热闹。只见高个子洋技师一个直勾拳再向大奎的面门揍来，大奎看上去笨壮，可脚下的步伐却异常灵活，一闪身躲过打来的拳头，顺手抓住高个子洋技师的手腕一捏，只听这家伙的手腕嘎巴一响，疼得他怪叫着捂着手腕蹲在了地上。

看热闹的小个子洋技师见同伴吃了亏，悄悄抓起一根铁管向大奎的背后偷袭。大奎耳朵一耸听着身后的动静，就在铁管快要打到他的身上时，大奎猛然转身抓住他打来的铁管顺势一拽，小个子洋技师便随着铁管猛地向前飞出，啪的一声摔了个嘴啃泥，脑袋上也流出了血迹。

这时，大河跑了进来，看到眼前的一幕，忙厉声呵斥大奎住手。

"大河哥，这俩狗日的光吃不耍，还跟我动手……"大奎瞪了洋技师一眼。

"大奎，你把他们打坏了，谁给咱安机器？"

果然，两个洋技师借着伤情，名正言顺地躺在客栈中卧床不起了。

大河也知道他们是在故意拖延工期，可他没法和他们交流，想来想去，还是把倩玉请了来。

倩玉站在客房中，用流利的英语给躺在两边床上的洋技师念着合约："处罚条款第一条，双方商定，供货方应于大清历的八月十五前将机器发至东昌，并由供货方负责在一个月内将全部设备安装调试完毕，如逾期不能完工，则由供货方及直接责任者承担违约责任，并按订货总额的五倍，即折合白银十万两处以罚金！"

两个洋技师听着，不觉躺在床上愣住不动了。

"二位先生，这上面有菲尔斯先生的亲笔签名，还有怡和洋行的商务专用章，是完全具备法律效力的有效文书！你们来东昌有半个月了，可你们居然还没安装调试好一台洋轧花机，显然二位是在故意拖延工期。根据契约规定，这十万两的违约金就要由您二位直接责任人来承担了，不知二位的违约金准备好了没有？"倩玉不动声色地看着他们。

两个洋技师傻眼了，他们根本没从菲尔斯那里听说拖延工期要担负违约责任的事，更何况他们哪有这么多的违约金去赔？

"二位先生，该说的我已经说过了，如果二位家中英镑多得花不完，我看就按官价折算，让二位赔点英镑也可以！"倩玉继续施压道。

两个洋技师呼啦一下都坐了起来，高个子技师说："倩玉小姐，我们可以复工，但我们的人身安全必须要有保证！"

倩玉不卑不亢地回道："先生，据我所知，是因你们故意磨洋工才引发的争端，何况大奎是出于自卫才还的手，我说的对不对？"

见两个洋技师都低下了头，倩玉继续说："我的老师玛格丽特女士的叔叔是《泰晤士报》的主编，我若是将二位来东昌的作为写成稿件，帮二位在《泰晤士报》上扬扬名，不知二位回到英伦三岛后，还会不会再有雇主敢雇佣你们工作？"

两人一听，忙站起来，向倩玉保证一定会在约定的期限内交工，倩玉这才满意地走了。

厂房内，两个洋技师汗流浃背地忙碌着，大奎则惬意地躺在一旁的竹躺椅上摇起了蒲扇，他现在是越来越佩服倩玉嫂子了，他一个大男人用拳头都能没能制住洋人，倩玉嫂子三言两语就把洋人拾掇得服服帖帖，如今让他们歇，他们也不肯歇了。

晌午，倩玉带着云儿来到厂房送饭，大河本不想麻烦倩玉，倩玉却坚持做西餐给洋技师，毕竟他们吃不惯中餐，倩玉说看在他们好好赶工的份上，也不想亏待他们。

两个洋技师对倩玉简直是感恩戴德，直夸倩玉是圣母玛利亚派来的天使。他们在英国是谁也看不起的臭苦力，可倩玉却如此尊重他们，这让他们内心无比感激，一再保证会加班赶工，来报答她的盛情。

虽然洋技师已经不分黑白地赶工，但倩玉还是在厂房中待到很晚才离开，她这么盯着，只是担心大河他们再跟洋技师起争执，耽搁了大河收棉花。可这样来回的奔波让倩玉着了风寒。

大河见倩玉躺在床上咳嗽不止，心里是又心疼又愧疚，这时娘却回了老宅，倩玉身边只有云儿在照顾，大河怕云儿照顾不周，便主动搬了回来，住在了前院的客房中。他还亲自下厨去给倩玉蒸鸡蛋羹，没想到蒸鸡蛋羹这么麻烦，他在厨房里忙了半上午，鸡蛋磕碎了一大堆，好不容易将一碗鸡蛋羹端到倩玉的面前，谁知倩玉喝了一口就全给吐了出来。

"咋啦，小姐？"站在一旁的云儿看着满脸痛苦的倩玉忙问。

倩玉咳嗽着端起桌上的大碗喝水："有点咸。"

云儿拿调羹舀出一小块鸡蛋羹放进嘴里，很快将鸡蛋羹呸呸地全吐了出来，生气道："鲁大河，就算你家吃盐不花钱也不能这样放盐啊，你打算把我家小姐馊死不成？"

"咋，咸啦？我尝尝。"大河接过云儿手中的调羹也舀出一块鸡蛋羹放进嘴里，瞪着眼赶紧把鸡蛋羹全吐了出来，"呸，呸，咋这么咸啊？倩玉，你等着，我再去做，我就不信连个鸡蛋羹也做不好！"

"行啦，今后你只要别再气我家小姐就行了，一个鸡蛋羹做了快一头午了，你再占着厨房，今天咱可就都别吃饭了！"说着云儿端着桌上的大碗，准备出去倒掉。

"云儿，别端走，这是大河辛辛苦苦做的，我喝！"

云儿瞪大了眼睛，看着小姐接过调羹，舀出碗中的鸡蛋羹大口大口地吃着。

大河不好意思地摸着头皮笑了。

夜深了，鲁府正房中点着明晃晃的蜡烛，云儿端着药碗准备给倩玉喂药。房门悄无声息地开了，大河轻手轻脚地走进来。

云儿看了大河一眼，将药碗交到大河手中："一会儿想着让小姐把药喝了，我去厨房收拾一下顺便把锅碗瓢盆洗了。"

"倩玉，把药喝了再睡！"大河拿起药碗吹着，将倩玉扶起身，倩玉含情脉脉地看着大河，接过药碗。

虽然成亲多年，却还是初次与倩玉在卧室独处的大河被倩玉看得有些神情慌乱起来，他见倩玉喝完药忙去接碗，不曾想与倩玉的手碰在一起，大河像是触电一般忙将手缩了回来，大碗掉在地上啪的一声碎了。大河心慌意乱地想蹲下去捡地上的碎片，倩玉一下从身后抱住大河。

大河浑身一哆嗦，紧张地说："倩玉，我把地上的碎片捡起来，省得它扎着人，一会儿你早歇着……"

可倩玉就是紧紧地抱着大河不松手。

"倩玉，别叫云儿看见……"大河红了脸。

倩玉也红着脸说："傻瓜……"说着，噗地一口吹灭了桌上的蜡烛。

站在天井的云儿见正房中的烛光熄了，脸上现出了喜悦的笑容。心想这两个人吵吵闹闹这么多年，这回终于修成正果了。

洋轧花机进入了调试阶段，大河和大奎忙着招收工人的事。这天，小山却低着头来找大河了，见面就提出要分家另过。

大奎噌地一下蹿到小山面前："李小山，眼看要收棉花了，这时候你提出分家，这不是存心要拆大河哥的台吗？"

"大河哥，我对不住你，你若是还念点旧情就答应小山吧。"小山耷拉着脑袋不敢看大河。

"小山，能不能告诉我，你为什么这时候突然提出来要分家？"

"大河哥，你就别问了，反正我要分家另过……"

大河上下打量着小山，知道他有难言之隐："小山，既然你提出分家另过，我不拦你，不过眼下咱的流水一共不到十万两，按大奎咱三个平分，我只能先分给你三万两，剩下的等我和侯方煜做完打赌收棉的生意咱再结清，你看行吗？"

"大河哥，我不要银子，我要净身出户，只要让人知道咱分家了就行。"小山闻听眼泪流了出来。

"净说傻话，不要银子你喝西北风啊？三万两虽然不多，也够你用上一阵子了，等大河哥这里事一忙完，我再把剩下的银子，还有分红一起给你！"大河将三万两银票塞给小山，临别之时再三嘱咐他不管啥时候，有事也不要一个人扛，他的身后还有自己和大奎。

十月初，眼看着就要收棉花了，距侯氏货栈不远处新开了一家货栈，名为"李氏货栈"。

收棉的日子如期而至，月河街上涌来许多推车挑担的棉农，他们纷纷向侯氏货栈门前涌去。今年侯氏货栈的价目牌上写着：四两一石开秤收棉！

侯八站在货栈门前指挥着伙计点响了开秤收棉的鞭炮，鞭炮声一停，侯八冲众人高声吆喝："各位，我们侯氏货栈今年又是四两一石开秤收棉啦，想发棉花财的快来啊！"

听到鞭炮声和侯八的吆喝声，更多的棉农加快脚步向侯氏货栈门前涌来。

就在这时，李氏货栈门前也响起一阵噼里啪啦的鞭炮声，一下将棉农的目光给吸引过去。李氏货栈门前也立上一块醒目的价目牌，上写：四两一钱银子开秤收棉！

众棉农见新开张的货栈收价更高，纷纷推车挑担地向李氏货栈门前涌去。

侯方煜没想到李小山竟然跟自己公开叫板，他之前让小山跟大河分家另过，是想用这个办法来拖大河的后腿，没想到小山会突然给他来这一手，一下子打了侯方煜一个措手不及。

"侯八，先把棉农拽回来要紧，你去把价目牌改了，咱按四两五钱一石开秤！不管咋说咱也必须先把十万石棉花收到手！"侯方煜咬牙切齿地吩咐道。

一见侯氏货栈提了价，排在李氏货栈门前的棉农再次回到侯氏货栈门前。李小山见门前没了人，他也不着急，兀自悠闲地说起了山东快书："说了个老头本姓刘，人送外号琉璃球。他种了六十六顷琉璃地，又盖了六十六座琉璃楼……"

侯氏货栈门前，过秤的，唱收的，兑付货银的，记流水账的，各自忙得不亦乐乎。东昌棉花行派来的中人见证着侯氏货栈的收棉进展，认真地盯着收棉的大秤，记着流水账。

"李氏货栈四两六钱一石开秤收棉啦……"外面的棉农再次呼喊起来。那些排在侯氏货栈院中的棉农一听，纷纷立马倒戈，跑向李氏货栈。

侯方煜刚刚还自鸣得意，如今看到眼前这番景象，差点没把鼻子气歪。这个该死的李小山，居然敢跟自己唱对台戏。

"侯八，叫上家丁跟我去教训教训李小山这小子！"说着，侯方煜带着十几个家丁拿着棍棒，张牙舞爪地来到李氏货栈门前。

"李小山，你小子想故意恶心老子吗？"侯方煜对着小山破口大骂。

"侯少爷，你收你的棉花，我干我的买卖，咋能说是我恶心你呢？"

侯方煜过去一把撕下小山的价目牌："李小山，长本事了是吧？竟敢跟老子抢生意，来呀，给我砸了他的货栈！"

这时，在一旁看热闹的大奎不干了，他之前还误会小山没良心，可看到今日他跟侯方煜唱的这出戏，打心眼里佩服小山，大奎上前一把夺过一个家丁手中的木棒，咔嚓一声，木棒被大奎硬硬地从中间给撅断了，大奎拿着断为两截的木棒指着围上来的家丁："他奶奶的，谁敢再往前走半步，老子就像撅木棒子一样将他狗日的也撅为两截！"

众家丁看着黑铁塔一般的大奎，都愣在那里不敢伸头了。

　　侯方煜知道洪大奎是出了名的愣种，于是他忍着怒火带人离开了。但为了挽回棉农，侯方煜一气之下，将价码抬到了六两一石。

　　棉农们见棉价一天天地涨，也精明起来，反正如今地里都没啥活了，他们就跟收棉花的耗上了，看看到底谁出的价码高，他们再把棉花卖给谁，如此一来，东昌的地界上便没人卖棉花了。

第三十一章
红白相撞

就在侯方煜与小山斗得不可开交之时，大河新建的工厂里依旧在叮叮当当地响个不停。侯方煜几番派人前去探听消息，可洪大奎带着一帮漕帮弟子日夜守在厂房门前，谁也不准靠近。侯方煜不知道大河葫芦里卖的什么药，但看眼前的阵势，大河一时半会还收不了棉，那他就得趁机会赶在年前收够十万石棉花，只是外面的棉农都干耗着不肯出手，着实可恶。

"他娘的，这些泥腿子倒挺会投机，侯八，你明天去改写价目牌！"

侯八惊恐："啊？老爷，如今咱已经涨到六两三钱五厘一石了，还涨啊？"

"谁说我要涨了？老爷我这回要往下落！这些泥腿子还真拿自己当盘菜了？咱越涨他越不肯出手，老子这回要好好治治这些不知好歹的东西！"

"老爷，咱一降价，这些棉农还不都跑到李小山那里去了？"

"李小山？他手里总共三万两的本金，他拿什么跟我斗？去，听我的，把棉价降到每石五两！记住，要是还没人来送棉花，每过半个时辰再降五钱！我就不信治不了这些泥腿子！"

侯八点点头，转身走了出去。

月河街上，小山站在门前，扭头看着在侯氏货栈门前更换价目牌的侯八。

见侯氏货栈一降价，街上的棉农坐不住了，都惊恐地往李氏货栈涌来。可当他们来到李氏货栈时，价目牌上写着"四两八钱一石"。

"啊？这里咋成四两八钱一石了？回去，还是去侯氏货栈！"棉农们都骂咧咧地转身而去。

"侯氏货栈收棉，每石四两五钱！"

不到一个时辰棉价连着降了两回，棉农们不知所措了，他们还想再观望一番，可棉价一降再降，当侯氏货栈的棉价降到二两一石时，李氏货栈也不跟了，棉农们再也沉不住气了，纷纷将棉花送到了侯氏货栈。

一上午的工夫，侯氏货栈就收了一千七百石棉花。侯方煜盘算着照这样用不了一个月他就能收够十万石棉花，而鲁大河那里还是纹丝不动，可他为什么至今还迟迟不动呢？

"派出去的人打听出什么消息没有？"侯方煜问侯八。

侯八摇了摇头，"老爷，虽然没打听出鲁大河在干什么，倒是打听出另一件事。"

"什么事？"

"听说大小姐有喜了……"

"什么，倩玉怀上鲁大河的孩子了？"

侯八点头道："鲁大河的娘这几天一直在照看大小姐，听说郎中给大小姐开了安胎的方子。"

侯方煜突然歇斯底里地吼叫起来："鲁大河，凭什么好事你都要抢在我的前面？鲁大河抢了我喜欢的女人，我就娶喜欢他的女人！侯八，选个日子，我也要成亲！"

"老爷，您还真打算娶徐秋月啊？这事侯世震能答应吗？"

"徐秋月跟侯世震还有啥关系？自从他把侯府卖了，他可从来没管过徐秋月，不是你说，寡妇孀居三年可另行再嫁吗？侯百万都死了六年多了，徐秋月要改嫁，侯世震凭啥不准？更何况如今大清的官员从上到下都怕洋人，可洋人偏偏对老子十分倚重，就凭这一点，老子就不怕他侯世震！至于徐秋月那里，你就去替我做个大媒吧！"

侯八满脸笑容地应承下来，跑去找秋月。秋月哪里肯答应，侯八一急，便威胁秋月说若是不应，便立马断了给你爹娘的赡养银和月例。秋月无奈，只好点头应下。

货栈那边一切正常，小山一边玩一边收，满打满算收了不到三百石棉花，而大河依然在鼓捣他的机器。侯方煜心中释然了许多，决定忙里偷闲，筹办婚宴，先把徐秋月娶了再说。

两日后，吹鼓手们在侯府院中吹吹打打地奏着喜乐，红绸搭起来的喜棚下摆着几十桌摆满菜肴的方桌。侯方煜穿着新郎服刚走出正房，便看到小山气呼呼地闯了进来。

小山冲过来破口大骂："侯方煜，你这么糟践秋月，就不怕遭报应吗？"

"李小山，你要是来喝喜酒的，就老老实实地坐在一旁等着开席，今天你要是敢搅了老子的好事，老子立马活剥了你！"

"我叫你喝喜酒！"小山发疯般地将身边的酒席桌掀翻，桌上的盘子碗碟噼里啪啦地摔在地上。

侯方煜气得脸色铁青，冲愣在院中的家丁喝骂："你们都是死人啊？李小山跟我搅局收棉的账还没算，今天又来搅和老子的婚宴，给我照死里打！"

家丁们全围了上来，一阵拳打脚踢，小山被打得在地上来回翻滚。这时，正房的房门哗啦一声开了，秋月穿一身红装站在门里对侯方煜哀求："老爷，今天是你大喜的日子，你就饶过小山吧！"

"徐秋月，你给我回屋！今天李小山故意来砸我的场子，我岂能饶他？"

侯方煜的话音刚落，鑫昌货栈的一个伙计跑了进来，高声大嗓地问道："谁是徐秋月啊？"

秋月看着伙计一愣："我是徐秋月，你是……"

"秋月姐，我是大河哥货栈里的伙计，老夫人刚才去货栈报信，说是你的母亲过世了，让你赶紧回家奔丧！"

侯方煜气得暴跳如雷："他娘的，什么玩意儿，老子今天的大喜之日全让你们给搅了！滚！"侯方煜抓起一把茶壶冲跑来报信的伙计扔了过去。

秋月听闻丧讯，身子摇晃着险些摔倒。小山过来扶住秋月："秋月，还愣着干啥？赶紧回家给婶子发丧吧！"

秋月哭喊起来："娘，你咋就这样走了啊？"说着，她不管不顾地向外跑。小山也跟着秋月跑了出去。

当秋月回到徐宅时，徐老大正沉着脸蹲在棺材前烧纸。秋月哭喊着跑来一下扑在棺材上："娘，你咋临走也不让女儿见上一面啊……"

徐老大站起身冲秋月吼道："徐秋月，要不是你改嫁给侯方煜，你娘能被你活活气死吗？"

"爹，女儿不孝，是我害死了娘。"秋月转身跪在徐老大的面前。

徐老大擦了把泪水："秋月，爹虽是个穷跑船的，可人有脸，树有皮，你咋能干出这种伤风败俗的事来？当初爹让你嫁给侯百万那是没办法，你娘听说你又改嫁给侯百万的养子，一口气没上来就……"

"娘，是女儿害了你呀，女儿不如随你去了！"秋月哭喊着向棺材上猛地一头撞去，只听一声震响，一缕鲜血从秋月的额上流了下来。

站在门口看热闹的那些人起先还冲着秋月指指点点，这时又都同情起秋月来。

"秋月，你这是干什么？"小山分开人群跑过来一把抱住秋月。

侯方煜这时也带人赶来，见小山死死抱着秋月，当即恼怒地喝骂道："李小山，徐秋月已经嫁给老子了，你竟敢在大庭广众之下和她抱在一起，你他娘的打算让老子戴绿帽子啊？"说着一脚向小山踹来。

小山正使劲抱着秋月往后拖，冷不防被侯方煜给踹了个趔趄，秋月也一下摔在地上，棺材前的供桌被他们撞翻了，桌上的祭品洒落了一地。

"你们这帮丢人现眼的玩意都给老子滚！"徐老大怒不可遏地抓起立在墙边的船篙，向侯方煜和小山打去。

"哎，老丈人，你这是干什么？这么多年一直都是我在接济你……"

"侯方煜，老子今后就是饿死也不会再要你一个大子，你给老子滚，老子丢不起这个人！"

侯八拽住侯方煜："老爷，我看咱还是先回去吧，搅闹灵堂可是要遭报应的！"

"都给我滚，我不想再看见你们！"徐老大怒吼着。

小山见徐老大正在气头上，过去拉起秋月，劝她先离开。秋月悲痛欲绝地上前给娘磕了三个头，然后哭着转身跑了出去。小山跟在她后面，生怕她想不开。

"娘，女儿真的是活够了，就让秋月随你去吧！"秋月边说边向会通河的河边跑去。

小山跑过来一把拽住秋月："秋月，你可不能犯糊涂，婶子不在了，还有大叔，你要是就这么走了，大叔今后咋办？"

秋月木讷地愣在那里不动了，大滴的泪珠噼里啪啦地滴落下来。

"秋月，不管咋样，你都要好好地活着！我这就找人把婶子的后事办了！"在小山的劝慰下，秋月平静地回到侯府。

侯方煜见秋月回来，马上跟进屋来劝说秋月："秋月，我知道这时候劝你没用，你要是心里难受就哭出来吧，你放心，既然我侯方煜娶了你，今后我一定会好好地待你，要让你过上让人羡慕的日子。"

秋月听到侯方煜的这番话，泪水再次无声地滴落下来。她不禁暗自感慨，就算侯方煜再坏，可他对我还算是一片真心，这些年他一直在暗中助我，帮我赡养父母，可惜自己这个残花败柳之身也对不住侯方煜啊。

在一阵炒爆豆般的鞭炮声中，一块红绸飘然而落，门楣上露出一块写有"鑫昌棉油厂"字样的黑底金字匾额。原来这段时间，大河一直没有开工，是让土工匠帮他上了个打油的油坊。

鞭炮声把沿着河堤走来的一群棉农给吸引过来，有棉农上前问道："掌柜的，人家都是货栈收棉花，不知你这棉油厂有啥说道？"

大河笑道："这位老哥，大河办厂收棉的目的是为了稳住东昌的棉价，好让广大棉农放心地去种棉花！"

"听掌柜的这话，是打算恢复祖上传下来的大年一两五，小年二两一石开秤收棉的规制了？"

"不假！棉价和市场只有稳定下来，才能堵住洋商及洋买办随意操控市场，恶意盘剥百姓的漏洞！"

"理儿是这么个理儿，可你给的价码不算高啊，侯氏货栈今年最高时都涨到六两三钱五一石了……"

"你也别忘了，前年侯方煜将小年的棉价也给你压到一两二一石了，还有他们厥秤杆子、耍秤砣，外加多去棉包皮的分量，里外算下来，不知要坑你多少斤两。"一个棉商气鼓鼓地说。

270

李东家也抱拳说："各位，这几年东昌的棉花市场一直被洋买办所把持，他们勾结洋人随意操控市场，恶意打压其他棉商，坑害盘剥广大棉农，难道大伙还没吃够他们的苦头吗？"

"这倒不假。"棉农点头，瞅向大河问道，"不过，凭你一己之力能斗得过洋买办吗？"

"这位老哥问得好，的确以大河一人之力是斗不过洋人的跨国公司，可咱中国人若是能抱成团，普天之下又有谁能是咱们的对手？"

众人闻听纷纷叫好，其中有棉农认出大河便是当年买粮赈灾、跳冰河堵决口的鲁大英雄，感恩戴德得要将自己的棉花白送给大河。

"大河多谢诸位乡亲信任，我在这里给大伙说清楚，大河此举一是要稳定棉价，二是要尽可能地让棉农多得些实惠。刚才这位老哥问了人家都是货栈收棉，我为啥要办厂收棉，我就把办厂收棉的想法说给大伙听听。大河收来的籽棉加工成皮棉，要运往江南给咱中国人办的织布厂去做原料，作为下脚料的棉籽，我还可以榨油。以后我打算着除去给各位应付的货银外，每石棉我另赠棉油十斤，棉饼百斤，按目前的市价算，一斤棉油为五分银子，十斤棉油折算下来又合五钱银子，再加上另外奉送的一百斤棉饼，大伙说这样实惠不实惠？"

棉农们都竖起了大拇指，有了大河这番话，今后他们再种棉花可就吃了定心丸了，他们再也没有犹豫，推着车挑着担，将棉花送进了鑫昌棉油厂的大门。

月河街上，排在侯氏货栈门前的棉农再次骚动起来，他们听说鑫昌棉油厂开工收棉，不光给货银，还返还棉饼和棉油，这样一来，排在侯氏货栈院中的棉农们也纷纷从货栈里撤了出去，不大会儿的工夫，侯氏货栈中已是人去院空，侯八站在门前看着空荡荡的院子傻眼了。

鑫昌棉油厂门前排起了长龙，厂门口一侧的长条桌上摆着几个包着棉套的大壶和一摞大碗，排队卖棉花的棉农走过去拿起大碗倒着壶中的热茶喝着。那些卖了棉花的棉农推着放了棉饼及棉油罐子的独轮车喜气洋洋地向外走。

侯方煜到这时候才明白鲁大河的葫芦里究竟卖的是什么药了，可如今再想用提价把棉农给拽回来已是不可能了。他们现在最大的优势是已经收了五万石棉花，而鲁大河才刚开始收棉花，既然他用办厂收棉的办法对付他，那他也要换个招数来对付鲁大河了。

城边的一处路口前，侯八带着十几个膀大腰圆的家丁横在路中间，在一旁还站着一群扛大秤、赶大车的货栈伙计。一队棉农走了过来，家丁们呼啦一下列开队形将官道堵了个严严实实，硬要收了棉农的棉花。侯氏货栈要强买强卖，棉农们愤怒了，他们抽出扁担向家丁和侯八逼来。虚张声势的侯八吓得掉头就跑，家丁见侯八逃了，也都纷纷溜走。

"老爷，棉农抱团不卖给咱棉花，还差点把我给打了！"侯八惊慌失措地向侯方煜回禀。

"中国人历来像是一盘散沙，他们咋会抱团啊？"

"这谁知道？今天头午我按老爷的吩咐，带人去城外拦路收棉花，棉农们抽出扁担就要和我们拼命……"

"没想到鲁大河这么快就把这些泥腿子给笼络住了！"侯方煜恨得咬牙切齿，他刚查了账目，侯氏货栈一共收上来五万三千石棉花，还差着近一半的数额，叫鲁大河这一搅和，在东昌的地界上他是很难再收到棉花了。为今之计只有派人到临清州、泰安府、曹州府的地界上去收棉花，不管什么价码，先把这十万石棉花收齐了再说。

大河也在为收棉的事犯愁，虽说后面的棉花都让他收了，可棉农手中的棉花都卖得差不多了，如今他收上来的棉花还不到五万石。眼看离二月二还有俩月，他赶紧吩咐大奎去高唐州找棉花行的许总办，他事先早已知会许总办，让他帮着收棉花，若是将他收的棉花送过来，再去临清、夏津的棉花行帮忙补齐，想来应该会收齐十万石。

三日后的午时，大奎带着四十出头的许总办和一队大车来到鑫昌棉油厂。许总办手里给大河留了三万五千石棉花，可到了年跟底下大车不好找，好说歹说才找了六十辆大车，先将三千石棉花给送了过来。

侯方煜从眼线那里得知此消息后，吩咐侯八找机会拿下许总办，要将他手里的三万石棉花夺过来。年前的东关大街上人来人往，许总办牵着马匹走在街上买年货，侯八派人一直跟着许总办，在一家赌馆门前侯八带人拦住了许总办。

"这位客官，恭喜发财！"

"阁下是……"

"这位客官面色红润，容光焕发，必是红运当头的富贵之人，眼看就要过年了，何不进来试试身手？"侯八伸手指着路边赌馆的大门。

许总办忙摇头："你找错人了，我可从来不赌！"

侯八一摆手，站在一旁的家丁一拥而上，不由分说，架起许总办的胳膊就向赌馆的大门里面走。他们架着许总办来到一张赌桌前，赌桌前的人看到眼前的阵势纷纷避开。

侯八皮笑肉不笑地说："这位客官，这年头不吃不喝，不赌不嫖还叫男人吗？来，我替你垫上赌资咱先试试手气，赢了算你的，输了算我的！"说着，他拿出一锭二两的银子拍在赌桌上，"押大！"

赌馆伙计不动声色地瞟了侯八一眼："还有下注的没有，这位爷押大了！"

几个赌徒分别将银子放在赌桌上——

"我押小！"

"我也押小……"

"好，买定离手！"赌馆伙计拿起骰子筒摇着，然后将骰子筒猛地扣在桌上。

众人不约而同地向桌上看去，骰子筒拿开，露出的三只骰子都是点多者冲上。

"十三点，押大者赢！"赌馆伙计说着将押小者面前的赌银统统划到侯八面前。

侯八得意笑道："客官咋样？这是借您的手气赢的，这些全归您了！"

侯八将桌上的银子全推到许总办面前，许总办惊喜地看着桌上的银子："这些都归我了？"

"要不咋说有福之人不用忙哪？客官，您要是有兴致就接着玩几把，不想玩，就拿着这些白捡的银子去买你的年货吧。"

许总办抑制不住满脸的兴奋，不停地搓手："玩几把就玩几把，这有啥大不了的。"许总办自以为是自己的运道来了，岂知自己已经陷入侯八设计好的陷阱，很快他便输光了老本，欠下了三千两的赌债。

侯八让人将许总办推推搡搡地押进赌馆后院的小黑屋内，逼他偿还赌债。

直到这时，许总办才明白自己是被骗了："你故意引我上钩，然后和赌馆的伙计联手出老千，让我欠下你们的赌债，老子告你去！"

侯八抬手给了许总办一个大嘴巴："他娘的，你去告老子？来呀，先给这狗日的醒醒酒！"

众家丁一拥而上抓住许总办，左右开弓，抽起许总办的大嘴巴子来，不一会儿，许总办的鼻子和嘴里流出了鲜血，惊恐地看着坐在面前的侯八不敢出声了。

侯八冷笑道："姓许的，你还去不去告老子啦？"

"算我倒霉，我身上的两千两货银已被你们掏空了，剩下的这三千两我给你写欠条，随后回高唐州拿银子来还你。"

"回高唐州拿银子？你他娘的糊弄二傻子哪？废话少说，要么交上三千两银子滚蛋，要么按赌场的规矩砍去你一条胳膊抵赌债！"侯八话音刚落，一个家丁拎起一把明晃晃的大板斧架在了许总办的肩膀上。

许总办吓得尖叫起来："这位爷，胳膊可砍不得呀……"

房门一响，侯方煜推门进来，笑道："姓许的，要想保住你的胳膊也不难，只要你答应把后面的棉花都给侯氏货栈送来，这三千两赌债我来替你还，如何？"

"原来你们是侯氏货栈的人？"许总办瞪着侯方煜，"姓侯的，干我们这行的有规矩，答应别人的事就不能反悔！你想要棉花咱明年再说！"

"还他娘的挺仗义啊？那好，照赌场的规矩砍他的胳膊！"

家丁举起大板斧，许总办两眼一闭，身子一下瘫软在地上："别，别砍，我给你们送棉花……"

侯方煜乐了，嘲弄地拍着许总办的脸颊："我还以为你是条汉子，原来是个不禁吓的软蛋。侯八，让他在保证书上签字画押，省得他日后反悔！"

侯八拖着瘫软过去的许总办来到桌前签字画押按下了手印。

第三十二章
武训行乞

三天后，大河迎着寒风站在鑫昌棉油厂大门前等着许总办来送棉花，却不想棉花已经送到了侯氏货栈。大河不知许总办为何出尔反尔，但再去找他理论也是无用，当下最要紧的就是将夏津县和临清州两地棉花行留的备用棉运来。可当大奎赶到时，两地的棉花行想在年前回笼资金就把棉花出手了。大河心想，这下大事不妙，此番若是打赌收棉输了，他可怎么跟何爷和胡老东家交代啊？

大年初六，春节刚过，大河和大奎便沿着冷清的街道赶去开工。前面街边上围了一群人，大河离着老远就能听到咋咋呼呼的嬉闹声。

大河闻声走到近前，看到在人群中有一个乞丐正大头冲下双手在地上爬着蝎子步。那乞丐大约五十出头，个头不高，穿一身补丁摞补丁的百衲衣，腰间扎一条破草绳，一圈爬下来，乞丐翻身站起嬉笑着向众人拱手作揖，大伙一看他的头全乐了。

有路人笑着问："要饭的，你咋留了个阴阳头啊？"

乞丐从地上拿起串着铜铃的牛骻骨，"哗啦哗啦"地晃着说起了数来宝——

"咱的头，有讲究，

这边剃，那边留，

修个义学不犯愁，

这边剃个葫芦片，

那边修个义学院……"

这个乞丐名叫武七，东昌府堂邑县柳林镇人士，只因从小家中受穷无法读书，早年间在大户人家打工，东家见他是个文盲便以假账相欺，做工三年，反倒欠下东家二百吊工钱，从此武七便立志行乞修义学，让天下上不起学的穷孩子也能读书，免得因不识字再被别人欺负。

"修义学院？"大河看看武七一愣，忙拱手问，"阁下莫非是号称'神乞'的武训先生？"

武训笑道："这位东家说笑了，俺武七就是个穷要饭的，靠给大伙唱个喜歌，逗个乐子，祈求众人赏下几个老钱，好帮天下穷苦人家的孩子读书识字。"

"武训先生，失敬了！听说您靠行乞已经修起了馆陶杨二庄义塾，咋大年初六又出来行乞了？"

"这位东家，天下的穷孩子这么多，靠一所义学哪能帮的过来啊？这不，我准备在堂邑再捐个崇贤义塾，好多帮几个穷孩子读书识字……"

这时，一个穿着考究的中年商人拿着一串铜钱笑着走来："武七，听说你是打一拳给俩钱，踢一脚给仨钱，我这一吊钱打你五十老拳咋样？"

武训两眼放光看着那人手中的铜钱，欣喜地说："我这不是沾您老的便宜了？一吊钱你该打我五百拳啊。这位东家你铆足了劲使劲打，有了您这吊钱，我离着修义塾又近了一步啊。"

"武七，你站好了，在下可要动手了，打坏了，你可不能赖我！"中年商人伸胳膊抡拳地拉开了架势。

"您放心，就算您一拳把俺打死，也与您没有丝毫的关联！"武训说完运气站好等着挨打。

中年商人运气抡拳大叫着向武七冲来，眼看着拳头就要打在武七的身上了，大河忍不住大吼一声："住手！"这声吼犹如晴天霹雳，吓得中年商人忙趔趄着收拳站住。

"鲁掌柜，你这是何意？我花钱找乐子又不犯法……"

"你不犯法不假，可你把东昌人的脸面全丢尽了！武训先生行乞是为了天下上不起学的穷孩子，你说你这拳头能落得下去吗？"大河转身看众人，"各位，东昌自古民风淳朴，有着崇文尚武的习俗，武训先生此番是为天下的穷孩子行乞捐修义学而来，大伙说咱能拿着武训先生逗乐子吗？"

中年商人被大河说得面红耳赤，转身离去。

"武训先生，不知您捐修堂邑的义学需要多少银子？"大河问道。

"连买地加盖房，还有请先生的束脩，咋不得个两三千两银子，这位东家，你倒是好心，可如此一来，岂不是把俺武七的财路给断了？"

大河掏出一张银票，递给武训："武训先生，大河今天刚好带着三千两，这些银子您先拿去修义学，若是不够，等我忙完这一阵子再给您捐！今后您就别靠沿街行乞来修义学了！"

"俺武七行乞多年，还是头一回遇见像您这样的大善人，请受俺武七一拜！"说着，武训便要跪下磕头。

"武训先生，大河可不敢受您如此大礼，要说跪，我应该替天下的穷孩子谢过先生才是！"大河忙拉住武训。

街上的人们闻听纷纷解囊，一时间碎银子和铜钱噼里啪啦地向地上的铜瓢中丢去，武训感动得泪流满面。

一旁的大奎却撅起嘴："大河哥，咱柜上的货银可不多了，待会儿要是有人来送棉花可……"

大河喝住大奎，辞别武训沿着街道向鑫昌棉油厂走去。一路上，大奎也不说话还在生大河的气，如今柜上的流水就只剩六千两银子了，大河哥一出手就捐出去三千两，待会儿要是有人来送棉花，看他拿啥给人家会账？

大奎低着头走到厂门口，旁边坐着的一个乞丐忽地一下扑了过来，拦住了大河他们的去路，大奎以为又是来要钱的，正想发脾气，那人抬起脏兮兮的脸，大奎一看此人正是高唐棉花行的许总办。

大奎伸手将许总办拎了起来："许总办，我正要找你算账，你倒送上门来了，我……"

大河忙喝住举起拳头的大奎，扶着许总办走进鑫昌棉油厂的大门。许总办向大河述说了事情的真相，原来他中了侯方煜的圈套后，并没有动给大河收的棉花，而是另收了一千石棉花给侯方煜送来，可他已将全部的流水都压在了前面的收棉上，加上他被侯八算计背上了赌债，因未能及时给棉农结算棉花款，年前拿不到货款的棉农一气之下将他家的院门楼子给点了，许总办不敢再待在家中，大年三十流落到了东昌城中，他觉得自己没脸见大河，故此沦为了乞丐。

大河听许总办说完，叹息道："许总办，你咋不早来说一声啊？害你这年也没过好，还让棉农把你家的院门楼子也给点了。"说完，他将剩下的最后三千两银子交给徐总办，让他回去先把欠棉农的货银结了。

许总办感激涕零，保证回去后尽快将剩下的三万多石棉花全运来。大河心想他已经收上来近五万石棉花，再加上许总办的这三万多石，总共还差两万石棉花，总算离目标不远了。

侯方煜左等右等，就是不见许总办再来送棉花，多番打听，才知道许总办又被鲁大河拉了过去，想自己费尽心机好不容易才拿下姓许的，如今又是白费力气了。再加上他刚从宏昌票号那里得知无锡的锦缎胡给鲁大河的预付款也到了，一笔就汇来十万两货银，有了这些货银，想再赢鲁大河可就没这么容易了。侯方煜想着不由得急了眼，看来不下狠手是不行了。

"侯八，你去找江上蛟送个信儿……"

城北隆裕寺外，云儿扶着挺着大肚子的倩玉从寺中走了出来。倩玉这次来上香一来是为给孩子祈福，二来也是为了让神灵保佑大河一切顺利。

两人上了马车往回走，河堤上忽然传来一声尖利的呼哨，四个黑衣大汉从一侧的树丛中闪身而出，横着刀拦住了大车的去路。

"侯大小姐别来无恙啊？"江上蛟在此恭候多时了，哈哈……

倩玉和云儿吓得忙抱在了一起。江上蛟走过来夺过车夫手中的鞭子，让车夫带话给鲁大河，若想要老婆孩子，就让他一个人天黑后带着十万两现银送到城北的斗虎屯皇窑，若是不敢来或是报官，就等着给侯大小姐和未出世的孩子收尸好了。江上蛟要的这个数正好是胡老东家打给大河的预付款的数额。

说完，江上蛟一挥鞭子，众河匪押着大车沿着河堤向北奔去。

鑫昌棉油厂中，大河正在为许总办送来的两万石棉花而高兴，这时车夫匆匆跑来，将倩玉遭劫的事告诉了大河，大河一惊，没想到江上蛟竟敢再次出来兴风作浪。上次江上蛟逃出大牢后，就仿佛在江湖上消失了一般，如今一回来就对倩玉下手，分明是想报复他，是自己连累了倩玉，不管说什么，就算是舍命他也要救倩玉出来。

夜晚，废弃的皇窑四周长满了枯草，寒风吹来瑟瑟作响。

皇窑内一片漆黑，倩玉挺着个大肚子靠在黑乎乎的窑壁上闭目养神，云儿在一旁紧张地抓着倩玉的胳膊："小姐，天都大黑了，你说姑爷会来送赎金吗？"

倩玉睁开眼安慰她："云儿，你放心，大河一准会来！"

通向皇窑的小路上，大河驾着骡车赶了过来，车厢中拉着两个大号的木制银箱。众河匪见大河慢慢走近，便抄家伙猫在一旁，等待江上蛟的号令行事。

"江上蛟，我送赎金来了！"来到近前，大河从大车上跳了下来。

江上蛟向四周扫视着，见无异常，和众河匪从砖垛子后面闪身而出："鲁大河，真是你自己来的？"

"江上蛟，你好歹也算得上是名震江湖的江洋大盗，咋成惊弓之鸟了？"说着，他掀开一个箱盖，木箱中装的全是金元宝，在篝火的照射下闪烁出耀眼的金光，一旁的河匪全都惊讶而又贪婪地盯着金元宝。

"江上蛟，你要的十万两赎金一文不少，不过，我必须见到倩玉和云儿才能将赎金交给你！"

江上蛟一拍巴掌，两个河匪押着倩玉和云儿从皇窑中出来。

"人也见了，那就把赎金给老子搬过来吧！"

"你先把人放了，赎金我会一文不少地给你！"

"鲁大河，少废话！赶紧把车上的银箱给老子搬下来，不然老子先弄死这俩小娘们！"说着，江上蛟转身用钢刀逼住倩玉。

"江上蛟，别胡来，我听你的。"大河跳下大车，先搬下一个木箱放在了篝火前，转身搬起另一个木箱走来，抬手将金元宝哗的一声倒在地上，"江上蛟，你尽管验看，假一罚十！"

江上蛟过去拿起一个沉甸甸的金元宝，双手捧着用牙去咬，咧着大嘴笑了："二两为锭，十两为大锭，五十两是大元宝，老子这回发大财喽！"

众河匪闻听都丢下钢刀怪叫着一拥而上，你争我夺地争抢起金元宝来。

大河趁机抱起倩玉来到大车旁将倩玉抱上大车，云儿跟着也跳上大车，大河拉住缰绳调转车头在大青骡子的屁股上拍了一巴掌，大青骡子拉起大车顺着来时的小路跑去。

不远处的河堤上，大奎和衙门班头带着几十个差役趴在那里注视着皇窑前的动静。见大青骡子拉着大车从小路上跑来，大奎忙迎了上去，他拉住骡子，将缰绳交到差役手中，让他们赶紧带着倩玉嫂子和云儿离开此处。自己则和班头带着差役下了河堤，顺着小路旁的一条壕沟快速地向皇窑前摸来。

皇窑前，低头清点金元宝的江上蛟扭头看着在河堤上跑去的大车，赶紧下令让人去追大车，可河匪们都在忙着争抢金元宝，没人理会江上蛟。

为稳住江上蛟，大河在一旁答话了："江上蛟，倩玉受到了惊吓，叫她们主仆先行一步，你赶紧把赎金清点完，咱们之间也好做个了结！"

"鲁大河，赎金老子自然会清点，不过，咱们之间的那点陈年旧账，是该做个了结了！"说着，江上蛟抢刀向大河劈来。

大河用脚尖勾起河匪丢在地上的一把钢刀和江上蛟打在一起。这时，大奎和李班头带着差役跃出壕沟呐喊着冲来："抓河匪啊，别让江上蛟跑了……"

"鲁大河，你敢耍老子？"江上蛟看到突然涌过来的差役一惊。

"江上蛟，难道老子还要跟你这个江洋大盗讲什么四维八德不成？"大河说着抢刀向江上蛟砍来。

其他河匪刚缓过神来，就被大奎和差役们团团围住。江上蛟见势不妙，想转身溜走，大河抬脚勾起地上的一个金元宝，一掌推去，只见金光一闪，江上蛟怪叫着倒在了地上。大河飞身上去踩住江上蛟："班头，把江上蛟绑了，押回去交给知府大人好查找幕后主使的真凶！"

班头刚从腰中摸出铁索子要锁江上蛟，大奎冲上去手起刀落，将江上蛟的人头砍了下来。

"大奎，我好不容易活捉了江上蛟，你咋把他给砍了？"

"大河哥，江上蛟一次又一次地想置我们于死地，这回说啥也不能再让他逃了！"

班头看着滚到一旁的人头，也劝大河说："大河，江上蛟要是不死，说不定还会砸牢反狱，回去咱就报他个拒捕被杀结案也就是了！"

二月二到了，山陕会馆大殿前的高台子上摆放着公案，侯世震身穿官服端坐在公案后，公案的一侧摆着个计时的日晷。

李东家抬头看了看天上的日头，站起来躬身抱拳道："知府大人，今天是光绪五年的二月二，今日的午时三刻是鲁大河与侯方煜打赌收棉见分晓的最后时刻。因兹事体大，在下特意恭请知府大人前来见证最终的结局，而今距最后的时限只剩下一个时辰了，鲁大河与侯方煜打赌收棉见证一事可否依约而行，还请知府大人示下！"

侯世震扫了下面的大河和侯方煜一眼："李东家，既然一切就绪，那就按尔等事先商定的议程开始！"

知府大人已经发话了，李东家拿起桌上的账簿将双方各自的实收数额公之于众。

"经核验，截止到昨日酉时前，侯氏货栈共收棉九万一千石，鑫昌棉油厂八万九千石！这是双方签字画押的具结文书，有请知府大人核验！"李东家说着将两张具结文书举在手中，呈给了侯世震。

"这就是说打赌双方均未完成相约之数？"

"回知府大人，再有一个时辰，若双方实收数额再无变化，则双方均未完成十万石的相约之数，目前侯氏货栈尚差九千石，鑫昌棉油厂尚差一万一千石！"

侯世震扭头去看公案旁的日晷，此时日晷的光影照在上面的巳时三刻位置，时至今日再想大宗收棉，看来已无可能。

侯方煜有些沉不住气了，高声喊道："知府大人，事情不是明摆着吗，我们比鑫昌棉油厂足足多了两千石，自然是我们赢了，大伙说对不对？"

侯八带着一帮打手在一旁起哄："对，当然是侯氏货栈赢了……"

就在侯八带人鼓噪时，小山分开人群走来，他从身上摸出一张文契呈给侯世震："知府大人，这是一张经东昌棉花行核验过的确认文书，别看我手上只有一万零七百石籽棉，可是转给谁，谁就能赢得今天这场打赌收棉的生意！"

"李小山，我用高于市价五倍的价格来收你的棉花！"侯方煜看着李小山，又半带威胁地说，"这个时候，你可千万别不识抬举，要是把老子惹急了，我就把你办的丑事当众抖搂出来。"

大河站起来，冲着小山说："小山，你就把侯方煜和侯八当初是怎样使阴招害人的事当众说给大伙听听，也好让大伙看清侯方煜的真实嘴脸，省得他日后再到处害人！"

"啊？鲁大河，原来你早就知道了李小山的丑事儿？"侯方煜吃惊地看着大河。

"侯方煜，几年前你指使侯八下蒙汗药将我麻翻，用婊子做诱饵逼我就范的事儿我早就给大河哥说了，开货栈的银子就是大河哥给我的，这回开局要不是我来搅局，你的棉价能落得下来吗？"

"鲁大河，你卑鄙，想不到你竟然会用这种招数！"

"侯方煜，谁卑鄙大伙自有公论！这几年你勾结洋人，操控棉价，垄断市场，坑害棉农，打压棉商，你以为抓住洋人做靠山就能翻手为云，覆手为雨吗？"

"知府大人，我等恳请知府大人为东昌的棉商做主，下令让侯方煜从此退出东昌的棉花市场，免得他再祸乱一方！"李东家和众棉商跪在侯世震面前恳求道。

"噢，你们这些人都串通好了，想一起来对付老子是吧？"侯方煜慌了，色厉内荏地威胁道，"知府大人，我的棉花可是为洋人收的，我宣布今天这事不能作数，侯八，咱们走！"

"侯方煜，本府尚未发话，我看你敢往哪里走？"侯世震一发话，维持秩序的差役拿枪逼住侯方煜，侯方煜只得停了下来。

"李小山，你的棉花到底转给谁，快做出决断，不然过了午时三刻可就不作数了！"侯世震问道。

"这一万零七百石棉花本来就是大河哥出银子让我收的，自然应该是物归原主了！这一万零七百石，加上大河哥原先确认的八万九千石，共是九万九千七百石！本次打赌收棉的赢家应该是鑫昌棉油厂！"

"李小山，九万九千七百石不是还不够十万石的相约之数吗？"侯方煜扭头看着侯世震，"知府大人，既然谁都没收够十万石，那打赌收棉的事明年再重新来过！"

离着午时三刻还差一刻多，眼看着此事陷入了僵局。这时，有人在人群后面大声喊："知府大人，不用等明年重新来过了，我们给鲁掌柜送棉花来啦！"

院中的人们忙闪开一条通道，只见一个乞丐带着一群棉农挑着棉花担子快步走来。

"武训先生，您咋来了？"大河惊讶道。

武训冲大河点点头，径直来到高台前冲侯世震抱拳："知府大人，在下武七前一阵子来东昌行乞捐修义学，鲁掌柜闻听要给天下的穷孩子修义学，当即把收棉花的货银三千两捐了出来，如今堂邑的崇贤义塾已破土动工，十里八乡的乡亲听说了鲁掌柜打赌收棉的事，大伙就把自家留用的棉花都给鲁掌柜送来了！"说着拿出一张盖了大印的确认文书，"这是经堂邑县棉花行勘验，由堂邑县衙复核的棉花确认文书，这上面的棉花共计三千石，武七恭请知府大人过目！"

侯世震接过文书看着，送来的棉花的确是三千石整。"如此一来，鲁大河本次打赌收棉的实收数额为十万两千零七百石，本府宣布，本次打赌收棉的赢家是鲁大河！依照双方事先约定，侯方煜从此退出东昌的棉花市场，不得再染指东昌的棉花生意！"

院中的人们闻听顿时欢呼雀跃起来，大河过去激动地拉住武训的手连声道谢。

山陕会馆门外不知是谁点燃了庆功的鞭炮……

第三十三章
求 情 开 脱

山陕会馆大殿中，关公塑像前的供桌上摆放着祭品，香炉中烟气缭绕，香火正旺。

大殿一侧摆放的长条桌前坐满了前来议事的商家，今日他们聚集此处为的是改选新任东昌商会会首。东昌商会原本是由山陕两省商家发起，此前会首一直是由李东家担当，侯百万从江南躲避战乱来到东昌后，借用侯知府的威势夺得会首，此后又被侯方煜窃取，但因为侯方煜坏事做尽，臭名远扬，侯世震便下令革除了他的会首一职。

"叫我说，能稳定东昌市场大局者非鑫昌货栈鲁掌柜莫属，这回挫败侯方煜，鲁掌柜更是立下了奇功，我提议由鲁掌柜担当东昌商会的新任会首！"有商人提议道。

"好，老朽赞同！各位，大河经商十几载，其经商的本事自不待言，个人修为更是有目共睹，老朽以为新任东昌商会会首非大河莫属！"李东家也附和道。

大河忙起身推辞："李东家，各位，大河以为商会会首理应由阅历丰富、德高望重之人担当方可服众，无论是阅历、能力还是财力，李东家当为不二人选！"

"大河，老朽年事已高，遇事瞻前顾后，"李东家转身看着众人，"大河年富力强，人品高尚，还是正经八百的坐地户……"

大河插言道："李东家此言不妥，众所周知，自明成祖迁都北京后，东昌城中先有徽商涉足，随后浙商来此落户，到了大清，晋陕两省的商家成为东昌商界主流，外来的商户不仅带来了天南地北的丰裕物产，更是形成了融合共存的运河文化底蕴。我听丁大人说过，自会通河开通后，在山东境内居住的民族已达四十三个之多，大河以为，只要是同饮会通河水，共食齐鲁大地之粮，咱就应该是不分彼此的一家人！"

听了大河的话，好多人都动容地看着大河。

大河神色庄重地冲李东家抱拳施礼："李东家，中华民族之所以能创造出五千年的灿烂文明，大河以为其中很重要的一条就是我们善于总结前人的智慧及经验！"转身看向大家，"各位，为稳定东昌的商界大局，大河恳请李东家这位商界前辈不辞辛劳再度出山，带领东昌商家重整旗鼓，共谋发展大计！"

李东家不觉眼角湿润了："既然大河把话说到了这个份上，那我就豁出这把老骨头再为大伙出点力，只要大伙齐心，咱就能让东昌再度成为东方的繁荣昌盛之地！"

听了李东家的话，大河和众人齐声叫好。

这边众人欢庆一堂，而侯方煜却被气得火冒三丈。这次打赌收棉，他几乎搭上了所有的身家，非但没有赢鲁大河，反倒被革除了东昌商会会首一职。

"侯八，找人去把鲁大河的棉花垛给老子点了！老子收不成棉花，也不能让他忒得意了！"侯方煜坐在侯府客厅的八仙桌旁歇斯底里地吼道。

"老爷，故意纵火可是死罪，咱还是……"

"侯八，我给你两万两银子，只要今晚办成这件事，你就带着银票远走高飞，你若敢再推三阻四，老子一个大子也不给，还要将你扫地出门！你信不信？"

"好吧，老爷，侯八遵命！"

侯八刚出门，秋月闻声走了进来。"老爷，刚才你说让侯八去大河那里放火，此话当真？"

"徐秋月，你敢偷听我说话？"

"老爷,都说冤家宜解不宜结,你和大河之间的恩怨该有个了断了,何必……"

"你想来教训老子?"

"老爷,你对秋月有恩,故此秋月想劝你一句,既然你输了打赌收棉的生意,咱今后去做别的生意不行吗?何必非要让人去烧大河的棉花垛啊?"

侯方煜眯着眼睛去看秋月,悄悄抓起桌上的茶壶,故意冲门口喊:"谁在门外偷听?"

秋月扭头向门口看去,侯方煜举起茶壶向秋月的后脑勺上狠狠地砸去,茶壶碎了,秋月身子一软倒在地上昏了过去。

侯方煜丢下手中的半块茶壶,来到立橱前打开橱门找出一个纸包,将包中的白色药粉倒进一个茶杯,拿起桌上套着棉套的大瓷壶倒水,晃着茶杯让药末溶化了,低头盯着地上的秋月狞笑道:"徐秋月,幸亏我有准备,这回真得让你闭嘴了!"说着,他掰开秋月的嘴,将茶杯中的水灌了进去。

躺在地上的秋月喘了口粗气,慢慢地睁开了眼睛,抬手去摸后脑勺,手上沾了一把血迹,秋月瞪着蹲在面前的侯方煜想说话,喉咙中却发出一串含混不清的嘶鸣。

"徐秋月,我给你灌下了哑药,这回你就没法去向鲁大河通风报信了。"说完,侯方煜哈哈大笑起来。

秋月愤怒地指着侯方煜,喉咙中不时发出含混不清的呜噜声。

"徐秋月,既然你成了哑巴,老子不妨再多告诉你一点以往的秘密。还记得当年你被人迷奸的那件丑事吧?"秋月闻听低下头去,侯方煜却更得意了,"我告诉你,迷奸你的不是别人,正是老子我!老子当时是想激怒侯百万,好让他顶着绿帽子去向鲁大河寻仇,你做梦也想不到第一个睡你的男人就是老爷我吧?如若不然,老子咋会娶你做老婆呢?哈哈……"

秋月愤怒地爬起来想找侯方煜拼命,一起身又头晕目眩地倒在地上。

等秋月醒来的时候,郎中已经为她包扎好伤口,正在切脉。

"侯爷大喜!夫人的身体不仅无大碍,在下还给夫人号出了喜脉,侯爷,你可是后继有人了!"

侯方煜闻听先是一惊,继而狂喜,他没想到自己也有后了。"鲁大河,这回我总算没输给你!"侯方煜得意极了,但突如其来的喜讯并没有让他放弃自己的报复。

侯八听从侯方煜的指令,半夜时分带人来到大河的棉油厂,经内应接应侯八等人潜入鑫昌棉油厂,点燃了三座棉花垛,幸亏被巡夜人发觉,侯八等人被当场抓了个正着。

东昌府大堂上,侯世震根据侯八的供词,抽出令签下令让差役去抓捕侯方煜归案。

与此同时,大河娘拿着一些为小孙子准备的小衣服来到大河的新家,大河娘还拿出一块玉佩交给倩玉,说这是当年大河爹留下的一点念想,等大孙子一落地,就让倩玉把这块玉佩给孩子戴上,好让孩子爷爷的在天之灵多护佑着孩子。

倩玉接过玉佩,觉得这玉佩很是眼熟。她忽然想起自己见过这玉佩,不只是在大河的身上,而且,侯方煜也有一块。

"侯方煜?"大河娘一愣,眼睛紧盯着倩玉,"倩玉,你是说侯方煜也有一块这样的玉佩?"

"娘,没错!那是在我大伯认侯方煜做养子的喜宴上,我第一次见侯方煜,他从脖子上摘下块玉佩,说是要送给我做见面礼,玉佩上这日月水形纹的图案我记得特别清楚,只是铭文与这个不一样,好像是……"

"是厚德载物,对不?"大河娘脱口而出。

"是厚德载物!娘,你怎么知道是这四个字?"

这时云儿走进来说老爷下令将坏蛋侯方煜抓了,在大堂上正要宣判哪。

大河娘闻听大喊一声:"大江,我的儿,娘可算是找到你了!"她脸色苍白地夺过倩玉手中的玉佩起身向门外跑去。

倩玉看着突然而去的大河娘,忽然感到肚中一阵疼痛,云儿过来赶紧扶住了倩玉。

东昌府大堂上,侯方煜被打得皮开肉绽,趴在地上不住地嚎叫:"侯世震,你故意偏袒你的女婿,我非让菲尔斯先生到总理衙门去告你这个徇私枉法的昏官不可!"

"侯方煜，如今人证物证俱在，我还怕你找洋人去告我不成？来呀，听本府宣判！"侯世震心想，今天他正好借恶意纵火罪堂而皇之地取侯方煜的性命，为他哥侯百万的枉死复仇。

"经本府当堂查明，鑫昌棉油厂纵火案系侯方煜打赌收棉输给鲁大河后怀恨在心，唆使手下侯八带人半夜前往鑫昌棉油厂故意纵火，焚毁籽棉一万五千石。侯犯方煜系本案主谋，且归案后气焰嚣张，依大清律判处候犯方煜斩立决，此番纵火造成的损失共计纹银六万两，也由侯方煜一并足额赔付鑫昌棉油厂，来呀，将……"

侯世震的话还未说完，大河娘手举朝廷册封的诰命铜牌走上大堂，大呼："知府大人且慢！从三品诰命夫人李氏替儿子鲁大河上堂恳请知府大人放过侯方煜！"

侯世震一愣，问道："鲁老夫人，您要本府放过纵火案的主谋，此举可有悖于大清律，还请鲁老夫人三思而行！"

"娘，谁让你来替侯方煜求情的？快回去！"跪在地上的大河不可思议地看着娘。

"知府大人，据李氏所知，此案并未引发命案，以大清律当属民不告、官不究的民事纠纷，故此，李氏要替儿子鲁大河做主，当堂舍弃一切索赔及刑律追究之责，望请知府大人能够网开一面，予以恩准！"说着，大河娘冲侯世震深鞠一躬。

侯世震吓得忙站了起来："鲁老夫人，这可使不得！您身为从三品诰命夫人，下官委实不敢受您大礼，还请鲁老夫人不要为难本府！"

"知府大人若是执意不允，李氏可就要当堂跪求于知府大人了！"大河娘举着铜牌要给侯世震下跪。

侯世震看着铜牌惊恐地跪下："上跪下乃恶逆之罪！鲁老夫人倘若一跪，本官的前程可就给跪没了！鲁老夫人所言，下官遵命而行也就是了！"

"娘，你为何要救这个十恶不赦，数次欲置儿子于死地的坏人？"

"鲁大河，你若还认我这个娘，就赶紧给我闭嘴！"

大河气得一扭头跪在地上不出声了，侯世震无奈地宣告东昌府衙门不再追究，草草结了案。

就在这时，云儿气喘吁吁地跑上大堂报喜："小姐生了！"

大河娘看着跪在地上一脸茫然的侯方煜还想再说什么，一听倩玉生了孩子，连忙跑回了家。跪在公案旁的侯世震看着慌忙跑出大堂的大河娘，心中却是五味杂陈。

鲁府正房内，小小的婴儿被包裹在襁褓中，还没睁开眼，一脸憨态地睡着。

大河娘笑着抱起孩子，心想她才离开一会儿，倩玉就生了，这多亏是母子平安，要不然她可要追悔莫及了。大河急不可耐地从娘手里接过孩子，笑眯眯地看着襁褓中的孩子，见襁褓中的孩子张着小嘴打了个哈欠，大河高兴地喊了起来："倩玉快看呀，咱的儿子会打哈欠了！"

大河娘看大河一副毛手毛脚的样子不放心，接过孩子放在倩玉的身边。

"娘，我还没抱够呢……"

倩玉生了孩子，大河端着一筐红鸡蛋送到小山家，可当他来到院中时，正好看到小山肩挎包袱从正房出来，像是要出门的样子。

"小山，你这是？"

"大河哥，我没脸再在东昌待了……"

"小山，你又瞎琢磨啥呢？这回挫败侯方煜你可是立下了奇功，咋又想起这些陈谷子烂芝麻来了？"大河拿下小山肩头的包袱，"小山，你、我还有大奎，咱可是一辈子不离不弃的生死兄弟，就算是一奶同胞也没咱哥仁亲啊？！"

"我是真的没脸待在这里了，大奎那里你替我说一声，原先没事我老是好和大奎拌嘴斗气，让他别记恨我……"小山说着流下了眼泪。

"小山，这些年让生意上的事闹得我一直没空儿去管你个人的事儿，为这倩玉都数落我好几回了，我和倩玉商议过了，你要是觉得行就让云儿嫁给你，这样你身边也好有个知冷知热的人疼你。这事你要是觉得行，咱就找人选个日子，给你们把婚事办了。"

"大河哥，我做了对不住你的事儿，你和倩玉嫂子还能如此对我，我不是人啊……"小山说着抬手去抽自己的耳光。

这时，大奎走来给了小山一拳，呵斥道："小山，你小子想不声不响地溜啊？自打咱哥仨一个头磕在地上，咱就是不离不弃的生死弟兄。"

"不管啥时候咱都是不离不弃的生死兄弟！"大河说着伸手将小山和大奎抱在一起。

侯方煜在家喝闷酒，这几日他一直想不明白为何大河娘会为自己脱罪，明明这次自己是必死无疑，大河娘救他到底是为了什么？

就在侯方煜百思不得其解时，有人来报秋月的爹在撑船走漕时，不慎落水溺亡了。侯方煜一听大惊，他本想瞒着秋月，可还是晚了一步，秋月听到消息已经回徐家了。

徐宅正房的八仙桌上摆着"显考徐老大之位"和"显妣张徐氏之位"的亡灵牌位。秋月挺着隆起的肚子，穿一身孝服跪在八仙桌前无声地哭泣。

侯方煜走了进来，来到八仙桌前拿起三只香在白烛上点燃，冲着牌位拜了三拜，将香插进香炉，扭头看着跪在地上的秋月："秋月，今天是发送你父亲的第四天，你还有身孕，不能老是这样没黑没白地守孝，听话，快起来跟我回侯府！"

秋月厌恶地推开侯方煜伸出的手，倔强地跪在地上不肯起身。

"秋月，你要是哭坏了身子，动了胎气就麻烦了，快跟我回去！"侯方煜伸手再去拽秋月。

秋月发疯般地推打着侯方煜，瞪着眼指着屋门让他出去。

"徐秋月，你别不识好歹！快跟我回去！"

秋月站起来愤怒地推搡着让侯方煜离开，侯方煜被推了个趔趄，侯方煜火了，抬手给了秋月一巴掌："你个不知好歹的贱人竟敢推老子？"

秋月愈加愤怒，嘴里含糊不清地嘶叫着向侯方煜一头撞来。

侯方煜抬手一推，秋月摔在地上，当即疼得脸色煞白，在地上翻滚着用手捂住了肚子，不一会儿下身流出一些血水。

在一旁伺候秋月的老妈子惊叫起来："啊，老爷，夫人摔小产了！"

侯方煜看着在地上扭动的秋月傻眼了。

五天后，趁侯方煜外出去了天津，秋月挎着包袱毅然决然地离开了侯府，回到了徐家。

大河娘来拜祭徐老大，见秋月着实可怜，她拉住秋月的手疼惜地说："秋月，你一个人住在这里大娘不放心，要不然今后你跟大娘住在一起吧，这样，咱娘俩也好相互有个照应，你看行吗，孩子？"

秋月趴在大河娘的怀里无声地哭了起来。

从天津回来的侯方煜，听说秋月去了大河家十分恼火，他带着一帮家丁堵住了大河家的院门，发疯般地砸门："徐秋月，你这个不要脸的贱人给我滚出来！"

大河娘铁青着脸打开了院门："侯方煜，秋月她爹才走，她要给父亲守孝这有啥错？你跑来大吵大闹，难道想把秋月逼死不成？"

"我来找我的老婆，关你啥事？莫非你想把徐秋月留下给鲁大河做小不成？"

"你这个混账东西……"大河娘气得浑身颤抖。

在胡同中走来的大河听到这里，气冲冲地跑来，一巴掌扇了过去："侯方煜，你再放狗屁，我非宰了你不可，滚！"

侯方煜被大河一耳光扇在地上，半边脸立马红了，嘴角也流血了。大河娘看着脸上带血的侯方煜，抬手给了大河一巴掌。

"娘，你打我干什么？你没听见刚才他说的是什么混账话吗？"大河愣住了。

大河娘气得脸色蜡黄，浑身颤抖，捂住胸口身子瘫软下去。大河见状，赶紧把娘抱回了屋。

"鲁大河，你敢打我？好，你等着！"侯方煜气急败坏地离开了鲁家的老宅。

不知不觉半个月过去了。这天头午，倩玉正拿着拨浪鼓在逗孩子玩，云儿慌忙跑来告诉她，老爷被革职了，说是侯方煜去天津找了菲尔斯，菲尔斯不想就此失去东昌的棉花市场，便让英国领事到朝廷的总理衙门把老爷给告了，朝廷以处理涉外事务不利为由，直接下旨将老爷给革职查办了。

倩玉一听，立马要回衙门看父亲，大河娘顾及倩玉还在月子里，怕她着急把奶给憋回去，于是便让大河去看看侯世震。大河赶到后衙，侯世震却不知所踪，大河和差役连忙分头去找。

东昌的古城墙下，大河沿着湖边跑来，边跑边呼喊着寻找侯世震的踪迹……

湖边一侧，侯世震穿着一身棉便装，发髻散乱，目光呆滞地站在那里，自言自语道："我虽是捐官出身，可平日里为官勤勉，忠君事主，朝廷为何仅听凭洋人的一面之词，就将我这个从四品的知府正堂给革职查办了？更可恨的是赵姨娘这个贪婪的贱人，见我丢了官，竟然把我一辈子的积蓄全卷跑了，而今我是官丢了，家没了，财散了，女儿出嫁了，哥哥也不在了，我简直就是一个众叛亲离、无家可归的丧家犬，活着还有啥意思？"

"哥啊，我找你来啦！"侯世震痛苦地闭上眼纵身跳进湖中。

湖面上泛起一阵不断扩散的涟漪。

大河沿着湖边跑来，恰好看到侯世震跳河，二话没说一个猛子扎进湖中。

浑身是水的大河背着湿漉漉的侯世震回到了鲁府，吩咐云儿赶快烧热水，好给侯世震祛祛身上的寒气。倩玉跌跌撞撞地来到客厅，见父亲无碍，赶紧找来干净的衣服给他换上。

"父亲，你咋这么想不开啊？朝廷不让做官咱不做就是了，这年头官场上只剩下一片污秽之气，咱离开这个是非之地也好！"倩玉劝解道。

"倩玉，为父不光是官丢了，还有赵姨娘那个贱人趁乱将家中洗劫一空跑了，你说为父操劳了一辈子，到了啥都没了，活着还有啥意思？"说着，侯世震的眼角流出了泪水。

"父亲，瞧您老说的，您不是还有女儿吗？对了，还有您老的小外孙。"倩玉连忙让云儿将孩子抱过来。

刚换上衣服的大河也擦着头发上的水安慰他："知府大人，从今往后，这里就是您的家，我和倩玉会给您养老送终的……"

倩玉闻听忍不住瞪眼："鲁大河，你管我的父亲叫什么？"

大河一脸无辜地说："知府大人啊，咋，我叫错啦？"

"知府大人？"倩玉气鼓鼓地瞪着大河，"鲁大河，别说我的父亲已被朝廷革了职，就算依然在位，在自己家中你能称呼他老人家为知府大人吗？"这时云儿抱着孩子走进门，倩玉接过孩子，"鲁大河，今天你要是不叫我父亲一声爹，我就叫你的儿子一辈子不喊你爹!"

"倩玉，你这不是难为我吗?你知道我从小就没喊过爹……"大河颇感为难。

"那我不管，反正是该说的我都说了，叫不叫你自己看着办!"

大河憋红了脸，冲侯世震叫了一声:"爹，大河见过岳父大人!"

倩玉和云儿被大河逗笑了，侯世震坐在一旁，看看倩玉又看看大河，脸上的神情轻松了许多。

"父亲，看看您老的小外孙，瞧，他冲您笑呢!"倩玉抱着儿子走到侯世震面前。

侯世震看着倩玉抱着的小外孙正天真无邪地冲他笑，不觉老泪纵流，悲声痛哭起来:"倩玉，大河，我对不住你们……"

大河过去给侯世震斟了杯茶:"岳父大人，您喝口热茶暖暖身子，我刚才口不择言，可话糙理不糙，您这个女婿虽说没啥大本事，可我和倩玉照样会让您老过着衣食无忧的日子，您老要是想喝两口，我每天陪着您老喝个小酒，您要是想出去散心，咱家就有小火轮，不管天南还是地北，您说上哪儿咱就去哪儿，这不比您整天坐在大堂上皱着眉头替人家断官司强?"

"大河，你是个有情有义的孩子，当初都是我不好，我对不起你，更对不起提携过我的鲁大人……"侯世震说着眼泪再次流了下来。

"岳父大人，事情都过去了，咱就不说那些陈年往事了。今后这里就是您老的家，咱一家人平平安安地过日子，比啥都强，您说哪?"

侯世震擦了把泪水，从身上掏出个玉坠儿递给大河:"可有个事儿，我今天必须告诉你。"

"岳父大人，这个玉坠儿上的图形咋和我身上玉佩的图形一样?"大河说着从脖子上摘下玉佩放在一起比对着。

"这原本是我当年在京城琉璃厂买的块玉石胚料，找工匠切出了四块做玉佩的石料，这四块石料我都送给了鲁大人，用边角料做了个玉坠儿留在了我的身边。"

"岳父大人，您是说有四块样式一样的玉佩?我这里有一块，娘留着一块，爹当年送给丁宝桢大人一块，还有一块在何处?"

"大河，另一块玉佩在侯方煜身上！"

"在侯方煜的身上？他怎么会有……"大河瞪起眼来。

"大河，侯方煜的身世你也知道一些，他是在无锡被刘帮主收养的，他在被刘帮主领养前就有这块玉佩，凭此玉佩可以断定侯方煜就是你走失的胞兄！"

"侯方煜是我的胞兄？"大河一愣，继而痛苦地摇头，"不！这么多年他一直居心叵测，处心积虑地想置我于死地，他怎么可能会是我的胞兄呢?!"

"大河，这是真的，赶紧去找鲁老夫人把侯方煜认下吧，今后你们哥俩再也不能去做手足相残，亲者痛、仇者快的事了！"

"不，我绝不会认侯方煜做胞兄，他不配！"

此时，站在门外的大河娘转身向外跑去。

第三十四章
内河之争

侯世震的话再次印证了侯方煜就是大江的事实，大河娘知道了真相是又惊又喜，她失散多年的儿子终于找到了，只是没想到他原来就在自己眼前。

大河娘风风火火地来到侯府，侯府的老妈子将大河娘带进客厅。

"你来干什么？"侯方煜冷冷地看着走进门来的大河娘。

大河娘见到侯方煜忍不住落泪道："儿啊，娘让你吃苦了，娘对不住你……"

"鲁老夫人，你认错人了，鲁大河才是你的儿子！"

大河娘忙拿出玉佩，举在侯方煜面前："孩子，你身上是不是也有一块日月水形纹的玉佩？"

侯方煜看着大河娘手中的玉佩，忙摸着自己的胸前，诧异道："你怎么知道我有玉佩？"

"儿啊，娘可找到你了，你就是我当年走失的长子鲁大江啊！"大河娘情不自禁地想要伸手去摸侯方煜。

侯方煜惊恐地躲闪在一边："鲁老夫人，你救过我不假，可你不能随便认儿子啊？"

"儿啊，这可是侯世震亲口说的，你真的是大江！除去那块玉佩，大江的右手心中还有一个从娘胎中带来的红痣，你看看你的右手心中是不是有颗红痣？"

侯方煜心头一紧，忙攥紧了右手，大河娘说得没错，他那里是有颗红痣，但他矢口否认道："你今天就是说下大天来，我也不会相信侯世震的鬼话，快把这个疯婆子给我赶走！"说完，两个下人将哭喊不休的大河娘拖了出去。

客厅中安静下来，侯方煜慢慢地摊开了自己的掌心，望着手心的红痣，疯癫般地笑了："你们早干吗去啦？这会儿又是玉佩又是红痣，还说我是鲁大河的亲哥，我跟鲁大河你死我活地斗了十几年，早已是遍体鳞伤，恨入了骨髓，你们让我咋回头啊？"

侯方煜是自己失散大哥的事实，大河同样无法接受。侯方煜是谁？他可是一直处心积虑，想置他于死地的宿敌啊，怎么会一转眼就变成自己的胞兄了？大河苦恼地抱着头坐在门口。

倩玉上前劝道："大河，不管咋说，侯方煜也是你的亲哥，就算为了娘，你也该把他认下。"

"谁想认谁认，反正我不会去认这个心术不正的人来做胞兄。"说完，他径自出门走了。倩玉在家等了一天，却不见大河回来，直到大奎回来报信，她才知道大河去了天津卫。倩玉心想大河出去散散心也好，说不定回来便能想明白了。

一个月后，大河回来，同时还带来一个好消息，那就是朝廷同意让侯世震官复原职。大河此次去天津卫，顺便去见了许均昌，许均昌古道热肠地托李鸿章大人向朝廷说明了情况，朝廷开恩便为侯世震下旨复了职。

侯世震内心很是感激大河，他之前做了那么多错事，大河非但没怪他，反而一而再，再而三地帮他。这次官复原职，他发誓一定要做一个勤政爱民，忠君事主，像大河父亲鲁鸿举大人那样胸怀天下、心系百姓的好官，也不枉大河对他的这份翁婿之情。

不知不觉中五年过去了。

这五年间，大清风云变幻。光绪二十年九月十七，中日在山东黄海海域发生激战；光绪二十一年二月十七，日军攻下北洋水师提督府驻地刘公岛，北洋水师舰队全军覆没，清政府与日本签订《马关条约》，除了赔偿日本人库平银两万万两外，还要割让辽东半岛、台湾全岛及所有附属岛屿，并澎湖列岛，以及英国格林尼次东经百十九度至百二十度及北纬二十三度至二十四度之间诸岛屿给日本。新开沙市、重庆、苏州、杭州四地为通商口岸，日本轮船得以驶入各口岸搭客装货，日本臣民在中国通商口岸城市可从事各项工艺制造，其产品免征一切杂税，享有在内地设栈存货之便利。日军暂行占领威海卫，由中国政府每年付占领费库平银五十万两……

就连侯世震也不禁叹息，如今的大清国就像是一块摆在砧板上任人宰割的肥肉，各国列强都想伺机扩大在大清的势力范围。

日本人已经迫不及待深入内地去争夺内河航运权了，其他列强同样看着眼红，清政府迫于压力颁布了《内港行船章程》，对各国都放开了内河的航运权。东昌，京杭大运河所经咽喉之地，如此具有战略意义的地方自然早就被人盯上了。

一日，两条铁壳小火轮停在了东昌大码头前，菲尔斯从上面走下来。他这次来是奉了英国领事之命，打着开发大清内河航运权的旗号，深入腹地，意欲率先在东昌钉上一个楔子。在菲尔斯身后还跟着两个人，一个是大英帝国皇家海军陆战队的上尉军官斯洛德，此番他是以名义上的私人保镖，负责为菲尔斯保驾护航，另一个便是侯八。五年前侯八侥幸捡回一条命后，他就逃到天津投奔了菲尔斯，如今他已经入了英国籍，成了菲尔斯的忠仆。

他们此行的第一站便是侯府。

侯方煜醉眼蒙眬地靠在榻上喝酒，没有了斗志，也磨灭了仇恨，他就这样颓废地过了五年，他也是刚从外地回到东昌。

菲尔斯闻到满屋子的酒味，嫌弃地捂住鼻子："侯，你怎么成了这副模样？"

"老废？你来了！"侯方煜一起身差点摔倒。

"侯，为什么这几年生意全停了？我和你可是有合约的，可这么多年你连一点分红也没给我们，让我们怡和洋行蒙受了重大损失！"

"老废，船行的生意根本就不赚钱，收棉花的生意也早就停了，你让我分个屁给你？"

"可一开始你船行的生意是盈利的，而且效益非常好，但你故意隐瞒利润不给我们分红，难道你不怕我告你的欺诈罪？"

"我故意隐瞒利润……"侯方煜说着扭头去看坐在边坐上的侯八,"侯八,你这个卖主求荣的狗奴才,竟敢出卖老子?"

"侯,我提醒你一句,没死的猴儿,"菲尔斯伸手去指侯八,侯八顿时神气地一挺胸脯,继续说,"如今入了英国籍,你对他也要客气一些!"

"侯八,你这个狗奴才,居然连祖宗也不要了?"侯方煜死死地瞪着侯八。

"没死的猴儿"本来是菲尔斯第一次来东昌时,称呼侯八为"密斯特猴儿"的谐音,小山故意起哄,将侯八叫成了"没死的猴儿",没想到叫来叫去,菲尔斯也将侯八叫成"没死的猴儿"了。此时,侯八得意地说:"侯方煜,如今我只听命于菲尔斯先生,你算个屁!"

"侯八,你个忘恩负义的狗东西!"侯方煜本想过去教训侯八,无奈肩膀被斯洛德摁住,他扭头怒视着坐在对面的菲尔斯,"老废,我告诉你,这里不是租界,更不是英伦三岛!这些年老子净走背字了,要银子没有,要命也是烂命一条!"

"侯,只要你答应继续合作,合约的事情好商量!"

"你想咋商量?"

"我可以加大投入,增加新式小火轮来扩充我们的内河航运生意,不过,分红的比例要改一下,你二,我八!"

"菲尔斯,你是上门打劫的强盗啊?侯氏船行是我的!"侯方煜惊叫起来。

"可据我所知,侯府的家业当年是你打着我的旗号,从知府大人手中以两万两的低价买来的,要不要我们去找知府大人把这些事情说清楚啊?"

侯方煜知道侯八已经将所有的事情都告诉了菲尔斯,如今他想否认都难,只得同意下来。

菲尔斯一来东昌,可是让侯世震顿时一个头两个大了。他看着菲尔斯递上来的公文直摇头叹气,公文是朝廷总理衙门发给怡和洋行天津分行的,特准他们来东昌府治下便宜行走,另据《内港行船章程》准许菲尔斯参与当地内河航运及经营事宜。可河漕上历来是漕帮的天下,如今菲尔斯想要染指河漕事务,万一与漕帮引发争端,这可如何是好?

侯世震独自一人坐在后衙喝闷酒想辙对付洋人,大河走了进来,笑着说:"老爷子,一家人都等着您老回去吃晚饭,您却躲在这里一个人偷喝起小酒来了？"自从侯世震被大河从河里救起后，侯世震这些年一直与大河和倩玉生活在一起，东昌府后衙他早就不住了。

此时的侯世震一脸愁容："大河，我都快愁死了，你还有闲心说笑。"

"我听衙门的人说了，不就是洋人想来争夺内河航运权吗？您不准他不就完了？"大河在侯世震的对面坐了下来。

"要是能不准，我何至于这么犯愁啊？如今大清的官员谈洋色变，这回菲尔斯直接带着洋保镖闯到了东昌，要明目张胆地来争夺内河的航运权，此事一旦处置不好，后果不堪设想啊！"

大河知道老爷子为难，便开解道："大河虽然不才，可我一定会想法助您一臂之力将洋人挤走，绝不给他兴风作浪的可乘之机！"

"大河，你当真有法能阻退洋人？"侯世震来了精神。

"老爷子放心，没这金刚钻，大河敢揽这瓷器活吗？我保证到时候兵不血刃地将洋鬼子从东昌城中挤走！咱还得让洋人挑不出半点毛病来，您老人家以为如何？"

侯世震一听这话顿时释然了："大河，若果真如此，你可是帮了为父的大忙了！"说着拿起一个酒杯，"来，大河，陪着为父喝几杯！"

大河接过酒杯倒酒："好，咱爷俩喝上几杯去去晦气！"

阳光透过窗户将鲁府正房照得四处通亮，大河躺在里间的大床上呼呼大睡。伴随着大河的呼噜声，一根茅草棍伸向大河的鼻孔。大河忍不住打了个阿嚏，揉着鼻子醒了，一睁眼看见五岁的儿子靖鲲站在床前正拿着茅草棍跟他捣乱。鲁靖鲲这个名字是侯世震取的，靖者平安也，鲲乃鲲鹏也。侯世震是想让他的外孙日后能在一个平安清平的世界中，实现鲲鹏之志。

"臭小子，我叫你来捣乱！"大河抱起靖鲲亲着。

靖鲲躲闪着说："爹臭……"

"大河，都该吃晌午饭了，还不起呀？我看你是喝酒喝傻了吧？"倩玉端着脸盆走了进来。

"哎，我这不是为了哄老爷子高兴吗？"大河说着忽然想起老爷子昨晚嘱托的大事，忙放下靖鲲，穿上衣服，急着出门去找漕帮的张老大商议对策。自从胡老大死后，刘振坤便将堂口托付给张老大来打理了。

张老大此时也在为洋人争抢漕运生意的事情发愁。这几年因河漕淤塞，天下漕帮多数堂口都丢了饭碗，东昌漕帮若不是与大河合办起小火轮船运公司，只怕是难以为继了。但洋人这回添置了二十条新式小火轮和三条新式客轮，而他们的小火轮都是十几年前造的，虽说是能跑，但多数都是少皮没毛了，怎么和洋人争啊！

见大河前来，张老大一脸期待地看着大河："大河，如今洋人的手都伸到咱的碗里来抢饭吃了，你说咱该咋办？"

"张老大，这回洋人来东昌，名义上是和咱争夺内河的航运权，其实他们真正的用意是要来瓜分大清的疆域，让咱沦为亡国奴！"

张老大腾地一下站起来："大河兄弟，我张老大原先是有点犯浑，可我也是个眼中不揉沙子的血性汉子，你放心，真要是跟洋人玩命，我张老大绝不含糊！"

"张老大，如今的国势不允许咱和洋人硬拼，这事咱得这么办……"

半个月后，东昌大码头前搭起了一道彩门，上悬写有"怡和船运公司东昌分公司开业志喜"字样的大字横幅。菲尔斯西装革履，在斯洛德和洋保镖的簇拥下，洋洋自得地站在彩门前。

西洋乐队奏着施特劳斯的《蓝色多瑙河》，欢快激昂的管弦乐声吸引了众人驻足，乐队指挥穿着燕尾服，戴着白手套优雅地挥着金属指挥棒在指挥着乐队。大码头前靠岸边排列着二十几条新式小火轮，侯氏船行的船工穿着新式工装，神气十足地站在新式小火轮上。

吉时一到，侯八装模作样地正要宣布开业庆典开始时，一阵咚咚锵锵的鼓乐声轰然而起。众人循声看去，只见会通河中由南至北浩浩荡荡地驶来一队平底驳船，远远望去，这条船队足足有几百条，两船一列地排列着能排出二里开外去。走在最前面的是条引导船，张老大身穿漕帮号衣，手拿蓝黄两条写有"漕"字的令旗，指挥着后面船队上的鼓手和钹手在擂鼓奏乐，气势恢宏的鼓乐声一下将河堤上人们的注意力给吸引了过去。

河道中驶来的平底驳船船队越来越近了，引导船上，张老大精神抖擞地站在用木架子搭起来的号令台上,居高临下地挥舞着手中的令旗,指挥着后面驳船上的漕帮汉子擂鼓合钹。引导船的后面,几百条平底驳船排列整齐地在河道中驶来,在每条驳船的船头上都站着一个漕帮汉子,双手擎着用船篙扯起的大字横幅,横幅上分别写着"东昌漕帮百船护漕大巡游""大运河是中国人的大运河""洋鬼子滚出东昌,滚出中国"。这些横幅在河道上依次排开,成为一道气势非凡的风景线。

每条驳船的中间都架着一面直径三尺的牛皮大鼓,每面大鼓前分左右站立着两个身穿号衣的漕帮汉子手抓鼓槌在用力擂鼓,在他们身后还站着个手举大号铜钹的漕帮汉子,他们都在看着引导船上张老大手中的令旗在统一擂鼓合钹,船尾处还各自站着一个手举船篙的漕帮汉子在撑篙驾船。在张老大的指挥下,几百面牛皮大鼓再配上几百个大号的铜钹,整齐划一地奏出惊天动地的非凡气势,船队所过之处,惊得岸边树上的禽鸟四散而飞。

菲尔斯看着河道中驶来的船队,气急败坏冲西洋乐队指挥说:"奏乐,你们要把大鼓的声音给我压下去!"

乐队指挥忙挥起指挥棒,西洋乐队再次奏响了管弦乐。可上百面牛皮大鼓一起擂响后发出的声势实在是震撼无比,乐队指挥竭尽全力地挥着手臂,可不管那些西洋乐手如何努力,管弦乐声始终被牛皮大鼓声给压制住,只有在鼓乐的间歇中才能偶尔听到一丝如蚊哼蝇嗡般的管弦乐声。

西洋乐队指挥被这惊天动地的鼓乐声震得心慌意乱,他不时扭头去看河道中的船队,挥出去的指挥棒居然悬在半空不动了,那些本来苦力支撑的西洋乐师看着悬停的指挥棒都不知所措地愣住,也纷纷向河道中驶来的船队看去。

岸边,看热闹的人们大为振奋。就在这时,离东昌大码头不远的山陕会馆门前又传来一阵欢快的戏剧开场锣鼓声。不知何时,山陕会馆的门前搭起了一个大戏台,在欢快激昂的开场锣鼓声中,紫色的帷幕徐徐开启,李东家穿一身皂色长袍,神情肃穆地走到台前:"各位父老,东昌商会今天特意请来豫州的同庆班,给大伙义演三天的关公大戏,大伙知道关老爷是我们山西人,山陕会馆立馆后就有不准在馆内上演关公戏的禁忌,故此,我们将戏台挪到了大门前!"

一见有戏可看,河堤上的人们纷纷向山陕会馆门前涌去。不一会儿,戏台下便挤满了人，他们静静地看着戏台上满脸肃穆、须发全白的李东家。

"关二爷不仅是我们山西人的骄傲，更是中华民族推崇的仁、义、礼、智、信五常之德的化身。大伙知道，自道光二十年以来，西方列强依仗坚船利炮，轰开了大清的国门，屡犯我疆域，抢掠我钱财，杀戮我同胞，侵占我家园，而今洋人居然公开扛着洋枪，开着小火轮来到咱东昌扬言要和我们争夺内河的航运权。众所周知，漕运关乎国运及国之安危、民之康靖，若大清的内河航运权都被番邦外夷所掌控，那我等就将要沦为国破家亡的亡国奴了！"

众人听了李东家的话不觉也都心情沉重起来。

"故此，我等山西商家甘冒犯忌之风险，在山陕会馆门前搭起戏台，上演关二爷的大戏，目的是想以此来提醒大伙都要以民族大义为重，做一个像关二爷那样精忠报国、侠肝义胆的忠勇节义之士，以共同匡扶国难，挽救民族之危亡！"

李东家说完，戏台前的叫好声顿时响成一片。

台上的乐队司鼓举起鼓槌，一阵欢快激昂的开场锣鼓声再次响起。锣鼓声中，李东家走下后台，关公身穿大红袍，手提青龙偃月刀快步从出将门闪出走上戏台，在众人面前一个漂亮的亮相，立时博得一个满堂彩！在众人的喝彩声中，大河不显山不露水地站在戏台前的一侧，看着戏台上挥刀杀敌的关公和戏台下群情激昂的民众。

此时，河堤上的彩门前只剩下菲尔斯、侯八等人落寞地杵在那里。菲尔斯见人都跑了，开张庆典也办不下去了，只好灰头土脸地收了队。

大河知道搅黄菲尔斯的开业典礼并不能真正阻挡他们染指河漕，只有团结起来，共同抵制洋人方有可能将他们逐出东昌。于是，大河与东昌众商家聚集在山陕会馆的大殿内，面对着关二爷的神像结盟立誓："为挽救国家及民族危亡，我等宁可穷死饿死也绝不与虎谋皮，更不会为虎作伥，宁可不经商，不赚钱，也绝不找洋人走漕运货！"

为了不让商家受损，大河当众表态，凡东昌商家运货，鑫昌船运公司愿在以往的价格上再下浮两成。众商家听后，更加欢欣鼓舞。

菲尔斯面色铁青地走进侯氏货栈院中，自从这次他们来到东昌后，侯氏货栈便成了菲尔斯他们的大本营。菲尔斯实在想不明白中国人虽然多，但历来像是一盘散沙，为何这回他们这样齐心？还有，这一次东昌漕帮搞这样声势浩大的百船大巡游，居然公开喊出了大运河是中国人的大运河，叫他们滚出东昌，滚出中国，菲尔斯怀疑这一切都是有人提前预谋好的！

"究竟是谁在背后跟我们作对？"

"菲尔斯先生，这肯定又是鲁大河搞的鬼。"侯八说得极为肯定。

斯洛德恼怒地拔出洋手枪："菲尔斯先生，与中国人打交道最有效的办法就是用实力说话。"

菲尔斯摆手："斯洛德先生，目前大清还不是我们的殖民地，况且，所有的西方列强，包括后起的美国及亚洲的日本，他们都对大清虎视眈眈，我们需要对付的不仅仅是中国人，所以不到万不得已，我们不能动用武力！不然，领事先生就不会让我们以这种方式来东昌了！"

"那我们该怎么办？"斯洛德问道。

"临来时领事先生要求我们进得来，站得住，扎下根，这样才能完成大英帝国赋予我们的神圣使命。目前，我们是进来了，可要想站得住就必须尽快把内河的航运生意做起来。"菲尔斯转身看向斯洛德，"从明天起，你亲自驾驶新式小火轮在会通河中展示其优越性能，我要让那些没有见过世面的中国商人，都来领略我们小火轮傲人的风采及强大的优势。还有，鲁大河不是将运费降下来了吗，我们干脆不收运费！"

侯八惊讶："不收运费？菲尔斯先生，那咱岂不是鸡孵鸭蛋——白忙活吗？"

菲尔斯冷笑着说："哼，既然鲁大河自不量力，要与当今世界实力最强的跨国公司斗，那我们就只有将他彻底斗垮，当年我们怡和洋行与李鸿章的轮船招商局争夺长江的航运权时就是这样做的！"

第三十五章
智斗洋商

会通河中，张老大开着土造小火轮拖着几条载有皮棉的平底驳船向南驶去。

忽然，一条新式小火轮贴着水面高速地从后面冲来，斯洛德手把舵盘驾驶着小火轮，不住地冲前面的张老大他们嗷嗷怪叫着，炫耀着新式小火轮的优越性能。

新式小火轮劈波斩浪地呼啸而至，当它追到土造小火轮的近前时，斯洛德故意扳舵在水面上划出一个弧形，新式小火轮卷起的水涌忽地一下将慢吞吞驶来的土造小火轮向一旁推去，张老大忙扳舵稳住小火轮，两船相遇时溅起的浪花将张老大他们及后面平底驳船上运的棉花包全都淋湿了。

"狗日的洋鬼子，你是急着去投胎呀，还是去抢孝帽子戴？有你这样开船的吗？差点没把老子的船给掀过去！"张老大擦着满脸的河水破口大骂。

可眨眼间，新式小火轮已经呼啸着跑出去好远，河面上留下两道不断翻滚扩散的白色浪涌在向前延绵。

几天后，张老大送棉花从无锡回到东昌，黑着脸来到鑫昌货栈的议事房，向大河抱怨起此事。大河劝他莫要冲动，眼下跟洋人只能斗智不能斗勇。如今新式小火轮最大的优势就是快，既然如此，咱想法子让它开不动，走不成，洋人不就无法兴风作浪了？大河靠近张老大低声面授机宜。

两日后，张老大开着土造小火轮拖着后面的五条平底驳船，又要去江南送皮棉了。斯洛德故伎重演又来挑衅，他驾驶着新式小火轮很快就追上了张老大，呼啸而至的新式小火轮从土造小火轮的一侧超了过去，两船相遇时掀起的水花又像下雨一般，纷纷扬扬地洒落下来。土造小火轮被浪涌推着晃了几晃，但很快被张老大一打舵盘给稳住了。张老大他们头上戴上了斗笠，平底驳船上的皮棉包上也都盖上了苦布，纷纷扬扬落下的河水对人和船上的棉包毫无影响。

张老大看着飞快跑去的新式小火轮骂道："狗日的洋鬼子，你就不会来点新鲜的？"

斯洛德驾驶着新式小火轮跑出去好远，余兴未尽地回头看着慢吞吞的土造小火轮，他手打舵盘折返，吩咐人赶快加煤，把蒸汽烧足，他这次要将土造小火轮撞成碎片。加足马力的新式小火轮冲着后面河道中慢慢驶来的土造小火轮高速冲来。

张老大见洋人要撞船，忙吩咐船上的弟兄抄家伙，护住船和货。他一只手把着舵盘，另一只手悄悄抓起一根长长的船篙，眼睛狠狠瞪着斯洛德，心想洋鬼子不来便罢，他若敢来撞船，老子就一船篙先将他狗日的捅到河里去喂王八！

新式小火轮离得越来越近了，眼看一场恶性的撞船事故在所难免，就在这时，斯洛德的小火轮突然冒着滚滚黑烟停在河道中不动了。

"混蛋，为什么让小火轮停住？快加煤！"斯洛德怒吼着。

侯氏船行的伙计满头大汗不停地加煤，蒸汽锅炉哧哧地冒出大量的蒸汽，可新式小火轮却依然纹丝不动。

"滚开，胆小鬼！我们的新式小火轮是用世界上最坚硬的钢板制成的船身，撞碎他们的小木船简直不费吹灰之力！"斯洛德骂咧咧地将侯氏船行的伙计一脚踹进河里，抓起铁锨继续往锅炉口中添煤加炭，锅炉中的白色蒸汽呲呲作响，不住地向四周喷射起来。

"锅炉要爆炸了，快跑啊！"

斯洛德被河道中伙计的叫声吓了一跳，看着即将爆炸的锅炉，他赶紧弃船跳进河中。

就在这时，新式小火轮的蒸汽锅炉砰地发出一声爆响，河面上顿时火光四溅，烟雾弥漫，红色的火焰与白色的蒸汽混合在一起，在水面上引发出一连串的爆炸，被炸飞的锅炉和蒸汽机的碎片稀里哗啦地飞上高空，又不住地掉入河中，在水面上泛起混合交叉的层层涟漪。

河堤上的人们被这突如其来的爆炸声惊呆了，不少人看着河道中被炸翻的新式小火轮和惊恐地向岸边游去的斯洛德，不约而同地发出一阵欢笑声。小山站在人群中笑着摸出鸳鸯板，打着节点说起了自编的山东快书："闲言碎语不要讲，咱说一说洋鬼子驾船乱东昌，洋鬼子，忒猖狂，走漕行船胡乱闯，这一天，斯洛德驾船又要逞凶狂，不料想，河神爷一怒发了威，让他锅炉炸、船被毁，斯洛德差点去见洋阎王！"

周围的人听着小山的山东快书，看着在河道中狼狈地上岸的斯洛德和船行伙计，笑得更开心了。

菲尔斯气急败坏地冲进东昌府衙门，几个船行的伙计抬着一个缠满水草和烂渔网的螺旋桨跟在他身后。鲁大河，一定是鲁大河故意在河道中设置了水草，将小火轮的螺旋桨给缠住，这才引发了蒸汽锅炉的爆炸，菲尔斯对此坚信不疑。

"菲尔斯先生，你状告鲁大河在河道中设置水草，妨碍你的小火轮自由航行可有何凭证？"侯世震坐在公案后问道。

"凭证不是给你摆在这里了！显然这是一场人为的蓄意破坏，目前在东昌只有我们和鲁大河的船运公司存在着竞争关系，这一定是鲁大河指使手下所为！知府大人，你要让鲁大河赔偿我的损失，不然，我就去你们的总理衙门告你！"

侯世震听后直摇头，心说都说秀才遇见兵，有理说不清，如今是当官的遇见洋人才真是有理说不清。他刚下令让差役去传大河上堂问话，大河便从人群中站了出来，不慌不忙地走上前去。

"知府大人，这可是天大的冤枉啊！河道中长点水草并不稀奇，况且近年来河道中一直未清淤，自然会水草盛行，您老说大河有何德何能，竟能唆使水草去故意缠绕菲尔斯先生的小火轮？"

前来听审的人们闻听哄的一声笑了，菲尔斯一脸不解地看着侯世震："知府大人，为什么水草只缠我的小火轮，而不缠鲁的小火轮？"

侯世震扭头去看大河："是啊，洋大人问得对，为什么水草只缠洋大人的小火轮，不去缠你们啊？"

大河笑道："知府大人容禀，中国人行船历来讲规矩，行船前都会先去祭拜河神，可洋人非但不敬畏神明，反而在河道中横冲直撞，大河以为这是洋人冲撞了河神爷，才会遭到水草精的惩戒！"

侯世震点头："嗯，鲁大河言之有理，菲尔斯先生，本府以为你也去祭祀一下河神再行船，这样河神爷兴许就不会再迁怒于你了。"

"知府大人，我们信奉的可是至高无上的上帝，怎么能去祭拜你们的河神？"

"菲尔斯先生，你那洋神仙固然好，可离得忒远，我看你还是先去祭拜河神再行船吧！来呀，退堂！"侯世震说完起身退堂，众差役也转身而去，没人再理睬菲尔斯。

菲尔斯也疑惑起来，难道真的是因为没有拜祭河神的原因？半信半疑之间，菲尔斯决定先去河神庙拜祭一下，看看鲁大河所言是否为真。

侯八在河神庙摆好供品，看向菲尔斯和斯洛德，问道："菲尔斯先生，您看谁来向河神爷祭拜？"。

"斯洛德，你去祭拜他们的河神！"

斯洛德的脸上有几处烧伤还涂着或红或紫的药水，再加上他的黄头发蓝眼睛，他那张轮廓鲜明的脸上像是开起了五彩缤纷的杂货铺，让人看了忍俊不禁，斯洛德走到塑像前瞪着有些落败的泥塑发呆。

"斯洛德先生，你得跪下呀！"侯八在一旁下跪，向他演示着。

"什么？要我给一个少皮没毛的泥塑下跪？我可是大英帝国……"

菲尔斯在一旁喝阻："斯洛德，你要按照没死的猴儿吩咐的去做！"

斯洛德无奈，只得在侯八的身旁笨拙地跪下。看热闹的人早就把河神庙给围了个水泄不通。

"大伙快来看啊，洋鬼子给咱的河神爷下跪咯！"

"河神爷，您老人家能享用一回洋祭祀，这可真是大姑娘坐轿——头一遭啊，今天您老人家可得敞开了肚皮使劲造，不然，咋对得起洋鬼子的这点孝心啊？哈哈……"小山在一旁大声起哄，引得围观者一阵大笑。

菲尔斯看着起哄的人只想早点结束这场闹剧，让侯八带着斯洛德赶紧完成仪式。侯八双手合十，嘴里念念有词地祈祷着，然后恭敬地向河神的塑像磕了三个头。斯洛德在一旁直挺挺地跪着，不服气地瞪着河神像。

"斯洛德先生，你也得给河神爷磕头啊！"侯八说。

斯洛德恼火地瞪着侯八："什么，还要我向这尊破泥塑磕头？"

"斯洛德，你若想得到中国河神的庇护，就得照着没死的猴儿吩咐的去做！"菲尔斯恼火地在一旁呵斥。

斯洛德不情愿地皱起眉头，笨拙而滑稽地向河神的塑像磕起头来。

祭祀毕，菲尔斯带人来到河边，他要检验一下祭拜河神的效果。斯洛德跳上一条小火轮，按下操纵杆，小火轮冒着黑烟向前驶去。

侯八盯着在河道中飞驰而去的小火轮，欣喜道："菲尔斯先生，看来祭拜河神还真灵啊？您瞧，这不是没事了。"侯八话音未落，斯洛德驾驶的小火轮在加速的过程中，突然又冒着黑烟被憋在河道中不能动了，这回斯洛德不敢再逼着伙计往锅炉中猛加煤炭了，吩咐伙计拿船篙撑着小火轮慢慢地撑向岸边，自己则跳到水中去一探究竟，不一会儿，他从小火轮的螺旋桨处又扯下来一把水草。

斯洛德上岸大骂："菲尔斯先生，我们让该死的中国人骗了，我给他们的泥塑磕了头，可河道中的水草依然缠住了我们的螺旋桨，我们大英帝国可以征服全世界，决不能在一个小小的东昌让他们这样戏耍，我要找他们决斗，以捍卫我们大英帝国皇家海军的尊严！"

几天后，背靠着东昌大码头搭起一个擂台，擂台口正冲着山陕会馆的大门，擂台上悬有"西洋武士擂台挑战赛"字样的横幅，两侧的立柱上挂着一副对联：昔日打遍英伦无敌手，今朝挑战东昌众懦夫。擂台后方的芦席上还贴着八个大字：愿者上场，死伤自负。

擂台上，斯洛德身穿拳击服，旁若无人地高声挑衅："该死的，你们居然让当今世界最神武的大英帝国勇士一再蒙羞，今天我要用大英帝国武士的铁拳来向你们挑战，快上来送死吧！"

人群中有一壮汉气不过，便跳上擂台应战，斯洛德不等他站稳，便一个直勾拳捣来，这人三招没过就被斯洛德击中面门，满脸是血地被打下了擂台。围观的人本来在为壮汉加油，可看到他的伤情不由得大惊失色，擂台下瞬间鸦雀无声了。

斯洛德见台下无人出声，居然站在擂台上公开叫起阵来："鲁大河，这个擂台就是专为你设的！你不是号称侠义之士吗？为什么今天不敢露头了？你这个缩头乌龟！"

随着斯洛德的叫骂声，大河满脸怒气分开众人向前冲来。大奎拽着大河的胳膊，说要代他去应战。大河知道要比硬功谁也比不过大奎，但大奎恐怕也未必是斯洛德的对手，要想赢就必须出奇招。大河附在大奎的耳边，向大奎部署着作战意图。

大奎听后，笑着登上擂台伸手指着斯洛德："你狗日的要想跟大河哥交手，就得先过了你洪爷这一关！不想打，你就给老子闭上你的臭嘴滚下擂台！"说着故意冲斯洛德啐了一口。

刚刚打赢的斯洛德被激怒了，狂躁地频频出拳向大奎打来。大奎虽然身材魁梧，但行动却异常灵活，斯洛德一个直勾拳向大奎的面门打来，大奎一闪身跳到了斯洛德的背后，故意踢了斯洛德的屁股一脚。

"老子若用两条胳膊打算是欺负你，洪爷我今天只用一只手，不出三招就让你狗日的滚下擂台！你信不信？"大奎轻蔑地看着斯洛德，故意将一条胳膊背到了身后。

受到羞辱的斯洛德怒火中烧，向大奎频频发起攻击。大奎并不接招，故意左躲右闪地气斯洛德，斯洛德左打右捣就是挨不到大奎的边，一阵紧忙过后，他额上的汗水开始滴落下来。斯洛德愈发气急败坏了，很快，他脚下的步伐乱了，出拳的节奏也慢了下来。

"洪爷我还没出手，你狗日的咋就冒汗了？来，洪爷我帮你擦擦汗！"大奎说着抬手向斯洛德的面门虚晃了一拳。

斯洛德忙抱拳护脸，谁知大奎抬脚向斯洛德的裆中踢去。斯洛德被大奎一脚踢在裤裆中间，怪叫着捂住裆部倒在擂台上来回地翻滚起来。

"拳击比赛，用脚无效，应该将他罚下擂台！"

斯洛德挣扎着站起来刚说完，大奎抬手又一耳光将他打翻在地："放你娘的狗臭屁！中国人比武历来是手脚并用，你没听过这样一句话吗？手是两扇门，全凭脚打人！你狗日的既然在中国的地界上摆擂，就得守咱中国人的规矩！"

下面的百姓闻听大声叫好，斯洛德气得嗷嗷叫，他忍痛起身，再次发疯般地向大奎冲来。大奎转身踢腿，台下的人谁也没看清是怎么回事，斯洛德就被大奎一脚踹下擂台，趴在地上腿来回地蹬着却再也爬不起来了。

菲尔斯气急败坏地拔出西洋长管手枪，用英语发令："全体都有，举枪！"

洋保镖们乱纷纷地举起手中的洋枪对准了站在擂台上的大奎。大河飞身上前，一把捏住菲尔斯的手腕："菲尔斯，擂台是你们摆下的，在擂台是贴出'愿者上场，死伤自负'的也是你们，你们打擂输了又想开枪杀人了是吧？"说着，一把夺过菲尔斯手中的洋手枪，打开扳机对准菲尔斯的脑袋，"让你的人把枪放下，不然，老子一枪打爆你这洋狗头！"

菲尔斯看着对准自己的枪口，惊恐万分地下令让洋保镖们放下武器。大河松开菲尔斯，关上手枪的保险，双手抓住枪管运气发力，随着大河一声大叫，洋手枪的枪管竟然被他弯成了半圆状，大河将洋手枪举在手中威吓道："菲尔斯，你们若是以为凭借武力就能征服中国人，我劝你没事时不妨多看看这把洋手枪！"

大河说着将洋手枪塞到菲尔斯的手中，菲尔斯惊愕地看着枪管已弯成半圆状的洋手枪，不禁被大河的神力所震慑。这时，张老大抬手一挥，他身后站的几百个漕帮汉子同时举起船篙，伴随着整齐划一的呐喊声，几百根船篙一起撞击着地面，发出排山倒海般的声浪。菲尔斯看着眼前这如同小树林一般的船篙，慌乱地带着洋保镖抬起趴在地上狂叫不止的斯洛德灰溜溜地走了。

是夜，侯八带着两个洋保镖来到东昌漕帮船场，他们换上潜水服悄无声息地下了水。原来菲尔斯回去后依旧不死心，派侯八前来一探究竟。他猜想鲁大河的小火轮上一定有不为人知的秘密，不然他们的小火轮为什么可以在大运河中行船，而自己的小火轮只要一动就会被河中的水草缠住呢？

洋保镖下水不久，河堤上突然传来一阵报警的锣声，吓得侯八和洋保镖一起溜了。

侯八和洋保镖回到侯氏货栈，菲尔斯正在他的住处等待消息，侯八忙向菲尔斯报告："菲尔斯先生，还真让您猜对了，他们小火轮上都在船尾挂着一块木板。"

"木板？"

"他们小火轮上挂的那块木板可以将螺旋桨前面的水草压住，这样螺旋桨就不会被水草缠住了！"

"这些中国人太狡猾了！好，既然明白了这其中的奥秘，没死的猴儿，你去找工匠，我们也要在小火轮上加装可以挡水草的木板！"菲尔斯释然了，扭头向侯八下令，侯八高兴地答应着。殊不知，当晚侯八和洋保镖的探查之举早就被东昌漕帮的弟兄看了个一清二楚，就在菲尔斯下令去找工匠加装挡草板的同时，东昌漕帮的弟兄也趁着夜色按照大河的吩咐在悄悄忙碌着。

次日上午，几个木匠正在侯氏船行门前，忙着准备在新式小火轮的船尾处加装挡草板。突然，一声断喝从他们的身后传来。

"菲尔斯，你这可是在明目张胆地侵犯他人的发明权啊！"

菲尔斯一回头，见大河和张老大带着一群手拿船篙的漕帮汉子在河堤上走来。

"鲁，你是说这块破木板是你的发明？"

大河冷笑着摸出一张盖有大印的文书及几张画有挡草板的图纸："这是我在东昌府衙门的报备文书，在小火轮上加装挡草板的专利及附加图纸统统在此，你说我这算不算发明？"

菲尔斯嘲笑："鲁，一块破木板也敢叫发明专利，你这技术含量也未免太低了吧？"

"菲尔斯先生，咱先别管技术含量高低，我来问你啥叫发明？"

菲尔斯一时语塞，不知所措地看着大河。

"所谓发明就是应用自然规律解决技术领域中特有问题，而提出创新性方案、措施的过程及成果。我说得还算准确吧，菲尔斯先生？"见菲尔斯无言以对，大河继续说，"既然是发明，那就应该按照你们英国人的律法，享有五十年的专利保护期。菲尔斯，当年你可是专程从天津卫跑到东昌府，要告我侵犯了你们的小火轮发明专利，可惜的是，就算蒸汽机是你们英国人的发明，根据你们大英帝国的律法也早就过了两个以上的保护期，可我的这个发明却是刚刚报备的，要打官司我一准赢！"

菲尔斯自知理亏，忙赔着笑脸说："鲁，咱们总算有些交情，早年我还帮过你的夫人，你不能为一块破木板就和我对簿公堂吧？"

"菲尔斯，你不想对簿公堂也可以，但你必须马上停止其侵权行为！"

菲尔斯感到为难："鲁，目前河道中水浅，水草盛行，我的小火轮不安挡草板就无法行船。"

"你想装挡草板也行，但是，你必须正大光明地向我购买！"

"这当然可以，我一共二十三条小火轮，全部加装挡草板，你开个价吧！"

大河微笑着："看在和菲尔斯先生是老相识的份上，我哪能多要您的银子呢？这样吧，每块挡草板我就收五百两好了！"

"五百两一块？鲁，我看你这是在故意讹诈，这东西我不装了！"

"那好啊，菲尔斯，哪天我发现你私自加装挡草板，就等着赔给我三十万两的侵权赔偿银好了！张老大，咱们走！"大河说完，假意要离开。

菲尔斯摇了摇头，一咬牙，叹气道："好吧，就按你说的价码成交，不过，要快！"

"菲尔斯先生请放心，只要你的银子到位，我保证在五天之内给你的小火轮全部加装上挡草板！"

五日后，侯氏船行门前，停在岸边的新式小火轮全部加装上挡草板，崭新的铁壳小火轮的尾部都不伦不类地拖着两条挂挡草板的麻绳，看上去很不协调，也非常滑稽。

养好伤的斯洛德再次跳上小火轮试船，一开始新式客轮沿着河道平稳地向前驶去，可当斯洛德摁下操纵杆加速时，怪事出现了，原本一直平稳行驶的客轮，像是突然喝醉了酒一样，在河道中东倒西歪地扭起了大秧歌，船底还不时传来乒乓作响的撞击声。

斯洛德站在舵盘前不住地转动舵盘，极力地想使小火轮稳定下来，可船底不时传来的撞击声让他始终无法稳住小火轮，吓得他只得抬起操纵杆，小火轮逐渐慢了下来，船底砰砰作响的动静也在逐渐消失，小火轮终于又能平稳地行驶了。

斯洛德将小火轮停在了河中，全神贯注地检查着锅炉的蒸汽压力表，又走到船尾趴下身子伸手在螺旋桨处摸了半天，结果啥异常也没有。这时，张老大开着土造小火轮带着平底驳船船队在河道中唱着运河小调悠闲地向南驶去，站在河堤上观赏斯洛德试船的侯八一眼就看见张老大的小火轮上栓挡草板的麻绳不见了，侯八转身指着河道中张老大的小火轮说："菲尔斯先生，你看，他们的挡草板拿掉了！"

菲尔斯瞪着蓝眼睛看着河道中驾船悠闲而去的张老大他们，明白自己又被鲁大河给耍了，他竟然花了一万两银子买了二十三块破木头板子。

菲尔斯回到侯氏货栈气得在屋内来回踱步，他一定要想办法阻止鲁大河的船运经营，不然，他们就永远无法打开东昌的局面。

站在一旁的侯八上前建言："菲尔斯先生，他们中国人的三十六计中，有一计叫釜底抽薪！"

"釜底抽薪？什么意思？"

"菲尔斯先生，自从会通河再次淤塞以来，东昌城中商家的生意大都不如先前，鲁大河现在货运生意中最赚钱的是给无锡的商家运送皮棉，菲尔斯先生若能将他运棉花的生意卡住，鲁大河的船运生意还能玩得转吗？"

菲尔斯点了点头："嗯，我明白了，我这就给领事先生发电报，让他联络各国使节，联手各国洋商来扼杀大清的民族工业，从根本上逼停鲁大河的小火轮船队！"

第三十六章

河神借粮

开春后的一天，大河接到胡老东家发来的电报，说怡和洋行向各国洋商发起倡议，联手向大清内地倾销洋布，洋布的市场售价比买棉花的价码还要低，江南各地中国布商上的织布厂全军覆没。胡老东家的织布厂也倒闭了，今后再也不需要大河送棉花了。

大河看着胡老东家的电报傻眼了，这些年河漕上的其他生意基本上全停了，若再失去这个营生，东昌漕帮这几百号弟兄靠啥吃饭啊？刘帮主去济宁儿子家养老时，一再叮嘱大河要想法帮助张老大让东昌漕帮的弟兄吃上饭，活下去，可看眼下这阵势，菲尔斯是要彻底断了他们的活路啊！大奎在一旁第一次看到大河手足无措的样子也十分着急。

半夜时分，侯氏货栈院中一片漆黑。大门一侧的墙头上探出一个脑袋在向院中张望，探头张望者用黑布遮住了半个脸，只露出两只眼睛，让人无法看清他的面目，他见院中无人，便纵身翻墙入院，接着从墙头上拿过两罐棉油向议事房的门前摸去。他小心翼翼地将罐中的棉油泼到屋门上，而后划燃火柴，将屋门点着，很快大火就熊熊燃烧起来。

这时，斯洛德带着两个巡夜的洋保镖从西侧的过道口走来，看到议事房门前的火光，便叫喊着跑了过去。放火的人见有人过来，连忙飞身蹿上院墙，就在他要跳墙时，斯洛德开枪打中了他的胳膊。

燃烧的房门哗啦一声开了，菲尔斯披着上衣一手拿枪，一手端着煤油灯愕然地站在门前。

"菲尔斯先生，有刺客！"斯洛德跑过来报告，跟来的两个洋保镖忙扑打着救火。

"刺客在哪里？"菲尔斯惊慌地向四周看去。

"我开枪好像是打中了刺客的胳膊，随后，他翻墙逃了……"

侯八披着衣服慌慌张张地从后院跑来，他看着地上的瓷罐，伸手沾着碎片中的油放在鼻子前闻了一下，站起身来："是棉油，菲尔斯先生，在东昌城中只有鑫昌棉油厂才有大量的棉油！我敢断定纵火者一定与鑫昌有关！"

"看来鲁大河知道是我断了他的财路才派人来纵火的！"菲尔斯决定明天一早便让侯世震拿人，侯世震若不去捉拿纵火犯，他一定让领事先生去大清的总理衙门告状，再次将他革职查办！

次日上午，东昌府大堂的青砖地上摆着被烧的半扇门板和一个盛棉油的瓷罐及一些碎瓷片，菲尔斯气势汹汹地坐在椅子上，侯世震垂头丧气地坐在公案后，这时班头将大河带上公堂。

菲尔斯一见大河，就跳了起来："鲁，你卑鄙，竟然派人半夜纵火行刺……"

"菲尔斯，派人纵火行刺当属砍头的重罪，不知你有何凭证能认定是我派人前去纵火行刺的？"鲁大河冷眼瞅着菲尔斯。

菲尔斯气急败坏地用文明棍敲着地上的油罐，言辞凿凿地说："这是从现场发现的物证，东昌城中只有你的棉油厂在生产大量的棉油，这种罐子也是你专门用来装棉油的器具，难道你想抵赖不成？"

"仅凭一个随处可见的油罐子，你如何能一口认定是我派人去纵火的？我看你分明是在栽赃陷害！"

菲尔斯气得暴跳如雷："知府大人，鲁大河这是在狡辩，你要对他动刑，他才能认罪伏法！"

大河高声喊冤："知府大人，昨夜大河就在家中就寝，从未离开过半步，更不曾见过外人，大河恳请知府大人彻查此案，以还大河清白！"

侯世震看着大河，他自然知道昨夜大河就在家中就寝，可他该如何给菲尔斯解释这事呢？

菲尔斯见侯世震迟迟不语愈发着急起来："知府大人，你为什么不动刑？难道是想故意包庇鲁大河不成？"

侯世震躲闪着菲尔斯的目光："菲尔斯，动不动刑本府自有分寸……"

菲尔斯咆哮起来："知府大人，在你的属地发生了半夜纵火，欲对英商行刺的恶性案件，你若不严加盘查，应该知道这起涉外恶性事件会给你带来什么后果吧？"

侯世震闻听无奈地说："来呀，打鲁大河二十大板，让他从实招来！"

"知府大人，大河真没派人纵火，您不能仅凭洋人的威逼胁迫，就对大河刑讯逼供啊？"

"大河，我这也是没办法……"侯世震说着，羞愧地摇着头抽出令签丢在了地上。

这时，大堂外有人喊报："报——知府大人，洪大奎前来投案自首！"

不等侯世震发话，大奎吊着一条受伤的胳膊跑上大堂，急火火地冲侯世震喊："知府大人，我才是纵火的真凶，此事与大河哥无关，请你放了大河哥！"

"洪大奎，大堂上讲话要有分寸，你若敢胡言乱语当心本府打你的板子！"

"知府大人，大奎当然有分寸，只因菲尔斯让洋人断了我们的生路，大奎气不过，昨夜想去警告一下洋人，谁知被洋保镖开枪伤了胳膊，这条受伤的胳膊就是凭证，此事望请知府大人明鉴，千万不可累及无辜！"

大河见状连忙喊道："知府大人，大奎一派胡言，请您下令将他逐出大堂！"

"这……"侯世震不知所措地愣住了。

"知府大人，既然有人认罪，你为何不下令将他们捉拿归案？"菲尔斯威胁地看着侯世震。

"来呀，将洪大奎收监，鲁大河开释……"

菲尔斯挥着拳头再次咆哮："NO，NO，知府大人，鲁大河是鑫昌的东家，你必须要将他们一同收监，不然，我就去告你！"

侯世震无奈，只好将大河和大奎一起收监入狱。

倩玉和大河娘得知了消息，忙赶去东昌府大牢看望二人。在路上，她们婆媳二人看到喝得醉眼蒙眬的侯方煜正迎面走来，自打大河娘去认侯方煜后，侯方煜就一直躲避着大河娘和大河他们，这次他回来后愈发地放纵自己，常独自喝得酩酊大醉，以求解脱内心的苦闷。

已经喝得醉醺醺的侯方煜看着迎面匆匆走来的倩玉和大河娘，不由地笑了："噢，你们是急着去探监吧？侯倩玉，当初你逃婚不是投在菲尔斯的门下吗？我记的这个洋鬼子当初与你眉来眼去的，菲尔斯这回抓鲁大河，该不是为情所致吧？哈哈……"

"侯方煜，你混蛋……"倩玉气得浑身颤抖。

大河娘抬手给了侯方煜一记耳光："畜生，你如此口无遮拦，就不怕遭报应吗？"

"你敢打我？"侯方煜摸着脸气急败坏地向前一推，大河娘冷不防被侯方煜推了个趔趄，身子踉跄着向后倒去。

侯方煜吓得一愣，不由地伸出手想去拉住大河娘。就在侯方煜伸手的时候，大河娘看到了侯方煜右手心中的那颗红痣，眼睛忽然瞪圆了："果然有红痣……"

倩玉伸手也想去抓大河娘的胳膊却没抓住，大河娘一下摔在地上，头刚好磕在一块砖头上，一下昏死了过去。

"娘，你不要紧吧？"倩玉哭喊着过去抱起大河娘。

大河娘后脑勺上的血不住地流了下来，她慢慢地睁开眼，抬手抓住倩玉的胳膊，断断续续地说："倩玉，侯方煜的手上有……红痣，告诉大河，不准寻仇，让他替娘去认下……大江……"说着，大河娘的头一歪又昏了过去。

"娘，你咋啦？娘……"

侯方煜的酒这下全吓醒了，他忙转身溜了。

鲁府院中用芦席搭起了灵棚，棺材前的供桌上摆着写有"从三品诰命夫人李鲁氏之位"的牌位，倩玉母子身穿孝服跪在大河娘的棺木前守灵。

侯世震拿着几捆烧纸放在棺木前，顺手抽出几张在白烛上点燃，放入棺木前的瓦盆中焚烧，随即起身站好流着泪祭奠道："鲁老夫人，我侯世震对不住您，对不住大河，对不住我的老上司鲁鸿举大人……"

倩玉一脸哀怨地看着父亲，侯世震叹了口气，扭头看着倩玉说："倩玉，不是为父不想放大河出来发送亲家母，你知道洋人一直在盯着这事儿，为父这也是没办法。"说完，侯世震低着头走了出去。

倩玉看着父亲的身影，挺身而起，对小山说："小山，你去厂里招呼人手，跟我一起到东昌府衙门前去要人！"

"嫂子，你这是要和知府大人反目啊？"

"大河是为了帮知府大人对付洋人才去和菲尔斯结怨斗法的，可到了紧要关口，知府大人居然只听凭洋人的臆断就将大河下了大狱，如今婆婆走了，大河作为孝子不能发送自己的生母，这于情于理都讲不过去！"

东昌府衙门前，倩玉和靖鲲披麻戴孝地跪在那里，云儿和枣花一左一右陪伴着跪在倩玉母子身边。张老大带着漕帮弟子手举船篙对着东昌府衙门不住地呼喊着放人。小山和鑫昌棉油厂的工人拉起一个白布条幅，上面写着"还我丈夫"。

菲尔斯带着洋保镖和侯八沿着府前大街向东昌府衙门前走来。他这回一定要逼着侯世震把鲁大河给收拾了，他明白只要除掉鲁大河，其他人就不足为虑了。站在府衙对过的张老大一扭头看见了沿街走来的菲尔斯，红着眼高声喊道："弟兄们，咱少帮主不能出狱为鲁老夫人出殡全是这个洋鬼子给害的，咱跟他狗日的拼了！"

"杀洋妖！除洋患！洋鬼子，都滚蛋……"漕帮汉子一起呼喊着，举起手中的船篙向菲尔斯等人逼去，街上的民众也纷纷跟着漕帮汉子们一起呼喊着向前。

菲尔斯看着愤怒呐喊着的人群向他们逼来，吓得掉头就跑。

此时侯世震在二堂上急得团团转，他当然想放了大河，可那帮洋人能放过他吗？这时，班头跑来报告，说民众将菲尔斯吓跑了，侯世震闻听一咬牙："放人！"

释放回家的大河办完娘的后事，直奔侯府而去。他是真不想认侯方煜这个哥，可是为了娘的遗愿，他一定要让大江回来认祖归宗。当他来到侯府时，侯家的下人告诉大河，侯方煜已经不知所踪，自从那天从街上回来后，像是中了魔怔一般，一直念叨着说他不是故意的。第二天一早，人就不见了，留下一封书信说是让下人都散了，如今整个侯府就留下一个老妈子看门。

大河听完这番话，不知为何内心充满了酸楚。他看向远方，心想不论如何他都一定要找回大江，带他到父母的坟前去认祖归宗。

转眼又到了深秋时节，一场细雨淅淅沥沥地下个不停。

东昌府二堂的文案上摆着摊开的卷宗，老态龙钟的侯世震趴在卷宗上睡着了。

大河身穿蓑衣走了进来，解下蓑衣在一旁挂好，拿起一件披风走过去搭在侯世震的身上。

"大河，下着雨你咋来了？"侯世震听到动静，睁开了眼。

"岳父大人，这场秋雨下了一个多月了，我今天见城外地里好多庄稼都被涝死了，十里八乡的灾民已经开始涌进城中逃难了，官府若再不开仓放赈，这些难民可有性命之忧，若是因此引发民变，您老这个父母官怕是难辞其咎，您老就不能下令开仓放赈，先救救灾民？"

侯世震叹了口气："我已给巡抚衙门和朝廷户部连着上了六道奏折，如今依然是杳无音讯，没有朝廷的旨意我怎敢开仓放赈啊？大河，要不你和李东家商议一下，让东昌商会出面发动商家募捐先接济一下难民，只要朝廷的旨意一到，我立马下令开仓放赈！"

"好吧，我这就去找李东家商议，不过，这几年河漕淤塞后商家的生意都不太景气，我们尽力去做也就是了。"

东关大街上，大河和李东家看着满大街的难民直摇头，东昌商家施粥已是半月有余，如今他们自身尚且难保，官府却还不开仓放赈，眼看着街上的难民越聚越多，这可如何是好？

忽然，前面引发了一阵骚乱。一个灾民端着碗冒热气的麦仁粥，冲众人喊："洋人施粥了，想活命的快去喝粥啊……"

街上的难民纷纷起身向前涌去，大河和李东家也跟着人群来到侯氏米号门前。侯氏米号门前挂着一面米字旗，米字旗前支着一口冒热气的大铁锅，锅中黄澄澄的麦仁粥冒着热气不住地翻滚着，菲尔斯得意地坐在门前的一把太师椅上看着那些饥肠辘辘地围拢过来的难民。

侯八拿着铁勺敲着锅沿在大声吆喝："想活命的就在大英帝国的洋旗前磕上仨头，承认你愿做大英帝国的顺民，菲尔斯先生就让你喝粥活命。"

难民们已经饿到了极点，他们端着破碗走到大锅前。

"愿做大英帝国的顺民吗？"侯八问道。

"愿意……"声音几乎很难听见。

"想活命就赶紧跪下给大英帝国的洋旗磕头！"

难民们为了活命跪了下来，菲尔斯看后狞笑着点了点头。

他们这哪是在施粥行善，分明是借机羞辱中国人，从而达到他们分化瓦解中国人的狼子野心！大河看到洋人如此嚣张，不禁捏紧了拳头，可他转念一想，洋人固然可气，但如今的朝廷昏庸，官府软弱，要想从根本上阻止菲尔斯的阴损图谋，当务之急就是要朝廷尽快降旨，准许东昌府开仓放赈，可有什么办法能引起朝廷的关注呢？大河忽然想起小山的姑父曾经给他们讲的一个故事，不觉暗自有了主意。

淅淅沥沥的雨终于停了。旷野中，会通河畔一侧的河滩上踩得到处都是脚印，还有一些散落在地的麦粒隐约可见。

侯世震听说菲尔斯从豫州贩回的五船粮被河神给借走了，他心中便明白了个大概，所以，在接到菲尔斯的报案后，忙亲自带人赶到案发现场，在勘验案发现场的过程中又将侯氏船行的胡管事找来问案。

"胡管事，你是说这几船麦子是让河神爷给借走了？"

"知府大人，兹事体大，小的断然不敢胡言乱语，就在昨夜亥时，小人带小火轮船队从豫州贩粮返回东昌的途中，刚到此地就见河道中飞起一道冲天的火光，接着是一声爆响，猛然从河中蹿出一个身高三丈、口吐红舌的神明，说他是河神，因东昌百姓遭灾要借粮赈灾，这时就听咔嚓一声小火轮卡在河道中就不能动了，紧接着河道四周飘起来的全是鬼火，还有一些河中冤魂的哀怨声，我和船工吓得只好弃船而逃。"胡管事说到这里依然吓得浑身发抖。

"你胡说，哪儿来的河神？当初斯洛德祭拜了河神，小火轮不是照样无法开动吗？"菲尔斯在一旁瞪着胡管事。

侯世震一时之间不知该如何作答，这时班头从小火轮的船头前钻出水面："知府大人，河道中发现了一块石碑！"

"快把石碑打捞上来！"

侯氏船行的几个伙计脱去号衣，跳入齐腰深的河水中，很快用撬杠抬着一块滴水的石碑走上岸来。侯世震走过去察看着不觉瞪圆了眼睛，上面竟真的写着"河神借粮"四个大字。

菲尔斯也走了过来，侯世震指着石碑说道："菲尔斯先生，此碑谓之神明喻示碑，早在大明朝，凡有地方遭灾，神明喻示碑就会降临人间，喻示着要让地方官员开仓放赈，如此看来确实是河神在借粮！"

"知府大人，我看你是不想破案，才故意找块破石头来搪塞我的吧？"菲尔斯转身喝道，"斯洛德，明天跟我去天津租界见领事先生，这回我一定要让大清的朝廷派人来彻查此案！"

侯世震看着拂袖而去的菲尔斯，高声吩咐："李班头，把神明喻示碑抬回去好生保存，这可是河神借粮的重要凭证！"侯世震这回倒是不怕菲尔斯了，就算他请来上差彻查洋行粮船被劫一案，谅钦差大人也无法去向河神爷核查究竟是谁借的粮？

菲尔斯果然将粮船被劫一案通过英国领事告到朝廷的总理衙门，光绪帝听闻此事，下旨派因革职赋闲在家的李鸿章为钦差前来查案，可李鸿章早就对朝廷心灰意冷，他将一应事务推给了随行的许均昌，自己托病到驿馆躲清闲去了。

许均昌来到东昌府大堂上，传菲尔斯上堂，侯八这些日子跟在菲尔斯身边霸道惯了，见了许均昌就要老许给菲尔斯看座，老许发话让随行的军兵实实在在地揍了侯八二十大板，侯八这才老实了。老许一拍惊堂木问菲尔斯为何要将东昌府告上朝廷。

菲尔斯领教了老许的厉害，老老实实地答道："许大人，我们怡和船运公司东昌分公司于今年五月从豫州订了一批夏粮，本来我们要拿出一部分作为赈灾粮来做善事，十天前，我们运来的二百五十石麦子被人夜间给劫了！可这个糊涂的东昌知府却说这是河神在借粮，故此，我将他告上贵国的总理衙门，此案还请许大人彻查，以维护我们英商在华的合法权益！"

许均昌又听了胡管事的证词，起身走到石碑前察看石碑上的碑文，转过身来说："嗯，的确是人证物证俱在，看来侯知府所判事实清楚，有据可循啊。"

菲尔斯闻听叫了起来："NO，NO，许大人，东昌知府和他们这些人都在说谎，他们是害怕被追究责任，才故意说是河神借粮，据我所知，此事应该与侯知府的女婿鲁大河有关！很显然，侯世震是在故意包庇鲁大河而与船工等人串供，来损害我们英商的在华利益！"

侯世震吓得浑身发抖，忙辩解："许大人，这可是天大的冤枉，鲁大河是本府的女婿不假，可大河从不经手粮食生意，此番东昌遭灾，大河为稳定地方，主动联合东昌其他商家为灾民设场施粥达半月之久，况且，他家中锦衣玉食，为何要去劫洋人的粮船？此事还请许大人明察！"

"菲尔斯，我问你，你说此事系鲁大河所为，是你亲眼所见，还是道听途说？"许均昌瞪着菲尔斯问道。

"不是我亲眼所见，"菲尔斯犹豫了一下指了指侯八，"是他说的。"

许均昌瞪着侯八："这么说是你亲眼看见鲁大河带人劫了洋人的运粮船？那你就在大堂上将你的所见所闻一五一十地讲出来！记住，你若敢栽赃陷害，当心老子打烂你的屁股！"

"大……大人，这……并非小的亲眼所见……"侯八被打后也学乖了，吓得浑身不住地哆嗦着。

"既非你亲眼所见，那你为何要凭空捏造，诬陷鲁大河？"

"这……"

"来呀，给老子打这个凭空捏造、诬陷他人的狗东西四十大板！"

几个军兵将侯八架到板凳上，噼噼啪啪地再次打起侯八的屁股来，侯八痛得不住地哀声号叫着求饶。

"菲尔斯，你所告东昌府涉洋不利一案，本官已代钦差大人查明，此案既是河神借粮，自然你控告东昌知府审案不明案就不能成立！当然喽，本官也不能让你白吃个哑巴亏不是？这样吧，你此番损失的二百五十石麦子，就让东昌府衙门赔给你一千两银子好了。"

菲尔斯近乎崩溃地说："许大人，自从东昌遭灾以来，各地粮价暴涨，如今一千两银子可买不了二百五十石麦子了！"

许均昌的脸一下撂了下来："菲尔斯，你买了麦子原本就是要做善事的，别说老子要赔给你一千两银子，就算不赔，你不是也没吃亏吗？"

菲尔斯不敢得罪直隶衙门主管洋务的官员，只得低下头去，表示不再追究。

案件已结，一个身穿黄马褂的传旨官手拿着圣旨从屏风后走出来，这次河神借粮一案确实让朝廷知晓了东昌的灾情，朝廷下旨准许东昌府开仓放赈。大堂外，赶来听审的百姓闻听顿时欢呼起来。

夜晚，东昌府后衙的客厅中灯火通明，许均昌和大河在把酒言欢。

"兄弟，这里没外人，你给老哥说句实话，菲尔斯的运粮船被劫是否与你有关？"

"许大哥，当着真人不说假话，这事的确是我带人干的，菲尔斯施粥是假，要羞辱分化中国人是真，他要中国人跪在米字旗前磕头，承认做英国人的顺民才肯施粥，大河气不过这才……"

许均昌笑了："来的路上我就想，这事恐怕与你脱不了干系，要不是我来，你这回恐怕要有大麻烦了，兄弟。"说着，他亲热地拍了拍大河的肩膀。

"大河谢过许大哥的拯救之恩！"

许均昌停顿了一下："朝廷已决定启用李大人任两广总督，此番回京复命后，我很快就要跟随我家大人去广州赴任了，今后咱们兄弟可谓是山高水远，你若再有事，老哥我就算满心想帮，只怕也是鞭长莫及了，故此，老哥希望你日后遇事三思而行，免得吃亏，知道吗，大河兄弟？"许均昌的眼睛湿润了。

"许大哥的话大河定当铭记于心……"

第三十七章
运河悲歌

秋风萧瑟。

鑫昌棉油厂倒闭了。洋布倾销，让本土的织布厂和棉商都难以为继，只办了两年的鑫昌棉油厂也未能幸免。工人散尽，只剩下大河、大奎和小山三人，他们将来靠什么为生呢？

收棉花的生意做不成了。

会通河淤塞得越来越严重，朝廷依然没有疏浚河道的意思，走漕运货恐怕也不能指望了。

接着贩盐呢？可眼下朝廷对盐业的税赋越抽越重，张秋镇上的盐商大都关门歇业了，他们也无法承受这么重的赋税。

大河心想，鑫昌棉油厂关厂后，上百号的工友可以重新回家种地谋生，可东昌漕帮还有几百号弟兄等着养家糊口，他必须帮张老大打理好堂口，不然，对不住恩师刘帮主的托付。可自打河漕阻塞后，东昌城中去江南的人越来越少，到天津卫进货办事的人却越来越多，这两年他光盯着阻断菲尔斯的货运生意了，一不留神竟然让菲尔斯把客运生意做了起来，虽然菲尔斯只有三条新式客轮和一条从东昌府到天津卫的客运专线，但这条客运专线却帮他赚足了黑心钱。原先去天津卫一位船客不过要三钱银子的船资，如今被抬到了二两一位，他的客轮依然天天爆满。大河站在河堤上看着菲尔斯的新式客轮不觉有了主意。

几天后的一个上午，东昌大码头上又热闹起来，几条土造小火轮拖着一溜改造后的平底驳船停在了岸边，驳船上搭起了木顶棚，船舱中还设置了几排座椅。张老大带着一帮漕帮弟兄满面笑容地站在那里招揽着船客："有去天津卫的吗？人一上满咱就开船……"

东昌大码头北侧，新竖起一块木牌，上写：

鑫昌船运，直达天津，

每客船资，只收三钱，

客人上满，即刻开船，

随来随走，包您方便！

许多船客听说只要三钱银子，纷纷从洋人的新式客轮上下来，登上了张老大的平底驳船。要知道在怡和船运公司那里跑一个单趟，就能在鑫昌船运公司这里跑上三个来回还有富余，就算土造小火轮慢点，却实实在在地替船客们省下了大把的银子。

不一会儿的工夫，张老大的五条驳船都上满了船客。侯八在一旁看着空空如也的新式客轮气得眼都红了，可他不敢去招惹张老大和那些五大三粗的漕帮汉子，只得一炮蹶子走了。

侯八回到侯氏货栈，气呼呼地对菲尔斯说："菲尔斯先生，咱的客运生意没法干了！"

"咱们的客运生意不是一直很好吗，怎么就没法干了？"

"您把鲁大河送棉花的生意卡了，他们又改行做起客运生意来，他的船客每位只收三钱银子，您说咱的客运生意还咋做？"

菲尔斯这些年与鲁大河没少打交道，知道不能贸然去招惹他。菲尔斯看着侯八问道："你熟悉当地的风土人情，而且很聪明，你看我们该用什么办法才能把船客夺回来，保住我们的客运专线？"

侯八突然受到恭维颇感受用，得意地笑着："菲尔斯先生，咱大英帝国之所以能轰开他大清的国门，靠的是什么？"菲尔斯摇头，侯八更加得意了，继续说："是鸦片啊，我原先的东家侯百万就吸大烟，这东西一旦上了瘾，你想不让他吸都不成。"

菲尔斯面带疑惑地问道："你的意思是卖鸦片？"

侯八点头："侯氏船行离东昌大码头不到半里地，里面的房子闲着也是闲着，稍加改造，就成了大烟馆。咱把那些船客引过来让他在这里先落脚儿免费先叫他品尝，等他上了瘾，咱不光让他坐咱的船，还要让他花大把的银子来吸大烟！菲尔斯先生您说，这是不是一举两得的好事？"

菲尔斯点头夸赞："没死的猴儿，你的主意很好！我这就让总部尽快把鸦片和烟具发过来，只要你能保住我们在东昌的客运生意，我一定要好好地奖赏你！"

侯八更乐了："菲尔斯先生，男人活着一是为了赚钱，再是贪图女色，回头我把汇春楼的婊子请过来，让她们花枝招展地站在门前帮咱拉客，菲尔斯先生以为如何？"

"没死的猴儿，我发觉你在这方面简直是个经营奇才，你就放开手脚大干一场吧！哈哈……"

几天后，侯八穿一身崭新的西装，头戴礼帽，人模狗样地站在整修一新的大烟馆门前，门楣上换上了新的匾额，上写"逍遥馆"三个字。

侯八站在门前大声吆喝："各位，逍遥馆新开张，三日内全部免费逍遥，本馆有用大火轮从英吉利国运来的福寿膏，吸了福寿膏，保你增福添寿步步高，舒服快活乐逍遥啊，想尝鲜的里面请啦！"

河堤上的行人听了侯八的吆喝声，纷纷站在一旁向逍遥馆的大门里面望去。这时，汇春楼的妓女们搔首弄姿地走出逍遥馆的大门，拖着近前的行人就硬往里拽，有些人还真就被她们给稀里糊涂地拽进了逍遥馆的大门。

菲尔斯带着斯洛德站在河堤上远远地看着逍遥馆门前的景象，点点头乐了："近年来，有越来越多的国家立法禁止向民众销售鸦片，我们碍于情面也不好再大张旗鼓地公开销售鸦片了，可他们中国人自己把这个东西销售起来，这就不是我们的事了，哈哈……"扭头看着河道中驶来的土造小火轮和拖着的平底驳船，忙收住笑容，"不过，斯洛德，中国人和我们的客运专线之争不可大意，找时机你要想办法教训他们一下！"

斯洛德看着河道中驶来的土造小火轮，点了点头。

几天后，张老大再次开船去天津，他悠闲地站在土造小火轮上把着舵盘在哼运河小调——

　　"一条运河九道湾，

　　头道窄来二道宽，

　　三道湾里长流水，

　　四道湾里小龙盘，

　　五道湾里江猪过……"

　　后面拖的五条平底驳船上坐满了船客，自从大河他们的客运专线开通后，就把洋人的客运生意给顶了，随后尽管侯八开了大烟馆，又让妓女拉客，可菲尔斯他们的客运专线生意依然大不如前，这让张老大他们大为振奋，土造小火轮的烟囱中不时地冒出阵阵黑烟，后面平底驳船上的船客也都悠闲地坐在那里观赏着岸边的美景。

　　忽然，一阵轰鸣声传来，斯洛德驾驶着一条新式客轮从后面快速驶来。张老大听到动静回过头来，看到斯洛德驾驶着新式客轮不怀好意地冲来，忙大声叮嘱："弟兄们，洋鬼子又来搅局了，大伙都瞪起眼来，听我的号令行事！"

　　平底驳船上的漕帮汉子拿起船篙警惕地盯着后面高速冲来的新式客轮。新式客轮很快呼啸着来到近前，斯洛德狞笑着一扳舵盘，让新式客轮从土造小火轮和驳船的边上擦身而过，两船相遇时碰撞出一阵下雨般的水花，将驳船上的船客淋了个精湿。

　　船客们惊恐地擦着身上脸上的水，木然地看着呼啸而去的新式客轮。

　　张老大擦着脸上的河水破口大骂："狗日的洋鬼子，不就是仗着你的船快吗？有本事咱单挑，要是不把你狗日的淹死在会通河里，老子这几十年的河漕饭算是白吃了！"

　　新式客轮超过去不久又折返回来，迎头对着土造小火轮船队再次冲来。平底驳船上坐的船客吓得大喊大叫起来，张老大火了，狗日的洋鬼子欺人太甚！原先拉货他往船上弄点水也就算了，如今船上坐的都是船客，长此以往，谁还敢坐他的船啊？

　　张老大抓起太平斧砰的一声砍断了小火轮牵引驳船的缆索，吩咐漕帮弟子保护好船客，自己将辫子一甩盘在了脖颈上，拿起铁锨使劲往锅炉口中添了几铲煤，压下操纵杆高声喊道："狗日的洋鬼子，爷爷我今天陪着你在会通河上过过招！有种你就放马过来吧！"

骄纵自负的斯洛德见张老大忽然驾驶着小火轮迎面冲来，站在斯洛德身后的船行伙计劝他躲闪，斯洛德哪里肯听，他狞笑着一扳舵盘正对着土造小火轮的船头直直地冲了过去。

"来吧兔崽子，爷爷我正等着你呢！"张老大瞪着血红的眼睛，直直地看着前方。

忽听一声爆响，土造小火轮和新式客轮迎面撞在一起，土造小火轮瞬间被撞成了碎片，纷纷扬扬地飞上天空又掉落在水面上，新式客轮被撞的在空中来了个后空翻，翻滚着倒扣在水中，两台燃烧着的锅炉入水后引发出一连串的爆炸，只见河面上红光闪闪，白色的水汽恰似大雾一般，弥漫在会通河上久久不散……

河堤上的行人惊呆了，驳船上的船客也惊呆了。

驳船上的漕帮弟子看着河面上久久不散的白色蒸汽，听着耳畔依旧接连不断的爆炸声，纷纷哭喊着张老大的名字。

东昌大码头前，几个从逍遥馆出来的船客见状吓得转身就走，侯八忙招呼："哎，马上开船啦，你们咋又回去了？"

一个船客满脸惊恐地说："洋人的新式客轮快是快，可洋人不拿中国人的命当回事儿，你这船谁爱坐谁坐，我还得留着小命吃大白馍哪！"

这个船客此言一出，几个已经上了新式客轮的船客也都下了船，要求侯八退银子。

此番撞船事件，张老大和斯洛德及侯氏船行的一个伙计全部丧生，菲尔斯气鼓鼓地来到东昌衙门告状，要船运公司的船东鲁大河对此负责，不仅要赔偿经济损失，还要为斯洛德抵命。胆小怕事的侯世震只得将大河再次关进大牢，权且让大河在大牢里暂避一下风头。

就在大河被关，张老大赴死，东昌的抗洋斗争陷入群龙无首之际，外出躲避的侯方煜这时却回到了东昌。

深秋的旷野中四处一片枯黄，侯方煜一身皂装出现在会通河畔的鲁家墓地中，他神情肃穆地跪在鲁鸿举和大河娘的墓前。侯方煜这次回来好像变了一个人，身上原先的骄纵之气不见了，倒是平添了几分苍凉悲壮的神色。

"爹，娘，不孝儿鲁大江前来认祖归宗！我虽办过不少坏事，可身上流淌的依然是老鲁家的骨血，儿子此番前来是要告诉二老一声，菲尔斯这帮恶魔当初是儿子招惹而来，理应由儿子将其送走！请爹娘放心，大江绝不会辱没老鲁家的门风，更不会让您二老丢人！"

侯方煜回到侯府，托人将一封书信和几张地契房契转交给侯世震后，自己拉着一辆装满酒坛子的板车来到侯氏货栈。

菲尔斯见到侯方煜一愣："侯，你去了哪里？"

"我出去云游了，此番回来是专程来给你送礼的！"侯方煜说着指了指板车，"菲尔斯，这可是一整车的好酒啊，想当年武二爷就是喝了这三碗不过冈的美酒才打死了为害一方的恶虎！咱多日未见，今天也来他个一醉方休如何？"

菲尔斯探头看着满车的酒坛子似乎有些不放心。

侯方煜笑了，转身抱起一个酒坛子打开盖，嘴对嘴地喝了几口："老废，你放心，这绝对是好酒！不管咋说，咱也算是相识一场，我还能在酒中下毒害你不成？"

菲尔斯见侯方煜主动喝了酒，也伸着鼻子过来闻，果然是酒香醇厚的好酒。

院中的洋保镖们也纷纷围拢过来，侯方煜笑着招呼："你们不用拘礼，想喝酒就自己动手，今天咱是好酒管够，敞开了喝！"

洋保镖们闻听一哄而上争抢起酒坛子来，争抢中有些酒坛子掉在地上摔碎了，坛子中的酒四溢而散，那些洋保镖不管不顾地抱起酒坛子喝了起来。

侯氏货栈门外，小山和秋月跑了过来，他们在路上看到了拉着板车的侯方煜便追了过来。来到门前，小山就喊："侯方煜，大河哥遵从干娘的遗训四处寻你，让你回老鲁家认祖归宗，如今大河哥被洋人害得又去蹲了大牢，你却跑来给洋鬼子送酒，你还算人吗？"

"李小山，你先别着急，有句话我想让你替我捎回去！"

"有啥话你见了大河哥再说，快跟我回去！"小山还想往里走，被秋月伸手拉住停在了门口。

侯方煜扭头看了秋月一眼，不免有些惆怅起来："小山兄弟，你替我告诉大河，既然洋人是我招来的，理应由我送走！你让大河想着每年的清明替我到爹娘的坟前去烧纸赎罪！就说……以往是我错了……"

正在喝酒的菲尔斯闻听不觉惊愕地看着侯方煜，他察觉侯方煜的话有些不对劲儿，便将酒坛子往地上一丢，拔出手枪对准了侯方煜："侯，你想干什么？"

侯方煜冷笑道："菲尔斯，我还能干什么，老子今天来就是打算让你们这帮狗东西都见见红！"说着，他从怀中摸出一个竹筒倒出火绒噗地一口吹燃，仰天呼喊，"大河，我的好兄弟，哥对不住你！你告诉爹，大江今天要替咱老鲁家向贩卖鸦片的洋鬼子寻仇了！"

菲尔斯闻听举枪向侯方煜开枪，侯方煜胸前中弹，咬着牙将吹燃的火绒丢向板车，板车四周全是酒，火绒轰的一声将酒车点燃了，那些抱着酒坛子豪饮的洋保镖顿时被烧成了一个个的火球，吱哇怪叫地乱作一团。菲尔斯身上也有几处明火，忙翻滚着倒在地上灭火，他一抬头看到侯方煜还未倒下，再次举枪接连射击。

侯方煜身中数弹，朗声笑道："小山，替我告诉大河，哥这回终于有脸进鲁家的老林去认祖归宗了！"说完，他身子一歪栽在地上，也被熊熊燃烧的大火所吞噬。

"大江哥，大河哥已经答应认你做哥了，你和大河哥这么多年风风雨雨地过去了，你们哥俩咋也得见个面儿啊！"小山喊着准备冲上前去救侯方煜。这时菲尔斯转身举枪朝着小山扣动扳机，一旁的秋月伸手推开了小山，菲尔斯射来的子弹正好击中秋月的前胸。

摔在地上的小山眼看着秋月中弹，他愤怒地抓起洋保镖立在一旁的洋枪，当标枪一样向菲尔斯扔来。洋枪的枪刺直直地刺进菲尔斯的前胸，又从他的后背中穿透出来，菲尔斯摇摇晃晃地倒在地上被大火所吞噬。

小山转身抱起躺在血泊中的秋月哭喊道："秋月，你睁开眼啊，小山带你回家！"

秋月慢慢地睁开眼睛看着小山，失声多年的秋月忽然用一种沙哑的声音断断续续地说："下辈子……我和你……在……一起，你去坟上替我……告诉……婆婆，我原谅……大江了……"秋月说完，她的手无力地垂了下来。

死里逃生的侯八失去了靠山，他慌忙去东昌府衙报案，侯世震一听十几个洋人全部命丧东昌，立时吓呆了。此时，他害怕的不是自己的乌纱不保，而是怕洋人借机血洗东昌城。就在这时，小山跑来投案自首了。小山此举让侯世震大为感动，他钦佩地看着小山："李小山，本府正设法周全此事，没想到你如此深明大义，令本府大为钦佩！"

"知府大人，小山虽读书不多，却也懂得遇事要勇于担当的道理，眼下的朝廷赢弱，菲尔斯等洋人被杀一事若得不到妥善处置，东昌的百姓势必会面临着一场无妄之灾，故此，小山甘愿舍我一人之命来换取东昌百姓的安然无虞，此事还请知府大人成全！"

侯世震眼中流泪，颔首赞叹："古有鲁仲连射书救聊城，今有李小山甘愿为东昌百姓赴死纾难，好啊，小山，我为大河能结交到你这样忠义两全的生死弟兄深感荣幸！"

大河在大牢里得知了小山之事，让差役将他带上大堂。大河表明，小山是为救自己的胞兄鲁大江才与洋人引发的争端，作为鲁大江的胞弟，理应由他承担让东昌百姓免遭生灵涂炭之责，赴死纾难之事更是非他莫属！大堂上，小山和大河在为谁去赴死纾难之事争得不可开交，一旁的差役也被他们的大义之举所感动，纷纷哀求侯世震将大河和小山都放了。侯世震自然也想放人，可是他明白，此事一旦处置不当，必定会为东昌百姓带来一场灭顶之灾。就在这时，云儿让人送来一封书信，小山看着云儿写给他的书信当场大声念了起来。

"吾夫小山，云儿因患风寒高热不退，病榻上闻听夫君要为东昌的父老赴死纾难，实令云儿对夫君刮目相看，云儿理应追随夫君慨然赴死，然，来瞧病的郎中替为妻号出喜脉，且从脉象上来看，当为男丁之脉，故为妻含悲致书夫君，表明心志，日后纵有千难，为妻也要替夫君担当起养育子嗣之责，保李氏一族血脉延续！妻云儿泣拜于李府。"

小山读完书信已是泣不成声，他哽咽道："知府大人，如今小山也是有后之人了，更可以了无牵挂地笑着上路了，如若不然，便是陷小山于不义了！"

侯世震思索再三，下令让差役将吵闹不休的大河关进了大牢。

东昌府衙门前搭起一个绞刑架，小山在东昌百姓的注目下走上了绞刑台。

331

前来送行的百姓，看着甘愿为东昌的乡亲父老赴死纾难的小山，下面忍不住悲声恸哭，哀号一片。

小山见状非常激动，但是他把眼泪忍了回去，冲绞刑架下高声喊道："东昌的父老乡亲，小山今日能为家乡的兄弟姐妹慨然赴死，这是小山莫大的荣幸，小山若能用一人之命，保我全城百姓无忧，此乃可喜可贺之事，故此，今天小山上路，大伙谁都不许哭，要笑着送小山走！"绞刑架下的人们安静下来，小山看着众人笑了，"各位，临行前小山想为家乡的父老唱一段山东快书，大伙想听不？"

绞刑架下的人们都站了起来，静静地看着小山，东昌城中专说山东快书的高大个子从怀中掏出鸳鸯板，铛哩个铛地为小山击节打板。

小山脖子上套上了绞索，面向众乡亲唱起了山东快书——

"闲言碎语不要讲，

听我说说咱东昌，

东昌自古出好汉，

人杰地灵好地方！

自从道光二十年，

洋人仗剑来经商，

正经生意他不做，

专贩大烟把人伤，

林大人，为救亡，

虎门销烟威名扬，

洋人为此起战端，

铁甲炮舰封京口，

朝廷一看着了忙，

既割地是又赔款，

开门揖盗酿祸端，

眼看大清国难保，

小山呼唤众父老，

若是强盗再来犯，

东昌男儿皆好汉，

咱提着刀拿起枪，

杀尽洋妖护家园！"

众人听小山声泪俱下地说着山东快书，忍不住再次发出了阵阵呜咽声。

小山昂起头高呼："乡亲们，二十年后我李小山还是一条响当当的东昌汉子，咱们来世再见了！"

"时辰到，送李义士上路啦！"侯世震眼含热泪，颤巍巍地跪在了绞架前。

刽子手眼含泪水一脚踩下踏板，小山脚下的木板一下悬空，上面的绞索猛然拉紧，小山的身子像钟摆一样被吊在绞刑架上来回地摆动着。

"李义士，一路走好啊……"

东昌府衙西侧的一个胡同中，大河身穿囚服跌跌撞撞地跑来，大河从胡同口出来拐到了楼西大街上，他一眼就看见了挂在绞刑架上的小山，大叫一声："小山，我的好兄弟，你可疼死大河哥了！"大河大叫着身子一晃突然栽倒在地上。

侯世震辞官了，他将身上的官服脱下来，连同官帽一并搭在府衙门前的石狮子身上，他再也不想做这窝囊憋气的官了。东昌府衙的师爷带着一队官兵押解着侯八，带着东昌府衙门对洋人被杀一案的结案文书向京城走去。

半年后，会通河彻底干涸了。

几条锈迹斑斑的铁壳小火轮和被撞碎的木船陷于满是裂口的河床中。

会通河畔，鲁家墓地中又添了几座坟茔，新坟前的墓碑上分别写着：鲁大江之墓、李小山之墓、鲁大江之妻徐秋月之墓。

大河拖着行动不便的身子，满脸悲壮，顶着满头花白的头发，来到爹娘的坟前跪下，接过一杯酒撒在墓碑前。

"爹，娘，大江回来认祖归宗了，最终他没给咱老鲁家丢脸，还有秋月、小山也都来陪您二老了。"大河伸手抚摸着墓碑，两行泪水噼里啪啦地滴落下来，"爹，娘，庚子赔款后朝廷下旨裁撤了东河总督府，千年大运河从此彻底沦为了无人问津的弃河。不过，请您二老放心，只要咱中国人还在，国就不会亡，家也就能延续！咱的子孙后代一定能再次迎来'河漕通，盛世兴'的繁荣盛世……"

在大河身边，倩玉扶着怀抱着婴儿的云儿神色凝重地向小山的墓碑前走去。

1911年辛亥革命爆发，伴随着津浦铁路上一声蒸汽机车汽笛的鸣响，正式开启了中国近代史上南北交通大动脉易主的一页，京杭大运河流淌了两千四百年后悄然退出了历史舞台……

（本书写于2006年5月3日—2016年6月27日）

后　记

　　2006年冬，当初我拿出个人七千元存款启动、创办的报纸，被当时的主管部门卖掉了，我由一个忙忙碌碌的报社法人，变身为某大型报业集团审读委的业务总监，突然闲下来很不适应，后来，我在《青年报》时带过的学生——原武警某部新闻报道员小刘来看我，小刘见我有些消沉，提议让我去写电视剧本，并给我找来三大本《中国运河文化史》及其他书籍，于是，我开始了长达十几年的笔耕历程，经过两年的努力，历史题材的电视连续剧本《大运河》第一稿问世了。2008年11月3日，我在山东省版权局申请了历史题材长篇电视连续剧《大运河》的版权保护，后经朋友介绍，有幸结识了当时山东影视剧制作中心电视剧制作部的主任晋亮先生（晋亮先生现为山东影视剧制作中心董事长），晋主任十分热情，找来该部王文青、张云霄二位编辑审稿，两位编辑很快提出了初审意见，后因内部人员工作调整，大运河一稿的后续工作交给了该部门的昃文江编辑，文江编辑对大运河一稿接触时间最长，故事大纲几易其稿，及修改后的剧本全都传给了文江编辑，几年下来，文江编辑感到还不是很满意，加上此时电视剧制作费用节节攀升，一部剧动辄上亿甚至几个亿，制作方对一个新人的作品十分慎重，对此，我十分理解，不管怎样，我毕竟付出了十几年的心血，感到不应白白地付诸东流，碰巧此时我与山东文艺出版社的副总编杨智先生相识，杨总对书稿提出了很好的修改建议，该社的王春晓编辑更是付出了大量的辛勤劳作，最终历史题材的长篇小说《大运河》在更名为《运河往事》后要付梓面世了，在此，本人特向杨总、春晓编辑及先前接触过该书稿的王文青、张云霄、昃文江等诸位影视剧编辑一并表示真诚的感谢，并祈望该书能得到广大读者朋友的喜爱。

谢遵祥

2019 年 5 月于泉城